Unicorn

独角兽书系

THE RED QUEEN

红女王

[英] 菲利帕·格里高利 —— 著
夜潮音 —— 译

P H I L I P P A
G R E G O R Y

重庆出版集团 重庆出版社

· 金雀花与都铎系列 ·

图书在版编目（CIP）数据

红女王 /（英）菲利帕·格里高利著；夜潮音译. —重庆：重庆出版社，2021.1

书名原文：The Red Queen

ISBN 978-7-229-14352-7

Ⅰ. ①红…　Ⅱ. ①菲…　②夜…　Ⅲ. ①长篇小说—英国—现代　Ⅳ. ① I561.45

中国版本图书馆 CIP 数据核字（2019）第 177890 号

红女王

HONG NÜWANG

[英]菲利帕·格里高利　著　夜潮音　译

责任编辑：邹　禾　肖化化　方　媛

装帧设计：徐　图

责任校对：何建云

重庆出版集团
重庆出版社　出版

重庆市南岸区南滨路162号1幢　邮政编码：400061　http://www.cqph.com

重庆出版社艺术设计有限公司 制版

重庆豪森印务有限公司 印刷

重庆出版集团图书发行有限责任公司 发行

E-mail:fxchu@cqph.com　邮购电话：023-61520646

全国新华书店经销

开本：890mm×1230mm　1/32　印张：11　字数：210千

2021年1月第1版　2021年1月第1次印刷

ISBN：978-7-229-14352-7

定价：68.80元

如有印装问题，请向本集团图书发行有限公司调换：023-61520678

菲利帕·格里高利

Philippa Gregory

英国畅销作家，资深记者，媒体制片人。1954年出生于肯尼亚，后随家人移居英格兰，在获得萨塞克斯大学历史学学士、爱丁堡大学18世纪文学博士学位后，她出版了第一部小说《威德克尔庄园》，此书的畅销令她成为一名全职作家。此后她笔耕不辍，以严肃的历史背景为依托，融入女性写作者特有的细腻情感，创作了多部系列小说，其中“金雀花与都铎”系列作为她的代表作被多次改编为影视作品，收获广泛关注，也为她带来“英国王室历史小说女王”的美誉。

“金雀花与都铎”围绕14~16世纪的英国宫廷女性写作。许多女性在历史上并未留下浓墨重彩的痕迹，菲利帕结合想象与考据，丰满了史书间女人们的名字。这是一个相当庞大的系列，且仍在持续更新中。

在小说之外，她还写过童书、短篇集，并与大卫·巴德文及麦克·琼斯合著非虚构类作品《玫瑰战争中的女性》。同时，她还是英国广播公司第四频道《英国问答》的常客，都铎王朝时代频道的专家。

目前她和家人一起住在英格兰北部。她喜爱骑马、散步、滑雪和园艺，另外在冈比亚建立了一所园艺学习慈善机构。

金雀花与都铎 系列

另一个波琳家的女孩

女王的弄臣

处女的情人

永恒的王妃

波琳家的遗产

另一个女王

白王后

红女王

河流之女

拥王者的女儿

白公主

国王的诅咒

驯后记

三姐妹三王后

最后的都铎

献给安东尼

红女王 人物关系简表

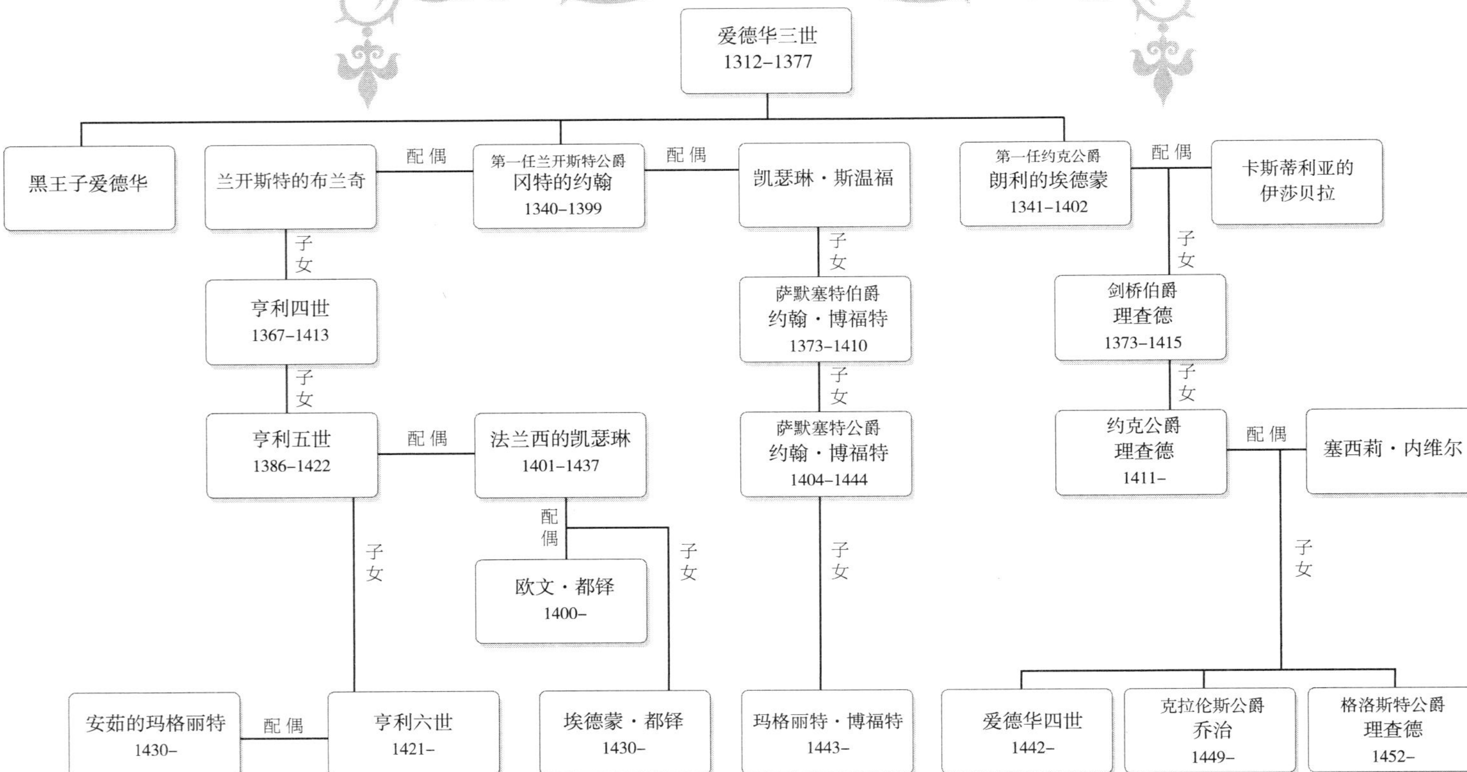
爱德华三世
1312–1377
黑王子爱德华
兰开斯特的布兰奇
配偶
第一任兰开斯特公爵
冈特的约翰
1340–1399
配偶
凯瑟琳·斯温福
第一任约克公爵
朗利的埃德蒙
1341–1402
配偶
卡斯蒂利亚的
伊莎贝拉
子女
亨利四世
1367–1413
子女
萨默塞特伯爵
约翰·博福特
1373–1410
子女
剑桥伯爵
理查德
1373–1415
子女
亨利五世
1386–1422
配偶
法兰西的凯瑟琳
1401–1437
子女
萨默塞特公爵
约翰·博福特
1404–1444
子女
约克公爵
理查德
1411–
配偶
塞西莉·内维尔
配偶
欧文·都铎
1400–
子女
子女
子女
子女
安茹的玛格丽特
1430–
配偶
亨利六世
1421–
埃德蒙·都铎
1430–
玛格丽特·博福特
1443–
爱德华四世
1442–
克拉伦斯公爵
乔治
1449–
格洛斯特公爵
理查德
1452–

1453年春

清晨的第一线光照进内室，在黑暗之后显得那么明亮。我眨了眨眼，听到许多声音纷纷嘶吼着。但那并不是我的军队呼唤我的声音，由低语变成叫嚷的并非战吼，也并非利剑斩击盾牌的声响。在五月的狂风中猎猎作响的布料并非我绣着天使和百合花的旗号，而是那该死的英格兰旗帜。耳中传来的咆哮更不是大声念出的赞美诗，这是人们因渴望死亡而发出的怒吼：渴望着我的死亡。

我踏出牢笼的门槛，步入广场，而在前方高耸于头顶的，便是我的终点：一堆木柴，还有木柴前的粗糙楼梯。我喃喃低语道："十字架。能给我十字架吗？"我提高嗓音："十字架！给我十字架！"有人——一个陌生人、一个敌人、一个英格兰人，因为永无休止的渎神行径被我们称之为"神谴者"的人——递出了一只削过的木头十字架，手工粗糙，而我毫无尊严地从他的脏手中夺过。我紧握着十字架，在他们的推搡下踩上沙沙作响的粗糙梯级，爬上了比自己还要高的柴堆，他们粗鲁地让我转过身，将我的双手牢牢地绑在身后的木桩上。

一切都是如此缓慢，我甚至有种时间停滞、天使降临的错觉。不过比这更离奇的事也发生过。当我放牧羊群时，天使不就已经为我降临了吗？他们那时不就呼唤过我的名字吗？难道不是我领军解放了奥尔良吗？难道不是我为皇太子加冕，又赶走了英格兰人吗？难道不是我吗？难道不是我这个出生于多雷米[①]、听到了天使召唤的女孩吗?

他们点燃了柴堆的底部，浓烟在微风中翻腾打转。火势渐起，热浪涌上，让我咳嗽不止，眨着眼睛，泪如泉涌。火舌已经卷到了赤裸的双足，我傻乎乎地把一只脚踩在另一只脚上，仿佛能借此消除不适，心中期待有人提着水桶赶来，说那位曾经被我送上王位的国王阻止了这一切；或者从那个士兵手里买下我的英格兰人会发现我不是他们该杀的人；或者我的教会发现我是个好女孩，好女人，清白无辜，又以强烈的热情侍奉着上帝。

熙攘的人群中并没有救世主。嘈杂声渐渐变成了震耳欲聋的高喊：混合了祝福与诅咒、祷文与猥亵的言语。我抬头看着蔚蓝的天空，天使们都在哪里？脚下有根木柴突然松动，背后的木桩摇晃起来，火星开始飞溅，烧焦了我的外套。我看到它们落下，像萤火虫那样在袖口闪闪发光。喉咙干裂灼痛，浓烟呛得我开始咳嗽，而我像个小女孩那样低语："亲爱的上帝，救救我，救救您的女儿！亲爱的上帝，请向我伸出援手。亲爱的上帝，救救我，您的仆人……"

一声巨响，我的头重重地撞上了什么。我不知所措地坐在卧室的地板上，手按着瘀青的耳朵，像傻瓜那样张望四周，却什么都没看见。女家庭教师打开门，看到了茫然的我，还有翻倒在地的祈祷凳，不耐烦地说："玛格丽特女士，回到床上去吧，您早就该睡觉了。圣母玛利亚从不重视不听话的孩子的祷告。所谓过犹不及，您的母亲还希望您明天早起呢，整夜祈祷可太荒唐了。"

她用力关上门，我听到她正吩咐其中一个女仆进来哄我上床，并且睡在我身边，以确保我不会半夜起床继续祈祷。她们不打算让我遵循教会的

---

① Domrémy，又译栋雷米、多姆雷米，法国的一个村庄，圣女贞德的出生地。

时间，阻挡在我和侍奉上帝的人生之间，说我还太小，需要更多睡眠。她们甚至说我祈祷只是为了炫耀，并非出于虔诚。但我知道是上帝召唤了我，而我的职责——最重要的职责——就是遵从他的旨意。

但即使整夜祈祷，我也无法看到之前那么清晰的幻景：它已经消失了。在那个瞬间——那个神圣的瞬间——我曾经在那儿，是奥尔良少女，是法兰西的圣女。我明白自己作为女孩能做到些什么，将来又能成为怎样的女人。是他们将我强行带回了人间，还像责骂普通女孩那样责骂我，毁了这一切。

“圣母啊，请指引我，天使们，请回到我身边。”我低声说着，努力想要回到广场，回到人群的注视之下，回到那激动人心的时刻。但一切都结束了。我扶着床柱站起身来，禁食与祈祷让我头晕目眩，随后揉搓着自己撞痛的膝盖。皮肤上的粗糙如此美妙，我垂下手，拉起睡袍看着自己的双膝，它们粗糙而红肿。这是圣徒的双膝——赞美上帝，我拥有了圣徒的双膝，因为长久地跪在坚硬的地板上祈祷，膝盖的皮肤变得坚硬，仿佛英格兰长弓手的手指上结的茧。我还不到十岁，可我已经拥有了圣徒的双膝。那位上了年纪的女家庭教师对妈妈说我的这些崇拜行为过激而夸张，但这一切自有其价值。我拥有圣徒的双膝。因不间断的祈祷而磨损的皮肤，这些就是我的圣痕[1]：圣徒的双膝。我向上帝祈求，希望他给予我圣徒的试炼与圣徒的结局。

我依照吩咐上了床；因为即使对于愚蠢的平民女子来说，顺从也是美德。我是法兰西领土上最强大的英格兰领袖之一的女儿，是博福特家族的一员，也是英格兰王亨利六世的继承人之一，但我仍然要像平民女孩那样服从女家庭教师和母亲的话。我在这个王国地位崇高，是国王本人的亲族——尽管在家里没人在乎，我还必须听从那个在神父布道时睡着、在谢

① 指与基督受刑时的伤口类似的痕迹。

恩祷告时吃糖渍李子的愚蠢老女人的吩咐。她是我必须背负的十字架，我会在祷告里提到她的名字。

这些祷告会拯救她不灭的灵魂——尽管她如此漠视上帝——因为我的祷告受到了特别的祝福。从很小的时候，从五岁那年起，我就知道自己是在上帝特别眷顾之下的孩子。有时候，我能感觉到上帝如影随形，有时候，我能感觉到圣母的祝福——多年以来，我都觉得这是独一无二的天赋。去年，有一名从法兰西归来、正靠乞讨返回自己教区的老兵经过这里，他来到厨房门口的时候我正在过筛奶油上的浮渣，我听到他向挤奶女工讨要食物，因为他是个目睹过奇迹的士兵：他亲眼见到过那个人称“奥尔良少女”的女孩。

“让他进来!”我连忙爬下凳子，吩咐道。

“他很脏，”挤奶女工答道，“不能让他踏进门槛。”

他拖着步子走进门来，把背包放在地上。“请分给我点牛奶吧，小女士，”他哀求道，“或许再给我这个可怜人、这个为他的领主和他的国家卖命的老兵一块面包皮——”

“你刚才说奥尔良少女什么?”我突然问，“奇迹又是什么?”

我身后的女工小声说了句什么，然后挑了挑眉毛，从黑麦面包上切了一块面包皮，又倒了一瓦罐牛奶给他。他几乎是一把夺过，然后灌进自己的喉咙，似乎还嫌不够。

“告诉我。”我催促他。

女工朝他点点头，示意他必须照我的话去做，于是他转身鞠了一躬。“我在法兰西为贝德福德公爵效命的时候，听说过一个与法兰西人同行的女孩，”他说，“有人认为她是名女巫；有人认为她与恶魔勾结。但我的情……”女工打了个响指，他咽回了那个词儿，“我认识的一个年轻女人，一个法兰西的年轻女人告诉我，那个女孩来自多雷米，她曾和天使对话，又承诺会让法兰西太子加冕坐上王位。她只是个女孩，一个乡下来的女孩，但她说天使跟她说过话，还曾要她从我们手中夺回她的国家。”

我听得入了迷。“天使跟她说过话?”

他讨好地笑了笑。“是的，小女士。那时她还不到你现在的年纪。”

“可她要怎么让别人听她的话？又是怎么让别人看出她的与众不同的呢?”

“噢，她骑着一匹高大的白马、穿着男人的衣服，甚至还有甲胄。那女孩举着一面百合与天使图案的旗帜，当人们把她带到法兰西太子的面前时，她一眼就在朝臣之中认出了他。”

“她还穿了甲胄?”我惊讶地轻声问道，仿佛听到的并非陌生法兰西女孩的故事，而是我自己的人生。如果人们知道天使也和我说过话——就像对贞德说过话那样——他们又会怎么对待我呢?

“她身穿甲胄，身先士卒，”他点点头，“我亲眼见到过。”

我对挤奶女工打了个手势。“给他点肉，再给他点麦酒。”她快步走向食品储藏室，而我和那个陌生男子走出奶牛棚，他在后门边的一张石凳上坐了下来。我站在那里等待着，直到女工把一个盘子放到男子的脚边，而他将食物塞进自己的口中，那种狼吞虎咽的动作活像条饿狗，毫无尊严可言。等他吃完食物、将杯中的酒也喝得精光，我才继续问道：“你第一次见她是在什么地方?”

“这个嘛，”他用袖子抹了抹嘴，“我们当时在围攻一座名叫奥尔良的法兰西城镇，眼看就要赢了。她来之前的那些日子，我们一直节节胜利。我们有长弓，他们没有，所以总能轻易就杀得他们丢盔弃甲。我是个弓手——”他顿了顿，似乎为自己的夸口而羞愧，“我是个制箭人，”他更正道，“我制造箭矢。但我们的弓手让我们百战百胜。”

“细节无所谓，说说贞德的事吧。”

“我正要说到她呢。但你要明白，当时他们根本毫无胜算。比她更睿智、更优秀的人都知道他们输定了。他们每战必败。”

“那她呢?”我轻声问。

“她宣称自己能听到声音，听到天使在跟她讲话。他们让她去找法兰西太子——那个一无是处的傻瓜——去找他，让他登上王位，然后将我们从法兰西的土地上赶走。她找到太子，告诉他：他必须登上王位，然后让她领导他的军队。太子也许觉得她真有预言的天赋——反正他也没什么可失去的了。人们信赖她。她只是个乡下女孩，但打扮得就像个士兵，举着绣有百合与天使的旗帜。她给教会捎了封信，他们在她说的地方找到了一位老十字军的剑——已经藏了好些年。”

“真的吗?”

他大笑起来，然后咳嗽几声，吐了口痰。“谁知道呢？也许有些事是真的吧。我的情……我的女性朋友觉得那个贞德是位圣女，奉上帝旨意从我们英格兰人的手里拯救法兰西，觉得刀剑都伤不了她。觉得她是位天使。”

“她长什么样子?”

“就是个像你这样的女孩。个子小巧，眼睛明亮，充满自信。”

我的心跳加快了。“像我?”

“非常像。”

“那人们总是会告诉她该做什么吗？他们会告诉她，她什么也不懂吗?”

他摇摇头。“不不，她是指挥官，只听从自己的预见。我们在奥尔良外扎营的时候，她领着一支超过四千人的军队发起了攻击。我们的领主没法让士兵和她作战：大家简直对她望而生畏，也没有人敢对她刀剑相向，都觉得她是战无不胜的。我们退向雅尔若，而她紧随其后，随即发起进攻。士兵们很怕她，我们都发誓说她是个女巫。”

“到底是女巫，还是有天使指引的人?”我质问他。

他笑了起来。“我在巴黎见过她。她骑在马上，身上看不出丝毫邪恶，看上去就像是上帝本人将她高高托起一样。我的领主称她为骑士精神之花。是真的。”

“她漂亮吗?”我轻声问。我不是个漂亮女孩，为此母亲非常失望，但我并不失望，因为我早已超脱虚荣之外。

他摇摇头，说出了我想听的答案。“不，她不漂亮，她不是那种漂亮的小东西，不是因为美貌，而是因为从她身上散发出的光。”

我点点头。在那个时候，我觉得自己明白了……一切。“她还在打仗吗?”

“上帝保佑你这个小傻瓜，不，她已经不在了。死去了——在大约二十年前。”

“死了?”

“从巴黎以后，局势就变了：我们在城墙边击退了她，但非常侥幸——想想看吧！她差点就攻下了巴黎！然后在一场战斗里，有个勃艮第士兵把她从白马上拖了下来，”士兵平静地说，“他向我们索取赎金，然后我们处决了她，以异端的名义烧死了她。”

我惊恐不已。“可你刚才还说，她有天使的指引!”

“她就是听从了那些声音，才走向死亡的，”他断然说道，“但他们检查过，说她确实是个贞洁的处女，无愧为圣女贞德。而且她觉得我们会在法兰西溃败，这点没有错。我想我们已经输了。她拥立了一位国王，打造出了一支精锐的军队。她是个非比寻常的女孩。我觉得再也见不到第二个了。早在我们将她绑上柴堆之前很久，她就在燃烧，与圣灵一起熊熊燃烧。”

我深吸了口气。“我就是像她那样的人。”我轻声对他说。

他低头看着我认真的表情，大笑起来。“不不，这些都是老故事了。”他说，“对你这样的小女孩没有任何意义。她已经死去，很快就会被人们遗忘。他们把她的骨灰抛撒在风中，这样一来就没人能给她修建圣坛了。”

“可上帝和她说过话——和那个女孩子说过话，”我低声说，“他没有和国王说话，也没有和男孩子说话。他和那个女孩子说过话。”

老兵点了点头。“毫无疑问，”他说，“我并不怀疑她是否听到了天使的声音。她肯定听到过，否则也没法达成那些伟大的事迹。”

我听到屋子的正门那边传来女教师刺耳的尖叫声，于是转过头去，而那位士兵拾起自己的行囊，扛在背上。

“可这些是真的吗？”在他大步走向马厩前的院子，准备继续赶路之前，我匆忙问道。

“老兵的故事罢了，”他冷冷地说，“忘了这些传说，也忘了她吧，就像没有人会记得我一样。”

我任他离开，可无法忘记贞德，也永远不会忘记她。我向她祈祷，希望她能给我指引，我闭起双眼，试图看到她。从那天起，所有到布莱特苏[①]家门口来乞讨食物的士兵都会先行等候，因为小玛格丽特女士会来见他。我问他们是否去过奥古斯丁、图埃勒、奥尔良、雅尔若、博让西、帕提或是巴黎。我熟谙她的每一次胜利，正如记得贝德福德郡周边村子的名字一样。有些老兵参加过那些战争；有些人甚至见过她本人。他们都说她是个骑在高头大马上的娇小女孩，头上高高飘扬着一面旌旗，总是出现在战火最激烈之处，就像一位王子，发誓要为祖国带来和平与胜利。她将自己献给上帝，而她只是个女孩，和我别无二致的女孩——也是一位女英雄。

第二天早餐时，我知道了她们不让我整夜祈祷的原因。母亲要我做好

① Bletsoe，位于英格兰贝德福德郡的村庄。

旅行的准备——一次漫长的旅行。“我们要去伦敦，”她平静地说，“去宫里。”

我对能够前往伦敦感到十分兴奋，但又努力克制自己的喜悦，不表现得像个虚荣的小女孩。我低下头，轻声说：“听您的，母亲大人。”这是我能期待的最棒的事情了。我的家乡位于贝德福德郡中心地带的布莱特苏，非常安静，也非常无聊，根本没有机会去体验世间的危险。没有花花世界的诱惑，除了兄姐和仆从，见不到其他人，在他们眼中，我只是个无关紧要的小女孩。我又想起了在多雷米帮助父亲放牧的贞德，那时她像我一样的年纪，穿行在一望无际的泥泞土地上。她并没有抱怨乡间生活的枯燥无趣，一直等待着召唤她成为伟人的声音到来。我也应该像她那样。

我不知道这次伦敦之旅是不是我等待的召唤声，是不是我成为伟大人物的契机。我们会前往好国王亨利六世的宫廷。他一定很欢迎我，不管怎么说我都是他的堂亲。他的祖父和我的祖父是同父异母的兄弟，只是一个当上了国王而另一个没能当上，所以他们之间的关系很亲密，国王本人还通过了一条法律，承认我的家人——博福特家——虽非王室，却是合法继承人。他肯定能看到我身上的神圣之光，因为每个人都说他无比圣洁。他肯定会宣布我既是他的亲族，也和他拥有同样的灵魂。如果他让我留在宫里陪伴他呢？为什么不呢？如果他要求我做他的顾问——就像法兰西皇太子要求圣女贞德那样呢？我是他的第二代堂亲，而且拥有圣徒的双眼，虽然只有九岁大，但也能听到天使的声音，如果他们同意，我就会整晚祈祷。如果生为男孩子的话，那么我早就是威尔士亲王[①]了。有时我会觉得，他们是不是希望我是个男孩，而这就是他们看不到我内在光芒的原因。他们会不会是因为这种傲慢的期待，所以才看不见我内心的圣洁与伟大？

“都听您的，母亲大人。”我顺从地说。

---

① 英国王太子的封号。

“听起来你不怎么兴奋，”她说，“你不想知道我们去伦敦的原因吗？”

我拼命压抑着激动：“想的，如果您愿意告诉我的话。”

“我要很遗憾地告诉你，你和约翰·德拉·波尔的婚约必须终止。这场婚约在你六岁时订下，但现在情况不同了。如果被问及终止婚约是否出于自己的意愿，你要回答‘是’。明白了吗？”

这番话让人心惊胆战：“可我不知道该怎么说。”

“你要做的是同意终止婚约。只要说‘是’就可以了。”

“如果他们问我这是不是上帝的旨意呢？如果他们问我这是不是我的祷告得到的回答呢？”

她厌烦地叹了口气。“他们不会问这些的。”

“那之后会怎么样呢？”

“国王陛下会指派新的监护人给你，之后也会为你安排新的婚事。”

“另一场婚约吗？”

“对。”

“我就不能去修道院吗？”我轻声问她，虽然也猜到了她的回答。没有人重视过我心灵方面的天赋。“即使在我解除婚约以后也不行吗？”

“你当然不能去修道院了，玛格丽特。别傻了。你的使命是为我们博福特家生下男性继承人，为英格兰国王带来一位年轻男性堂亲、为兰开斯特家带来一个男孩。天哪，约克家已经有了那么多男孩子。我们必须拥有属于自己家的男孩。这个使命就交给你了。”

“但我觉得自己有责任——”

“你的责任是成为兰开斯特家下一任继承人的母亲，”她用尖锐的口气说，“这是许多女孩梦寐以求的事情。现在是时候准备出发了。侍女们已经将衣服打包收拾好了；你只需要拿上洋娃娃就可以出发。”

我带上了我的洋娃娃和仔细抄写的祈祷书。当然了，我会法语也会英语，但不会拉丁文和希腊文，母亲也不会请家庭教师教我这些。她总说女孩子没什么受教育的必要。我希望自己有天能读懂拉丁文写的福音书和祈祷书，但现在还不行，至于英文手抄本则珍贵而又稀有。男孩子们都有机会学习拉丁语、希腊语和其他科目；但女孩子只能读读写写、做做针线活儿、记录家庭账目，弹奏乐曲或者阅读诗歌。如果我能够成为修女院院长的话，就可以进入大图书馆，让书记员把所有我想读的段落篇章都抄下来给我。我可以让见习修女们整天读给我听。我会成为一个博学的女人，而不是像现在这样无知，和平民女孩一样愚蠢。

如果父亲还活着，也许会教我拉丁文。他很擅长阅读和写作；至少我了解的他是如此。他被困在法兰西的那些年里，每一天都在学习。父亲在我一岁生日的几天前就去世了。我出生的时候他正在法兰西征战，努力收回自己的财产，无暇他顾，直到我要满周岁时才回家，不久便撒手人寰。所以他并不了解我，也不了解我的天赋。

到达伦敦需要三天的时间。母亲骑着自己的马，我却只能坐在一个马夫身后的女用马鞍上。那个马夫名叫沃特，他总觉得自己是整个马厩和后厨里最最英俊的人。他对我眨了眨眼睛，就好像我会对他这样的人表示友好似的。我皱了皱眉，以此提醒他，我是博福特家族的一员，而他只是个无名小卒。我坐在沃特身后，被迫紧紧地抓着他的皮带。他问："抓紧了吗？抓紧了吗？"我冷漠地点头，让他明白我在去安特希尔的一路上都不想和他说话。

他转而唱起歌来，这也挺要命的。清亮的男高音唱起情歌和乡间小调，惹得那些负责护卫的士兵们（因为近来的英格兰到处都是手持武器的劫匪）也纷纷随他一同高歌。我多希望母亲能够命令他们安静下来，至少能够命令他们改唱圣歌；可她却乐在其中，沐浴在春日暖阳之中。她来到我身边的时候，笑着说："就快到了，玛格丽特。我们今晚在亚博茨兰利过夜，明天就能到达伦敦。你没觉得太累吧?”

从来没有学过马术，也没能单独骑马的我就这样毫无准备地抵达了伦敦，街巷间、集市和商店里熙熙攘攘的人群都注视着骑马经过的我们一行五十人。我为什么不能像个拯救英格兰的女英雄，而是坐在马夫身后的女用马鞍上，还紧紧抓着他的腰带，像个去集市买鹅的闲散妇人?我一点也不像是兰开斯特家的继承人。我们在酒馆里住下，没有进宫，因为我的监护人萨福克公爵死得很不光彩，所以我们不能住进他的宅邸。我告诉圣母玛利亚，我们在伦敦并没有像样的宅邸，但我又想到，她当时也只能在伯利恒[①]的小旅馆里凑合，而希律王[②]的宫殿里有的是空房间。考虑到她的身份，肯定有比马厩更适合的住处。因此我也会尽量习惯，就像她那样。

至少我在进宫取消婚约之前，可以穿上伦敦城的衣服。我的母亲让裁缝们在旅馆里为我测量尺码，把一条漂亮的长裙改得合身。他们说，宫里的女人们都戴着锥形的高头巾，连过七尺高的门时都得低着头。他们说安茹的玛格丽特王后喜爱漂亮的衣物，她穿着刚刚染成红宝石色的新裙装，显得格外美丽；他们都说它鲜红如血。我的母亲让我穿的是圣洁的白色长裙，点缀着与之形成鲜明对比的兰开斯特家的红玫瑰标志。这提醒着每个人：我虽然只是个九岁大的女孩，但也是整个家族的继承者。等衣服做好，我们才能乘坐驳船进宫，去提出取消婚约的要求。

取消婚约的过程非常令人失望。我希望他们会询问我原因，让我可以站在他们面前，羞涩而清晰地回答说——是上帝本人认为约翰·德拉·波

① 巴勒斯坦中部城市，在《圣经》中，伯利恒是耶稣的出生地，因此被称为“圣城中的圣城”。

② 在耶稣童年时代，希律王是整个犹太人地区的统治者。他以残暴著称，传说他曾经试图杀害幼年基督。

尔不该成为我的丈夫。我想象自己站在一整个法庭的法官面前，像幼年基督在犹太教堂里那样令所有人惊诧。我本以为自己有机会说自己做了个梦，梦境告诉我不应该嫁给他，因为我身怀更加伟大的使命——我是上帝选出来拯救英格兰的人！我会成为英格兰的女王！然后我会写下“女王玛格丽特”作为签名：玛格丽特·R[①]。可我并没有得到陈诉这一切以及大放异彩的机会。在抵达之前，申请的内容就已经写在了纸上，我只需说“我自愿取消婚约”并且签下自己的名字——玛格丽特·博福特——就结束了。甚至没有人前来询问我的意见。

我们等在会客室外，很快，国王的一位侍从走出来喊着“玛格丽特·博福特女士”，人们四下环顾，最终将目光集中在我身上。有那么片刻，美妙的片刻，我感觉到所有人都在看着我，随即低垂目光，摒弃俗世的虚荣，接着，母亲便带着我进了国王的会客室。

国王坐在他庄严的王座上，头顶悬着象征地位的华盖，旁边差不多规格的椅子里坐着王后。她有着金色头发和棕色眼眸，还有圆润的脸庞和挺直的鼻子，看起来既貌美又任性，而身旁的国王则显得英俊而苍白。第一眼看去，我并没有发现他身上有什么圣光，看上去和常人无异。我上前行屈膝礼的时候他对我微笑，但王后却沿着我裙摆绣着的红色玫瑰一直打量到面纱上的小小头冠，然后就转过脸去，仿佛她根本没把我当回事。我想，作为法兰西人，她并不知道我的身份。应该有人去告诉她，如果她没有孩子的话，人们会找一个男孩作为兰开斯特家的继承人，也就是我的儿子。那样一来，她肯定会对我多加关注。可她太过拘泥于世俗了。我从看过的书里知道，法兰西人都非常世俗。我可以肯定，她根本看不出圣女贞德身上的圣光，所以她并不钦佩我也就不奇怪了。

她身旁是个非常美貌的女人，也许是我见过的最最美貌的女人了。她

① 这是后来玛格丽特所用的签名，“女王”的首字母就是R。

穿着一件蓝色长裙，镶着的银边仿若一条闪光的水流。她本人就像一条全身是鳞片的鱼儿。那女人发现我在看着她，于是对我微笑，笑容映亮了她的面庞，仿佛夏日的水面反射的阳光。

“她是谁？”我压低了声音问母亲，母亲捏了捏我的手臂示意我保持安静。

“雅格塔·里弗斯。别看了。”我母亲严厉地说，又捏了捏我的手臂好让我回过神来。我又深深地行了个屈膝礼，然后朝着国王微笑。

“我为你的女儿安排了合适的监护人，他们是我同父异母的兄弟——埃德蒙·都铎与加斯帕·都铎，”国王对我妈妈说，“她可以和你一起住，直到结婚那一天。”

王后转头对雅格塔说了些什么，后者聆听时身子前倾，仿佛溪边的柳树，面纱在她的三角头巾周围摇曳。王后听到这个消息似乎并不愉快，我则被晾在一边，心中一直等待着有人上前来征求我的意见，好让我说明自己注定要过上圣洁的人生，可母亲却行了个屈膝礼便退了下去，然后有人走前几步，这件事似乎就这样结束了。国王几乎没有看我；他对我一无所知，至少不比我走进房间之前更多，然后就这样指派了新的监护人，另两位陌生人给我。他为什么不明白我拥有与众不同的神圣，就像他那样？难道我连向他展示圣徒之膝的机会都没有吗？

“我能说些什么吗？”我低声问母亲。

“不行，肯定不行。”

那要怎样让他知道我的与众不同呢——如果上帝本人不急着告诉他的话？“好吧，接下来会如何？”

“我们在这里等另一名请愿人朝见国王，然后就去用餐。”她答。

“不，我是说，我接下来会如何？”

她看着我，仿佛看着个听不懂话的傻瓜。“你要再次订婚，”她说，“你没听到吗，玛格丽特？我希望你能认真听。这一次的婚约更适合你。你首先会成为监护对象，进而成为国王同父异母的弟弟埃德蒙·都铎的妻子。都铎家的男孩都是国王的生身母亲——瓦卢瓦的凯瑟琳女王在第二次结婚时与欧文·都铎所生。都铎家的两兄弟埃德蒙与加斯帕都深受国王宠爱，他们体内都有一半的王室血统。你要嫁给他们之中年长的那一个。”

“他不想先和我见见面吗？”

“有什么必要吗？”

“看看他是不是喜欢我。”

她摇了摇头。“他们需要的不是你，”她说，“而是你将会怀上的那个男孩。”

“可我才九岁。”

“他会等你长到十二岁。”

“到十二岁的时候我就结婚？”

“当然。”母亲的语气就好像我是个傻瓜。

“那时候他多大呢？”

她想了想。“二十五岁。”

我眨了眨眼睛。“那么他住哪儿？”我想到了布莱特苏的房子，那里根本没有一整套空房间可供魁梧的年轻男人和他的随从，或者再加上他的弟弟居住。

她失声大笑。“噢，玛格丽特。到那个时候你就不能再和我一起住在家里了。你要去到威尔士的兰菲宫，和他还有他的弟弟一起生活。”

我又眨了眨眼睛。“母亲大人，你要我跟两个成年男人居住在威尔士？就我一个人？等我十二岁的时候？”

她耸了耸肩，仿佛在表示遗憾，却又无能为力。“你们很般配，”她说，“两边都有王室血统。如果你生了男孩，那么他很有希望成为王位的继承人。你是国王的堂亲，而丈夫是国王同父异母的弟弟，生下的任何男孩都能彻底打消约克公爵理查德觊觎王位的想法。你知道这些就可以了，别去思考别的。”

1453年8月

母亲总是对我说“光阴似箭”，但事实并非如此。日子一天天过去，却没有新鲜事发生。我同母异父的兄姐并没有因为我与都铎家族而非德拉·波尔家的婚约而对我更加尊重。相反，他们嘲笑我即将嫁去威尔士，说那里是龙和女巫的居所，没有道路，只有黑暗森林中的巨大城堡，在那里，泉水里会钻出水妖，迷惑凡人，野狼成群结队，择人而噬。一切都没什么改变，直到某天晚上，全家人祈祷的时候，母亲比以往更虔诚念诵国王的名字，我们不得不多跪了半个小时，为麻烦缠身的亨利六世的健康而祈祷；以及向圣母玛利亚祈祷，为王后腹中的新生命而祈祷，祈祷那是一个男婴，是兰开斯特家的新王子。

在为王后的健康祈祷的时候，我并没有说“阿门”，因为我觉得她对我不怎么友好，她生下的孩子将会取代我成为下一顺位的兰开斯特继承人。我并没有祈祷她不要生下活婴，因为这样是错的，甚至是妒忌的恶行；但我觉得，圣母玛利亚应该理解我在祈祷时的缺乏热情，她是天国之母，也明白王位继承人之路有多么艰难，尤其是对一个女孩来说。无论未来怎样，我都不可能成为女王，没有人会同意的。但如果我能够诞下男婴，他就能成为王位的有力竞争者。当然了，玛利亚本人也不负众望地生下了男婴，因此成了“天国之母”玛利亚，也因此可以把自己的名字写成玛丽女王：玛丽·R。

我一直等到兄姐都赶去吃晚餐的时候，才问母亲为什么要如此认真地为国王的健康祈祷，以及“麻烦缠身”是什么意思。她的面孔因担忧而绷紧。“今天，我从你的新监护人埃德蒙·都铎那里收到一封信，”她说，“他告诉我，国王最近显得精神恍惚。他什么也不说、什么也不做；终日垂头看着地面，不为任何事所动。”

“是上帝在跟他说话吗？”

她有些恼火地哼了一声。“谁知道呢？我相信你的虔诚值得称颂，玛格丽特。但如果上帝真的在跟国王说话，那么他选择的时机可不太对。如果国王表现出任何虚弱的迹象，约克公爵一定会抓住这个机会夺权。王后出席了国会，宣布代行国王全部的权力，但他们并不信任她。他们会任命约克公爵理查德代替她摄政。这是一定的。那样一来，我们就会归于约克家的统治之下，而你也将见证我们的命运向坏的那一面转变。”

“什么样的转变？”

“如果国王无法康复，那么约克的理查德就会取代他，他和他的家族会享受漫长的摄政时期，直到王后的孩子长大成人。他们会用多年的时间把自己人安排到教会的高层，还有法兰西和英格兰最好的地方。”她自顾自地喋喋不休，脚步匆忙地走进大厅，“我能想象到他们来找我，然后再次解除你的婚约。他们不会让你嫁给兰开斯特的都铎家族。他们会希望你嫁入他们的家族，让你未来的儿子成为他们的继承人；如果兰开斯特家坚持要你，我就要被迫拒绝约克公爵。那会招来他的怨恨，以及许多年的麻烦。”

“可这有什么必要？”我要用跑的才能跟上她的脚步，“我们都是王室成员。为什么要彼此争斗？我们同属金雀花王朝，都是爱德华三世的后裔。我们都是亲戚。约克公爵理查德和我一样，都是国王的亲戚。”

她从上到下地打量我，裙角拂过铺地香草[1]，散发出薰衣草的气息。

---

① strewing herb，中世纪欧洲为了防臭或者除虫而铺在地板上的香草。

“我们也许属于同一家族，但这也正是我们无法友善相处的原因，因为彼此都是王位的竞争者。什么样的争吵能比亲族间的争吵更可怕呢？虽然都是亲戚没错，但他们是约克家，而我们是兰开斯特家。千万别忘了。我们兰开斯特家是爱德华三世之子，冈特的约翰的直系血亲。直系血亲！但约克家的血统只能追溯到冈特的约翰的弟弟埃德蒙。他们不是爱德华的直系继承者，只是他的弟弟的后嗣。除非兰开斯特家没有任何男性子嗣，他们才能够继承王位。所以——想想吧，玛格丽特！——你觉得在国王精神恍惚，而他的孩子还没有诞生的时候，他们在想什么？你觉得他们对你这样一个兰开斯特家尚未婚配，更没有生下子嗣的女孩，会有什么打算？”

“他们是希望我嫁到他们的家族里吗？”再度改换婚约的可能性让我不知所措。

她短促地笑了几声。“这个嘛——不如说，他们更希望看到你的死。”

我无言以对。强大的约克家希望我死去，这个想法太吓人了。“但国王肯定会清醒过来的，对吗？然后一切就都不要紧了。他的孩子一定会是男孩，会成为兰开斯特家的继承人，一切就都会好起来。”

“上帝保佑国王早日清醒，”她说，“但你也应该祈祷，希望代替你的孩子不会出世。再向上帝祈祷，保佑你顺利成婚，顺利产子。因为在约克家的野心之下，没有谁是安全的。”

1453年10月

国王仍处于半梦半醒的状态，脸上带着微笑。我在自己的房间里坐着，努力学着他们所说的国王那样，双目低垂，期待上帝会像降临在他身上那样降临到我的身上。我努力不去听窗外马厩那边的嘈杂、洗衣房中传来的嘹亮歌声和有人在搓板上敲打衣服的沉闷响声；努力让自己的灵魂接近上帝，感受那令人沉醉的平和，这平和肯定洗净了国王的灵魂，让他看不到顾问们脸上的忧虑表情，妻子把新生的儿子放进他的臂弯，告诉他醒过来，向英格兰王位的继承人小王子爱德华问好，他也视若无睹。即使王后生气地对他大喊，如果他不马上醒来，兰开斯特家就会灭亡，他也一如既往。

我努力地让自己像国王那样，出神地聆听上帝的话语，可却总是有人来敲我的门，或者在走廊里大喊要我去帮忙做一些杂事，这一切将我拉回充斥罪恶的凡俗世界。对英格兰来说，最大的问题就是国王始终没能醒来，而当他坐在那里，聆听天使的话语时，自封为英格兰摄政王的约克公爵理查德掌控了大权，开始像国王本人那样发号施令，而玛格丽特王后也在召集人手，宣称自己的孩子需要保护。这句警告足以带来不安。英格兰到处都有人在集结军队，也在考虑自己究竟应该服侍令人憎恨却带着出身纯正的王子的法兰西王后，还是追随英俊的英格兰人——约克的理查德，无论他有怎样的野心。

1455年夏

我大婚的日子——终于到来了。我穿着自己最好的裙子站在教堂门口，腰带系得很高，紧箍着肋骨，宽大的袖子裹住了我纤细的双臂和小手。我头上沉重的头巾压得我几乎抬不起头来，面纱遮住了我苍白而怨恨的面容。我的母亲陪着我走向监护人埃德蒙·都铎，而他认定——所有睿智监护人都会这么想——对我来说，嫁给他是最好的选择：因为他是最适合看顾我的福祉的人。

我低声对母亲说："我怕。"而她只是低头看着我。我的头只够得到她的肩，虽已经十二岁大了，但仍旧只是个孩子，胸部平坦得就像木板，层层叠叠的衣服下体毛稀疏。他们不得不往我的胸衣里塞进亚麻布，制造出胸部隆起的假象。我还是一个孩子，却要履行女人的职责。

"没什么好怕的。"她生硬地说。

我又尝试了一次。"我还以为我能保持贞洁，就像圣女贞德那样。"我对她说，拉着她的袖子，想引起重视。"您知道我的想法。我一直以来的想法。我想进修女院，现在还想去。这也许是某种召唤，也许是上帝的旨意。我们应该听取建议，或许还可以请教神父——趁现在还不算太晚。如果这是上帝本人的意愿呢？这样一来，我结婚就等于是亵渎上帝了。"

母亲转过身，将我冰冷的手紧握在她的手心里。"玛格丽特，"她严肃地说，"你必须知道，你永远无法决定自己的人生。你是女孩子：女孩子没有选择的权利，甚至不能选择自己的丈夫。因为你是王室成员，丈夫永远是由他人选择的。流着王家血液的人没有资格嫁给自己选择的人，你也清楚这一点，毕竟是兰开斯特家的成员，你不能选择自己的立场，必须时刻考虑家族、家庭和丈夫。我允许你有梦想，也允许你读书；但时间已经到了，你必须把那些不切实际的故事和梦想放到一边，履行你的职责。别以为可以像你的父亲那样逃避责任。他选择了懦夫的方式，而你不能这么做。”

她突然提到父亲，让我很是吃惊。她几乎从不提起第二任丈夫——也就是我的父亲——就算偶尔说起也闪烁其词。我正想问她，他是怎么逃避的？“懦夫的方式”究竟指什么？教堂的门却在这时打开了，我只好走上前去，牵起我新婚丈夫的手，站在神父面前宣誓。我感觉得到他的大手牵着我的手，听得到他低沉的声音回答着神父的问题，而我的声音轻得近乎耳语。他将威尔士黄金制作的沉重戒指套在我的手指上。它太重太重了，我不得不把手捏成爪子，才能勉强抓住它，我抬头向他望去，震惊不已。他居然觉得这样的婚姻能维持下去：不但这戒指对我来说大得出奇，而且我只有十二岁，他的年龄是我的两倍还要多。他是个身经百战又野心勃勃的男人，是个来自寻求权势的家族的坚毅男人。可我只是个渴望虔诚生活的孩子，祈祷着他人能够发现我的与众不同。可这一次，依旧除我以外无人在意。

我在彭布罗克郡[1]的兰菲宫[2]开始了自己的婚姻生活，那地方位于可怖的威尔士。第一个月里我根本没时间思念母亲和家人，必须以全新的方式

① Pembrokeshire，位于英格兰威尔士西南部。

② Lamphey，位于彭布罗克郡境内。

适应截然不同的一切。我绝大部分时间都在城堡中和仆从及女伴们一起度过。丈夫和他的弟弟则像阵雨一样匆匆来去。除了陪我一同前来的女家庭教师和女佣，其他人都那么陌生。他们说的都是威尔士语，每当我要一小杯麦酒，或是一壶梳洗用的清水的时候，他们就盯着我看。我是如此渴望来自家乡的友好面孔，就算能看到马夫沃特，我也会很高兴的。

这座城堡位于荒凉的乡村。周围除了高耸的群山与天空之外一无所有。我能看到如同潮湿布帘般的雨云，半小时之后，雨水才落在灰色的石板屋顶上，给墙壁留下斑驳的水渍。这儿的教堂很冷，而且乏人问津，神父也很是心不在焉：他甚至没有注意到我格外的虔诚。我常常去那里祷告，光线透过西方的窗户照到我低垂的头上，可无人在意。从这里去伦敦要经历九天的艰苦行程，故乡是如此地遥远。从母亲那里来的信也要辗转十天，况且她极少写信。有时我甚至觉得自己像一个被敌人从战场上掳走，在敌人的土地上等待换取赎金的孩子——就像父亲那样。我感觉到的是前所未有的孤独与无助。

最糟的是，新婚之夜过后，我就再也没有看到过幻景。我会关上自己房间的门，假装是在做针线活儿，然后每个下午都跪地祈祷，每天傍晚都在那间潮湿的礼拜堂度过。但我什么都看不到。看不到火刑柱，看不到争战，甚至看不到飘扬着天使和百合花的旗帜。我向圣母玛利亚祈祷，祈求看到圣女贞德的身影；可她并没有回应，最后我坐回自己的脚跟，开始忧虑自己是否只有在处子之身的时候才是圣洁的；作为妻子的我，根本毫无特别之处。

在这世界上，没有任何东西能够弥补我的这份损失。我从小就得知，自己是个伟人的女儿，也是王室的继承人，但我内心引以为荣的却是另一件事：上帝曾对我说过话，曾经让我看到过圣女贞德的景象。他派了一位伪装成乞丐的天使给我讲述圣女贞德的故事。他指派威廉·德拉·波尔做我的监护人，这样一来，见过贞德本人的威廉就会发现，我拥有和她同样的圣洁。但后来不知为何，上帝忘记了这个明智的计划，任由我落入一个对我的圣洁毫无兴趣的丈夫手中，而那个人为了完成婚姻的誓言，在那个可怕的夜晚夺走了我的童贞和看见幻景的能力。至于上帝为何首先选择我，然后又忽视我，我不明白原因。我没有资格质疑上帝的旨意，但不得不思考：为什么他一开始选择了我，而今又把我留在威尔士？要不是因为他是上帝，这个安排一定会让所有人都觉得毫无道理。我不知道自己在这里能做什么，而且没有人能在我的身上看到圣洁的光。这里比布莱特苏更糟，至少布莱特苏还有人抱怨我虔诚得过了度。在这里，甚至没有人注意到这一点，我担心自己就此埋没，再也没法成为这个世界的指路明灯。

我想我的丈夫算得上英俊而勇敢。白天几乎看不到他和他的弟弟：他们为了国王的平安，总是会骑马出巡，平定地方叛乱。埃德蒙永远一马当先；而他的弟弟加斯帕则如影随形地跟在他身侧。他们的年纪只相差一岁。第一眼看到他们的时候我还以为他们是双胞胎兄弟。两兄弟有着同样令人不快的姜黄色头发和长长的鼻子，身材高大挺拔，但我觉得他们上了年纪的时候会发福，用不了多久。他们交谈的时候能帮对方把话说完，也总是讲着彼此才能听懂的笑话，但极少对我说话，也从不告诉我有什么好笑的。他们痴迷于武器，甚至可以整晚地谈论一把弓的弦。我看不出他们在上帝的计划中扮演什么角色。

这座城堡永远戒备森严，因为交战的双方以及成群心怀不满的士兵总是经过这里，劫掠附近的村庄。正如母亲所担忧的那样，如今到处都很不太平。当然了，这里比其他地方还要危险，因为这儿原本就是尚未开化完全的蛮荒之地。即使国王病情好转也没带来什么变化，他们才刚刚要求民众庆祝，国王就很快再度恶化，有些人说这种情况会一直持续下去：我们要在一个终日昏睡的国王手下生活。这显然不是好兆头。就连我也能看得出来。

人们纷纷拿起武器反抗国王，先是抱怨法兰西的战事让税率不断上涨，如今又抱怨战争虽然结束，我们却失去了国王那更加勇敢的父亲和祖父赢得的一切。人们都憎恨那位王后，因为她就是法兰西人，每个人都议论说，国王在这场婚姻中沦为了傀儡，那个法兰西女人才是真正的统治者，如果由约克公爵来治理，国家的状况会好上很多。

那些对邻居不满的人纷纷趁此机会推倒了栅栏，偷猎他们的猎物，偷盗他们家中的木材，进而引发争斗，而埃德蒙每次都必须出面，用暴力手段来主持公道。道路变得危险，因为成群的游荡士兵在法兰西留下的积习难改，在英格兰的土地上仍旧干着搜刮与诱拐之事。每当我跟着仆从骑马进入城堡周边的小村子，都不得不带上一名武装护卫。我看到一张张苍白的面孔、一双双饥饿而空洞的眼睛，没有人朝我微笑，虽然他们本该为这座宫殿的新女主人注意到他们而高兴。除了我之外，谁又会为他们争取在人间和天堂的利益？但我不明白他们在说些什么，都是一堆威尔士语，如果他们靠得太近，我的仆从们就会举起长矛喝令他们后退。很明显，我并不能成为这些村民们的光芒，正如我在宫殿里那样。我十二岁了——如果说人们现在还看不出我是黑暗世界中的光芒，那他们什么时候才能看见呢？但在可悲的威尔士，他们除了泥土还能看到什么？

埃德蒙的弟弟加斯帕本该住在离彭布罗克城堡几英里远的地方，但他很少去那儿。他不是待在王宫，为了英格兰的和平努力维系约克家和国王之间摇摇欲坠的关系，就是和我们在一起。不管他去哪里，也不管他是否因为国王再次陷入昏迷而满面愁容，他总是能顺路来到兰菲宫，和我们共进晚餐。

晚餐时分，我的丈夫埃德蒙只会和他的弟弟加斯帕交谈。两人都没有和我说哪怕一个字，但我听到他们在担心约克公爵理查德试图登上王位。

约克公爵听从了沃里克伯爵理查德·内维尔的建议，而这两个人不甘心屈居于一个昏睡的国王之下。有很多人说，英格兰就算在摄政王的手中也不会安全，如果国王不再醒来，英格兰就无法存活到十二年后王子执政的那一天。必须有人登上王位，我们不能接受昏睡的国王和婴孩的统治。

“摄政王长时期掌权绝不可行，必须拥立一位国王，”加斯帕说，“我真希望你和她结婚上床的日子早个几年。这样我们至少能在这场竞争中领先些。”

我涨红了脸，低头盯着自己的盘子，里面堆满了烹煮过头、难以辨认的野味。威尔士的人比起农耕来更擅长狩猎，餐桌上每一顿都有他们猎回来的皮包骨头的飞禽走兽。我期待着只能吃鱼的斋戒日，甚至自行延长斋戒的时间，好逃避这种黏糊糊的晚餐。每个人都用刀子在公用的盘子里取走他们想吃的东西，又用大块的面包蘸着汤吃。他们用马裤擦手，用外衣的袖口抹嘴。即使在贵宾席上，我们也是用面包挖成的盘子装菜，然后在用餐完毕的时候把容器吃掉，桌子上不放盘子。餐巾太“法兰西”了，他们觉得爱国就该用袖口擦嘴，而且还像带着传家宝那样自带汤匙，平时就塞在靴子里。

我取了一小块肉细细咀嚼，油脂的味道让人反胃。现在他们就在我面前大聊特聊，把我当成了聋子，谈论着我的生育能力，说如果王后被赶出英格兰，或者她的孩子死去，那么我的儿子就会成为王位的有力继承人。

“你觉得王后会允许这种事发生吗？你觉得安茹的玛格丽特会不为英格兰而战吗？她清楚自己的责任所在。”埃德蒙大笑着说道，“甚至有人说，她的信念非常坚决，就算是丈夫昏睡不醒也无法阻止她，为了不让王室的摇篮空无一物，所以找了个马夫来骑她。”

我的双手抚上自己滚烫的脸颊。我无法忍受这样的话题，但却并没有人觉察到我的不安。

“别再说了，”加斯帕打断他，“她是个了不起的女人，而我为她和她的孩子担心。你去培育你的继承人吧，别再对我重复那些谣言。约克家有四个男孩了，别提有多得意。得让他们知道，兰开斯特家也有一位真正的继承人：我们必须打压他们的野心。斯塔福德与霍兰都有了继承人。可都铎与博福特家的子嗣在哪儿呢？”

埃德蒙短促地笑了几声，又伸手去拿酒。“我每晚都在为此努力，”他说，“相信我。我没有懈怠我的职责。她也许比孩子大不了多少，而且不喜欢这样的事，可我已经尽我所能了。”

加斯帕第一次看向我这边，仿佛在思索我对如此苍凉的婚姻生活有何看法。我紧紧地咬着牙，眼神空洞地迎上他的目光。我不想要他的同情。这是我的历练。嫁给他的哥哥、住到可怕的威尔士的乡村宫殿都是属于我的历练；我全盘接受，而且知道上帝会因此褒奖我。

埃德蒙告诉他弟弟的的确是真相。每一晚他都会来到我的房间，因为晚餐时灌下去的酒而有些步履蹒跚。每天晚上他都睡在我身旁，扯下那条镶着瓦朗谢讷蕾丝的裙子丢到一旁，将他沉重的身体压到我身上。每天晚上我都紧咬牙关，从不抗议，甚至是他毫不温柔地要我的时候，也不会有一声痛苦的呻吟。不久以后，他就会起身离开我的床，套上他的睡衣，自行离开，没有一句感谢或者道别。我自始至终保持沉默，他也一样。如果法律允许女人憎恨她的丈夫，那么我就像憎恨强奸犯一样地恨他。但恨意会让孩子变成畸形儿，所以我决定心底不能有一丝一毫的恨意。相反，他每一次离开以后，我都迅速走下床，双膝跪地，忍受着他残留的汗臭和双腿之间灼烧般的疼痛，向由圣灵感孕而省去这些麻烦的圣母玛利亚祈祷。我祈祷她能宽恕埃德蒙·都铎对我——对上帝倍加宠爱的我——的折磨。

我是摆脱了罪孽，当然也包括欲望的人。经历了几个月婚姻生活的我，仍像少女时代一样毫无欲望；看来治愈充斥欲望的女人的方法就是让她嫁人。现在我明白，为什么圣徒会说“压抑激情不如走进婚姻”。按照我的经历来看，只要结婚，激情必然烟消云散。

1456年夏

在经历了充满孤独、伪装与痛苦的漫长一年以后，我又有了新的负担要承受。埃德蒙的老女佣等都铎家的子嗣等得很不耐烦，开始每个月都到我这里，问我的月经是否如常，仿佛我只是用于配种的母马。她盼着我说“不”，这样她就能掰着粗壮的手指计算，确认她的主人尽到了职责。我令她失望了好几个月，让她枯瘦的面孔阴云笼罩，可六月末的时候，我告诉她这个月的月经没有来，她在我的房间里跪倒在地，向上帝和圣母玛利亚致谢，因为都铎家族终于有了继承人，兰开斯特家也将保护整个英格兰和平安定。

起初我以为她是在开玩笑，但她马上便起身赶去把这个消息告诉我丈夫埃德蒙和他的弟弟加斯帕，他们双双赶来，仿佛一对兴奋不已的双胞胎，然后高声说出他们的美好祝福，问我有没有什么特别想吃的东西，或者要不要派人去请我的母亲来，想不想去庭院里散散步，又或是想休息一下；我明白，对他们来说，我的怀孕确实是他们飞黄腾达的第一步，也许还将拯救整个兰开斯特家。

那一晚，我跪地祈祷，最后再次看到了幻景。我看到的景象清晰得不似梦中，但太阳并非威尔士的灰白，而是法兰西的明媚。我看到的不是贞德走向绞架，而是她受到召唤，走向伟大之路的奇迹般的时刻。我和她一同站在她家乡附近的田野上，能够感受到脚下青草的柔软，明亮的天色让我有些眼花。我听到祈祷的钟声在脑海中萦绕，听到天国的歌声，看到闪烁的光。我把头靠在柔软的床上，但眼睑之后仍有挥之不去的强光。我相信自己看到了她受召时的情景，而我自己也受到了召唤。上帝曾经让贞德服侍他，而现在他想要的人是我。我的时刻终于到来，而我的女英雄贞德为我指明了前路。我为对圣洁的渴求而颤抖，眼睑之后的灼热强光传遍全身，我可以肯定，这种光甚至照耀进了我的子宫里，照耀在灵魂逐渐成形的我的孩子身上。

我不知道自己跪地祈祷了多久。没有人来打扰我，最后我惊讶地睁开眼睛，感觉自己像是沐浴了一整年的神圣之光，然后对着跃动的烛火眨了眨眼睛。我扶着床柱缓缓站起身来，神圣的幻景让我双膝发软。我恍惚地坐在床边，思索着自己蒙受的召唤究竟是什么。贞德的使命是让法兰西免受战火，并且将法兰西真正的国王送上王位。肯定有某种原因，我才会看到自己站在她家乡的田野上，就像我一直以来所想象的那样。我们的人生肯定步调一致。她的故事也就是我的故事，我也必须拯救自己的国家，就像她那样。我也会响应上帝的召唤，拯救英格兰于危难、动乱以及战争，将英格兰真正的国王送上王位。等亨利国王去世的时候，就算他的儿子存活下来，我的孩子也将继承英格兰的王位。我深切地知道这一点。这个孩子一定是个男孩——这是我亲眼所见的幻景告诉我的结果。我的儿子将会继承英格兰的王位。与法兰西的战事将在他的治理下终结。国家的动荡也会因为我的儿子而平定。我会将他带到这个世界，再将他送上王位，我会教导他选择上帝指引的道路。这就是我的宿命：让我的儿子坐上英格兰的王位，而曾经嘲笑我看到的幻景，质疑我蒙受的召唤的那些人将会叫我王太后殿下。我的签名将会是“王太后玛格丽特”。

我将手放在仍旧平坦的腹部。“国王，”我轻声说，“你就是英格兰未来的国王。”我知道腹中的婴儿会听到我的话，并且得知他的命运：上帝已经将整个英格兰赐予了我，让我代为保管。

腹中的婴儿将成为未来的国王，所有人都将向我屈膝行礼——这个想法支持我度过最初的几个月，尽管每天早晨都会反胃，令我心力交瘁。天气很热，埃德蒙又不得不骑马穿过正在割晒干草的田地，去抓捕我们的敌人。约克家的忠实支持者威廉·赫伯特，满以为在国王昏睡的时候就能将威尔士据为己有，而且没人会来责问他。他派兵来到我们的土地上，征收我们的税款，借口说奉摄政王之名接管威尔士。他的好朋友沃里克伯爵的确有过这道任命，但我们都铎家族早就奉国王之命治理这里，而且我们尽职尽责，无论国王是否清醒。赫伯特家族也好，我们都铎家族也好，都觉得自己才是合法任命的威尔士统治者；但不同之处在于，我们是正确的，而他是错误的。而且毫无疑问，上帝是站在我这边的。

埃德蒙和加斯帕面对赫伯特和约克派的入侵行为始终敢怒不敢言，于是写信给他们的父亲欧文·都铎，后者随即带兵掠夺约克家的领地，并且与他的儿子们商议共同出兵。这正如我母亲的预料。国王是兰开斯特家的人，但他正昏睡不醒。摄政王是约克家的人，但他的精力充沛得过了头。加斯帕大部分时间都不在城堡里，他一直待在沉睡的国王身边，就像一只可怜的母鸡守着已经腐坏的蛋。他说王后已经把自己的丈夫抛弃在伦敦，去高墙环绕的考文垂寻求安全，那座城市可以抵御军队，而且她觉得自己在那里领导英格兰，不会像伦敦那样有遭受背叛的可能。他说，伦敦的商人和南方的半数郡都支持约克家，因为他们想要的是可以安稳做生意的和平年代，并不在乎真正的国王是谁，上帝的意愿又是什么。

与此同时，领主们也纷纷募集士兵，选择阵营，等到晒干草的日子结束，加斯帕和埃德蒙便将手持镰刀和钩镰的人们集结起来，前去寻找威廉·赫伯特，打算教教他谁才是威尔士的统治者。我去城堡的门前向他们挥手告别，并且祝愿他们一路平安。加斯帕向我保证说，他们会在两天之内打败赫伯特，把喀麦登城堡从他手中夺回，完全来得及在收获的时候回来；但两天的时间过去了，他们却杳无音讯。

每天的下午，我都被安排静养，母亲要求女家庭教师重新开始关心我的健康状况，因为现在我怀着王室的后裔。她整天陪我坐在昏暗的房间中，确保我不会借着偷偷找来的蜡烛读书，也不会跪地祈祷。我必须躺在床上，思考那些愉快的事情，确保婴孩肉体强壮，灵魂快乐。我知道自己正在孕育下一位国王，所以我听从她的话，尽量去回想强壮的马儿、美丽的衣服、刺激的马上比武、国王豪华的宫廷，还有王后红宝石色的长裙。但有一天，房门传来了急促的敲门声，我坐起身，看了看女家庭教师，她非但没有好好看护我这个孕育下一任国王的容器，反而在椅子里睡得正香。我站起身轻快地走到门边，打开门，门外站着女仆格温妮丝，她脸色苍白，手中握着一封信。“我们不能看，”她说，“这是给别人的信。我们都不能看。”

“我的女教师睡了，”我说，“给我吧。”

她傻乎乎地递给我，我看到收信人写的是女家庭教师的名字，而且注明由她亲启。我拆开加斯帕·都铎的封蜡，展开信纸。是他从彭布罗克城堡写来的。

埃德蒙受了伤，又被威廉·赫伯特俘获。他作为战俘被囚禁在喀麦登。你们那里尽可能做好迎击的准备，我会救出他。别让陌生人进入城堡：瘟疫正在流行。

格温妮丝看着我。“信上说了什么？”她问。

“没什么。”我说。谎话几乎是脱口而出，也许这是上帝的旨意，所以应该不算说谎，“他说他们会在彭布罗克城堡待上几天。稍迟一些回来。”

我当着她的面关上了门，走回床上重新躺好。我将手放在隆起的腹部，现在长裙下已经有了明显的曲线。今晚晚些时候，我会把这个消息公之于众。但首先，我必须想好该怎么说，以及接下来该怎么做。

就像以往那样，我在想，如果圣女贞德处在我的地位，她会怎么做？最重要的事情就是确保未来国王的安全。埃德蒙和加斯帕能够自己照顾自己。对我而言，没有比让我的儿子待在坚固的城墙之后更重要的事情了，如果“黑心”赫伯特前来洗劫都铎家的领土，至少可以保护我的孩子平安。

想到威廉·赫伯特将会带兵前来与我为敌，我不由得跪地祈祷。“我该怎么做？”我轻声问圣母玛利亚，这一生再没有比现在更希望得到明确答复的时刻了。“我们守不住的，这儿连一整圈城墙都没有，而且也没有可以作战的士兵。彭布罗克正在流行瘟疫，我不能到那里去。我甚至不知道彭布罗克的具体位置。但如果赫伯特要来攻击这里，我们怎样才能平安无事呢？如果他们俘虏我索要赎金呢？如果去彭布罗克，万一我在途中病倒呢？长途跋涉又会不会影响我的孩子？”

回答我的只有寂静。“圣母玛利亚？”我开口道，“玛利亚？”

没有回答。寂静令人不快。

我叹了口气。“贞德会怎么做呢？”我自问道，“她会不会选择更危险的那条路？贞德会怎么做呢？如果我就是贞德，也有她那样的勇气，我会怎么做呢？”

我疲惫地站起身，径直走向女教师，轻轻地将她摇醒。“起来吧，”我说，“你还有事要做。我们要去彭布罗克城堡。”

1456年秋

埃德蒙没有回家。威廉·赫伯特甚至没有要求赎金，虽然他是都铎家族的后裔，也是我孩子的父亲。在这样动荡的时日，谁也说不清埃德蒙的价值。另外，我得知他病倒了，被关在喀麦登城堡，成了赫伯特家的阶下囚，没有写信给我，估计根本没有话对我这个比孩子大不了多少的妻子说；我也没有写信给他，也因为同样无话可说。

我孤独地在彭布罗克城堡等待着，准备迎接围攻，并且不允许任何镇子上的人进入城堡，免得瘟疫传进来。这座城堡也许能抵挡住敌人，但我不知道该向何处求援，因为加斯帕一直在四处逃亡。我们有食物、武器和水。我把吊桥与吊闸的钥匙压在枕头下面，但不清楚接下来该怎么办。我等着丈夫进一步的指示，可没有他的任何消息。我等着他的弟弟回来。我希望他的父亲骑马前来，把我救出这儿。但我像是用墙把自己围了起来，然后就被人遗忘。我祈求圣母玛利亚的指引，因为她怀孕时也曾面对艰难的时日，但圣灵并没有昭告整个世界，说我正孕育着耶稣基督。在我看来，根本没有任何昭示。的确，我的仆从、神父甚至是女家庭教师都在忙着应付自己的不幸和担忧，国王仍在离奇的昏睡之中，而王后与摄政王争斗不休：这些消息提醒了每一个恶棍，这个没有统治者的国家有许多唾手可得的机会。赫伯特在威尔士的朋友们都知道，都铎家族正四处逃亡，他们的继承人已经被俘虏，继承人的弟弟不知去向，继承人的新娘独自留在彭布罗克城堡，满心恐惧。

然后就到了十一月，有一封信寄到了我这里，写着“玛丽·都铎收”，是我丈夫的弟弟加斯帕寄来的。这是他一生中第一次写信给我，我用颤抖的双手打开这封信。他在信中惜字如金。

我很遗憾地告诉你，你的丈夫、我亲爱的哥哥埃德蒙已经因瘟疫过世。请不惜代价守卫城堡。我很快就回去。

我在城堡大门前迎接加斯帕，立刻察觉了他的变化。他失去了他挚爱的兄长。他像埃德蒙那样优雅地跳下马，但现在只剩下一双包着铁皮的靴跟踏在石路上的声响。他此生再也听不到哥哥的脚步声了。加斯帕面色阴郁，眼神空洞而悲伤。他像对待成年女士那样握住我的手，双膝跪地，伸手作出祈祷的姿势，仿佛正在宣誓效忠：“我失去了哥哥，同时你失去了丈夫，”他说，“我向你发誓，如果你诞下男婴，我会视如己出地照顾他。我会倾尽毕生精力守护他。我会保护他的安全。为了我的哥哥，我会让他坐上英格兰的王座。”

他的双眼充满泪水，而我被这个跪在面前的高大成年男子弄得不知所措。“谢谢你。”我只能这样说，随即狼狈地向四处张望，但没有人告诉我该怎么让加斯帕站起来。我不知道该说些什么，同时也发现，他的承诺里并不包括我生下女儿的状况。我叹了口气，伸出手握住他的手，正如他期待的那样。说真的，要不是有圣女贞德在先，我也会觉得女孩子根本一无是处。

1457年1月

从这个月的月初开始，我干脆闭门不出，安心待产。他们给我的卧室装上了百叶窗，隔绝了冬日灰暗的阳光。我无法想象永远不会蔚蓝的天空和永远不会炽烈的太阳有什么遮蔽的必要；但助产士执意要我分娩前整个月都在黑暗中度过，因为这是惯例，而因担忧而脸色苍白的加斯帕说，必须用一切手段确保胎儿的平安。

助产士认为婴儿应该会早产。她抚摸着我的腹部，说婴儿的胎位不正，但到分娩的时候应该能正过来。有时候，她又说婴儿会晚产，要让婴儿的头部先出来，这点非常重要；但我并不清楚原因。她没有向加斯帕提到过任何细节，可我知道，他每天都在我房间外面来回踱步。我能听到他踮起脚尖走在地板上的声音，紧张得就像一位深爱妻子的丈夫。自从我安胎开始，就不能见任何男人，这倒是让我松了口气。可我还是希望自己能去教堂。威廉神父现在就在彭布罗克，我的第一次忏悔就感动得他泪流满面。他说他从来没有遇到过这么虔诚的年轻女孩。我为自己终于找到能够理解我的人而欣喜。他们允许他和我一起祈祷，只要我在屏风的一边，而他坐在另一边，但这跟在教堂里众目睽睽之下祈祷的感觉差太多了。

一周以后，我在狭小的房间里走动的时候，全身的骨头都开始剧痛，助产士南和她上了年纪的同伴——她名字的发音听起来就像刺耳的叫声，而且她根本不会说英语——都认为我应该待在床上不再走动，最好连站也不要站。疼痛如此剧烈，我觉得自己体内的骨头仿佛都碎掉了。显然有什么地方出了问题，但没有人知道问题是什么。他们询问了医师，但由于他不能碰触我的身体，只能问我觉得自己哪里不对劲，无法进一步做出诊断。我只有十三岁，比同龄人还要矮小。我怎么知道腹中的孩子出了什么差错？他们不停地问我，是不是真觉得自己体内的骨头断了？但我不相信自己会死于难产。我不相信上帝费这么一番功夫把我送到威尔士，让我怀上可能成为国王的孩子，却让我在尚未生育之前就死去。

他们说要把我母亲请来，可路途遥远而又艰险，她无法前来，除此之外，她也不比他们高明多少。没人知道我出了什么问题，他们都说是因为我年纪太小，根本不适合生育，在我即将临盆的现在，这些迟来的建议不能带给我丝毫安慰。我不敢问孩子要怎样从肚子里出来。我很害怕自己的身体会裂开，就像小豆荚里装了一颗太大的豆子，那样一来，我肯定会失血而死。

我本以为等待临盆的痛楚已经是我能够忍耐的极限，但这种想法只到那天晚上为止：我疼醒过来，觉得腹中绞痛，仿佛整个胃都翻转了过来。我惊叫出声，身边那两个女人赶忙从两旁的简易小床上跳起来，家庭教师和女仆也都飞跑过来，房间里烛影摇曳，人们打来热水，拿来柴火，在这其中，甚至没有人看我一眼。有许多的血从我身体里喷涌而出，我很确定那是血，而自己就要失血而死了。

她们冲到我身旁，给了一根木棍让我咬着，又用一条祝圣过的腰带围住我隆起的腹部。威廉神父派人将圣体匣[①]送了过来，他们把它放在我的祈祷台上，好让我能时刻看到主的圣体。但在分娩的时候，主所受的苦难不如以往那样令我印象深刻。事实上，不可能有什么痛苦能与我现在相提并论。我为主所受的折磨而悲伤。可如果他也体验过难产，应该能够明白

① 基督教在弥撒仪式上使用的物件，用来盛放作为圣体的面饼。

我的痛苦。

她们让我在床上平躺下来，等到开始痛的时候，又让我拽住一根绳子。我一度昏死过去，于是她们给了我一杯烈酒，让我头晕反胃，但无论什么都无法缓解腹中撕裂般的痛楚。就这样持续了几个小时，从拂晓一直到黄昏，然后我听到人们在低声交谈，她们说这个孩子出世的时间不对，花的时间太久了。其中一个助产士对我表示歉意，她说为了让孩子顺利出生，必须用毛毯把我抛起来。

“什么?”我低声问道，痛楚让我一时间听不懂她的意思。我不明白她们为什么要把我搬下床，再放到地上的一张毛毯里。我想，也许她们是想做点什么，好缓解这种让人无法忍受的痛楚。于是我顺从地躺下，任她们摆布，而她们六个人围成一圈，扯起了毛毯。我躺在悬空的毯子上，就像一袋马铃薯，接着她们一起用力将我抛起，然后接住。我只是个十三岁的小女孩，她们可以轻易将我抛到空中，我惊恐地发觉自己飞起然后落到毛毯上，就这样周而复始。抛接了十次以后，我开始尖叫着请求她们停手，她们将我放回床上，期待着状况有所改善，我只是靠在窗边，在哭泣的间隙呕吐不止。

我平躺片刻，剧痛得以稍稍缓和。在突如其来的寂静之中，我听到女家庭教师非常清楚地说：“如果必须选择，命令是保住孩子。特别是男孩子。”

想到加斯帕命令我自己的女家庭教师告诉助产士，如果必须在我和他侄子之间做出选择，就让我死去，这让我朝地板吐了口唾沫，大喊道：“噢，这是谁的命令？我可是兰开斯特家的玛格丽特·博福特女士……”但她们根本就没有听到我说的话：她们根本没打算听。

“这是正确的选择，”南赞同道，“但对这个小女孩来说太残酷……”

“这是她母亲的命令，”女教师说。我立刻停止了喊叫。我母亲？我自己的母亲吩咐我的女家庭教师，让她优先牺牲我，保全孩子？

“可怜的小女孩，真是可怜的小女孩。”南在一旁说，起初我以为她说的是孩子，也许出生的只是个女孩。但很快我就明白过来她说的是我，年仅十三岁的我，因为就连我的母亲也认为家族的继承人比我的性命更重要。

在两天两夜的折磨之后，这个孩子终于离开了我的身体。我并没有死，虽然其中有那么一段漫长的时间，我很乐于结束自己的性命，只为了摆脱这种酷刑。就在我被痛苦所淹没、昏昏欲睡的时候，她们把孩子抱过来给我看。他有着棕色的头发，还有小小的手。我伸手想摸摸他，可酒劲、疼痛和疲惫如同黑暗那样席卷而来，让我失去了意识。

我醒来时已经是早上了，其中一扇百叶窗被打开了，冬日的淡黄色阳光照在小小的玻璃窗格上，壁炉里的炉火温暖了整个房间。婴儿包裹着襁褓，躺在他的摇篮里。女佣将他抱来给我的时候，我几乎碰触不到他的身体，他从头顶到脚趾都包裹在绷带一样的襁褓里。她说必须这样把他绑在摇篮里，手脚不能动弹，头部保持静止，才能确保他幼嫩的骨头发育正常。每天中午，她们会解开襁褓，给他换尿布，这时我就能看到他的小脚丫、小手和小小的身子。等换好尿布以后，我就可以抱着酣睡中的他，就像抱着一只硬邦邦的玩偶。襁褓的布条裹住他的头颈和下巴，让他的脖子保持笔直，最后在他的头顶系成一个小圈。穷人家的女人就用这个小圈把她们的婴儿挂在房梁上，方便做饭和做其他家务，但这个男孩——兰开斯特家的新后裔——则由整整一群女佣负责照顾。

我将他放在床上，让他躺在我的身边，我盯着他的小脸儿和小鼻子，他笑得眯起了眼睛，眼皮的颜色就像玫瑰一样。他简直不像活生生的东西，更像是教堂里那种石刻的婴孩，依偎在石刻的母亲身旁。这一切简直是个奇迹：他的孕育、他的生长、他诞生于这个世界；是我孕育了他，几乎全凭我自己（我觉得埃德蒙醉后的行为作不得数）。这个小东西、小生命，他的骨来自我的骨、他的肉来自我的肉，他是我的造物，完完全全是我的造物。

很快他便醒了过来，开始啼哭。这个小家伙个头不大，哭声倒是响得惊人，我很庆幸女佣及时赶来，将他抱去乳母那里。我小小的乳房渴望哺育他，但自己也一样被绑得紧紧的，因为我们两个都有应尽的职责：婴孩要保证骨骼正常发育，而年轻的母亲奶水不足，只需乖乖待着就好。他的乳母把自己的孩子留在家里，好到城堡里来。她吃得比以前任何时候都要丰盛，甚至还能喝到不少的麦酒。她甚至不用照顾我的孩子，只需提供奶水，就像一头奶牛。孩子需要喝奶的时候，就会有人把他送过去，其余时间由育儿房里的女仆照顾他。她会做一点点清洗工作，给他洗尿布和摇篮里的床单，有时候也帮忙做点杂活儿，除了喂奶时间从不抱着他——有其他女人负责做这些。有人睡在他的摇篮边，每天专门负责晃动摇篮；两个女佣随时侍立在旁；医师每周来看他一次，助产士也会一直陪伴着我们，直到他去教堂受洗的那一天。他现在的随从比我还多，我突然意识到这是因为他比我更重要。我只是玛格丽特·都铎女士，生于博福特家，属于兰开斯特家族，是沉睡中的英格兰国王的堂亲。而他既是都铎家的人，又是博福特家的人，拥有两方的王室血统。他是兰开斯特家的里士满伯爵，他继承英格兰王位的顺位仅次于国王的亲生儿子爱德华王子。

我的女教师走进房间。“您丈夫的弟弟加斯帕希望您同意他为新生儿取的名字，”她说，“他正在给国王和您的母亲写信，打算告诉他们，孩子的名字叫做埃德蒙·欧文，为了纪念孩子的父亲和他都铎家族的祖父。”

“不，”我说。我不打算让孩子叫这个名字，因为那个男人，他那个愚蠢的父亲给我带来的只有痛苦。“不，我不会叫他埃德蒙的。”

“但您不能给他取名叫爱德华，”她说，“国王的儿子就叫爱德华。”

“我要叫他亨利，”我说着，想到了昏睡中的国王，他也许会因为这个名叫亨利的兰开斯特家族的新子嗣而醒来，虽然那位名叫爱德华的王子的诞生也并未唤醒他，“亨利对英格兰来说是个高贵的名字，我们有许多非常勇敢而且优秀的国王都叫做亨利。这个男孩应该叫做亨利·都铎。”我又骄傲地重复了一遍这个名字，“亨利·都铎。”等昏睡中的亨利六世去世的时候，这个孩子就会成为亨利七世。

“他说的是埃德蒙·欧文。”她又重复了一遍，仿佛我既聋又傻。

“我说叫亨利，”我说，“我已经这样叫他了。这是他的名字。我祈祷的时候提到了他的名字，他现在就是亨利，只差洗礼的时候正式命名了。”

她听着我的一再强调，不由得挑了挑眉毛。“他们不会喜欢的。”她说着走出房间，打算告诉我丈夫的弟弟加斯帕，说那个女孩儿很顽固，不愿以她死去的丈夫为儿子命名，而且不听劝阻，坚持自己给他取了名字。

我躺倒在枕头上，闭起双眼。无论别人怎么说，我的孩子就叫做亨利·都铎。

1457年春

孩子出生以后，我在自己的房间里又待足了六个星期，然后才能去礼拜堂净化生育的罪孽。等我回到房间的时候，发现百叶窗都已撤去，厚厚的窗帘也已取下。壶里装着酒，盘子里放着小蛋糕，而加斯帕也前来探望我，恭喜我生下孩子。女佣告诉我，加斯帕每天都去婴儿房探视新生儿，仿佛溺爱孩子的父亲。孩子睡着的时候，他会坐在摇篮边，用手指轻触他的脸颊，双掌捧住那颗紧紧包裹住的小脑袋。孩子醒着的时候，加斯帕就会看着他进食，或是在他的襁褓打开的时候，对他挺直的双腿和健壮的双臂赞不绝口。她们告诉我说，加斯帕请求她们迟些再包裹婴儿，好让他多看一会儿他的小拳头和胖胖的小脚丫。她们觉得他总在摇篮身边转悠，显得毫无男子气概，这一点我同意：但都铎家的人从来都我行我素。

他试探地对我笑笑，而我还以微笑。“你还好吧，嫂子？”他问。

“我很好。”我答道。

“她们告诉我，你的分娩过程非常艰苦。”

“是的。”

他点点头。“我这儿有一封你母亲给你的信，另外她也给我写了一封。”

他递给我一张折成方形的纸，上面盖着母亲的博福特家的吊闸纹章。我小心翼翼地撕开封蜡，读了起来。信是用法文写的，她命令我去格温特郡位于新港的格林菲尔德宅邸见她。就这些。她没有跟我寒暄，也没有问候我的儿子、她的外孙。我想起她曾经告诉女教师，如果要在男孩跟我之间选择，就让我死去。我把母亲的冷酷无情抛到脑后，转身看向加斯帕。“她有没有说，为什么要我去新港？信中没有费那个功夫对我解释原因。”

“说了，”他说，“她要我带着武装随从陪你前往，而孩子留在这里。你要去见白金汉公爵汉弗莱，那儿是他的宅邸。”

“我为什么要去见他？”我问道。我依稀记得那位公爵，他是这个国家里极为富庶的家族之一的领袖。我们也可以算是亲戚。“是不是他要成为我新的监护者？你就不能做我的监护者吗，加斯帕？”

他转过脸去。“不。这可不行。”他试着对我挤出微笑，目光里却写着遗憾，“你要再次出嫁，我的嫂子。等今年的服丧期结束以后，你就得嫁给白金汉公爵的儿子。而且你现在就要签下婚约。你要嫁给公爵的儿子：亨利·斯塔福德。”

我看着他，知道自己面露惊骇之色。“我一定要再嫁吗？”我脱口而出。我想到了分娩的巨大痛苦，再来一次也许会让我送命。“加斯帕，我能不能不去？我能不能和你留在这里？”

他摇摇头。“恐怕不行。”

1457年3月

一个包裹——从一个地方被带到另一个地方，从一个人手中被转交到另一个人手中，被随意拆开又随意捆上——这就是我。我是个容器，用来孕育后代的容器，不是为这个贵族，就是为那个贵族：至于对方是谁并不重要。没有人把我看做是我自己：一个来自与王室相关的强大家族的年轻女人，一个异常虔诚的年轻女性，她有资格——上帝可以作证——得到人们的关注。但事实并非如此：在乘坐人力轿到达兰菲城堡以后，我骑着一匹矮脚马前往新港。我坐在驾马的男仆身后，看不见前方道路上的景象，只能透过士兵们参差不齐的队伍偶尔瞥见泥泞的田地和苍白的牧地。他们手持长枪与棍棒，领子上绣有都铎家族的纹章。加斯帕骑着他的战马走在最前，叮嘱士兵时刻警惕赫伯特的埋伏，以及留意道路上成群结队的小偷。等我们靠近海边的时候，还要留神海盗的进犯。这就是他们保护我的方式。这就是我生活的国家。这些是优秀而且有力的国王应该避免的事。

我们骑马穿过格林菲尔德宅邸的吊闸，铁闸在身后重重地关上。我们在屋子前的庭院里下了马，母亲走出来迎接我。从结婚那天，她告诉我“没什么好怕”以后，我差不多有两年没见过她了。她迎面走来，而我屈膝行礼接受祝福，意识到她能从我的表情看出——我知道她那天说的是谎话。因为我面对过死神的威胁，也明白她早就做好让我为她的孙儿牺牲的准备。对她来说，是没什么好怕的——但对我来说就是另一回事了。

“玛格丽特。”她轻声说，将手放到我的头上做了祝福，然后扶我起身，吻了我的双颊。“你长大了！而且你看起来气色很好！”

我期待她能伸出双臂拥抱我、说她想我，可这些是完全不同的那种母亲才会说的话，而且那样一来，我也会成为完全不同的女孩。相反，她只是看了我一眼，眼神中带着冷冷的赞许，然后便转过身，望向推门走出的公爵。

“这是我的女儿，”她说，“玛格丽特・都铎女士。玛格丽特，这位是你的亲戚白金汉公爵。”

我深深地行了个屈膝礼。这位公爵对自己的地位非常讲究：他们说他会根据自己在国会中的席位来规定哪些人得走在他的身后。他扶我起身，亲吻了我的双颊。“欢迎你，”他说，“不过这场旅途肯定让你很冷也很累了。进来吧。”

这座宅邸十分豪华，在偏远的兰菲与彭布罗克待了这么多年以后，我已经不太习惯了。这里有厚厚的挂毯为石壁保温，木头横梁镀着金，并且涂有鲜亮的油彩。到处都有黄金刻成的公爵纹章。地板上铺着新割下的香草，气味芬芳，每个房间都弥漫着淡淡的草药与薰衣草的气息，每一座巨大的壁炉中都有熊熊燃烧的圆木，还各有一名拿着篮子搬运柴火的男仆。就连添柴男仆也穿着公爵家的制服；人们说他拥有一小支永远整装待发的军队，时刻听候他的命令。那个男仆甚至穿着靴子。我想起我丈夫家中的仆人总是懒洋洋地光着脚，突然觉得如果能住在这样整洁的房子里，有一群衣着得体的仆从，这次婚约似乎也还不错。

公爵给了我一小杯麦酒，温热甜美，驱散了我旅途中的寒冷。我喝酒的时候，加斯帕和另一位年长者进了房间，他两鬓斑白，脸上带着皱纹，看上去至少有四十岁了。我等着加斯帕向我介绍那个人，但看到他严肃的神色以后，我立刻明白过来，有些震惊地意识到，这个老人就是亨利・斯塔福德，我此时正站在我的新丈夫面前。他不是我的同龄人，就像约翰·德拉·波尔，也不是埃德蒙那样的年轻人——上帝作证，他太老了，根本不适合我。是的，这次他们为我挑选了一个年龄足以做我父亲、祖父甚至是曾祖父的男人。他至少有四五十岁，也许有六十岁。一直等母亲尖声叫出我的名字："玛格丽特！"我才意识到自己在盯着他，甚至忘了行屈膝礼。我低声说了句："抱歉。"然后低下了头，对那个人，对那个将会与我一起生活的男人表示谦卑。而他将会让我为他生下另一个兰开斯特家族的继承人，无论我愿意与否。

我看到加斯帕皱眉注视着自己的靴子，但他随后抬起头，像往常那样彬彬有礼地向我的母亲问好，以及向公爵鞠躬。

"是你在最为动荡的日子里保护我的女儿平安无事。"母亲对他说。

"我也会尽自己所能保护整个威尔士，"他答道，"战况终于出现转机了。我收复了约克一派夺走的几座城堡，威廉·赫伯特正在东躲西藏。如果他还留在威尔士的话，我一定会抓到他。都铎家的人民深爱这片土地，肯定会有人向我告知他的行踪的。"

"然后呢？"白金汉公爵问他，"然后该怎么办？"

加斯帕耸耸肩。他知道对方问的并非威廉·赫伯特的命运，甚至不是威尔士的命运。这是近日来每个英格兰人都会反复自问的问题——以后该怎么办？我们该如何容忍这样一个不得人心，甚至不敢待在伦敦的宫廷？我们该如何容忍随时会毫无预兆地在梦中死去的国王，以及众人所痛恨的王后？我们该如何面对他们的继承人只是个年幼多病的小男孩这一事实？如果王国落入我们的敌人约克家的手中，我们又该如何保护自己的安全？

"我也试过跟约克公爵理查德，以及他的顾问沃里克伯爵理论，"加斯帕说，"要知道，我曾经非常努力地说服他们去和王后合作。我和王后反复地谈了很久。但她还是很害怕他们，担心他们会在国王下次发病时伤害她和她的儿子。换个角度来说，他们也害怕她会趁着国王健康、有能力发号施令的时候消灭他们。我看不到解决的办法。”

“能不能把他们派去别的国家?”白金汉公爵建议道，“派其中一人去加莱？或许我们可以把约克公爵送去都柏林?”

加斯帕耸耸肩。“如果我知道他们和敌人一起远在海外，我晚上恐怕会睡不着觉，”他说，“他们在加莱可以控制英吉利海峡，这样一来，我们的南方港口就没有一个是安全的了。约克的理查德可以从都柏林起兵对抗我们。爱尔兰人甚至已经将他视为国王了。”

“也许国王的健康会出现转机。”母亲满怀希望地说。

在随之而来的尴尬沉默中，我意识到了国王陛下病得究竟有多重。“也许吧。”公爵说。

他们没有浪费时间，让亨利·斯塔福德来追求我。他们甚至没有花时间安排我们会面。他们何必费这个功夫？婚姻只是法学家和家族中负责管理财产的人需要操心的事。就算我和亨利·斯塔福德厌恶彼此也没关系。和我不想结婚、害怕婚礼、害怕婚姻生活、害怕生育和害怕作为妻子所要做的一切都没有关系。甚至没有人问我是否已经放弃了儿时的想法，是否还想去修女院清修。根本就没有人在意我的想法。他们只把我当作一个普通的年轻女人看待，生来就是和人结婚、上床。由于他们没有问我的想法，也注意不到我的感受，自然拖延也就没有了意义。

他们起草了婚约，我们签了字。我们去了礼拜堂，在证人与神父的见证下发誓将在明年一月完婚，这样一来，我就有一年的时间可以为我的第一次婚姻服丧——虽然它带给我的喜悦那么少，又结束得那么快。明年我就十四岁了，而亨利并没有到四十岁，但对我来说，三十三岁也很老了。

订婚仪式结束后，我们回了家，母亲和我坐在日光室[①]里，壁炉里的火烧得很旺，女伴们围坐在我们身边，听着乐师演奏。我拖着凳子靠近她，打算和她私下说几句话。

“你还记得在我嫁给埃德蒙·都铎之前，说过些什么吗？”我问她。她摇了摇头，偏过脸去，仿佛想要回避这个话题。我可以肯定，她是怕我责怪——当初先是安慰我不会有事，却又告诉女家庭教师，选择让我死去。“不，我不记得了，”她匆匆答道，“那像是很多年前的事了。”

“你说过，我不能像我父亲那样选择懦夫的方式。”

光是听到我提到这两个尘封已久的字，就让她发起抖来。“我说过？”

“是的。”

“我想不起来自己当时是怎么想的了。”

“那他到底做了什么呢？”

她干笑着转过头去。“当时在教堂门口，你是不是一直在等机会让我解释这句蠢话？”

“是的。”

“噢，玛格丽特，你真是……”说到这里她顿了顿，我等着她说下去，想知道我究竟做了什么，能让她这样紧蹙眉头。“你真是太认真了。”

“是啊，”我点点头，“没错。我是太认真了，母亲大人。我以为您早就知道了。我一直都是个很认真、很专注的人。关于您说的父亲的事，我想我有权知道。我是认真的。”

她起身走到窗边，看向屋外，仿佛在欣赏漆黑的夜色。她对着她麻烦的女儿，她在博福特家唯一的孩子耸了耸肩。她的女伴抬起头，想看看她是不是需要什么，而我注意到了她们之间的眼神交流。就好像她们都知道我有多么难缠，这让我窘迫不已。

---

① 中世纪将位于屋顶,阳光最为充足的房间称为“日光室（solar）”。

“噢，”我的母亲叹了口气，“那已经是很久以前的事情了，”她说，“你现在多大了？十三岁？天哪，那就是十二年前的事情了。”

“那您应该可以告诉我了。我已经长大了。就算您不能，也总有别的什么人会告诉我的。您肯定不希望我去问仆人们吧？”

她的脸颊泛起的绯红告诉我，她的确不希望我去问仆从们，因为他们都受过警告，禁止跟我谈论这件事。十二年前发生过一些事，她想要忘记，并且希望我永远都不要知道。肯定是发生了什么非常可耻的事。

“他是怎么死的？”我问。

“自杀，”这话她说得很快很轻，“如果你非要知道的话。如果你坚持要知道那些丑事的话。他抛弃了你和我，然后自杀。那时候我怀着孩子。由于震惊和悲痛，我失去了那个孩子，那个也许是兰开斯特家男性后裔的孩子；但他却从来没有考虑过这一点。那时你差几天才过一岁生日：他对我们的关心甚至不足以让他看着你走完人生的头一年。所以我才一直对你说，你的未来在于你的儿子。丈夫总是来来去去，他会因为自己的理由离开，或许会去打仗，或许会得病，或许自杀；但如果你生下了男孩，那么你就安全了。这个男孩就是你的守护者。如果你是个男孩，我会把我的一生都倾注在你身上。因为你将会决定我的命运。”

“但因为我是女孩，所以您并不爱我，而他甚至不愿等到我一岁生日那天？”

她坦率地看着我，重复着那些可怕的字眼。“当然了，因为你是女孩。因为你是女孩，你就只能作为生育下一代，让我们的家族得到男性继承人的工具。”

在那短暂的沉默中，我终于明白，母亲早就认定我无关紧要。“我懂了。我懂了。幸好上帝那么重视我，因为我对您毫无价值。对父亲来说，我同样毫无价值。”

她点点头，仿佛这些并不重要。但她并不了解我，永远也不会。她永远不会觉得我值得她去了解。我对她来说——这是她亲口承认的——只是生育下一代的工具。

“可我父亲为什么要自杀?”我又回到最初的话题上，“为什么他要做这种事? 他的灵魂会下地狱的。他们肯定编造了一连串的谎言，才能把他埋葬在圣地上，”我改口道，“是您才对，您肯定编造了一连串的谎言。”

母亲走了回来，坐回温暖壁炉旁的长椅里。“我只是尽可能地去维护我们的名誉而已，”她轻声说道，“就像任何一个有声望的人会做的那样。你的父亲带着捷报从法兰西归来，但人们随即开始闲言碎语。他们说他没有做过任何有价值的事情，反而带走了他的指挥官，也就是约克的理查德——那位大英雄——抵御法兰西所需要的军队和金钱。约克郡的理查德原本取得了优势，而你父亲却让他的胜果泡了汤。你的父亲率军攻下了一座城镇，但他选错了进攻的目标——那座城镇的所有者是布列塔尼公爵，他只好又把城镇还了回去。因为他的愚蠢，我们差点失去了布列塔尼的支持。整个国家险些为此付出惨重的代价，但他却没有认识到这一点。他设立了赋税，想从占领的法兰西土地上收取税金，但这是非法的；更糟的是，他借此中饱私囊。他说自己有个伟大的作战计划；但却只是领着士兵们兜了几个圈子，之后回到英格兰，而且没有取得任何战绩和战利品，于是他的手下都痛恨他，说他不是什么好领主。他备受国王宠爱，但他的所作所为连国王也无法偏袒他。

“他们要在伦敦就他的行为进行审讯：而他只有以死逃避羞辱。他甚至有可能会被教皇逐出教会。他们原本会以叛国罪指控你的父亲，他则会死在断头台上，我们将失去所有财产，名誉扫地，一蹶不振；他为了不让我们遭受这些，所以选择了死。”

“逐出教会?”我觉得这个惩罚比其他任何那些都要可怕。

“人们编了许多关于他的歌谣，”她苦涩地说，“人们嘲笑他的愚蠢，惊讶于他的恶行。你无法想象那种屈辱。我保护了你，让你免受这些污名的影响，却没有得到任何感激。你真的只是个孩子，不知道他当时有多么臭名昭著，甚至被人当成机运转折与命运多舛的鲜明例证。他出生时前途光明，令所有人羡慕；但他是那么不幸，不幸得足以致命。他还是个孩子的时候，去法兰西参加第一场战斗，随即被敌人俘虏，一关就是十七年。这件事伤透了他的心。他觉得没有人真正关心他，没人想要赎回他。也许我应该教导你的是这件事——你的学业，你对书籍、对导师和拉丁语课程的渴望都不重要。我应该教导你，永远不要沾染不幸，永远不要像你父亲那样。”

“所有人都知道这些吗？”我问。我为自己在毫无察觉中继承的恶名而惊恐，“比如加斯帕？加斯帕知道我的父亲是个懦夫吗？”

母亲耸了耸肩。“所有人都知道。我们说他在作战时耗尽了精力，对国王尽忠而死。但人们总喜欢议论比他们优越的人。”

“我们是不幸的家族吗？”我问她，“您觉得我会继承他的不幸吗？”

她没有回答，而是站起身，抚平裙子，仿佛想要拂去炉火溅出的灰屑，或是拂去厄运。

“我们沾染了不幸吗？”我问，“母亲大人？”

“噢，我可没有，”她辩驳道，“我生于波尚家，你父亲死后我又再婚，不再跟他的姓氏。现在我是威尔斯家的人。你也许没那么幸运。博福特家族也许没那么幸运。不过可能你会改变自己的运气，”她冷漠地说，“毕竟你幸运地生下了男婴。现在，你有了一位兰开斯特家的继承人。”

晚餐一直到很晚才结束。白金汉公爵照搬王宫的作息，而且不在乎蜡烛的花销。和彭布罗克城堡相比，至少这儿做的肉美味不少，点心和蜜饯也比平日多了几碟。我看到在餐桌边，一切都那么美好，加斯帕举止彬彬有礼，我这才明白，在边境的城堡里，他是个士兵；而在这样的豪华府邸里，他就成了朝臣。他发现我正在看他，便朝我眨了眨眼睛，仿佛这是只有我们两人才知道的秘密：当我们不必刻意表现良好的时候，是怎样对待自己的生活的。

我们吃了一顿丰盛的晚餐，之后还有一场助兴表演，几个弄臣、一个杂耍人，还有一个唱歌的女孩。接着母亲对我点点头，示意我去上床休息，仿佛我仍旧是个小孩子，而在众目睽睽之下，我别无选择，只好行了个屈膝礼，接受她的祝福，然后离开。走出大厅的时候我看了一眼自己未来的丈夫。他正看着那个唱歌的女孩，眯着眼睛，嘴角带着微笑。看到他的表情，我毫不犹豫地走了出去。我对男人——任何男人——的厌恶，超出了自己的想象。

到了第二天，马匹等在马厩前，而我也将返回彭布罗克城堡，等到服丧期结束，再和那个微笑的陌生人结婚。我的母亲走出来道别，看着随从将我扶上马鞍，坐在加斯帕的马夫长身后。加斯帕驾马走在前面，率领护卫队。后队的人马则在等待着我。

“等你和亨利爵士结婚的时候，你的儿子要交给加斯帕·都铎来照顾。”母亲告诉我，就好像她是在我离开时才刚刚想到这样的安排的。

“不，他要跟我一起去。他一定要跟我一起去，”我不假思索地说，“他必须跟着我。他是我的儿子。不然他还能去哪儿？”

“这是不可能的，”她断然道，“我们都商量过了。他要留在加斯帕那里。加斯帕会照顾他，也会保证他的安全。”

“可他是我的儿子！”

母亲笑了。“你自己也不比孩子大多少。你没有能力照顾我们的继承人，也没有能力保护他。现在是动荡时期，玛格丽特。你现在应该很清楚了，他是非常重要的孩子。在约克家掌权的时候，他要远离伦敦才最安全。他在彭布罗克比在这国家的任何一个地方都要安全。威尔士人热爱都铎家。加斯帕也会视如己出地保护他。”

“可他是我的儿子！不是加斯帕的儿子！”

母亲凑近了一些，将手放在我的膝盖上。“你什么都没有，玛格丽特。你自身也属于你的丈夫。这一次我又为你挑选了一位好丈夫，离王室血统更近，他是内维尔家的亲族，是英格兰最强大的公爵的儿子。你该心存感激，孩子。你的儿子会得到很好的照顾，你很快又会怀上新的孩子，这次将是斯塔福德家族的孩子。”

“我上一次差点送命！”我大喊出声，毫不在意和自己同乘一匹马的那个人，他双肩僵直，假装没有听到。

“我知道，”母亲说，“这就是成为女人的代价。你的丈夫完成了他的使命，然后死去。你也完成了你的使命，而你还活着。这一次你是幸运的；而他不是。希望你会一直幸运下去。”

“如果下一次我没这么幸运呢？如果我继承了博福特家的运气，而下一次助产士遵照您的命令让我去死呢？如果他们遵从你的命令，把你的孙子从你女儿的尸体中拖出来呢？”

她连眼睛也没有眨。“比起母亲来，优先保护的应该是孩子。你知道的，这是教会的建议。我只是提醒那些女人尽自己的职责。没必要把每件事都牵扯上私人情感，玛格丽特。你总觉得什么事都跟那次悲剧有关。”

“我觉得你告诉助产士让我死掉，这才叫做悲剧！”

她只是耸了耸肩，退后几步。“这是女人必须面对的选择。男人死于战争；女人死于分娩。相比之下，战争要危险得多。你幸免于难的可能性更大。”

“如果我不走运呢？如果我死了呢？”

“那么你至少会作为一个兰开斯特子嗣的母亲而被人们铭记。”

“母亲，看在上帝的分上，”我流着眼泪，声音颤抖，“我相信自己的人生不仅仅是成为一个又一个男人的妻子，我的寄望也并不仅仅是不要因生育而死！”

她摇了摇头，对我微笑，仿佛在看着一个大声索要玩具的小女孩。“不，说真的，亲爱的，你的使命仅此而已，”她说，“所以老老实实尽你的职责吧。一月的时候我会去参加你的婚礼。”

我在阴郁的沉默中返回彭布罗克城堡，在道路两边的绿色中，春日到来的迹象没有给我带来任何欢欣。我转过脸，无心欣赏在高处的草地上闪烁出银色和金色光彩的野生水仙，也无意聆听鸟儿们欢快的歌声。田凫拍打着笨重的翅膀，飞过犁过的田地上方，发出尖利的叫声，而这对我来说毫无意义，因为一切对我来说都失去了意义。鹬鸟潜入水中，发出连串鼓点一般的沉闷响声，但这不能引起我的注意。我无法倾尽一生侍奉上帝，也不会有丝毫的特别之处。我很快就会成为玛格丽特·斯塔福德——就连公爵夫人都当不成。我就像一只枝头的篱雀，总有一天会死在雀鹰的爪下，而我的死将无人得知，也无人哀悼。母亲亲口告诉我，我的人生仅此而已，最美好的前景仅仅是不在年轻时因难产而死。

看到彭布罗克城堡的塔楼时，加斯帕便策马飞驰，等我到城堡门口的时候，发现他抱着孩子等在那里，脸上挂着愉快的笑。“他会笑了！”还没等马儿站定，他便大声说道，“他会笑了。我看到了。我弯腰抱他的时候，他看着我笑了。我可以肯定那是笑。我没想到他这么早就会笑，可他真的笑了。也许他也会对你笑。”

我们都期待地看着他，盯着小婴儿深蓝色的眼睛。他仍然被紧紧地包裹着，只有眼睛可以转动，甚至连头也动弹不得。他几乎完全固定在襁褓之中。

“也许他待会儿还会笑，”加斯帕宽慰我说，“快看！他笑了吗？噢，没有。”

“没关系的，因为再过不到一年我就要离开他，去和亨利·斯塔福德阁下结婚。因为我要为斯塔福德家生下子嗣，就算会因此而死。也许他没什么可高兴的；也许他知道自己就要成为孤儿了。”

加斯帕转身和我走向城堡的正门，他走在我身旁，孩子舒舒服服地躺在他的臂弯。“他们会允许你见他的。”他安慰我。

“但照顾他的人是你。我想你早就知道了，这是你们一起计划好的。你、我的母亲、我的公公，还有我未来的丈夫。”

他低头看着我满是泪水的脸。“他是都铎家的人，”他谨慎地说道，“他是我哥哥的儿子，我们唯一的继承人。你找不到比我更适合照顾他的人了。”

“可你甚至不是他的父亲，”我说，“他为什么要跟你而不是跟我住在一起?”

“我的嫂子，你自己并不比孩子大多少，而现在世道又很不好。”

我跺着脚，生气地说：“我已经到了可以结两次婚的年纪，到了别人毫不温柔也不顾感受地和我行房事的年纪；到了需要在分娩室里面对自己的死亡的年纪，而且得知我的母亲——我的亲生母亲——下令让他们在必要时刻选择保住孩子而不是我！我想我已经是个女人了。我生下了自己的孩子，结了婚，又成了寡妇，如今再次订婚。我就像布商手里的布，要根据顾客的要求剪裁，然后再送出去。我母亲还告诉我，我父亲是自杀，而我们是个不幸的家族。我想我已经是个女人了！既然你们为了私利把我当做女人对待，就不能再把我当成孩子了！”

他点着头，表示他在听，也在考虑我说的话。“你的确有抱怨的理由，”他平静地说，“但世界就是这个样子的，玛格丽特女士；我们不能为你破例。”

“可你们应该为我破例！”我大叫道，“我从小的时候就一直这么说。你应该为我破例。圣母玛利亚和我说过话，圣女贞德出现在我面前，我是她们派来指引你们的人。我不能随便嫁给普通的男人，再次背井离乡。我应该得到自己的修女院，成为女院长！你应该为我破例，加斯帕；你管理着整个威尔士。你应该给我一间修女院，我要创建自己的修道会！”

他抱紧了手里的婴儿，忽然转过身去。我以为他因我的愤慨而感动落泪，可接着却看到他涨红了脸、双肩因狂笑而颤抖不已。“噢，上帝啊，”他说，“原谅我，玛格丽特，但是，噢，上帝啊。你的确还是个孩子，还是个孩子。你就像我们的亨利一样年幼，我应该照顾你们两个。”

“没有人应该照顾我，”我再次大叫起来，“因为你们都误解了我，你们像傻瓜一样嘲笑我。上帝看顾着我，我不会嫁给任何人！我要成为修女院的院长！”

他平复了呼吸，面孔仍因大笑而发红。“修女院院长。很好。那您今晚要和我们共进晚餐吗，尊贵的女院长？”

我瞪着他。“我要在自己的房间用餐，”我愤怒地说，“我不想和你共进晚餐。也许我再也不会和你共进晚餐。不过你可以让威廉神父来找我。我要为冲撞那些冒犯了我的人而忏悔。”

“我会让他去的，”加斯帕温和地说，“我也会把最好的食物送去你的房间。希望明天能够在马厩见到你，我会教你骑马。像你这样重要的女士应当有属于自己的马；她应当能够娴熟地驾驭一匹漂亮的马儿。等返回英格兰的时候，你应该骑着自己的漂亮马儿。”

我犹豫起来。“我不能受到虚荣的诱惑，”我提醒他说，“我是要成为修女院院长的人，没什么能让我分心。你们早晚会明白的。你们不应该和我讨论这些凡俗之事。我应该掌握自己的人生。”

“当然，”他愉快地说，“但你不应该这样误解我，因为我就像自己承诺过的那样，爱你、尊重你。我会为你挑选一匹好马，让你在马背上显得美丽动人，让看到的每个人都羡慕你，虽然这对你来说毫无意义。”

我梦到了四面雪白的修道院墙壁，还有一间巨大的藏书室，彩色插图的大书用铁链锁在书桌上，而我每天都可以去那里学习。我梦见了一位教我希腊文、拉丁文甚至还有希伯来文的导师，我可以用最接近天使的声音诵读圣经，也将知晓一切。在梦里，我对学习和与众不同的渴望得到了抚慰和平息。我想，如果我能成为学者，就能过上平静的生活。如果我能每天按照修女院的戒律按时醒来，成日学习与钻研，那么我想，这样的生活既能取悦上帝，又让我愉快。我不在乎人们是否觉得我特别，因为我的生命本来就是特别的。我不在意人们是否觉得我虔诚，因为我可以作为虔诚的女学者而度过人生。我想成为自己想成为的那种人。我曾经把自己当做尤其神圣、尤其特别的女孩；但这才是我真正想要的生活。我真的希望如此。

次日早晨，我起了床，穿好衣服，但在前去用早餐之前，我去了育儿室看望孩子。他仍然躺在摇篮里，但我听得到他轻声嘟囔，有点像小鸭子在平静的池塘中扑腾的声音。我凑近摇篮，看到他笑了起来。他笑了，那双深蓝色的眼睛明显认出了我，脸上那种滑稽而笨拙的笑容让他看起来不那么像是漂亮的玩偶，反倒更像个小人儿。

“哎呀，亨利。”我说着，他笑得更欢快了，仿佛他知道自己的名字，也知道我的名字；仿佛他知道我就是他的母亲；仿佛他相信我们很幸运、有许多东西可以争取；仿佛我们有着无比光明的人生，而我除了生存之外也有值得期待的东西。

他又笑了一会儿，直到被别的什么事分去了心神。我看到他的脸上突然掠过一丝惊讶，片刻之后，呼吸加快，大哭起来，摇篮边的女佣走上前来，推开我，把他抱出摇篮，带着他前去乳母那里。我让她们抱着他，自己则穿过大厅去告诉加斯帕，小亨利也对我笑了。

加斯帕在马厩等我。他的身旁站着一匹高大的黑马，它垂下头，不时甩甩尾巴。“是给我的吗？”我问，努力让声音听起来不那么兴奋，但那确实是一匹高头大马，我以前只骑过马夫长牵着的马驹，长途旅行的时候则是坐在马夫身后的女用鞍座里。

“这是亚瑟，”加斯帕温和地说，“它很高大，不过非常温驯，很适合让你学习骑术。它曾是我父亲的战马，只是现在年纪大了，不适合骑马比武。但它非常勇敢，无论你要去哪儿，它都会安全地把你送过去。”

那匹马抬头看着我，眼中深沉的黑色看起来让人感觉值得信赖，我走了过去，伸出双手。马头低了下来，宽大的鼻孔朝我的手套喷出鼻息，然后温柔地用嘴唇碰了碰我的手指。

“我会跟在你身边，亚瑟也会走得很慢，”加斯帕承诺道，“到这儿来，我会扶你上马。”

我走了过去，他扶着我跨坐在马上。当我在马鞍上平稳落座的时候，他帮我整平长裙，盖住靴子。“好了，”他说，“现在双腿保持不动，轻轻地贴着它的身体就好。这样它就能感觉到你的存在，你也可以坐稳。抓住缰绳。”

我拎起缰绳，亚瑟随之抬起了头，对我的触碰有所反应。“它是不是不想走？”我紧张地问。

“轻轻踢一下它，告诉它你准备好了。如果想让它停下来，可以轻轻地拉紧缰绳，”加斯帕伸出手，教我把缰绳挽在手指上，“试着让它走上几步，你就会明白怎么让它走，怎么让它停。”

我轻轻地用脚跟碰了碰它，而它踏出了一大步，吓了我一跳；于是我又拉了拉缰绳，它立刻顺从地停了下来。“我做到了！”我喘着气喊道，“它停下来了！是不是？它是不是按我的吩咐停下来的？”

加斯帕抬头对我笑了笑。“它会为你做任何事情。你只要给它明确的指示，它就会明白你想让它做什么。它一直为我父亲忠心耿耿地效力。我和埃德蒙最初都是骑着它学习马上比武，现在，它也会成为你的导师。也许它能活到小亨利长大成人，在它背上学习骑马的那一天。现在，试着将它骑出马厩，走到城堡前面的庭院去。”

我更加自信地让亚瑟迈开步子，这一次没有让它停下。它巨大的双肩向前移动，但背脊非常宽阔，足以让我平稳而轻松地坐在上面。加斯帕走在前面，但并没有拉着缰绳。是我，只有我自己，让这匹马儿走过庭院、穿过大门，然后来到通往彭布罗克城堡的路上。

加斯帕缓步走在我身边，仿佛他是出来呼吸新鲜空气的。他没有抬头看我，也没有看着马。他的表情像是走在一位出色的女骑手的身边，而他只是同行而已。直到我们在路上拉开了一段距离之后，他才开口道：“你要不要让它掉头往回走？”

“怎么让它转身？”

“轻轻把它的脑袋往一侧拉。它会明白你的意思的。再用你的双腿稍微夹紧它，它就会继续往前走。”

我照他说的做了，于是亚瑟掉转方向，朝家那边走去。攀登这座小山的路并不难走，我驾着它一路穿过庭院，拉到马厩里，而它自觉地走到上马用的木块旁，等待着我下马。

加斯帕扶我下马，然后给了我一块面包皮，让我递给马儿。他向我演示如何摊开自己的手掌，让亚瑟用它的嘴唇找到食物，然后他叫来马童，让对方将亚瑟牵走。

“你明天还愿意再骑马试试吗?”他问，“我可以陪你骑马出去走走；我们可以让马并排而行，走得远一些。也许可以沿河散散步。”

“当然愿意。”我说，“你现在要去育儿室了吧?”

他点点头。“他一直都是在这个时候醒来的。他们允许我解开襁褓，让他活动一下。他喜欢自由的时刻。”

“你真的非常喜欢他，对吗?”

他羞涩地点点头。“他是埃德蒙留给我的全部，”他说，“他也是都铎家族的最后成员。是这座城堡里最珍贵的东西。而且谁知道呢？也许有一天，他会成为全威尔士，甚至是全英格兰最珍贵的东西。”

在亨利的婴儿房里，我可以看出加斯帕是受到此地欢迎的常客。他有自己专用的椅子，可以坐在那里，看着她们缓缓地为婴儿解开襁褓的束缚。在解开脏尿布的时候，他也没有丝毫退缩，反而靠近过去，看婴儿的小屁股上是否有红肿的痕迹。当女仆们告诉他已经按照他的吩咐，用羊毛蘸着油脂擦拭过了婴儿，他满意地点点头。清洗完毕之后，她们在加斯帕的膝头铺上一条温暖的羊毛毯，他将婴儿放在毯子上，挠挠他的小脚丫，吹吹他的小肚皮，孩子则自由地甩动手脚，扭动着身子。

我像个陌生人一样看着这一切，觉得自己和这里格格不入。他是我的孩子，可我做起这些来肯定没这么轻松。我笨拙地跪在加斯帕身旁，托起孩子的一只小手，观察他小小的指甲和胖嘟嘟小手上的掌纹，还有他圆滚滚的手腕那里细小的线条。“他好漂亮，”我不无惊讶地说，“可你不怕摔到他吗?”

“我怎么会摔到他?”加斯帕反问，“我只可能宠坏他，因为我太关心他了。你的女家庭教师说，孩子应该独自待着，不能整天都跟别人玩。”

“为了能让自己有更多的时间吃饭和睡觉，她什么话都说得出来。”我挖苦地说，“她说服了我母亲，不给我找拉丁文教师，因为她知道那意味着她要干更多的活儿。我可不想让她来教亨利。”

“噢，不会的，”加斯帕说，“他会由真正的学者来教导。我们会从剑桥这样的大学里为他物色合适的人选，教会他需要知道的一切基础知识。不管是现代的还是传统的科目，不管是地理、数学还是修辞学。”

他身子前倾，在亨利温暖的小肚皮上印下一吻。婴儿挥舞着小手，咯咯地笑个不停。

“你明白的，他不太可能继承王位，”我否认自己的期待，提醒着他，“他不需要媲美王子的教育。国王尚且在位，继位的会是爱德华王子；王后也还年轻，随时都有可能为他生下新的子嗣。”

加斯帕用一块餐巾遮住他的小脸，然后飞快抽离。小家伙惊讶而快活地尖叫起来。加斯帕一次又一次地重复这个动作。很显然，他们俩可以就这么玩上一整天。

“他也许永远只是普通的王室堂亲，”我又重复了一遍，“这样一来，你对他的照顾、给他提供的教育就白白浪费了。”

加斯帕抱紧了婴儿，让毛毯温暖着他。“噢，不会的。他自己就很珍贵，”他对我说，“他是我哥哥的孩子，也是我父亲欧文·都铎和我母亲——愿上帝保佑她——曾经的英格兰王后的孙儿。你的孩子对我来说十分珍贵——我不会忘记你生下他的时候所承受的痛苦。他对都铎家族也十分珍贵。剩下的就交给上帝安排吧。可一旦人们需要亨利·都铎，那么他们会发现我保护了他的安全，让他随时都可以执掌大权。”

“然而人们永远也不会需要我，我所能成为的只是某个人的妻子，前提是我还活着的话。”我暴躁地说。

加斯帕看了看我，但他没有笑。他看着我的眼神，让我觉得人生中终于有了一个看到我并且理解我的人。“你是诞下了王位继承人亨利的母亲，”他说，“你，玛格丽特·博福特。你是上帝的珍宝。至少你自己清楚这一点。我从来没有见过像你这么虔诚的女人。比起女孩，你更像是一位天使。”

我高兴起来，正如普通女人听到别人夸赞自己美貌时的反应。“我还以为你没有注意到。”

“我当然注意到了，而且我相信你的确背负着使命。我知道你不能成为修女院院长。但我想，你确实是背负着上帝赋予的使命。”

“是的，可加斯帕，如果我不能成为世界的榜样，那么虔诚又有什么用？如果人们只会让我嫁给根本不在乎我的人，让我因难产而早死呢？”

“现在是危险而又艰难的时代，”他思忖着说，“是非之间的界限模糊不清。我曾经以为自己的职责就是成为我哥哥的副手，为国王亨利保卫威尔士。但我哥哥已经死去，为国王保卫威尔士的战火却从无间断。可等我去宫廷的时候，王后亲口对我说，我应该听从她而不是国王的命令。她告诉我，让英格兰平安无事的唯一方法就是听从她的命令，她会领导我们走向和平，和我们的大敌法兰西人结盟。”

“那你要怎么知道该做什么？”我问，“上帝会告诉你吗？”我觉得上帝几乎不可能和加斯帕说话——他的皮肤就算在三月里也长满雀斑。

他大笑起来。“当然不是。上帝不会和我说话，因此我始终坚持对我的家族、对国王以及对国家的信仰。我会随时准备面对困难，并且做最好的打算。”

我凑近他，将声音压得更低。“如果国王常年卧病，你觉得约克的理查德有胆量篡夺王位吗？”我问，“如果国王没有好转的迹象？”

他的神情黯淡下来。“我想这是一定的。”

“如果你不在我身边，而伪王又篡夺了王位，我该怎么办？”

加斯帕若有所思地看着孩子。“假设我们的国王亨利和他的儿子已经相继死去——”

“嘘。”

“阿门。假设他们都已相继过世。到那一天，这个孩子就会成为王位的第一继承人。”

“我非常清楚。”

“你不觉得这也许就是你的使命吗？保护这个孩子平安无事，教导他王者之道，让他为成为这片大地上地位最高的人而做好准备——看着他作为国王加冕，将圣油涂在胸口，成为超越了凡人的人，成为国王，成为几近神圣的存在？”

“我这么梦想过，”我轻声地告诉他，“刚刚怀上他的时候，我这么想过。我梦想着怀上他，生下他就是我的天职，就像把法兰西国王带去兰斯加冕是贞德的天职。但我没有和任何人提起过，除了上帝。”

“你说得没错，”加斯帕将声音压得很低，仿佛咒语，“我哥哥的死并不是毫无意义，因为他的死让这个孩子成为了里士满伯爵。他的种子为都铎家带来了这个男孩，让英格兰国王多了一个亲戚。你生下了博福特家的他，为英格兰国王的直系血统增加了一位继承人。这就是你的宿命——克服这段艰难的时日，将他送上王位。你难道不是这么想的吗？你难道不是这么感觉的吗？”

“我不知道，”我迟疑着说，“我原本以为自己的使命比这更加崇高。我以为自己会成为修女院的院长。”

“你会比女院长伟大得多，”他笑着对我说，“你可以成为英格兰国王的母亲。”

“那人们会怎样称呼我？”

“什么？”我的问题让他困惑不解。

“如果我的儿子当了英格兰国王，而我却并未加冕为王后，那么人们会怎样称呼我呢？”

他思索片刻。“他们也许会称你为‘夫人’。或许你的儿子会让你的丈夫当上公爵？那么你就是‘公爵夫人’了。”

“我的丈夫会成为公爵？”

“这是你成为公爵夫人的唯一途径。作为女人，我不认为你能够凭自己获得头衔。”

我摇了摇头。“如果做这一切的都是我，为什么得到爵位的却是我的丈夫？”

加斯帕竭力忍住笑。“那么你想要怎样的头衔呢？”

我想了想。“人们可以称我为‘我的女士，国王的母亲’。”我坚定地说，“‘我的女士，国王的母亲’，我的签名可以写作‘玛格丽特·R’。”

“‘玛格丽特·R’？你的意思是‘玛格丽特女王’？你要以女王自居？”

“有什么不可以？”我反问，“我会成为国王的母亲。那么就等同于英格兰的女王了。”

他装作毕恭毕敬地鞠了一躬。“你会成为国王的母亲，所有人都会遵从你的旨意。”

1457年夏

我们没有再提起关于我宿命的话题，也没有谈及英格兰的未来。加斯帕太忙了。他经常离开城堡，一去就是几个星期。初夏的时候他带着衣衫褴褛的军队归来，脸上挂了彩，却仍微笑着。他俘虏了威廉·赫伯特，威尔士又恢复了和平，权力又回到了我们的手中。威尔士又重新回到了都铎家的掌控之中。

加斯帕将赫伯特以叛徒的罪名发往伦敦囚禁，我们听说他因叛国罪受审，随后被囚禁在伦敦塔中。我不寒而栗，想起了自己从前的未婚夫威廉·德拉·波尔——当我宣布和他解除婚约的时候，他已经在伦敦塔里了。

“别在意，”吃饭的时候，加斯帕呵欠连天地对我说，“抱歉，我累坏了，明天要睡上一整天。赫伯特不会上断头台，虽然他罪有应得。王后本人警告我说，国王会宽恕并释放赫伯特，他会活下来继续与我们为敌。记住我说的话。我们的国王在宽恕他人方面可是专家，他会原谅这个拔剑相向的人，原谅这个起兵造反的人。赫伯特会被释放，等到他重返威尔士的时候，我也会再次与他为了这几座城堡交战。国王原谅了约克家，觉得他们会出于愧疚与他和平共处。这是他的伟大之处，玛格丽特——你一心想成为圣徒，我想这种想法是你的亲族所共有的，因为他就是个圣徒。他的宽容与信任之心无人能及。他从不怨恨他人：在他看来，所有人都是努力向善的罪人，而他会尽他所能去帮助那些人。没有人不爱戴他，不钦佩他。正因如此，他的敌人会把他的慈悲当做随心所欲的保障。”他顿了顿，又说：“他是个伟大的人，但也许不能算是伟大的国王。他超凡脱俗，这反而让其余的人更不好过。而且普通民众只会看到伟大灵魂的那些弱点。”

“可他应该恢复健康了吧？宫廷也搬回到了伦敦。王后和国王住到了一起，而你为他们保住了威尔士。他会保持健康，王子也会强壮起来，他们也许可以继续诞下子嗣。约克家也会安于更加强大的国王的统治，会明白自己的身份，对吗？”

他摇了摇头，又舀了一碗炖牛肉，切了一块白面包。他带领部队在外奔波了好几个星期，显然饿坏了。“玛格丽特，我不认为约克家会甘于屈居人下。他们了解国王，有时甚至可以努力跟他合作；但他身体健康时就很软弱，而患病的时候更加形同虚设。要不是我全心全意地效忠于他，一定也会有所动摇，对未来有所疑虑。从内心里，我没法谴责他们控制未来走向的行为。我对约克的理查德很放心。在我看来，他了解并且爱戴着国王，也清楚自己虽是王室血脉，但注定不是国王。反观理查德·内维尔，也就是沃里克伯爵，我就不敢确定了。他习惯了统治整个北疆，肯定觉得自己可以进而统治整个王国。不过，谢天谢地，他们两个都不敢加害正式加冕的国王。但国王每次患病，都会为我们留下一个问题：他什么时候才能好转起来？在他好转之前，我们该做些什么？还有一个没人会说出口的问题：如果他永远无法好转，我们该怎么办？

“最糟糕的是，我们有一位我行我素的王后。国王死后，我们就像一只随波逐流的小船，王后则是难以捉摸的风。如果我像某些人一样，也相信贞德不是圣女而是女巫，我会觉得是她诅咒了我们，让我们有一位忠于梦想的国王和一位忠于法兰西的王后。”

“别说了！别说了！”我不愿意听到对贞德的诬蔑，于是飞快地按住他的手，制止了他。有那么一会儿，我们双手相握，接着他缓缓地抽出自己的手，仿佛我根本不应该碰他，即使像哥哥和妹妹那样也不行。

“我跟你说这些，是相信事态的发展会像你所祈祷的那样，”他说，“但等你明年一月结婚以后，我就只会跟你谈家族事务了。”

他抽出手的动作伤了我的心。“加斯帕，”我轻声说，“从明年一月起，这个世界上就再也没有爱我的人了。”

“我永远爱你，”他轻声说，“作为你的兄弟、你的朋友、你儿子的监护人而爱你。你可以常常写信给我，我也会回信给你——作为你的兄弟、你的朋友、你儿子的监护人。”

“可谁会和我聊天呢？谁会来看望我呢？”

他耸耸肩。“有些人注定孤独，”他说，“你还会结婚，但你也许会非常孤独。我会想念你的：你会和亨利·斯塔福德一同生活在林肯郡的豪宅里，而我独自住在这里。没有了你，这座城堡会显得非常宁静、非常陌生。石阶与礼拜堂会想念你的脚步声，城堡的大门会怀念你的笑声，城墙也会思念你的身影。”

“但我的孩子会留在你身边。”我有些不甘。

他点点头。“就算埃德蒙和你都不在我身边，还有他陪着我。”

1458年1月

他们说到做到：到了一月，我的母亲、亨利·斯塔福德阁下和白金汉公爵都来到了彭布罗克城堡，尽管冰雪交加，他们还是准时来接我去举行婚礼。我和加斯帕拼了命去准备让每个房间的壁炉熊熊燃烧所需要的木柴，又从贫瘠的冬日乡村弄来准备婚宴所需的肉类。最后我们不得不接受事实，那就是这场婚宴不会有超过三轮的肉菜和两轮甜点，后者也只是一点点水果蜜饯和数量不多的杏仁糖。这与公爵的期望不符；可在威尔士的隆冬，我和加斯帕已经竭尽所能，我们甚至自暴自弃地想，如果这些对于公爵大人和我母亲来说不够好，他们完全可以回伦敦去，那里每天都有勃艮第商人带着新的奢侈品到来，供那些足够富有而且虚荣的人浪费钱财。

结果他们几乎没有注意到我们的贫困，因为他们仅仅待了两天。他们带来了一顶裘皮帽和一双皮手套，让我在旅途中穿戴，母亲也同意让我骑着亚瑟走一段路。为了把握冬日短暂的白昼时光，我们打算在清晨出发，而我必须早早地在马厩等待，免得违背我那沉默的未婚夫的意愿。他们首先会带我去母亲的宅邸举行婚礼，然后我的新婚丈夫就会带我去他位于林肯郡伯恩的家，不管那里是怎样的地方。等待着我的是另一个丈夫，另一个家，另一个成绩，但我不属于任何地方，也永远不会拥有任何自己的东西。

等收拾停当以后，我跑上楼去育儿室和儿子道别，加斯帕跟在我身后。

亨利长大了，他脱离了襁褓，甚至离开了摇篮。他现在睡在四面高栏的小床里，眼看就要学会走路了，我实在不忍心离开他。他会扶着祈祷椅或者矮凳，弯着小腿站起来，然后盯着下一个目标，跌跌撞撞地跑过去，往往迈出一步就摔倒在地。如果我打算陪他玩，他就会拉住我的手，在我的弯腰搀扶下站直身子，沿着房间走上一条直线，再折返回来。加斯帕一进到育儿室里，亨利便会像小公鸡那样叫出声来，因为他知道，加斯帕会不知疲倦地拉着自己的小手，和他上上下下，来来回回地走动，听着他的小脚丫踩在地上，发出啪嗒啪嗒的响声。

但他独立行走的神奇时刻尚未到来——虽然我一直祈祷他能在我离开之前学会。现在，他可以离开我的搀扶走上一小步。我知道以后会有很多很多步。但他今后生命中的每一步，我都没法看到了。“等他学会走路的时候，我会写信告诉你的。”加斯帕承诺道。

“如果他能吃肉的时候，也要写信告诉我，”我说，“他不能一直吃粥。”

“还有牙齿，”他又承诺道，“他每长出一颗新牙，我都会写信告诉你。”

我拽了拽他的胳膊，他转过身来。“如果他生了病，”我低声说，“他们会让你对我隐瞒，以免我担心。但我免不了担心他生病了却没人告诉我。答应我，如果他生病，如果他跌倒或是遇到别的什么意外，你都要写信告诉我。”

“我答应你，”他说，“我也会尽全力保证他的平安。”

我们一同转身看着那张小床，亨利正抓着栏杆，对我们微笑。有那么一会儿，我看到他身后小小的窗格里映出了我们两个的影子。我快十五岁了，加斯帕也快要迎接二十七岁的生日了。在昏暗的窗玻璃上，我们就像是看着自己的孩子的父母，像是一对年轻而般配的父母，看着自己心爱的继承人。“我一得到准许就会来看他的。”我痛苦地说。

我的小亨利不明白我是来和他道别。他举起手臂，要我抱起他。“只要我去英格兰，就会把他的消息带去给你。”加斯帕向我承诺道。

他弯下腰去，抱起了孩子。亨利也抱着他，将小脸贴在加斯帕的脖颈上。我退后几步，看着他们俩，努力在脑海中记下我的孩子和他的监护人的样子，这样等我为他们祈祷的时候，就会显得历历在目了。我知道，在今后每一天的五次祈祷中，我总会看到他们的模样。我知道我的心每天都会为他们隐隐作痛，而到了夜晚，我又会因为想念他们而无法入眠。

“别去送我了，”我痛苦地说，“我会告诉他们，有人来把你叫走了。我无法忍受分别。”

他看着我，绷紧了面孔。“我当然会去，而且我还会带着你的孩子，”他语气阴郁地说，“作为你丈夫的弟弟，你儿子的监护人，不出面和你道别显得不合常理。你有新的婚约在身，玛格丽特：你必须注意自己看待世界的方式，还有你未来丈夫的看法。”

“你希望我在今天这种时候顾虑他?”我大声说道，“在我将要离开你的时候，在我将要和儿子道别的时候?你觉得我如此伤心的时候还会在乎他怎么想?”

加斯帕却点了点头。“不管是今天，还是任何一天，你都要考虑他的感受。他会拥有你的一切财产，包括所有土地。你的名誉受他影响，你儿子的继承权由他决定。如果你不能成为深爱着他的妻子——”他举起手示意我不要反驳，“你至少可以成为无可指摘的妻子。他的家族是这片土地上最显赫的家族之一。他会继承一大笔财产。当他死后，你会得到其中一部分。玛格丽特，你要做的就是成为无可指摘的妻子。这是我所能给你的最好的建议。你将是他的妻子，也就是他的仆从和财产。他会是你的主人。你还是尽量取悦他比较好。”

我没有朝他那边走去，也没有碰他。自从那天他收回手以后，我就再也没有碰过他。我或许只有十四岁，但也有自尊；除此以外，还有些话用言语根本无法表达。“至少让我告诉你，我并不想嫁给他，也不想离开这里。”我冷冷地说。

加斯帕越过婴孩的小脑袋朝我微笑，他的眼神因痛苦而黯淡。“我知道，”他说，“我要告诉你的是，你走了以后我会整日郁郁寡欢。我会想你的。”

“你只是作为兄长爱着我。”我坚定地说着，企图挑起他的反驳。

他转过身去，走出一步，然后走了回来。亨利咯咯地笑个不停，把他的双臂伸向我，还以为这只是个游戏。加斯帕停下了脚步——就在离我只有半步之遥的地方，我的脸颊甚至能够感受到他的呼吸，如果我的胆子大一些，只需一步就能够扑进他的臂弯里。“你明白的，我不能说，”加斯帕刻板地说，“一周之内，你就会成为斯塔福德夫人了。你要记得，每次我从婴儿床中抱起你的孩子都会想起你，每次我跪地祈祷时都会想起你，每次我调遣马儿时都会想起你，每天每时我都会想起你。有些对话是彭布罗克伯爵和斯塔福德夫人之间所不该有的，所以我不会说出口。恐怕你只能满足于此了。”

我用力揉了揉眼睛，但双手却被眼泪打湿。“可这些什么也不是，”我激动地说，“比起我想对你说的话来什么也不是！这完全不是我想听到的话！”

“确实如此。你没有办法向任何人倾诉，神父也好，你的丈夫也好。当然，我也一样。”他顿了顿，“该出发了。”

我走下楼梯来到城堡的院子里，几匹马已经在那儿等候了。我的未婚夫笨重地跃下马鞍，将我托上自己的马背，小声咕哝说旅途很长，我应该乘坐女用鞍座或者坐轿子，我只好又重复说自己会骑马，喜欢骑马，而且加斯帕作为结婚礼物给我的这匹马儿——亚瑟——会保证我一路上平稳安全。

护卫们也纷纷上马：他们排成一列，向彭布罗克伯爵行点旗礼，而我的孩子，里士满的小小伯爵就在他的臂弯里。亨利爵士漫不经心地朝他敬了个礼。加斯帕望着我，我也毫不退缩地回望着他，片刻后，我便掉转马头离开了彭布罗克，离开了那座城堡和那位伯爵。我没有回头，没有去看他有没有目送着我；但我知道他一定会的。

我们去了我母亲在布莱特苏的住处，在同母异父的姐姐的陪伴下，在那座小小的礼拜堂里举行了婚礼。这一次，我没有问母亲是否能取消婚礼，她也无需对我做出虚假的承诺。我转头看着新婚丈夫，心想：他的年龄虽然是我的两倍，但他对待我应该会比年轻人温柔些。我跪在圣坛前接受结婚祝福的时候，心中却暗自祈祷他已经老得不能人事。

等婚宴结束，他们送我们回房休息，我跪在床脚，祈祷上帝给我勇气，也祈祷他失去力气。我还没祈祷完，便看到他走进房间脱下了睡衣，在我面前赤裸身体，丝毫没有尴尬的感觉。“你在祈祷什么？”他赤裸着胸膛和臀部，显得粗野而又令人震惊，仿佛他真的不知道我在祈祷什么。

“祈求幸免，”我脱口而出，然后立刻惊恐地掩住嘴，“抱歉，请你原谅。我是说，我祈求能够免于恐惧。”

令我意外的是，他并没大发雷霆，甚至完全没有要发脾气的样子。他大笑着上了床，仍然赤裸着身体。“可怜的孩子，”他说，“可怜的孩子。你不必对我怀有恐惧。我会尽量不弄痛你，我会非常温柔地对待你。但你必须学会管好你的嘴巴。”

我涨红了脸，躺到床上。他温柔地将我拉进怀里，用他的手臂环抱着我，让我靠在他的肩上，仿佛这是世界上最最自然的事情。以前从没有男人抱过我，光是感受他的碰触、闻到他的气息，就让我身体僵硬。我等待他像埃德蒙那样粗野地进入我的身体，但什么都没发生。他没有动，而他轻柔的呼吸让我以为他已经睡着。我渐渐开始放心呼吸，在柔软的床和精致的亚麻床单上放松身体。他身体温暖，魁梧的身躯和静静躺在我身边的样子令我安心。我意识到这是上帝回应了我的祈祷，我的新婚丈夫已经三十三岁了，一定是老得彻底不能人事，否则为什么他只是安静地躺着，手掌温柔地抚摸着我的背？赞美圣母！他不像是个男人，他躺在我身边的感觉，让我觉得安全而温暖，甚至能感受到爱意。他仍然一动不动，只是轻轻地叹了口气，等我的紧张消散之后，很快便在他的臂弯里沉沉睡去。

1459年夏

我结婚一年半之后才再次见到前夫的弟弟加斯帕。我在林肯郡的庄园大厅中等待他的时候，竟有种异样的窘迫感，仿佛在为自己与新丈夫亨利爵士相处融洽而感到羞耻。我期望加斯帕能够发现我的变化，而我很清楚自己的变化有多大。比起那个发誓不嫁任何人的女孩来说，我少了许多忧虑；比起那个为母亲的断言而闷闷不乐的女孩来，我要快乐得多。在过去的十八个月里，我知道自己的现任丈夫并非不能人事，而是对我非常温柔、非常和蔼。他的亲切和温柔教会了我回以温柔，而我不得不承认，自己是个幸福而又满足的妻子。

在我们相处的过程中，他给了我许多自由的空间，他允许我想去祈祷几次就去几次，给了我权力去指挥毗邻宅邸的教堂和神父。我命令那座教堂按照修道院的规矩举行祷告仪式，我会出席绝大部分，甚至包括圣日时的晚祷，而他也没有反对。他给了我可观的零用钱，并且鼓励我买书。我开始着手建立自己的译本与手稿的藏书室，他在晚上有时会坐在我身边，用拉丁文念福音书给我听，我看着他抄写给我的英文译本，一字一句地对照，慢慢学习和领会。总之，那个男人对待我的态度，比起丈夫更像是监护人，他会关注我的健康，同时也关心我的教育和宗教生活。

他和蔼而又体贴；他从不抱怨我为何迟迟没有怀上孩子，而他每次尽丈夫职责的时候也都非常温柔。

正因如此，在等待加斯帕的时候，我始终有种古怪的负疚感，仿佛我找到了安全的港湾，便可耻地逃离了充满危险的威尔士。接着，我看到道路上扬起尘云，听到了马蹄声和武器发出的咔嗒声，加斯帕便带着他的人马来到了马厩前的庭院里。他带着五十名骑兵，他们全副武装，神情严肃，像是时刻准备投入战斗。亨利爵士陪着我走向前去迎接加斯帕，我原本担心他挽起我的手或是亲吻我的嘴唇，但我却看到这两人急不可耐地交谈起来，仿佛根本不需要我的存在一般。亨利爵士握住加斯帕的双肘，用力拥抱了他。“路上遇到什么麻烦没有？”

加斯帕拍拍他的背。“遇到了一队强盗，衣服上都有约克家的白玫瑰纹章，就这样而已。”他说，“我们击退了他们，然后他们就逃走了。最近有什么新鲜事吗？”

亨利爵士面露不快。“林肯郡的大部分村镇都支持约克家；还有赫特福德郡、艾塞克斯郡；东英格兰不是支持他，就是支持他的盟友沃里克伯爵。伦敦南部的肯特还是像以前那样不太平。他们受够了法兰西的海盗和贸易封锁，把加莱的沃里克伯爵视为救星，又因为法兰西王后的出身而无法原谅她。”

“你觉得我能平安无事地抵达伦敦吗？我想后天动身。大路上是不是有很多武装抢劫的盗匪？我该不该走乡下那边？”

“只要沃里克伯爵还待在加莱，你就只需要对付普通的无赖。但人们说他随时都会回来，会带军队去勒德罗见约克公爵，你们在路上可能会遇到。最好派斥候在前面侦察，主力部队跟在后面。遭遇沃里克伯爵就意味着战斗，甚至可能是一场战争的开端。你要去国王那里吗？”

他们转过身，一起走进屋子，我这个名义上的女主人跟在后面。亨利爵士的家仆总是能准备好所需的一切。我更像是一位客人。

“不，国王已经去了考文垂，愿上帝保佑他，他将在那里召集约克的列位领主进行会晤，要他们认同他的权力。这是一次试探。如果那些领主拒绝前往，那么他们就会被控告。考虑到自身的安全，王后和王子也会陪同国王前去。我授命前往威斯敏斯特宫，准备为国王守卫伦敦。我已经做好了守城的打算，准备好迎接战争。”

“你不会从商人和领主们那里得到任何援助，”我丈夫警告他说，“他们支持的都是约克公爵。如果国王没法维持和平，他们就没法做生意，这是他们唯一考虑的事情。”

加斯帕点点头。“我也听说了。我会管住他们的。我接到的命令是招募士兵以及挖掘壕沟。我会为了兰开斯特家把伦敦变成一座坚固的要塞，不管那些市民怎么想。”

亨利爵士将加斯帕带到屋内的房间里；我跟了进去，将门关起，免得有人听见他们的谈话。“这个国家里，没几个人能说约克公爵的理由不够正当，”我丈夫说，“你也很了解他。他全心全意忠于国王。但现在国王被王后操纵，而王后和萨默塞特公爵私下勾结，对于约克公爵和他的姻亲来说，根本不会有什么和平和安全可言。”他顿了顿，又说，“事实上，我们都不会再有什么和平，”他补充道，“如果让法兰西王后掌控一切，英格兰人又怎么会有安全感？如果她把我们交给法兰西人怎么办？”

加斯帕摇摇头。“但她始终是英格兰的王后，”他断然道，“也是威尔士亲王的母亲，兰开斯特家的女家长。我们必须忠诚于她。她是我们的王后，无论出身如何，无论她有什么样的朋友，也无论她掌控着什么。”

亨利爵士弯起嘴角，在相处了一年之后，我知道这是他觉得对方单纯过了头时的神情。“就算是这样，她也不应该操纵国王，”他说，“她不应该代替枢密院为国王出谋划策。国王应该请教的是约克公爵和沃里克伯爵。他们是国家里最有权势的两个人，是领袖人物。应该由他们来给出建议。”

“等到约克家的威胁结束，我们再处理枢密院的成员问题吧。”加斯帕不耐烦地说，“现在没时间讨论这些。你给自己的佃户配备了武器没有？”

“我？”

加斯帕朝我投来惊讶的眼神。“是的，亨利阁下，就是你。国王要求他所有忠心的臣民一同准备作战。我正在招兵买马，来这里就是为了你的佃户们。你会不会跟我一起去守卫伦敦？还是说会去考文垂加入国王的军队？”

“都不会，”我丈夫平静地说，“我父亲正在召集人手，我的弟弟会跟他一同前往。他们能召集一小队人马支援国王，我想要对付约克家，这些已经够多了。当然了，如果我父亲命令我去支援他的话，我会去的。这是我作为儿子的责任。如果约克公爵的人打到这里来，我会跟他们作战，正如我会和任何率兵踏上我的土地的人作战。如果沃里克伯爵想要蹂躏我的土地，我会守卫这里；但我目前不打算骑马出征。”

加斯帕转过头去，而我为自己的丈夫在战争即将打响时还留在壁炉边而羞红了脸。“真令人遗憾，”加斯帕简短地说，“我还以为你是个忠心耿耿的兰开斯特。我不该这么想的。”

我丈夫微笑着瞥了我一眼。“恐怕我的妻子也会因此看不起我，但凭良心说，我确实不想牺牲自己领地的子民，就为了捍卫那个年轻又愚蠢，还总给她丈夫出坏主意的法兰西女人的权利。国王需要最优秀的人给他建议，而事实证明，约克公爵与沃里克伯爵最为优秀。如果他与他们为敌，那么这两人也许会起兵反抗，但我敢肯定，他们只是打算迫使国王听从他们的建议而已。我敢肯定他们的目的最多只是加入枢密院，让国王能听到他们的建议。既然我认为这是他们的权利，又怎么能与他们战斗？他们的理由是正当的。他们有权向国王提出建议，而王后没有这个权利。你和我都明白这一点。”

加斯帕不耐烦地挺直了身子。“事实上，亨利阁下，你别无选择。你必须前去作战，因为你的国王召唤了你，因为家族的首脑召唤了你。如果你仍然是兰开斯特家的一员，就必须响应这召唤。”

“我不是听到猎号就会激动的猎犬，”我丈夫平静地说着，根本没有在意加斯帕抬高的嗓门，“我不会听到命令就吐舌头讨好，不会为了追逐猎物而狂吠。只要有我认为值得为之赴死的理由，我就会去参战——但顺序不会反过来。不过我确实钦佩你的……呃……尚武精神。”

亨利的口气让加斯帕的脸一直红到了头发根。“这件事并不好笑，阁下。我曾经为国王和家族征战了整整两年，必须提醒你的是，我为此付出了巨大的代价。我在喀麦登的城墙边失去了亲哥哥，他是家族的继承人，家族的荣耀，也是玛格丽特的丈夫，而他甚至见不到自己的儿子——”

“我知道、我知道，而且我并没有笑。别忘记，我也失去了一位兄弟。这些年的战争对英格兰来说也是一场悲剧，没什么可笑的。来吧，让我们忘记彼此的分歧，共进晚餐。我祈祷不会再有战争，你也应该这样。如果我们希望英格兰恢复强大与富庶，就需要和平。我们能够征服法兰西，是因为他们的内部不够团结。我们不要重蹈他们的覆辙；我们可别在自己的国家里内斗不休。”

加斯帕想要争辩，可我丈夫已经挽起他的手臂，领着他走进了大厅，其他人已经就座，每张桌子边上坐着十个人，等待他们的晚餐。加斯帕走进大厅的时候，他的手下用匕首柄敲打着桌子为他喝彩，我想这是因为他是位优秀的统帅，深受人们爱戴的缘故。他仿佛故事中走出的游侠骑士，他就是他们的英雄。我丈夫的侍从和家臣却只是在他经过的时候低头脱帽。从没有人为亨利·斯塔福德欢呼过。以后也不会有。

我们在嘈杂的人声中走上了贵宾席位，我看到加斯帕看了看我，仿佛在表示同情，因为我嫁给了这么个不愿为家族征战的人。我始终目光低垂。我想所有人都知道我是个懦夫的女儿，而现在又成了懦夫的妻子，我的人生永远无法摆脱羞耻。

侍从将壶里的清水泼洒在我们的手上，然后用餐巾擦干，这时我的丈夫温柔地说起话来。“我必须为我妻子最关心的事而劳烦你：她儿子的健康情况。小亨利现在情况如何？他还好吗？”

加斯帕转身看着我。“他健康又强壮。我给你写的信里提到过，臼齿已经长出来了，他因此发了几天的烧，不过已经好了。他现在能走也能跑，经常说话，虽然有时候口齿不清，却能喋喋不休地说上一整天。保姆说他很固执，但并没有太过逾矩。我让她不要对他过于严苛。他是里士满伯爵——不应该损害他的志气，他有自豪的权利。”

“你有没有对他提起过我？”我问。

“当然，”他笑着说，“我告诉他，他的母亲是在英格兰非常有地位的女士，很快就能来看他，而且他已经会说‘妈妈’这样的词儿了。”

我想象着只有两岁的孩子清脆的嗓音，不禁笑出声来。“他的头发是什么颜色？”我问，“是不是埃德蒙那样的红色？”

“啊，不是，”说到这里，加斯帕露出了失望的神情，虽然我并没有同感，“看起来他没有继承到最纯正的血统。他的头发是棕色的卷发，像一匹栗色的马儿。他的保姆认为，等到了夏天，他的头发在屋外的阳光下时会更漂亮，但并不是我们都铎家的红铜色。”

“他喜欢玩吗？他懂得祈祷吗？”

“他喜欢玩他的球拍和球，如果有人给他丢球，他能玩上一整天。他正在学习主祷文和教理问答。你的朋友威廉神父每天早上都会去和他一起祈祷，保姆每天晚上都会让他站在床脚那里。他会听话地以你的名义祈祷。”

“你有没有给他找过玩伴？”我丈夫问，“比如邻居家的那些小孩子？”

“我们在城堡里非常孤独，”加斯帕答道，“那里没有和他有亲戚关系的家庭，也没有适合他的玩伴。他是里士满伯爵，是国王的亲戚。我不能让他和那些乡下孩子一起玩儿，另外，我还担心他会生病。一直都是保姆陪他玩。我也会陪他玩。他不需要别的什么人。”

我点点头。我也不希望让他和那些粗野的乡下孩子玩。

“他肯定想和同龄的孩子在一起，”我丈夫反驳道，“他总有一天需要和同龄的孩子们相处，哪怕是来自乡下，住在村舍里的孩子。”

“到那时候我会知道的，”加斯帕语气生硬，“现在他暂时不需要什么同伴。”

接下来是一阵尴尬的沉默。“他吃得好吗？”我问。

“他吃得很好，睡得也很好，每天都跑来跑去，”加斯帕说，“个子也长得很快。我觉得他会长得很高。他的身材像埃德蒙：又高又瘦。”

“等到路上安全了，我们就赶去看他，”我的丈夫对我承诺道，“还有，加斯帕，你会保证他在那里平安无事，对吗？”

“威尔士剩下的约克派根本招募不到能够攻下彭布罗克村的部队，更别提我的城堡了，”加斯帕对我们保证道，“威廉·赫伯特现在是国王的人；因为国王的宽恕，他彻底改变了立场，现在已经是兰开斯特家的人了。对兰开斯特家的子嗣来说，威尔士比英格兰安全得多。我控制着所有重要的城堡，还让士兵在道路上巡逻。我会像自己承诺的那样保证他的安全，永远都会保护他。”

加斯帕只陪我们待了两晚，白天的时候，他骑马去找我们的佃户，尽可能地召集人手，与他一起去为国王保卫伦敦。自愿前去的人寥寥无几。我们也许是兰开斯特家族的人，但住得离伦敦够近的人都听过关于宫廷的流言，不至于傻到为一个半疯的国王和法兰西出身的泼妇王后卖命。

到了第三天，加斯帕做好了出发的准备，我也不得不再次与他道别。

“至少你看起来很幸福。”在马厩前的院子里，其他人上马整装的时候，他轻声对我说。

“我很好。他对我很温柔。”

“我希望你能说服他履行自己的职责。”加斯帕说。

“我会尽力而为，但我很怀疑他会听我的话。我知道他应该履行职责，加斯帕，可他比我年长，觉得自己比我懂得多。”

“我们的国王正在为捍卫自己的权利而战，”加斯帕说，“真正的男人应该站在他那一边。兰开斯特家的成员都不应该只是等待召唤，更别提受了召唤还置之不理了。”

“我知道，我知道，我会再劝他的。你也要告诉我的儿子亨利，等路上安全了，我就立刻赶去看他。”

“约克和沃里克伯爵一天不服从国王，道路就没有安全可言！”加斯帕暴躁地说。

“我知道，”我说，“可对亨利阁下来说——”

“什么？”

“他已经老了，”我动用了自己十六岁的所有智慧，说道，“他不明白上帝有时候只会给我们短暂的时机，必须好好把握。圣女贞德明白这一点，你也明白。上帝只会给我们短暂的决定命运的时机，我们必须聆听召唤，努力争取。”

加斯帕的笑容温暖起来。“是的，”他说，“你说得对，玛格丽特。事情就是这样。机会稍纵即逝，而你必须做出回应。就算别人觉得你只是条响应猎号的愚蠢猎犬。”

他按照应有的礼节，温柔地吻上我的嘴，握住我的手。我闭上双眼，发觉自己在他的碰触下竟有些晕眩，他很快便放开了我，转过身跳上马鞍。

“我们的老亚瑟还能稳稳地载你吗？”他问，仿佛希望我们两个都能忘记他要再次离开我，只身奔赴险境的事实。

“是的，”我说，“我经常骑它外出。愿上帝与你同行，加斯帕。”

他点点头。“上帝会保佑我的。因为我们是正确的一方。当我真正踏上战场的时候，就知道上帝永远会站在保护国王的一方。”

然后他掉转马头，率领众人向伦敦所在的南方行进，前去保卫威斯敏斯特宫的安全。

1459年秋

我一直都没有加斯帕的消息，直到跟他前去的一名佃户在九月中旬归来。那名佃户把自己绑在一匹矮种马上，一条断臂仅余的部分已经化脓，他面色惨白，奄奄一息。他的妻子——是个比我大不了多少的女孩子——看到他被抬到门口的时候尖叫着昏了过去。她无法照顾他，不知道该怎样处理这个与她为爱结合的年轻人逐渐腐烂的躯体，于是他们带他来了我的宅邸，这样总比在那座肮脏的农舍得到的照料要好。我将牛奶棚里一间闲置的小屋用作医护室，不知道加斯帕匆匆雇佣的人马里有多少能够回到家中。那人告诉我的丈夫，说沃里克伯爵的父亲，索尔兹伯里伯爵当时正带领军队赶往勒德罗去与约克公爵会合，而我方的两位领主，达德利与奥德利率兵埋伏在他前往威尔士途中的德雷顿市集。我们的军队规模是索尔兹伯里伯爵的两倍，我们的人说，约克军的士兵甚至跪地亲吻着战场的土地，认定那里会是他们的葬身之地。

但约克的军队耍了个花招，这种花招是索尔兹伯里最拿手的，因为他的部队对他言听计从——他下令撤退，像是要放弃作战。我们的骑兵顺势追击，以为他们想要逃亡，一直到涉水而过，却发现自己已经中计。敌军突然转身迎战，就像纵身捕食的蛇那样迅疾，而我们的人被迫突围上山，穿过越来越泥泞的土地，同时还要拖着马匹和大炮前进。约克的弓箭手在高处向我们的士兵射箭，马匹纷纷倒地，士兵们在泥泞、混乱和密集的箭雨中不知所措。约翰说，河水都被死伤士兵的鲜血染成了红色，涉水逃出的人也浑身浴血。

夜幕降临在我们惨败的战场之上，尚未撤退的士兵也只能等死。约克军的指挥官索尔兹伯里伯爵在我方主力到来前溜之大吉，还狡猾地把大炮留在战场上，又雇了个修士开了一整夜的炮。等到王家军队在黎明时赶到，满以为会看到约克家的军队守卫着大炮。但当他们准备屠杀这些叛徒的时候，却发现战场上只剩下一个醉醺醺的修士，在大炮之间轮流点火，他说，约克军已经撤退到了勒德罗，为战胜两位兰开斯特领主而庆祝。

"这么说，两军已经交锋，"我丈夫语气阴沉，"而我们失败了。"

"他们并没有遭遇国王本人，"我说，"毫无疑问，换成国王一定会打赢。他们遇到的只是两位领主，并不是统帅全军的国王。"

"事实上，我们遇到的也只不过是个衣衫褴褛的修士。"我丈夫指出。

"如果约克军堂堂正正作战，我们的两位领主肯定会取得胜利。"我坚持道。

"没错，但其中一位领主已经死去，另一位被俘虏。我想这足以断定，敌人已经赢得了第一回合的战斗。"

"还会有更多的战斗吗？我们可以重新部署兵力吗？贞德夺取巴黎失败的时候，并没有投降——"

"啊，贞德，"他疲惫地说，"是啊，如果我们以贞德为榜样，就该尽快赴死。伟大的殉难等待着我们。你说得对，还会有更多的战斗，这点可以肯定。如今有两股强大的势力彼此对峙，互不相让。还会有战斗发生，并且一场接着一场，直到一方认输或是死去为止。"

我没有理会他严肃的语调。"我的丈夫，你现在是否要去你的国王身边尽忠？第一场战斗已经打响，而我们处于劣势。你该明白，他们很需要你。每个有荣誉感的人都应该去那里。”

他看着我。“非去不可的时候，我会去的，”他冷冷地说，“我不打算提前。”

“英格兰每个真正的男人都会去，只有你除外！”我激动地反驳道。

“那儿有很多真正的男人，不需要我这样的胆小鬼。”在我继续说下去之前，亨利爵士便离开了这间临时病房，追随加斯帕的那名佃户正在那儿奄奄一息。

从此以后，亨利爵士与我的关系冷淡下来，所以当我从加斯帕那儿接到那张皱巴巴的纸条的时候，也并没有告诉他。纸上是他错误连篇的寥寥数语：

别害怕。国王本人已经上了战场。我们正在向敌方进军。

加

等到晚餐结束，只剩下我们两人，而丈夫开始随意拨弄鲁特琴的时候，我才开口问道：“你父亲那边有什么消息吗？他是不是在国王身边？”

“他们把约克家赶回了位于勒德罗的城堡，”他说着，弹奏起一段不成调的曲子，“我父亲说，又有超过两万人加入了国王的军队。看起来大部分人都觉得我们会赢，而约克公爵会被俘虏并处决，虽然仁慈的国王说过，如果他们投降就会既往不咎。”

“是不是还有一场仗要打？”

“除非约克公爵认为自己无法面对亲自上阵的国王。杀死自己的朋友和表亲是一种罪，而命令长弓手向国王的旗帜射击则是另一种罪。万一国王在战场上被杀呢？万一约克公爵用他的阔剑砍下国王神圣的头颅呢？”

我惊恐地闭上双眼，想到了国王，那位圣徒，在曾经宣誓向他效忠的臣民手下殉难。“约克公爵肯定做不出这样的事吧？他肯定想都不会去想吧？”

1459年10月

事实证明，他做不到。

当约克军在战场上与真正的国王正面交锋的时候，他们发现自己根本没法下手攻击他。我每天都会跪地祈祷，希望约克军的士兵低头看看山下，看看勒福德桥和国王的旗帜。我祈祷了一整天，而对峙持续了一整天，到了晚上，他们罪恶的勇气彻底消散，逃之夭夭。他们逃跑的样子就像懦夫，而且他们的确是懦夫，到了早晨，我们的圣徒国王——感谢上帝，他没有成为殉教圣徒——走在被约克家的指挥官抛弃的普通士兵之间，他宽恕了他们，仁慈地把他们送回了家。约克公爵的妻子，塞西莉公爵夫人不得不等在勒德罗镇外的十字路口，而国王手下的乌合之众涌入城中，渴望着抢掠，她手中握着城堡的钥匙，两个小儿子乔治和理查德颤抖着站在身旁。她不得不向国王投降，让她的孩子接受囚禁，却不知道自己的丈夫和年纪较长的两个孩子逃去了何方。她一定连灵魂深处都羞愧难当。约克公爵和沃里克伯爵联合反抗合法国王的这场声势浩大的叛变，最终的结果却是约克公爵的城堡遭受洗劫，公爵夫人身陷囹圄，而她那两个叛徒儿子则为己方的惨败而哭泣。

“他们都是懦夫，”我在我的私人礼拜堂里，对圣母像轻声说道，“您已经用羞耻惩罚了他们。我希望他们最终落败，而您会回应我的祈求，让他们一蹶不振。”

起身走出礼拜堂的时候，我挺起了背脊，因为我知道，我的家族得到了上帝的庇佑，有一位既是圣徒又是国王的人领导着我们，因此我们的理由是正当的，不必多费箭矢也能击败对手。

1460年春

“但这不能算是胜利，”我丈夫尖刻地评论道，“我们无法与约克公爵和解，也无法安抚他的不满。索尔兹伯里伯爵、沃里克伯爵和约克家那两个年长的男孩都在加莱，他们可不会浪费时间。约克公爵逃去了爱尔兰，他会在那里召集自己的军队。王后坚持指认他们是叛徒，现在她要求列出全英格兰所有体格健全的男人的名单，认为自己有权直接将他们征召入伍。”

“她肯定是想像平常那样，要求各位领主召集自己的军队吧?”

他摇摇头。“不，她打算直接号令民众，用法兰西人的方式组建军队。她计划召集每个郡的所有年轻男性来为她效命，俨然一位法兰西君主。没有人会支持她的。民众将会拒绝为她效命——他们没理由这么做，因为她并非他们的君主——而领主们会认为她这是在对付他们，是在削弱他们的权力。他们会觉得她在挑拨他们和佃户的关系。每个人都会将这看做把暴政引入英格兰的举动。她会让盟友变成敌人。上帝作证，她把对国王效忠变成了难题。”

我带着他悲观的预言去了礼拜堂，告诉神父自己要为质疑丈夫的判断而忏悔。神父是个谨慎的人，他没有向我询问细节，毕竟这座礼拜堂的所有者是我的丈夫，而附属的小教堂的生活所需以及开销，还有教堂里的弥撒仪式都是由他支付。他念了十遍《圣母经》，又让我跪地忏悔一个钟头。我跪在地上，却并无悔意。我开始担心自己的丈夫比懦夫更加恶劣，开始担心最糟的事态：他对约克公爵怀有同情。我开始怀疑他对国王的忠诚。想到这些的时候，我的玫瑰念珠依然紧握在手中。我能做什么？我该做什么？如果我嫁的人是一个叛国者，我该怎么活下去？如果他对我们的国王与家族不忠，我要怎样做一个忠于他的妻子？会不会是上帝在要求我离开我的丈夫？上帝究竟要我何去何从呢？上帝是要我追随加斯帕吗？

后来，到了七月，我丈夫所警告的关于加莱驻军的一切成为了可怕的现实，而约克公爵也已率领舰队在桑威治登陆，正在前往首都伦敦的半途中，一路上没有人与他对抗，也没有一扇房门对他紧闭。愿上帝宽恕伦敦的市民，因为他们为约克公爵大开城门，而他不费一兵一卒就占领了城市，仿佛他的对手才是篡夺王位的人。国王和宫廷当时都在考文垂，但等他们听到这个消息以后，便向全国发出号召，以国王的名义招募士兵，也召集了所有亲族。约克家占据了伦敦，兰开斯特家不能坐视不理。

“你现在要出发了吗？”我在马厩前的院子里找到了我的丈夫，他正在清点马匹的挽具和马鞍，还有人手。终于，我心想，他看到了国王的危险处境，明白自己应该挺身而出。

“不，”他简短地回答，“但我父亲在那里，上帝会保佑他在这场动乱中平安无事。”

“你不打算去陪着你父亲面对险境吗？”

“不，”他又重复了一遍，“我爱我父亲，如果有他的命令，我一定会赶过去；但并没有。他会按照白金汉家的标准行事，现在还不需要我。”

我知道我的愤怒已经写在了脸上，我用严肃的眼神与他对视。“你怎么能若无其事地留在这里？”

“我质疑这场战斗的意义，”他坦言道，“如果国王想从约克公爵手中夺回伦敦，我想，他只需要前去那里商谈条件即可。他不需要攻击自己的首都；只要答应跟他们谈话就可以了。”

“他应该将约克公爵作为叛徒处死，而你应该在场！”我激动地说。

他叹了口气。“我的妻子，你真是急着将我推向危险，”他讽刺地笑了笑，“我要说，我更希望你能恳求我留在家里。”

“我只是在恳求你履行职责，”我骄傲地说，“如果我是男人，一定会骑马前往援助国王。如果我是男人，现在肯定在他身边。”

“我相信你会成为当今的圣女贞德，”他轻声道，“但我经历过战争，我知道战争的代价，而此时此刻，当其他人为野心而争斗，令整个国家四分五裂的时候，我清楚自己的职责是保卫这片土地、保护我们的子民。”

我愤怒得说不出话，只能转身离开去马厩找亚瑟，我的老战马。它温柔地低头蹭蹭我，而我拍拍它的脖颈，捏捏它的耳朵，低声对它说，我们应该一同去考文垂寻找加斯帕——他肯定就在那里——然后为国王而战。

1460年7月10日

就算我真的骑着亚瑟出发，赶到的时候恐怕也太迟了。国王带领他的军队在北安普敦外挖掘战壕，前方是一排用以防范骑兵的削尖木桩，他们新铸造的大炮都已装填好炮弹，随时可以开火。约克一方的领导者包括马奇①伯爵小爱德华，叛徒领主福肯伯格和沃里克伯爵本人，在滂沱的大雨中，这三支部队同时进攻。泥泞的地面陷住了马蹄，阻止了骑兵的冲锋。上帝向这些叛徒们降下了一场大雨，让他们困顿在沼泽之中。约克家的小爱德华好不容易才找到勇气，带领他的人马穿越泥沼，并且面对兰开斯特一方雨点般的箭矢。他原本注定会吃败仗，年轻的小脸也会埋在泥地里：可我军右翼的领导者，里辛的领主格雷却突然叛变，他领着约克军队越过路障，转而与他自己家族的士兵短兵相接，我方的士兵朝奈奈河溃退，许多人被淹死，而沃里克伯爵和福肯伯格的部队势如破竹。

在胜利的同时，他们毫无慈悲之心，虽然放过了普通百姓，却没给任何身披铠甲的人交赎金的机会，而是就地处决。最糟的是，敌人袭击了我们的营地，找到了国王的帐篷，国王就坐在里面思索，如同在自己的礼拜堂中祈祷时那样平和，等待着他们将他作为这场战斗的最大战利品而俘虏。

而那些叛徒真的俘虏了他。

---

① 指苏格兰和英格兰使用的一种爵位头衔，“马奇”一词原指英格兰和苏格兰以及威尔士的边界地区，后泛指边境地区。

两天后的一个晚上，就在我穿衣打扮，准备出席晚餐的时候，丈夫走进了我的房间。“你出去吧。”他对我的女伴说，女伴看了看我，又看了看他阴郁的脸色，然后轻手轻脚地走出了房间。

“我父亲去世了，”他突然说道，“我刚刚才听说。在北安普敦的泥泞里，英格兰失去了一位伟大的公爵，而我失去了挚爱的父亲。他的继承人，我的侄子小亨利·斯塔福德也失去了他的祖父和监护人。”

我突然喘不过气来。“这太让人遗憾了，亨利。”

“他想要上马的时候，被人砍倒在泥泞的地上，”他没有给我喘息的机会，继续说道，“有他，还有什鲁斯伯里伯爵、博蒙特领主、艾格蒙特领主——上帝啊，这个名单简直无穷无尽。我们失去了一整个世代的贵族。看起来战争的准则已经变了，英格兰再没有什么俘虏，什么赎金了。他们甚至不给别人投降的权利。刀剑掌控一切，每一场仗都至死方休。这太野蛮了。”

“国王呢？”我喘息着说，“他们应该不敢伤害他吧？”

“国王被俘虏了，他们把他关在伦敦。”

“关在伦敦？”我不敢相信自己的耳朵。

“事实如此。”

“那王后呢？”

“和他的儿子一起失踪了。”

“失踪了？”

“没有死。我想应该是逃走了。销声匿迹。这个国家变成了什么样子啊。我的父亲……”

他忍住悲伤，转身看向窗外。窗外的树木苍翠茂盛，远处的田野一片金黄。实在难以想象那片泥泞的战场，还有我的公公，那个虚荣的贵族，已在逃亡时被人杀死。

“我今天晚上不去大厅用餐了，”我丈夫庄重地说，“你可以去，也可以在自己的房间用餐。我要骑马去北安普敦，将他的尸体带回来。明天一早就出发。”

“真令人遗憾。”我无力地说。

“会有成百上千个儿子和我朝同一个方向前去，”他说，“我们都带着一颗破碎的心，还有复仇的念头。这是我所担心的，也是我畏惧的。战场并不像你所想象的那样光明而又荣耀：跟歌谣里完全不一样。那儿有泥泞和混乱，还有浪费的生命，许多优秀的男儿死在那里，还有更多的人会前赴后继。”

我在丈夫的面前掩饰着自己的恐惧，直到他上路赶赴南方，但我最担心的却是加斯帕的安全。他肯定会出现在战况最激烈的地方：在我看来，想要进入国王帐篷的人肯定要先过加斯帕那一关。如果国王被俘获，那么他必死无疑。死了那么多人，他怎么可能活下来？

在我丈夫返回之前，我就已经得出了答案。

玛格丽特：

我带着那位高贵的女士和她儿子去了安全的地方，现在他们和我藏在一起。我不会说出地点，以防这封信落入叛徒的手中。我现在很安全，离开的时候，你的儿子也很安全。那位女士和我一起也不会有危险。我们确实吃了败仗，但战争尚未结束，而她满怀勇气，准备再次开战。

加斯帕

我花了好一会儿才明白，他是在保护王后的平安，他把她带离了战场，让她藏身在威尔士。国王也许是被俘虏了，但只要她仍然自由，就有人可以向部队发号施令，而她的儿子也能继承王位。加斯帕保护住了我们为之奋斗的真正缘由，我毫不怀疑她和他在一起会平安无事。他会把王后藏于彭布罗克或是登比城堡。他将会是她的游侠骑士；他会单膝跪倒，向她行礼，让她坐在自己身后的马背上，让她纤细的手环抱住自己的腰。我不得不去礼拜堂，向神父忏悔我满心的嫉妒，虽然我说不清楚这嫉妒是为什么。

我丈夫回家时脸色忧郁，他埋葬了父亲，又将侄子送到新的监护人那里。小亨利・斯塔福德，也就是新任的白金汉公爵，这个可怜的孩子只有五岁。当他还是个婴孩的时候，父亲就为兰开斯特家战死，而现在他又以同样的方式失去了祖父。我的丈夫为家族蒙受的沉重打击而震惊，但我没法同情他：因为我们之所以落败，不正是因为他和那些不顾王后的召唤，不顾危在旦夕的局势而选择留在家中的人吗？公公的死正是因为这次落败。除了没有陪在他身旁的儿子，又有谁该负责呢？亨利告诉我，约克公爵进驻了伦敦，而国王骑着马，作为囚犯与他同行，民众鸦雀无声地迎接了他们。看起来，伦敦市民作为叛徒并不合格，因为当约克公爵把手按上大理石王位，自称国王的时候，没有任何人支持他。

“怎么可能？”我反问，“我们已经有一位国王了。就连伦敦那些背信弃义的市民也都知道。”

我丈夫叹了口气，仿佛我的坚信不疑令他厌倦，我也注意到他脸上疲惫而沧桑的表情，还有眉间那道深刻的沟壑。家族责任与沉重的悲伤压在他的身上。如果国王成为阶下囚，我们的权势也将不复存在，很快会有人带走年幼的白金汉公爵，以他的名义攫取领地的利润。如果我的丈夫与兰开斯特或者约克的任何一方交好，他也许还能为他的侄子，为我们未来的家族首脑美言几句。如果他肯去发挥自己的影响力，就会成为那些大人物之一。但因为他选择留在家里，他对双方来说就都毫无价值。是他自己贬低了自己。这个国家那些重大决定会把他排除在外，他甚至保护不了自己的权益，虽然他说过自己会这么做。

“他们达成了一项协议。”

“什么协议？”我反问，“谁同意了？”

他将斗篷递给一位仆人，重重地坐进椅子里，示意一位侍童为他脱下靴子。我想知道他是不是病了，以这把年纪经历了如此漫长的旅程，他看起来阴郁而虚弱——他已经三十五岁了。“国王可以在王位上一直坐到死去，然后下一位国王就是约克家的人了，”他简短地解释说。他看看我的表情，又将目光转向别处，“我知道你不会高兴的。你不必因此烦心，这协议未必能维持下去。”

“威尔士亲王要被夺走权利吗？”我太吃惊了，几乎忘了斟字酌句，“他怎么可能既是威尔士亲王又不能继承王位？什么样的人会觉得自己能够越权继位？”

亨利耸了耸肩。“你们所有的继承人都被夺走了权利。你的家族已经不再掌控大权了。你的儿子不再是国王的亲属，也不再位列继承顺位之中。下一任国王将会是约克公爵，然后是他的亲族和后裔。没错，”他对我震惊的表情做出了回应，“他为子子孙孙赢得了无人可及的位置。约克公爵的子嗣将会成为下一任继承人。新的王室成员也都是约克家的人。而兰开斯特家将只是‘王室表亲’。这就是他们达成的共识，也是国王发誓遵守的协议。”

他站起身，迈开穿着长靴的双脚，向自己的房间走去。

我伸手挽住他的手臂。“但这就是贞德所看到的！”我大喊道，“她的国王被推翻，继承权也给了别人。就是她带着她的国王去兰斯加冕的时候所见到的——虽然那条亵渎神明的协议说他没有登上王位的资格。她看到上帝的意旨被人忽视，于是她为真正的继承人而战。这是激励她成为伟人的契机。她知道真正的继承人是谁，并且为他而战。”

他无法挤出平日的笑容。“那又怎样？你认为在兰开斯特家战败，又签署了协议的情况下，你还能带着威尔士亲王爱德华去伦敦加冕？你能领导这支惨败的军队吗？你能成为英格兰的贞德吗？”

“总得有人成为贞德！”我激动地大喊，“谁也不能夺走王子的王位。他们怎么能答应下来？国王怎么能答应这些？”

“谁知道那个可怜人是怎么想的？”我丈夫说，“即使是神志清醒的时候，谁知道他又能明白多少？如果国王陷入沉睡甚至死去，约克公爵就会登上王位，至少他能够维持这个国家的和平。”

“那不是重点！”我朝他喊道，“约克公爵不是天命的国王。约克公爵不是爱德华三世的直系后裔。约克公爵也不是王室成员——我们才是！我才是！我的儿子才是！国王把我的未来送给了别人！”我颤抖着啜泣起来，“我为此而生，我的儿子也是为此而生！国王不能就这么让我们成为王室表亲，我们生来就是王室血脉！”

他低头看我，棕色的双眸罕见地不再和蔼，而是因愤怒而阴郁。“够了！”他咆哮道，“你只是个愚蠢的小女人，刚刚十七岁，什么都不懂。玛格丽特，你应该保持缄默。这不是歌谣也不是童话故事，更不是什么浪漫小说。这是一场灾难，英格兰的男男女女每天都会因此送掉性命。这与圣女贞德无关，与你无关，而且上帝知道，这与他也无关！”

他转身离开，小心翼翼地走上楼梯，朝自己的房间走去。漫长的骑程让他的步伐迟缓，腿脚也不太灵便。我满怀怨恨地目送他离开，手掩着嘴，压抑着自己的抽泣。他是个老东西，是个老傻瓜。我比他更了解上帝的意愿，他会庇佑兰开斯特家，就像以往那样。

1460年冬

在这件事上，我是对的，而我丈夫——尽管他是我的丈夫，有权要我听从——是错误的，这一点在圣诞节的时候得到了证明：本该那么聪明、那么精于战术的约克公爵，却在山德尔城堡的城墙外[1]遭到俘虏，他只带着一小队护卫，同行的有他的儿子埃德蒙，以及拉特兰伯爵，这两个约克家的成员和约克公爵的儿子惨死于我方的士兵之手。这个想要成为国王，想要以王室正统自居的人到此为止了！

王后的军队将他的尸体带回去示众，他们砍下了尸体的头，让那颗头颅戴着一顶纸王冠，然后高悬在约克郡的城门上。这样一来，在乌鸦和秃鹫将他的双眼啄食殆尽之前，他每天都能看到自己的王国。这是叛国者的死法，他的死也熄灭了约克家的希望之火，因为剩下的还有谁呢？他的主要盟友沃里克伯爵只有几个没用的女儿，约克公爵剩下的三个儿子——爱德华、乔治和理查德——都太过年幼，无法独自率军作战。

我没有在丈夫面前欢呼雀跃，因为我们早已安于现状，平静地生活在一起，那时正与佃户、家臣和侍从欢度圣诞，仿佛这个世界并未动荡不安。我们谁也没有谈论分裂的国家，在伦敦的商贩虽然会给他寄来信件，他却并没有告诉我那些消息，他的家族也没有催促他为死去的父亲报仇。他虽

① 这场战役史称韦克菲尔德战役（War of Wakefield）。

然知道加斯帕会从威尔士写信给我，但也并没有问起加斯帕新近占领的登比郡的城堡，以及他在作战时的英勇。

我送给小亨利一只木轮小马车，作为他的圣诞礼物，他能拉着它跑来跑去，而我丈夫给了我一先令，让我寄给他作为买节日礼物的钱。作为回礼，我给了他一枚六便士银币，让他拿给小白金汉公爵亨利·斯塔福德。我们都没有提及战争；没有提及女王正带着五千名残忍危险的苏格兰人向南方进军，他们就像渴望狩猎的猎人，身上沾染着约克家这些叛国者的血；更没有提及我的看法：我相信我们的家族如今占据上风，并且将在明年赢得胜利，这是必然的，因为我们拥有上帝的庇佑。

1461年春

我和其他人的看法一样，认为约克公爵的死亡就意味着战争的结束。他的儿子爱德华只有十八岁，独自戍守威尔士边境，而那里的民众追随的只有加斯帕和兰开斯特家。爱德华在伦敦的母亲塞西莉公爵夫人很清楚，这将是她的最后一战。她穿上寡妇的黑衣，把最小的两个孩子乔治和理查德送去佛兰德斯，藏在勃艮第公爵那里。塞西莉公爵夫人一定很怕王后到达伦敦：王后会率领那支野蛮人大军，对约克家这第二次失败的反叛进行复仇。她无法保全自己最年长的儿子：爱德华很可能会死在威尔士的边境，死在以悬殊兵力为亡父复仇的过程中。

我前夫的弟弟加斯帕能够保护好自己；他的父亲欧文·都铎也起兵与他会合。他们不可能输给一支由孩子领导的军队，何况他才刚失去自己的兄长、父亲以及指挥官，加斯帕也确认了我的想法：

我们恐怕不得不杀死那头幼兽，好彻底消灭约克家。感谢上帝，狮子已经不在了。我和我的父亲正在召集军队，准备对付新任约克公爵爱德华，这几天就会与他交战。你的儿子现在平安地待在彭布罗克城堡。一切应该会很顺利。不用担心。

“我认为很快又会有一场战斗，”我丈夫亨利走进我的卧室时，我试探着对他说。我坐在壁炉旁。他脱下睡袍，躺到床上。“你的床总是这么舒适，”他说，“莫非你的床单比我的要好？”

我咯咯地笑了起来，暂时忘了刚才的话题。“我可不这么想。这是您的管家每天操心的事情。我的床单是从威尔士带过来的，不过如果你觉得这些床单质地更好，我可以让他换到你的床上去。”

“不，我比较喜欢放在你这儿的床单。我们还是别谈论国家的麻烦事了。”

“但我收到了一封加斯帕的信。”

“明早再说吧。”

“我认为这很重要。”

他叹了口气。“噢，好吧。他说了什么？”

我将信笺递了过去，他看了一眼。“是的。这些我都知道。我听说他们已经在威尔士召集人马了。你们曾经的敌人威廉·赫伯特又改换了立场。”

“不可能！”

“他会重新佩戴白玫瑰纹章，与约克家的男孩并肩作战。他已经不再是兰开斯特家的盟友了。赫伯特再次起兵反抗的消息肯定会激怒加斯帕。”

“赫伯特简直是背信弃义！”我大喊，“而且那时国王还宽恕了他！”

我丈夫耸耸肩。“谁知道一个男人倒戈的理由是什么呢？我从王后部队里的亲戚那儿听说，他们要扫清约克残存的威胁，然后挟着胜利的余威向伦敦进军。”

“她到伦敦的时候，我们可以去王宫吗？”我问。

“参加庆祝宴会？”他讥讽地说，“国会里有我能做的工作吗？他们要把半个英格兰的人指认为叛国者，然后抄没他们自己的土地；另外一半人则会因参与谋杀而获得奖赏。”

“而我们两种都不是。”我闷闷不乐地说。

“我可不会拿走那些叛国者的土地，他们只不过想给自己的国王一些积极建议，”我那上了年纪的丈夫轻声说道，“而且可以确定的是，等国王重掌权力，进行赦免的时候，其中半数土地都会归还原本的所有者。他会宽恕他的敌人，归还他们的住处。他的盟友会发现付出得不到多少回报。追随国王既没有利益，也没有真正的荣耀可言。”

我抿住嘴唇，咽下反驳的话。他是我的丈夫。他说的话在我们的家里就是律法。对我来说，他是仅次于上帝的主人。与他大声争辩毫无意义。可在我的心里，他就是一个懦夫。

“到床上来，”他柔声说，“既然你和你儿子都很安全，你还有什么好担心的呢？而且我保护了你，玛格丽特。我让我们的土地远离战争，也没有让你再度守寡。到床上来，为我笑一笑。”

我依言上了床，因为这是我的义务，但我并没有笑。

很快我便收到了坏消息。来自加斯帕的最坏的消息。我曾以为他所向披靡；但其实并非如此。我曾以为加斯帕永远不会失败。但可怕的是，他这次真的失败了。

玛格丽特：

我们吃了败仗，我父亲战死了。他上绞架的时候还有说有笑，根本不相信他们真的会这样做；但他们真的砍下了他的头，还穿在赫里福德的一根木桩上。我打算去彭布罗克接回你的孩子，带他去哈莱克城堡。我们在那儿会比较安全。不用为我担心，但我想，我们之后的一代人——也许每一代人——都失去了应有的权利。玛格丽特，我必须把最糟的事告诉你：莫提梅路口出现了上帝的昭示，但并不是给我们家族的。上帝让我们在战场上看到了约克家的三个太阳，而约克公爵的其中一个儿子在战场上指挥部队，打得我们落花流水。

我亲眼看到了。这是确凿无疑的事实。他的军队上方真的出现了三个璀璨的太阳，而且全都同样明亮。三个太阳洒下的阳光穿透迷雾，然后又合而为一，照耀在他的旗帜上。我亲眼看到了这一幕，这点不用怀疑。我不知道这意味着什么，但在明白其中的含意之前，我会继续为自己的权益而战。我相信上帝仍旧与我们同在，但可以肯定，今天他并没有站在我们这边。他面容的光彩照耀在约克家的身上，他祝福着约克公爵的三个儿子。等在哈莱克安顿下来之后，我会再写信给你的。

加

我丈夫一直待在伦敦，而我只得等他几天以后回家时，才能向他转述加斯帕的话，告诉他战争已经结束，而我们是失败的一方。我在马厩前院迎接他，而他听着我喋喋不休地述说那些令人担忧的消息，不禁摇起头来。“嘘，玛格丽特。情况比你所知道的更糟糕。约克家的小爱德华继承了王位，他们失去了理智，竟然立他为王。”

这让我彻底沉默下来。我四处张望，仿佛这是件应该秘而不宣的事。“继承王位？”

“他们提出给他王位，还说他才是真正的国王和继承人。他无需等待亨利国王死去就可以继位。他已经登上了王位，还说要把我们的国王与王后赶出英格兰，然后举行加冕礼，接受王冠，涂上圣油。我回家是为了召集自己的人马。我准备为亨利国王作战。”

“你？”我用难以置信的口气问他，“现在？”

“是的。现在。”

“为什么你现在要去参战？”

他叹了口气。“因为现在的情况不再是臣民努力让他的国王听取建议，我觉得臣民有责任去劝告国王不要被邪恶的意见左右。但现在完全成了叛乱，而且是公开的叛乱，甚至不顾真王的存在去扶植伪王。这就是我必须亲赴战场的缘故。我一直没有起兵，正是因为缺乏理由。约克家正为叛乱而战。我必须制止他们。”

我咬住舌头，咽下那句责备：如果他早些出发，我们的处境不至于这么糟糕。

“必须得有个斯塔福德家的人出现在战场上，为国王而战。我们的旗帜必须出现在那里。先是我可怜的哥哥，然后是我可敬的父亲，他们都在这场战争中献出了生命。现在，轮到我在斯塔福德家的旗下作战，也许我不够热情，也许不够坚定，但我是斯塔福德家族中的年长者，我必须前往。”

我对他的参战理由没多少兴趣。“可国王现在在哪儿?”

“和王后在一起，很安全。他们在圣阿尔本兹[①]打了一仗，她赢得了胜利，并且把他夺了回来。”

“约克家的军队吃了败仗?”我困惑地问，“可我还以为他们快要赢了。”

他摇了摇头。“不，那只能算是王后的追随者在圣阿尔本兹镇中心与沃里克伯爵手下的一次斗殴而已，而约克家的爱德华在伦敦大获全胜。但沃里克伯爵那时带着国王，约克军撤离以后，他们发现国王坐在一棵橡树下，看到了战斗的全过程。”

“他毫发无伤吗?”我问。

“是的，约克家两位领主——本维依大人与托马斯·凯瑞尔阁下——在战斗中一直保护着国王。他们保护了他的平安。国王就像个孩子那样缄默不语。他们将他交还给了王后，现在，他和她，还有他们的儿子在一起。”

“那他现在……”我选择着合适的措辞，“头脑是否清醒?”

---

① 位于英格兰赫特福德郡的西部。

“他们是这么说的。暂时如此。”

“那到底出什么事了？你为什么这副表情?”

“这件逸闻已经传遍了伦敦的大小酒馆。或许只是传闻。但愿如此。”

“什么逸闻?”

“他们说，保护了国王、让他安然度过整场战斗的那两位领主，那两位约克家的领主，被带到王后和她的儿子，七岁大的小王子爱德华面前。”

“然后?”

“他们说，她问小王子，该怎么处置那两位约克家的领主，本维依大人和托马斯·凯瑞尔阁下，考虑到他们在战斗中保护了他的父亲，还出于荣誉把他平安送还。然后王子说——砍掉他们的头。反正是类似的话。于是他们听了他的话，听了一个七岁大的孩子的话，砍掉了那两个人的头，然后又把那个孩子封为骑士，以嘉奖他的勇气。安茹的玛格丽特的儿子已经学会了以牙还牙。他将来有办法让王国维持和平吗?”

我犹豫片刻，看着我丈夫痛苦的神情。“听上去真是太糟了。”

“人们说那个孩子和他母亲一样恶毒。现在全伦敦都站在约克家一方。没有人希望爱德华王子那样的孩子登上王位。”

“之后会发生什么?”

他摇了摇头。“这无疑是最后一战。国王和王后已经会面，亲自率领他们的军队。约克家年轻的爱德华和他父亲的朋友沃里克伯爵正朝他们进军。这已经不再是‘谁该向国王提出建议’这样的争执了。这是一场争夺王位的战斗。而且这一次，我必须为我的国王而战。”

我发觉自己在颤抖。“我从未想过你会参战，”我的声音也颤抖起来，“我一直以为你会拒绝前往。我从未想过你会参战。”

他笑了，仿佛听到了一个不那么好笑的笑话。“你本以为我是个懦夫，可现在你却不为我的勇气感到欣慰？噢，别介意。我的父亲正是为此而死，虽然他也是尽可能在最后一刻才选择参战。现在轮到我了，我必须前去。而且也已经拖到了最后一刻。如果我们打输这场仗，就要迎来一位约克国王，而他的子子孙孙都将坐在王位上；你的家族也不再属于王室。问题不在于作战的理由是否正义，只在于我出生于哪一边的家族。国王必须是国王，而我必须为此参战。否则你的儿子距离王位将不再只有三步之遥，他只会是个没有头衔、没有封地，也没有王室名号的男孩。我和你都会成为自己国家的叛国者。也许他们会将我们的领地分封给其他人。我不知道我们还会失去什么。”

“你什么时候动身?”我发着抖问。

他的笑容既无喜悦，也没有丝毫温暖。“恐怕我现在就要走了。”

1461年复活节

他们早上醒来的时候，看到的是个风雪交加，寂静而怪异的白色世界。天气异常寒冷。暴风雪从黎明开始刮起，雪花绕着旗帜飞舞了整整一个白天。兰开斯特家的军队占据了陶顿村[①]附近的狭长山脊的高处，位于有利地形，俯瞰着下方的山谷，约克军则依靠飘扬的雪花隐匿行踪。天气太过潮湿，无法点燃大炮的引信，漫天飞雪模糊了兰开斯特弓箭手的视线，打湿了他们的弓弦。他们向着山下盲目地拉弓射箭，但时常会有一轮还击的箭矢飞来：借着天空的光亮，约克的弓箭手能够清楚地看到目标的轮廓。

上帝就像是刻意安排了圣枝主日[②]的天气，确保这次战斗是一场接近战，也是这场战役的所有战斗之中最为残酷的，而人们将那座战场称之为血腥草甸。指挥官还未下令冲锋，兰开斯特家的士兵就成排地倒在箭雨之下。他们丢下毫无用处的弓，拔出剑、斧和刀，在雷鸣般的脚步声中冲下山坡，与那位即将封王的十八岁少年率领的军队交锋，而后者则努力在对方声势骇人的冲锋面前稳住军心。

他们大喊着“约克!”以及“沃里克！沃里克!”同时冲向前去，两军一时间相持不下。在漫长的两个小时里，混着雪的血水在他们脚下流淌，

① 史称陶顿战役（Battle of Towton）。

② 主日即周日，也称棕枝主日或耶稣受难主日，因为耶稣在那一周被出卖并处死而得名，代表了圣周的开始。

胶着的双方就像研磨着岩石地面的犁。亨利·斯塔福德打马下山，冲入战斗最为激烈的地方，腿上随之而来一阵刺痛，接着坐骑摇晃了几下，软瘫下去。他纵身跳下，却发现自己落到了一个垂死的人身上，那人双目圆睁，血淋淋的嘴翕动着呼救。斯塔福德奋力退开，俯身避开战斧的挥砍，起身拔出了自己的剑。

马上比武的经验完全不足以让他应对战场的残酷。他们对抗着自己的亲族，雪花令他们盲目，杀意令他们疯狂，强者挥舞着利器和钝器，踢打和践踏着倒地的敌人，而弱者奋力奔逃，沉重的铠甲令他们步履蹒跚，跌倒在地，时有身穿链甲的骑手从后追来，挥舞着钉头锤，准备砸碎他们的脑袋。

整整一天，在羽毛般的雪花的包围之中，两军你来我往，互不相让，他们看不到胜利的希望，仿佛受困于一场充斥着无名之火的梦魇里。每当有人倒下，另一个人就会趁机踩着他的身体，挥出致命的一击。一直到天色开始变暗，在春雪笼罩的这片怪异的雪白暮色之中，兰开斯特家最前排的士兵开始后退。最先撤退的士兵们遭到了追击，于是他们再度后退，直到战阵两翼的恐惧盖过了愤怒，战线开始崩溃。

让他们安慰的是约克军的士兵也离开战线，开始后撤。斯塔福德感觉到战事告一段落，于是拄着剑休息了片刻，张望四周。

他能看到兰开斯特的前排部队开始分散，如同一群早早归家的闲汉。“嗨！”他大喊出声，“站住。为了斯塔福德站住！为了国王站住！”可他们反而头也不回地加快了脚步。

“我的马！”他大喊道。他知道自己必须追上去，在他们真正开始逃亡之前阻止他们。他将脏兮兮的剑插入剑鞘，跌跌撞撞地跑向自己的马儿，在半途中，他看向自己的右方，随即在惊恐中停下了脚步。

约克军并没有后撤喘息，而是在脱离战线之后立刻奔向自己的坐骑，那些原本徒步与兰开斯特军拼杀的士兵，如今都骑上了马匹，追击而来，他们挥舞着钉头锤，拔出阔剑，长枪举到喉咙的高度。斯塔福德跃过一匹垂死的马儿，随后脸朝下地扑倒在地，与此同时，一把钉头锤掠过了他的脑袋原本所在的位置。他听到一声惊恐的咕哝声，却发现那是自己的声音。他听到雷鸣般的马蹄声，有个骑手在他身后冲锋而来，他感到自己的身体就像吓坏了的蜗牛那样缩了起来。那个骑手纵马跃过他的身体，斯塔福德看到马蹄在他的脸旁落下，感受着疾奔的坐骑带起的风，飞溅的泥巴和积雪让他缩起身子，毫无自尊地搂住垂死的马儿。

等到第一队骑手的马蹄声渐渐远去，他才小心翼翼地抬起头来。这些约克家的骑士就像猎手，追赶着那些朝考克河上的桥——那是他们唯一的逃生之路——逃去的兰开斯特家士兵，就像追赶着一群野鹿。约克家的步兵们一面为骑手们欢呼，一面快步跟在他们身边，抢在敌人到达桥头之前挡住他们的去路。转眼间，考克桥就充斥着挣扎搏斗的人们，兰开斯特军拼命想要过桥逃亡，约克军则拖延着他们的脚步，或者在对方跨过死难战友的尸体时从背后下手。在争斗的士兵和奋力前进的马匹脚下，桥身嘎吱作响，人们不得不越过护栏，跳进冰冷的河水，或是将其他人践踏在脚下。疾驰而来的骑士们挥舞着巨大的双刃剑，仿佛手持着镰刀，战马从后方赶来，钉着蹄铁的巨大马掌踩在人们的头上，于是有几十个人吓得径直跳进了河里。有些人在河水中挣扎翻腾，对抗着铠甲的重量，另外一些人抓住对方的脑袋和肩膀，使彼此都沉入冰冷而鲜红的河水之中。

斯塔福德摇摇晃晃地站起身来，惊恐不已。“后退！重组队形！”他大喊道，但他很清楚，没有人会听他的话。接着，在战场的喧嚣中，他听到了桥梁颤抖和呻吟的声音。

“离开桥面！离开桥面！”斯塔福德奋力分开这片混乱，跑向河堤，向着那些士兵狂呼，他们仍然挥舞着武器，却能感受到脚下的桥梁因为超负荷而剧烈摇晃。人们大声示警，却没有停止争斗。他们都以为能击倒对方，然后抽身离开，就在这时，桥梁的护栏向外倒下，木头支架开始碎裂，整座桥梁倾塌下来，将双方的士兵、马匹和尸首一同甩入河中。

“注意桥梁!”斯塔福德在河堤上大喊，这时他逐渐明白，兰开斯特家的惨败已成定局，“注意桥梁!”他的声音轻了不少。

有那么一会儿，雪花在他身旁飘落，在奔流的河水中，时而有士兵浮出头求救，随即被沉重的铠甲拖下水面。周围的一切都显得异常寂静，他仿佛是世界上唯一活着的人。他张望四处，却看不到另一个站着的人。有些人抓住残留的木头，却仍旧劈砍着敌人的手；有些人眼看就要溺死，或是被这片鲜血浸染的洪水卷走；在战场上，飘落的雪花缓缓地淹没了倒卧在地的人们。

斯塔福德站在冰冷的空气中，雪花落上他满是汗水的脸庞，他像孩子那样伸出舌头，感受着点点雪花在他温暖的舌间融化。在这片苍茫之中，有一个男人缓步走着，仿佛一个幽灵。斯塔福德疲惫地转过身，拔出剑来，做好再次搏斗的准备。他不觉得自己有力气举起他沉重的佩剑，但他知道，自己必须找到勇气，杀死自己的另一位同胞。

“冷静，”来人有气无力地说道，“冷静，朋友。已经结束了。”

“谁赢了?”斯塔福德问道。在他们身边的河里，一具具尸体顺着河水漂流而下。在他们身旁的战场上，到处都有人挣扎着站起，或是爬向自己的队伍。但大部分人再也无法动弹了。

“谁在乎?”那人答道，“我只知道我失去了所有的部下。”

“你受伤了?”斯塔福德看着那个步履蹒跚的人，问道。

那人将手从腋下抽出。鲜血立刻喷溅了一地。他腋下的铠甲开口处被人狠狠地刺了一剑。“我想，我就要死了。”他轻声说，斯塔福德这才看到，那人的脸色和他双肩上的积雪同样惨白。

“好了，”他说，“来吧。我的马就在附近。我们一起去陶顿；我们去给你包扎伤口。”

“我不知道自己能不能撑到那儿。”

“来吧，”斯塔福德催促道，“让我们活着离开这儿。”在他看来，这突然成了非常重要的一件事：他要让这个人和他一起，在这场大屠杀中幸存下来。

那个人靠在他身上，他们就这样并肩朝山上走去，那儿是兰开斯特家的军队所在。那个陌生人的脚步突然迟疑起来，他紧按住伤口，上气不接下气地笑了笑。

“怎么了？来吧。你可以的！到底怎么了？”

“我们要上山？你的马在山上？”

“是啊，当然。”

“你是兰开斯特那边的人？”

他的体重让斯塔福德步履蹒跚。“难道你不是？”

“我是约克家的人。你是我的敌人。”

像兄弟那样依偎的两人对视了好一会儿，不约而同大笑起来。

“我怎么会知道？”那人说，“上帝啊，我的难友竟然身处对立阵营。我还以为你是约克家的人，可谁又能想得到呢？”

斯塔福德摇摇头。“只有上帝知道我是谁，接下来会发生什么，或者我该做什么，”他说，“而且上帝知道，这样的战斗根本不是解决之道。”

“你之前没打过仗吗？”

“从来没有，如果可以的话，希望以后也不会有。”

“你应该到爱德华国王面前去，向他投降。”那个陌生人说。

“爱德华国王，”斯塔福德重复道，“这是我第一次听到有人把那个约克家的男孩叫做国王。”

“他就是新的国王，”那人用肯定的口气说道，“我会请求他宽恕你，并且放你回家。他会很仁慈，但如果你把我带到你的王后和王子身边，我肯定无法继续幸存。她会杀死手无寸铁的俘虏——我们当然不会。她的儿子更恐怖。”

“那就走吧。”斯塔福德说，他们两人加入了那些等着向新国王乞求宽恕的兰开斯特士兵的队伍，准备发誓永远不会再拿起武器与他对抗。前方的队伍里有斯塔福德熟知的兰开斯特家的成员，包括里弗斯领主和他的儿子安东尼，他们低垂着头，因落败的羞耻而默不作声。斯塔福德在等待时擦拭了自己的佩剑，做好交出武器的准备。雪还在下着，他腿上的伤随着他缓缓走向山脊高处而抽动不止，在那里，王家旗帜的旗杆空空荡荡，兰开斯特家的旗手们尸横四处，而约克家的男孩却昂首伫立。

我的丈夫并没有作为英雄而凯旋。他悄无声息地归来，没有带回战争的故事，也没有讲述骑士的风采。我一再询问战斗的情况，满以为他会像贞德那样，以上帝的名义，为上帝任命的国王而战；我期待他会看到上帝的昭示——在约克家胜利时的那三个太阳——好让我们知道，虽然遭受挫败，上帝仍旧与我们同在。但他什么也没说，什么也不肯告诉我：他的言行举止就好像战争根本不是什么光荣的事，就好像这并非上帝给予我们的考验。

他只简单地告诉我，国王和王后带着王子安全地离开，而我娘家的家族首脑，亨利·博福特也跟着他们。他们逃去了苏格兰，毫无疑问会在那里重整动摇的军心；而约克家的爱德华显然拥有家族纹章上的树篱玫瑰那样的好运，因为他怀着悲痛在莫提梅路口的迷雾中作战，又在陶顿的大雪天里进攻上坡处的敌人，并且赢得了这两场战斗。现如今，他已是公认的英格兰国王。

我们悄无声息地度过了整个夏天，仿佛是在隐匿行踪一般。或许英格兰的新国王已经原谅了我丈夫与他对抗的行为，可没有人忘记我们是兰开斯特派的大家族，而我的儿子原本是王位的继承人之一。亨利去了伦敦打听消息，给我带回了一本装帧精美的《效仿耶稣》[①]的法语手抄本，他说他觉得我可以把内容翻译成英文，作为学习的一部分。我明白他是想转移我的注意力，让我不去细想自己家族遭遇的挫败以及英格兰悲观的未来。我感激他的体贴，也真的开始了学习；虽然有些心不在焉。

我等待着加斯帕的消息，但我觉得他每天早晨醒来之时，都会感到和我相同的悲伤。每天我睁开眼睛，心中就会苦闷不已，因为我的堂亲国王正在外流亡——天知道他去了哪儿——而敌人却坐在他的王位上。我终日跪地祈祷，但上帝并没有昭示说，这些时日只是对我们的考验，而真王终将重登王位。之后的某个早晨，我站在马厩前院，有位信使骑马前来，他骑着一匹矮小的威尔士马，满身污泥和灰尘。我立刻意识到，他带来的是加斯帕的来信。

他的信一如既往地唐突而直白。

威廉·赫伯特得到了整个威尔士，包括我所有的土地和所有的城堡，作为重回约克一方的奖赏。新国王还封他做了男爵。他会像我追捕他那样地追捕我，而我不觉得自己能像他当初那样得到国王的宽恕。我必须离开

① *The Imitation of Christ*，由Thomas à Kempis创作于15世纪的宗教典籍，原文为拉丁文。

威尔士。你能来这里接走你的孩子吗？一个月之内，我会在彭布罗克城堡等你。我等不了更久了。

加

我转身问马童："亨利大人在哪?"

"他和领地的管理人外出巡视了，夫人。"男孩答道。

"给我备马，我必须去见他。"我说。他们将亚瑟从马栏里牵出，在为它套上笼头的时候，它察觉到了我的不耐烦，摇晃起了脑袋，于是我说："快一点，快一点。"等准备就绪以后，我就跃上马鞍，驾着它朝麦地那边奔去。

我看到丈夫正骑马走在田地边上，和他的领地管理人交谈，我轻轻地踢了踢亚瑟，让它飞跑着来到他面前，吓得他的马儿在泥地里侧过身子，腾跃而起。

"别动，"我丈夫说着，拉住马缰，"什么事?"

我没有回答，只是将那封信递给他，同时挥手示意领地管理人回避。"我们要去接亨利回来，"我说，"加斯帕会在彭布罗克城堡与我们见面。他就要走了。我们必须赶去那里。"

他的不紧不慢令人恼火。他接过信看了一遍，然后掉转马头朝家的方向走去，在行路的过程中又看了一遍。

"我们必须马上出发。"我说。

"等确保安全以后就出发。"

"我必须接回我的儿子。加斯帕要我接他回来!"

"加斯帕的判断未必正确，因为你也应该明白，他已经失去了权势，而且将要逃亡法兰西、布列塔尼或是佛兰德斯，留下你的儿子无人照管。"

"他必须这么做!"

"总之，他都要离开。他的建议也就不重要了。我会召集一支像样的护卫部队，只要路上足够安全，我就会去接亨利回来。”

“你会去?”我对自己的儿子太过担心，甚至忘了掩饰语气里的轻蔑。

“是的，我一个人。你是不是觉得我老得没办法及时赶去威尔士?”

“一路上也许会有士兵。威廉·赫伯特的军队会在那儿。你可能会遇上他们。”

“那就只好祈祷我的年纪和花白的头发能保护我了。”他笑着说。

我没有理会他的玩笑。“您必须如期抵达，”我说，“否则加斯帕会将我的孩子独自留在彭布罗克，赫伯特会带走他的。”

“我知道。”

我们来到马厩前，他低声对马夫长格雷厄姆说了句什么，宅邸里和马厩边的士兵随即匆忙赶来，又有人敲响了礼拜堂的钟，召集佃户们集结。一切都进行得迅速而高效，而我第一次见识到我的丈夫指挥起手下来是如此井井有条。

“我能跟您一起去吗?”我问，“拜托了，我的丈夫。他是我的儿子。我想带他平安回家。”

他若有所思：“一路上会非常艰难。”

“我很坚强，你知道的。”

“也许会有危险。格雷厄姆说这附近没有敌人，可我们一路上要经过大半个英格兰和几乎整个威尔士。”

“我不怕，而且我会服从你的命令。”

他迟疑了片刻。

“求你，”我说，“我的丈夫，我们结婚已经三年半了，我从没有求过你任何事。”

他点点头。“噢，很好。你可以跟着来。去收拾行装吧。你只能带一只鞍囊的东西，再让仆人们装好我路上要换的衣服。吩咐他们准备五十人份的补给品。"

如果说平时是我管理家里的事务，这些我就会亲力亲为，但实际上，我在这里还是像个客人。于是我跳下马，告诉马夫说，他的主人、我以及侍卫们即将出行，需要食物和饮料补给。我又让我的女佣和亨利的仆从为我们各自准备一只鞍囊，之后我回到马厩前安静等候。

他们在一个小时之内就准备妥当，我丈夫用胳膊夹着他的旅行斗篷，走出了房子。"你有厚斗篷吗?"他问我，"我想没有。用这件吧，我还有一件旧的。拿着吧，先绑在马鞍上。"

亚瑟在我上马的时候稳稳站着，仿佛它知道我们接下来有事要做。丈夫在我身旁勒住马儿。"如果我们遇到军队，就让威尔和他弟弟带你离开。他们会尽快带你回家，或是带你去家附近的安全场所。他们的任务就是保护你的安全，你要听他们的安排。"

"也许是我方的军队呢，"我指出，"如果我们在路上遇到了王后的军队呢?"

他苦笑起来。"我们遇不到王后的军队，"他说，"王后连一个弓箭手都雇不起，更别提一支部队了。直到她与法兰西结盟之前，我们都不会再遇到她。"

"那好，我答应你，"我对威尔和他的弟弟点了点头，"只要你说我必须离开，我就跟他们走。"

我丈夫点点头，面色阴郁，随后他掉转马头，走在这支小小护卫队的最前方——大约五十个骑马的人，却只配备了几把剑和几把斧子——带领他们向西赶往威尔士。

经过了十几天的艰苦旅程，我们才到达目的地。我们沿着崎岖的道路西行，绕过一座属于沃里克伯爵的城镇，尽量在田野间穿行，唯恐遇见军队——无论友方还是敌方。每到夜晚，我们就不得不找个乡间酒馆或是修道院住下，再找个人指引我们第二天的行程。这里是英格兰的核心地带，很多人毕生没有出过教区一步。我丈夫派出一队斥候在前方一英里处侦察，要他们一旦发现有敌军的迹象，就快马加鞭折返通报，以便我们及时改道，藏到森林里去。我简直不敢相信，自己连友方的军队也要躲避。我们是兰开斯特家的人，但王后从她的国家带来的部队已经彻底失去了控制。有些夜晚，护卫们不得不睡在谷仓里，而亨利和我则要恳求农庄的主人让我们在屋里过夜。有些夜晚，我们会在路上的旅店度过，还有一次是在一家修道院里，那儿有好几十间客房，也习惯招待那些在不同战场间奔波的小股军队。他们甚至没问我们效命于哪位领主，但我看到，教堂里看不到任何的金银装饰。他们多半是把值钱的东西埋在了某个隐蔽的地方，然后祈祷和平能够再次到来。

我们没去那些大宅，也没去路边的那些小山上或者森林之中的任何一座城堡。约克家已经得到了全面胜利，我们不敢宣扬自己正前去拯救我的儿子，何况他还是兰开斯特家的继承人。我终于明白了丈夫从前告诉我的那些话：让这个国家逐渐枯萎的不仅是战争，还有从无间断的战争威胁。那些多年的好友和邻居也因恐惧而互相避而不见，就算是我，在骑马前往属于第一任丈夫的土地的途中——那里的人民仍然爱戴着他——也担心路上遇见的人会认出我来。

在此行的途中，当我精疲力竭，全身每一块骨头都隐隐作痛的时候，亨利·斯塔福德却是那样地关心着我，他没有对我发火，或者暗示说我这样软弱的女人就不应该随行。我们休息的时候，他会把我抱下马儿，确保我有酒和水可以喝。每当停下来进餐的时候，他甚至会在自己那份送上前先给我拿来食物，然后铺开自己的斗篷，让我躺在上面，再给我盖好毯子，让我休息。我们很走运，因为天气很好，一路上没有下雨。他会在早晨时与我骑马同行，教给我那些士兵唱的歌谣：对于其中那些下流的句子，他会特意为我填上新的歌词。

他那些胡编乱造的歌谣让我大笑，他还给我讲述了作为强大的斯塔福德家的次子的童年，说到他的父亲本想让他去教会服务，最后他苦苦哀求才得以幸免。他们起初不肯放过他，直到他告诉神父，魔鬼已经附上了他的身，他们担心他的灵魂不再纯净，于是放弃了让他成为教士的打算。

而我告诉他，我从小就想当个圣徒，当我发现自己有圣徒的膝盖时是多么高兴，他大笑起来，搂着我的腰，说我是他的心肝宝贝。

在他不愿参战，以及沉默地自战场归来的时候，我本以为他是个懦夫——但我错了。他是个非常谨慎的男人，而且从不会彻底相信任何事物。他不愿成为神父，因为他无法将自己完全献给上帝。他为自己并非长子而庆幸，因为他不想当公爵，也不想成为这样的强大家族的首脑。他是兰开斯特家的人，但他不喜欢王后，而且对她很不放心。他是约克家的敌人，但他对沃里克伯爵的评价很高，也钦佩约克家的那个孩子的勇气，还向他缴械投降。他根本不愿设想加斯帕那样的流亡生活：他太喜欢自己的家了。他不与任何领主结盟，却会为自己考虑，我现在明白，他那句“我不是听到猎人的号角声就会狂吠的猎犬”是什么意思了。他考虑每件事的原则是，这样做是否正确，是否会对他、对他的家庭、他的亲族甚至是国家有最大的好处。他不是那种会轻易献身的人。他和加斯帕不一样，不是那种充满激情和热血的人。

“只是小心罢了。”他对着我微笑道，这时亚瑟正无动于衷地涉水穿过威尔士边境的塞汶河，“我们出生在艰难的时代，每个男人，甚至是女人都必须选择自己的生活方式，选择自己效忠的对象。我认为行动之前仔细思考才是正确的。”

“我一直认为每个人都该做正确的事，”我说，“仅此而已。”

“是啊，但你想做的是圣徒，”他笑道，“而你已为人母；现在，你要考虑的不仅仅是怎样做才是正确的，还有能否保护你和你儿子的安全。你要把自己儿子的安危看得比什么事都重要。你儿子的安危甚至可能比上帝的旨意更加重要。”

我一时没有理解话中的含义。“但上帝一定也希望我的儿子平安无事，”我说，“我的儿子是无罪的，而且是王室血脉，是正统王室的成员。上帝一定希望他平安执掌兰开斯特家。我和上帝的愿望肯定是一样的。”

“你真以为住在天堂中、有天使陪伴左右，从最初一直到审判日那天始终注视着整个世界的那位上帝，他会看着你和你的亨利·都铎，然后说你的选择就是他的愿望吗？”

不知怎么，这句话有种亵渎神明的意味。“是的，我是这么想的，”我犹豫不决地说，“耶稣基督亲口向我承诺过，说我就像田野上的百合花那样珍贵。”

“确实如此。”他微笑着说，就像在安慰我似的。

这句话让我沉默下来，也让我在当天剩下的旅途中一直思考着。“那么，你觉得是不是有很多人都像你这样，从来不选择任何一方？”我问他。时间已是傍晚，我们正住在去加的夫[①]路上的一间肮脏小旅馆里，他则在马厩前扶我下马。

他拍了拍亚瑟深色的脖颈。“我想，大多数人都会选择追随能够带给他们和平与安宁的家族，”他说，“当然了，还要对国王尽忠；没有人能够否认亨利国王是英格兰的国王。但如果他没有执政的能力呢？如果他再度患病，陷入恍惚呢？如果他只是王后的傀儡呢？如果她听信了谗言呢？希望自己成为下一任继承人能算是什么罪过呢？如果提出这种要求的人也是王

① 英国威尔士东南部一海港。

家血脉呢？如果他和国王甚至是表亲呢？如果他的继承权和亨利相同呢？”

我疲惫地靠向亚瑟舒适宽阔的肩膀，丈夫拉过我，将我抱在怀中。“不用再担心这些了，”他说，“最重要的事情是接回你的孩子，确保他的安全。然后再考虑上帝和你希望由谁来统治王国也不算晚。”

到了旅途第十天的早晨，我们走在山区的乡间用小石子铺成的路面上，而丈夫对我说：“我们中午的时候就能到了。”想到就快能见到孩子，我不禁有些喘不过气来。我们派出斥候去侦查那座城堡周围是否安全。看起来一切都十分平静。我们等在远处，丈夫向我示意：城堡大门洞开，吊桥也是放下的。有个女孩带着一群鹅走了出来，赶着它们去了河边。

“看起来很安全，”丈夫谨慎地说道，他跳下马，也扶我下了马，我们去了河的另一边。鹅群在水面上游着，有几只将黄色的喙戳进泥里；那个女孩坐在岸边，漫不经心地摆弄着裙角。

“小姑娘，这座城堡的主人是谁？”我丈夫问她。

听到他的声音，她吓了一跳，连忙起身行了个屈膝礼。“是彭布罗克伯爵，可他出门去打仗了。”她说话的口音很重，我几乎听不懂她在说什么。

“那么他走了以后，有人接管城堡吗？”

“没有，我们都盼着他早点回来。您知道他在哪里吗，大人？”

“不知道。城堡的育儿室里是不是有个小男孩？”

“您是说小伯爵？对，他在里面。我养了母鸡，每天早上都把最新鲜的鸡蛋给他送去。”

“是吗？”我掩饰不住自己的喜悦，“这么说他每天早上都有新鲜鸡蛋吃对吗？”

“噢，当然，”她说，“他们还说他晚餐喜欢吃一片烤鸡肉。”

“城里有多少士兵?”丈夫插嘴道。

“一百个,”她答,“但跟加斯帕·都铎走的人有三百多,而且一直没有回来。他们都说这是一次惨痛的失败,说上帝在天空升起三枚太阳,用来诅咒我们的孩子,现在约克公爵的三个儿子又在诅咒我们的王国。”

丈夫隔着小河抛出一枚硬币给她,她伸出双手接住。我们回到了藏起来的卫兵们身边,各自上了马。丈夫下令扬起旗帜,缓缓而行,随时待命止步。“希望不会有箭矢来欢迎我们,”他对我说,“你和威尔还有斯蒂芬去队伍后面,这样安全些。”

我真想不顾一切地骑马冲进这座曾是我的家的城堡;但我还是听从了他的吩咐,放缓脚步,让自己骑马走在队伍后方,直到城墙上传来盘查声,与此同时,我们听到了铁链飞快绞动和吊闸落下的巨响。丈夫和他的旗手骑马来到城门前,向城墙的军官大声报上我们的名号,接着,闸门在嘎吱嘎吱的响声中重新升起,而我们进入了门后的庭院。

亚瑟立刻走向从前的垫脚台,而我自己跳下马,松开缰绳。它马上走向从前的畜栏,仿佛它仍是欧文·都铎的战马。马童看到它的时候惊叫起来,而我快步走向正门,马夫为我推开了门,虽然我长高了不少,但他还是认出了我。他鞠了一躬,然后说:“夫人。”

“我的儿子在哪?”我问,“在育儿室里吗?”

“是的,”他说,“我现在就让人把他带来。”

“我自己上去。”我说着,毫不犹豫地走上楼,直奔育儿室。

他正在吃晚餐。他们为他铺好了餐桌,配以餐刀和勺子,他坐在首席,其他人都以伯爵的礼节服侍着他。我走进房间的时候,他转过小脑袋看了看我,却没有认出我来。他棕色的卷发一如加斯帕比喻的栗色马儿;眸子像两颗淡褐色的榛子,脸仍然有些婴儿肥,但他不再是婴儿了,现在是个不折不扣的男孩子,已经四岁了。

他从椅子上爬了下来——踏着椅子的横杆爬下——朝我走来。他鞠了一躬，看得出受过很好的教育。“夫人，欢迎您来到彭布罗克城堡，”他说。孩子清澈高亢的声音里带着一点点威尔士口音。“我是里士满伯爵。”

我在他面前跪下，好让自己的视线和他齐平。我是那么渴望伸出双臂紧抱住他，但我知道，对他来说，我只是个陌生人。

“你的叔叔加斯帕应该跟你说过我的事。”我说。

他的神情欢快起来。“他回来了？他还好吗？”

我摇了摇头。“很抱歉他没有回来。我相信他很安全，但他还没回来。”

他的小嘴颤抖起来。我好害怕他会哭出来，便将手伸给他，可他立刻站直了身体，我看到他绷紧下巴，忍住了眼泪。他咬着嘴唇问：“他会回来吗？”

“肯定会的。很快。”

他点点头，眨了眨眼睛。一滴眼泪滚落到他的脸颊上。

“我是你的母亲，玛格丽特女士，”我告诉他，“我是来接你去我家的。”

“你是我的母亲？”

我试着微笑，却忍不住有些哽咽。“是的。我骑了将近两个星期的马，就是为了到这里来，确保你的安全。”

“我很安全，”他郑重地说，“只是我要等叔叔加斯帕回家。我不能跟你走。他要我等在这里的。”

身后的门开了，亨利走了进来。“这位是我的丈夫亨利·斯塔福德大人。”我对我的小儿子说。

男孩退后两步，鞠了一躬。加斯帕教他教得很好。我的丈夫忍住笑，也庄重地鞠躬还礼。

“欢迎来到彭布罗克城堡，大人。”

“谢谢你。”我丈夫说。他看了我一眼，看到了我眼中的泪水和我涨红的面孔。“一切都还好吗?”

我没有回答，只是做了个无助的手势，仿佛在说：是啊，一切都好，除了我的儿子对我客套得一如陌生人，而且他唯一想见的人是加斯帕，那个已经背上叛国者的罪名，将会流亡一生的人。我的丈夫点点头，表示他能理解，然后转身看向我的儿子。“我的手下千里迢迢从英格兰赶来，他们的马匹非常棒。我想在他们把马儿放去吃草之前，你应该会想看看它们系着缰绳的样子吧?”

亨利的神情又愉快起来。“有多少人?”

“五十个士兵，还有几个侍从和斥候。”

他点点头。这个孩子出生在战乱的国度，由我们家族中最优秀的指挥官之一抚养长大。比起吃饭来，他对检阅部队的兴趣更大。

“我很愿意见到他们。我去拿我的外套。”他说着折回自己的房间，我们听到他让保姆将最好的外套拿给他，说他要去检阅母亲的军队。

亨利朝我微笑。“多好的孩子。”他说。

“他不认得我，”我忍住眼泪，却掩饰不住声音里的颤抖，“他不知道我是谁。他把我看成彻底的陌生人。”

“的确如此，不过他慢慢会明白的。”亨利安慰我说，“他会逐渐明白你是谁，你可以成为他的母亲。他现在只有四岁，你只和他分开了三年，现在可以重头开始。而且他受到的看护和教育都非常好。”

“他已经彻底成了加斯帕的孩子。”我不无妒忌地说。

亨利拉起我的手，挽上他的手臂。“现在你可以让他变成你的孩子。在他检阅过我的士兵之后，你再带他去看亚瑟，告诉他那曾经是欧文·都铎的战马，但现在归你所有。等着瞧吧——他会非常感兴趣，而你可以把这些都讲给他听。”

我沉默不语地坐在育儿室里，看着她们为他整理床铺。育儿室的管理者仍然是我的儿子出生时加斯帕指派的那个妇人，一直照顾着他，看到她与他沟通时的轻松；看到她亲昵地把他放到自己的膝头，帮他脱下小衬衫；看到她熟稔地胳肢着他，给他套上睡衣，一面呵斥他扭来扭去就像条塞汶河的鳗鱼，我发觉自己充满妒意。他和她在一起非常放松，但又时不时会想起我也在场，随后朝我投来羞赧的笑容，像个礼貌的孩子对待陌生人那样。

“您想听他祈祷吗?”在他走进自己的卧室时，她问我。

我充满妒意地跟在她身后，看到他单膝跪在床边，双手交握，开始背诵主祷文和其他晚间的祷文。她给了我一本抄写得很是潦草的祈祷书，我浏览着这本书直到听见他以童声大声说道：“阿门”。他在胸口画了个十字，站起身来跑到她身旁，等待她的祝福。她退后几步，示意让他跪在我身前。我看到他的小嘴不满地撇了撇；可还是顺从地在我身前跪下，而我将手放到他的头上，对他说：“愿上帝祝福你，保佑你，我的儿子。”之后，他起身，飞快地跑了过去，跳上他的床，在上面蹦蹦跳跳了一阵，一直到她摊开被子，让他躺进去，然后不假思索地亲吻了他。

我就像个站在他育儿室里的陌生人，不知道自己受不受欢迎，我动作僵硬地走到他的床边，俯下身子吻了他。他的脸颊温暖，皮肤散发出新鲜的面包卷的气味，像一只暖融融的桃子。

“晚安。”我说。

我迈步离开他的床边。那个女人把蜡烛从窗帘旁拿开，自己拉着椅子坐到壁炉边。她会坐在这里，等他睡着——从他出生起，每晚都是如此。他会伴着她摇椅的吱嘎声，看着火光照耀下她令人安心的侧脸，渐渐入眠。

我在这儿没什么可做的，他根本不需要我。“晚安。”我又重复了一遍，然后轻手轻脚地离开了他的房间。

我关起会客厅的门，在石阶前停下了脚步。我正要下楼去找丈夫的时候，听到上方的塔楼高处，有一扇门轻轻地打开了。这扇门直通屋顶，加斯帕有时会去那儿仰望群星，或是在战乱时期从那儿留意敌军的迹象。我第一反应是“黑心”赫伯特的手下潜入了彭布罗克城堡，而那人拔出了自己的刀子，朝楼下走来，准备放他的部队从城堡的边门进入。我背抵着亨利的卧室门，准备冲进他的房间，锁上房门。我必须保护他的安全。我可以从他的卧室窗口发出警报。我会用生命确保他的平安。

一阵轻巧的脚步声，紧接着是高处的那扇门关上的声音，然后是钥匙转动的声音，我屏住呼吸，只听到又一阵轻盈的脚步声，那是有人沿着塔楼的螺旋楼梯，蹑手蹑脚地向下走来。

我立刻知道那是加斯帕，我能听出他的脚步声。我从暗处走出，轻声说：“加斯帕！噢，加斯帕！”他直接跳下最后三级台阶，上前抱住我，紧紧地抱住我，我的手臂环在他宽厚的背上，用力地拥抱彼此，仿佛无法忍受和对方分开。我退后了少许，昂头望着他，而他立刻俯身亲吻我的嘴唇，我感觉到身体里燃烧的情欲和渴望，仿佛上帝以火焰回应了我的祈祷。

想到祈祷，我这才喘息着抽身退开，他也立刻放开了我。

“抱歉。”

“别那么说！”

“我还以为你在吃晚餐，要不就是在日光室里。我本想悄悄地到你和你丈夫那边去的。”

“我刚才和我的孩子在一起。”

“他见到你是不是很开心？”

我轻轻地比了个手势。“他比较关心你。他很想念你。你回来多久了？”

“我在附近待了差不多一星期。我不想回到城堡——担心赫伯特的探子会知道。我不想引来他的攻击，于是就在外面的山上藏身，等你回来。”

“我尽快赶来了。噢，加斯帕，你还要离开吗？”

他又搂住了我的腰，而我情不自禁地靠在他身上。我长高了，头能够到他的肩膀。我觉得我们俩很般配，仿佛彼此的身体都能契合得恰到好处。我突然为我们永远无法走到一起而感伤起来。

“玛格丽特，我的爱，我必须离开，”他干脆地说，“有人悬赏我的头颅，赫伯特与我也有不少仇怨。但我会回来的。我打算去法兰西或是苏格兰，为真正的国王招兵买马，我会带着一支军队回来。相信我。我一定会回来，到那时这座城堡会重新属于我，到那时，我们会胜利，而兰开斯特家会重新坐上王位。”

我发觉自己还抱着他，于是松开紧紧抓住他外套的手，后退几步，又强迫自己放开了手。我们之间的距离相隔不到一英尺，却让我觉得异常失落。

“你还好吧？”他蓝色双眼扫过我的脸庞，然后打量起我的全身，“还没有孩子？”

“没有，”我说，“看起来也不太可能有。我不明白原因。”

“他对你好吗？”

“很好。他让我随心所欲地去教堂祈祷，也让我读书学习。他从土地的收入里拿出相当大的一笔钱给我零花，甚至还给我书，帮助我学习拉丁文。”

“确实不错。”他郑重地评价道。

“对我来说已经够好了。”我谨慎地说。

“可爱德华国王会不会对付他？”他问，“你会不会有危险？”

“我想不会。他骑马去陶顿援助过亨利国王……”

“他去参战了？”

我几乎笑出了声。“是的，而且我觉得他不怎么情愿。但他得到了宽恕，所以我应该也连带得到了宽恕。我们会带亨利回家，过着平静的生活。等到真正的国王夺回王位的那一天，我们会做好准备。我不觉得现在的约克公爵会顾虑我们。他有更危险的敌人要担心，不是吗？亨利大人在这个世界里只是个小角色；他喜欢平静地待在家里。的确，他让自己显得太过微不足道，根本没人会在乎我们。”

加斯帕笑了，他这样的人生来就要在世界上扮演重要的角色，不适合平静地待在家里。“或许吧。不管怎么说，在我离开的时候，他能保护你和这个孩子的安全，这让我很欣慰。”

我情不自禁地向前走了几步，双手握住他上衣的翻领，抬头认真地看着他的脸。他的手臂环住我的腰，将我抱近他。“加斯帕，你要离开多久？”

“等我召集到足以为国王夺回威尔士的军队以后，我就会回来，”他允诺说，“这里是我的领地和权力所在。我的父亲为之死去，哥哥也为之牺牲；我不会让他们白白送命。”

我点点头。透过他的上衣，我能感受到他的体温。

“你不要听信他们，以为约克公爵才是真王，”他低声提醒我，“你可以对他们屈膝，可以低头和微笑，但你要千万记住，兰开斯特家才是王室，只要国王还活着，我们就有国王。只要爱德华王子还活着，我们就有威尔士亲王，只要你的儿子还活着，我们就有王位的继承人。记住这些。”

“我会的，”我低声说，“我永远都会。对于我来说，永远都只有……”

楼梯下传来一阵喧闹声，吓了我们一跳，也提醒我应该去吃晚餐了。“你要和我们共进晚餐吗？”我问他。

他摇摇头。“我还是不露面比较好。赫伯特要是知道我在这儿，就会立刻包围城堡，而我不希望你和孩子受到威胁。我会让人送食物到育儿室去，今天晚饭后，我去日光室见你和你的丈夫，明天一早就离开。”

我更用力地抓住他。“这么快？你这么快就要离开？我还没有好好看看你！亨利还想见你呢！”

“我必须尽快离开，待得越久，你们就会越危险，我被抓住的可能性也越大。现在孩子交由你照顾，我也可以放心地离开了。”

“你就这样抛下我？”

他歪嘴笑了笑。“啊，玛格丽特，从我认识你以来，你一直是别的男人的妻子。看起来我只是个古典爱情的崇尚者。就像吟游诗人和远方的情人。我所要求的仅仅是一个微笑，还有祈祷里提到我的名字。我会在远方默默地爱着。”

“可这也离得太远了。”我孩子气地说。

他沉默地伸出一根温柔的手指，伸向我的脸颊，拭去那里的一滴泪水。

“没有你，我要怎么活下去？”我低声说道。

“我不能做任何使你蒙羞的事情，”他轻声说道，“说真的，玛格丽特，我不能。你是我哥哥的遗孀，儿子继承了伟大的姓氏。我必须爱你、服侍你，而现在，我最该做的事就是远走他乡，招募军队，将你儿子的领地夺回，打败那些与他家族为敌的人。”

号角声响起，宣示晚餐已经准备就绪，这声音在楼梯周围的石墙间回荡，也让我吓了一跳。

“去吧，”加斯帕说，“今天晚饭后我就去日光室见你和你的丈夫。你可以告诉他，就说我在这儿。”

他轻轻地推了推，于是我迈步走向楼下。我回望他的时候，他已经走进了育儿室。我意识到他十分信任照顾亨利的保姆，而他此时应该正坐在我熟睡的孩子身边。

加斯帕在晚餐后找到了我们。“我明天一早就离开，”他说，“几个可以信任的人会将我接去腾比[①]。我在那里安排了一艘船。赫伯特正在威尔士北部找我；即使他听说了我的动向，也没办法及时赶到那里。”

我看了看我的丈夫。“我们能去送你吗？”我问。

加斯帕礼貌地等着我丈夫的回答。

“如你所愿，”亨利大人平静地说，“如果加斯帕认为没有危险的话。也许你该让那个孩子为你送别；他是那么想念你。”

“没什么危险，”加斯帕说，“我本以为赫伯特对我紧追不舍，可他找错了方向。”

“那就明天一早。”我丈夫欢快地说。他站起身，向我伸出手。“来吧，玛格丽特。”

我迟疑起来。我很想和加斯帕留在壁炉边。他明天就要离开了，而我们不会再有单独相处的时间。我很想知道，我的丈夫是否明白这一点，是否理解我想和这位儿时的朋友与我儿子的监护人单独相处的心情。

如果我注意看他，就会从他脸上疲倦的笑容发现，他完全理解我的想法，甚至更有过之。“来吧，亲爱的。”他温柔地说着，听到这句话，加斯帕也起身，吻了我的手做别，于是我不得不跟丈夫一起就寝，留下我最最亲爱的、唯一的朋友独自坐在壁炉边，度过在家中的最后一晚。

早上的时候，我看到的亨利完全变成了另一个男孩。他的脸上洋溢着幸福，就像他叔叔的小小影子，跟在加斯帕身后，像一只热情的小狗。他

① 威尔士西南的一座以捕鱼为业的小镇。

的举止也非常优雅，甚至比之前更加彬彬有礼，而且每当他抬起头，看到加斯帕满意的笑容时，他都会非常愉快。他打扮得像一个小仆童，站在加斯帕身后，骄傲地为他拿着手套，又走上前去接过那匹大马的马缰。他甚至拦住了一个送去鞭子的马夫："彭布罗克大人不喜欢那根鞭子。"他说，"去找那根末端带褶的来。"那马夫鞠了一躬，然后跑了回去。

加斯帕和他并肩走着，检阅着那些集结起来，将会护送我们前往腾比的卫兵。小亨利亦步亦趋，手也学他背在身后，专注地打量其他人的脸庞，尽管他要抬起头才能看到。他学着加斯帕的样子站定，不时地对某把仔细打磨过的武器或是精心饲养的马匹评价一番。我的孩子检阅卫兵的样子，与他的叔叔、那位优秀的指挥官如出一辙，就像是一位正值学徒期的王子。

"加斯帕是如何考虑他的未来的？"我丈夫在我耳边低声问道，"他培养出来的这孩子就像个小暴君。"

"他认为他未来能像他的父亲和祖父一样统治威尔士。"我说，"至少如此。"

"那么至多又怎样呢？"

我转过头去，没有作答，因为我能从我儿子的王者气度看出加斯帕的野心。加斯帕正在培养的是英格兰王位的继承者。

"如果他们有武器，甚至有靴子的话，场面就会好看不少。"我的英格兰丈夫轻声在我耳边说道，而这时我才注意到，有那么多的卫兵的确赤着脚，他们中的许多人手里只有镰刀和修剪林木的长钩。他们是农民组成的军队，而不是专业的士兵。加斯帕那些装备精良的老练卫兵大都战死在莫提梅路口的三个太阳之下，其他人则在陶顿之战中送了命。

加斯帕走过最后一名士兵身边，打了个响指，要人牵来自己的马。亨利转身对马夫点点头，仿佛在吩咐他快点准备，他要坐在叔叔前面的马鞍上，从加斯帕自信地跃上马鞍，然后俯身向小亨利伸出手的样子，我看得出他们经常这么做。小亨利握住加斯帕的大手，后者把他拉上马背，放在他身前。他舒舒服服地在他叔叔的双臂之间坐定，露出自豪的微笑。

“前进吧，”加斯帕轻声说，“为了上帝，为了都铎家。”

我们到达腾比的那座小渔港的时候，我以为小亨利一定会哭，加斯帕适时地将他放到地上，然后跳下马来，站在他身边。接着，加斯帕跪了下来，红铜色的头发和亨利棕色的卷发几乎挨到一起。随后加斯帕站直身子，说：“像个都铎家的人那样，好吗，亨利？”我的孩子抬起头，看着他的叔叔说：“像个都铎家的人那样，大人！”两个人严肃地握紧双手。加斯帕紧紧地抱了抱他，几乎让小亨利的小脚离开了地面，然后他转身看向我。

“一路顺风，”加斯帕对我说，“我不喜欢冗长的道别。”

“一路顺风。”我回答。我的声音发颤，但不敢在我的丈夫和这些守卫面前多说什么。

“我会写信给你，”加斯帕说，“保护好这个孩子。别宠坏了他。”

听到加斯帕叮嘱我照顾好自己的孩子，我恼怒得说不出话来，但还是咬着嘴唇说：“我会的。”

加斯帕转身看着我的丈夫。“感谢您的到来，”他用非常正式的口吻说，“我很庆幸能把亨利送到安全的地方，送到我可以信任的监护人手里。”

我丈夫略微点点头。“祝你好运，”他轻声说道，“我会保护他们母子平安。”

加斯帕转身走了几步，很快又折向小亨利，短促而用力地拥抱了他。当他再次放开小家伙的时候，我看到加斯帕的蓝色眼眸中满是泪水。他握住坐骑的缰绳，谨慎而沉默地牵着它朝泊船前的坡道走去。十二个男人随行在侧；其余的人马留在我们身旁。我望向他们的脸庞，看到他们的领主和指挥官朝船夫大喊开船时，这些人惊慌的神色。

他们解开缆绳，升起了船帆。起初船速慢得仿佛停留在原地，但接着船帆展开，风力和潮汐带着船缓缓驶离码头。我向前走了几步，将手放在儿子的肩头：他像马驹一样颤抖着。他感受到了我的碰触，却没有回头；他的眼睛直直地盯着监护人远去的方向。直到那艘船在海上变成了极远极小的圆点，他才颤抖着吸了一口气，然后垂下头来，我能感觉到他的双肩因抽泣而起伏不定。

“骑马的时候你愿意坐在我前面吗?”我轻声问他，“你可以像在加斯帕的马上那样坐在我身前。”

他抬头看着我。“不必了，谢谢您，夫人。”他说。

在随后于彭布罗克城堡度过的几周里，我将全部精力都投入到与儿子的相处中去。一支不比盗匪好上多少的武装部队正在威胁前往英格兰的道路，我丈夫认为骑马返回的路上有可能与他们遭遇，还是待在彭布罗克更加安全。于是我陪着小亨利听加斯帕请来的家庭教师的授课，每天早上带着他骑马外出，看着他用加斯帕在马厩后面做给他的小小刺枪靶进行练习。我们一同骑马到河边去，一同乘渔船外出，让仆人们在岸边生起火堆，好用来烤鱼。我给了他玩具、一本书，还有一匹新的小马驹。我亲自把他白天用的祈祷书从拉丁文翻译成英文；陪他玩抓纸牌的游戏；给他哼唱童谣，又用法语读给他听。我每晚把他送上床，再用晚上的时间考虑他第二天也许想做的事情。每天早上我都在他醒来时送上微笑。我从来也不训斥他——这些事情我让他的老师来做。对他而言，我是位再好不过的玩伴，始终愉快，随时有玩游戏的兴趣，乐于让他挑选游戏，也乐于让他获胜；而每天晚上，他在自己床边跪地祈祷的时候，我也会陪同在侧。每天晚上，无论我们白天做过什么，也无论我们白天多么无忧无虑，他都会向上帝祈求，让他的叔叔加斯帕早日回家，和他幸福地生活在一起。

“为什么你还那么想念加斯帕?”给他盖被子的时候，我问他，口气尽量显得轻描淡写。

他枕在白色亚麻枕头上的面孔露出愉快的神色。想到自己的叔叔，不禁笑了起来。“他是我的领主，”他说，“等我长大以后，就能够和他一同骑马出征。我们要一起为英格兰带来和平，然后要一起去参加十字军，永远也不会分离。我会发誓为他尽忠，像亲生儿子一般。他是我的领主，我是他的属下。”

“可我是你的母亲，”我接道，“现在照顾你的人是我。”

“我和加斯帕都爱您，”他欢快地说，“我们都说您是我们的指路明灯，也一直为您祈祷，当然还有父亲埃德蒙祈祷。”

“可我现在就在你面前，”我强调说，“而埃德蒙从来没有见过你。他根本什么也不是，我跟他不是一回事。加斯帕正在流亡；现在在你身边的只有我。”

他转过小脸，眼皮垂了下来，深色的睫毛拂过粉嫩的脸颊。“我叔叔，彭布罗克领主很高兴您能住在他的城堡中，”他轻声说，“我们都欢迎……”

他沉沉睡去。我转身看到丈夫沉默地靠着石头门框。“你听到了吗?”我问他，“他是那样看待加斯帕的。他为我祈祷，就像为自己从未谋面的父亲祈祷一样。我对他而言，如同王后一样远在天边。”

丈夫伸出手臂环抱住我，这种舒适让我有些高兴。我将头靠在他的胸前，感受着他的拥抱。

“他是个开朗的孩子，”他安慰我说，“你必须给他时间让他熟悉你。他和加斯帕一起生活了那么久，那个男人占据了他的整个世界。他必须学着了解你。迟早会有这一天，耐心点。还有，他把你看做王后可没什么不好的。你是他的母亲，不是他的保姆。为什么不做他的指路明灯，做掌控他的那个人呢？他从加斯帕那里学会了把你当做远方的敬慕对象，何必指望他变成别的样子呢?”

1461年秋

我们在嘹亮的警钟声中醒来，我跳下床，套上睡裙，匆匆跑往育儿室。我的孩子一边穿着裤子，一边大声要别人把他的靴子拿来。管理育儿室的保姆在我进来的时候抬起了头。“夫人？您知道发生什么事了吗？”

我摇了摇头，看向窗外。铁闸门正急速落下；守卫和马夫们纷纷离开住处，高喊起来。在这些人之中，我看到我的丈夫迈着轻盈平稳的步伐，朝俯瞰城堡大门的守卫塔走去。

“我要下去。”我说。

“我也去！我也去！”我的儿子尖叫，“我需要我的剑。”

“你不需要，”我说，“你可以跟来，但你要答应跟在我身边。”

“我可以陪小伯爵一起去么，夫人？”他的保姆问。我知道她担心我无法让孩子听话地跟着我，这让我恼怒地涨红了脸；但我点了点头，于是我们一行三人走下石阶，穿过院子，走上通向塔楼的狭窄楼梯，在那里，我的丈夫和卫队长的目光越过防卫墙，看着那支举着威廉·赫伯特旗帜的小股部队，沿着道路快步走来。

“上帝保佑我们。”我轻声说。

亨利拉着他的保姆来到塔楼最远处的角落里，在那里，他可以看着吊桥一点点升起。

丈夫对我微笑。“我不认为我们有什么危险，”他轻声说道，“我毫不怀疑国王已经把这座城堡赐给了赫伯特，也许还包括伯爵头衔。他来只是为了拿走自己的东西。我们并非不速之客。”

“那我们该做什么？”

“交给他。”

“交给他？”我为我丈夫背信弃义的想法而震惊，我看着他，张大了嘴巴，“就这样把钥匙交给他？把加斯帕的城堡的钥匙交给他？就这样敞开大门，邀他共进晚餐？”

“应该他邀我们共进晚餐，”我丈夫纠正道，“如果我没猜错的话，这已经是他的城堡了。”

“你该不会就这么放他进来吧。”

“我就是这么想的，”他说，“如果爱德华国王将城堡和威尔士的治理权都交给了他，那么我们就该像守法的国民那样，把威廉·赫伯特应有的东西交给他，再称赞他的战功堪比恺撒。”

“这座城堡属于我们都铎家，”我轻蔑地对他说，“属于加斯帕，而加斯帕不在的时候，就属于我和亨利。这里是亨利的家；这是我的城堡。”

我丈夫摇了摇他花白的头颅。“不，我亲爱的。你忘了，新国王已经登上王位，财产和领地将由他重新分配。兰开斯特家不再占据王位，也不再掌控威尔士，甚至是彭布罗克城堡。尽管这里曾经是你的家，但你必须将它交给对约克家证明了忠诚的人。我原以为可能是威廉·黑斯廷斯或是沃里克伯爵，但我们都看到了，威廉·赫伯特更走运些。”他的目光瞥向城墙之外。他们已经快到能打招呼的距离了。

“加斯帕会守住这座城，”我忿恨地说，“加斯帕会独力抵抗。与其把我们的城堡交给赫伯特，他宁愿一死。他不会像女人那样屈服，会拼死抵抗。赫伯特是个叛徒，他没有资格走进加斯帕的城堡。”

我的丈夫看着我，脸上的微笑也已消失。“玛格丽特，你很清楚加斯帕会怎么做。你亲眼看到他做出了怎样的选择。他看到了失败的事实，便抛下了这座城堡，抛下了你的儿子，也抛下了你。他甚至没有回望就离开了你。他说自己不喜欢冗长的道别，然后就逃去了安全的远方。他亲口对我说，他认为赫伯特会来占领彭布罗克，而他希望我们把城堡交出去。他亲口对我说，如果我们能留下来把彭布罗克城堡交给赫伯特，确保他的仆人们安然无恙，他会很高兴。守城之类的举动根本是在浪费生命，而且毫无意义。或者我们也可以像他那样逃跑。我们已经输了这场战争：在陶顿之战的时候就输了，加斯帕知道这些，所以才会选择逃亡。”

“他没有逃亡！”我激动地说。

“但他并不在这儿，对吧？”我丈夫评论道。他把身子探出城垛，高喊道：“嗨！威廉阁下！”

走在队伍前面的高大男人勒住马，又示意降下旗帜。“我是领主威廉·赫伯特。谁叫我？是你吗，亨利·斯塔福德阁下？”

“是的。我和我的妻子玛格丽特夫人，还有她的儿子里士满伯爵在一起。”

“那个叫做加斯帕·都铎的叛徒，前任彭布罗克伯爵也在吗？”

小亨利拉了拉我的手，我俯下身去，听到他压低声音说：“我的叔叔还是彭布罗克伯爵，对吗？为什么那个坏家伙要说‘前任’？”

“我们不会说他是前任伯爵，”我信誓旦旦地说，“在我们的祷告词里，他永远都是彭布罗克伯爵。只不过约克家的人看法不同。他们都是骗子。”

“加斯帕·都铎已经走了，”亨利爵士大喊着回答，“我可以作证，他不在城堡里，也不在附近。”

“爱德华国王赐给了我这座城堡和威尔士的统治权，愿上帝保佑他！”赫伯特喊道，“你能打开城门让我进去吗？”

“当然。”亨利爵士欢快地说着，同时对卫队长点头示意。两个人跑了过来。我难以置信地看着吊闸升起，吊桥放下，都铎家的红龙旗帜飞快地从旗杆上降下，消失在视野之中，仿佛它从未在我居住多年的这座城堡上空飘扬过。

威廉·赫伯特向城门的士兵们敬了个礼，接着骑马进入这座已属于他的城堡，他欢快地挥了挥手，踩着我的垫脚台下了马，仿佛它在那里竖立这些年只是为了等待他。

晚餐的时候我愤怒得说不出话来；但我的丈夫却和赫伯特阁下谈论起新国王，提到入侵法兰西的可能性，又说到苏格兰军队对英格兰的威胁，说得他们仿佛是我们的敌人而非救星。我发现自己开始痛恨丈夫随和的好脾气，干脆把目光始终投向面前的盘子，除非有人问话我才会搭腔。赫伯特阁下也几乎没有跟我说过话，直到我起身离席的时候，他才看着我的丈夫说："我想和你们二位谈谈年幼的亨利·都铎。晚饭后在日光室聊聊怎么样?"

"当然可以。"我丈夫没等我拒绝就一口答应下来，"我相信玛格丽特夫人会很乐意先去准备些好酒和水果等着我们。"

我低头离开，让他们继续喝酒交谈，然后在壁炉边自己的椅子里等待着。我并没有等待太久。他们两人聊着狩猎的话题走进了房间，我的丈夫赞美着城堡周围能够猎捕到的猎物，仿佛保存那里的并不是加斯帕，仿佛那里并非我儿子所继承的土地，而这个人猎捕我们的猎物的行为也完全合法。

"我会长话短说，"赫伯特阁下靠近壁炉，让自己的背脊暖和起来，仿佛壁炉里的圆木是属于他的，"我将会负责监护小亨利，他会跟我一起生活。国王会在圣诞节之后确认我的监护权。"

我立刻抬起头，但丈夫看起来半点也不惊讶。

“你要住在这里吗?”他问道，就好像这有多重要似的。

“我会住在拉格伦[1],”威廉阁下简短地回答，“那儿的房子更好，我妻子很喜欢。亨利将会和我们的孩子一起长大，接受适合他身份的教育。随时欢迎你们来探望他。”

“那再好不过，”我丈夫接道，而我依然缄默不语，“我相信玛格丽特夫人也非常感激。”他敦促地看着我，示意我表达一下感激，但我没有。

“他应该由我照看。”我断然说道。

赫伯特阁下摇了摇头。“这是不可能的，夫人。你的儿子将会继承庞大的财富与伟大的姓氏。必须要有人保护他。从许多方面来说，有我做他的监护人是你的运气。我不指望你现在就明白这一点，但如果由内维尔做他的监护人，那么他就会被带到遥远的地方，在陌生人之中生活。和我在一起，他还能留在威尔士，可以保留自己的仆从，可以待在他熟悉的地方。我的妻子是个心地善良的女人；他会得到和我的亲生孩子同样的对待。换作内维尔的话，待遇就差得多了。”

“他是我的儿子！”我大喊道，“他是兰开斯特家的孩子，他是要继承——”

“我们非常感激。”我的丈夫打断了我的话。

赫伯特阁下看着我。“你儿子的家族关系好坏参半，夫人，”他说，“如果我是你，就不会过于自夸。他的堂亲——也就是前任国王——正在流亡之中，并且与我们国家的敌人暗中勾结。他的保护者以及家族的首脑，加斯帕·都铎同样也在流亡，还作为叛徒而被悬赏。他的祖父因叛国罪被砍了头。我本人俘虏了他的父亲，而你的父亲的结局也算不上光彩。如果我是你，我会为他能够在约克家的忠实拥护者的家中长大而庆幸。”

---

① 威尔士东南蒙茅斯郡的一座小村。

“她也很感激。”我丈夫又强调了一遍。他走上前来，不容置疑地对我伸出手。我不得不站起身，握住他的手，仿佛就此与他达成了共识。“明天早上小亨利醒来，我们会把这些告诉他。等守卫和马匹准备停当，我们就立刻启程返回英格兰的居所。”

“留下来吧，”威廉阁下愉快地说，“一直留到那个孩子适应为止，想留多久就留多久。我们可以到加斯帕花费那么多心思打理的猎场去猎上几头鹿。”他大笑起来，而我的叛徒丈夫也附和地大笑起来。

我们在缄默中回到了林肯郡的住处，回家以后，我将所有时间投入了祈祷与学习之中。我的丈夫先是说了几句玩笑话，见我没有理会，又问我愿不愿意和他一起去伦敦——就好像我愿意去那座为了耻辱而庆祝的城市一样——接着又把话题转到管理我们的庞大家产和他在伦敦的生意上去。新国王维持和平的决心意味着当地贵族们有更多的工作要做，而我丈夫接到的命令则是将在亨利国王的懒散统治下大量滋生的、自私而腐败的地方官员一网打尽。法庭如今必须让所有人都得到公正的待遇，而不只是那些有钱贿赂法庭官员的人。新国王爱德华召集了国会，告诉他们自己决定凭一己之力生活，不会给这个国家添上沉重的税赋。他下令保护道路的安全，削减私人军队的数量。他命令将强盗和罪犯带去接受审判，并且抑制酒馆和大路上的暴力事件。这些改变受到了所有人的欢迎，他们认为英格兰将会迎来一段繁荣与和平的时期，而这位约克家的光荣后裔将会将它带上和平之路。这些变革和改进让所有人高兴。所有人都爱戴着这位约克家英俊的后裔。所有人，除了我。

爱德华国王是个十九岁的年轻人，只比我大一岁，像我一样经历了父亲的死而幸存下来，也像我一样梦想着成为伟人——他让自己成为了家族部队的领袖，带领着他们坐上了英格兰的王位，而我却什么也没做。英格兰的圣女贞德是他，而不是我。我甚至没法把自己的儿子留在身边。这个叫做爱德华的男孩被称为英格兰的芬芳玫瑰、英格兰的美丽香草与白色花朵，传说他英俊、勇敢而又强壮——而我什么也不是。女人们倾慕他：她们歌颂他的荣光、他的外表和他的魅力。我甚至无法在他的宫中露面。没有人认识我。我只是一朵徒劳地在荒凉的空气中吐露芬芳的花儿。他从来没有见过我。没有人创作关于我的歌谣；也没有人描画我的肖像。我只是一个毫无野心的男人的妻子，这男人直到迫不得已才会前去参战。我只是一个将儿子交由敌人看顾的母亲，只有一个吃了败仗、流亡在远方的男人爱着我。我在每个白天——而这最为不幸的一年已经到了白昼渐短，夜晚渐长的时节——都双膝跪地，向上帝祈求让这黑夜过去，让这寒冬过去，早日颠覆约克家，让兰开斯特家重掌权力。

1470年秋

等到上帝将我和我的家族从战败的痛苦和在祖国的流亡中解脱出来的时候，过去了将近十个冬季。在这漫长的九年里，我跟丈夫一直住在乡下的沃金镇[①]。我们拥有宅邸、田地和为数不少的利润，但我十分孤独，渴望见到由敌人——虽然我必须装出和他友好的样子——抚养着的我的儿子。斯塔福德和我没有诞下一男半女，我想原因应该是助产士在为我接生亨利时犯下的过错，我丈夫却大度地接受了我无法为他带来子嗣的事实，这让我十分羞愧。他没有责怪我，而他的好意让我难以忍受。我们都要承受约克家的统治，他们穿着王家的貂皮衣领，仿佛天生就如此尊贵。年轻的国王爱德华在即位的第一年就娶了个民间女子，人们纷纷传说她是在自己的女巫母亲雅格塔的帮助下对国王施展了巫术，雅格塔是我们那位法兰西王后的好友，如今改换了立场，开始主宰约克家的宫廷。我丈夫的侄子、年幼的亨利·斯塔福德公爵落入了那个贪婪的妖女伊丽莎白——也就是所谓的王后——的魔掌。她将他从我们身边夺走，强迫他与她只是北安普顿的养鸡女子的妹妹凯瑟琳·伍德维尔订婚，这样一来，那个伍德维尔家族的女孩就成了我们家族的首脑和公爵夫人。我丈夫并没有对这一切表示抗议；他说这是新世界的一部分，我们应该学会习惯。但我没有。我做不到。我

① 位于英国萨里郡西部的一座城镇。

永远也没法习惯。

我每年都去赫伯特浮华的豪宅中探望一次我的儿子，看他长得越来越高、越来越强壮，看到他在约克家的众人之中从容不迫，看到他深受“黑心”赫伯特的妻子安妮·德弗罗的宠爱；也看到他与他们的儿子威廉感情融洽地相处，互为好友、玩伴和同学；他对他们的女儿茉德——他们显然挑选了她来当他的妻子，而且对我只字未提——也十分友善。

每年我都如约前往，跟他提起他那位正在流亡的叔叔加斯帕，提起他的堂亲、那位关押在伦敦塔里的国王，他听着我的话，棕色的小脑袋微微抬起看着我，棕色的双眼带着笑意和顺从。无论我说上多久，他都会听着，显得礼貌而专注，从不反驳，也从不质问。但我不清楚他是否能理解我认真说出的任何一句话：他必须耐心等待，他要清楚自己是个注定会成为伟大人物的男孩；而我，他的妈妈，博福特家和兰开斯特家族的女继承人，几乎在分娩他的过程中死去，是上帝出于伟大的目的拯救了我们，他生来就不该仅仅因为威廉·赫伯特这种人的善待而欣喜。我也不想要茉德·赫伯特那样的女孩做我的儿媳。

我告诉他，说他必须像探子那样与他们相处，要像是住在他们营地里的敌人那样和他们相处。他必须谈吐有礼，却等待着复仇的时机。他必须向他们卑躬屈膝，却不忘刀剑的锋利。但他不肯听。他听不进去。他坦率地跟他们生活在一起，到他五岁、六岁、七岁——到了十三岁，在他们的照顾下长成了一个年轻人，成了他们培养出来的孩子，而不是我的。他就像是他们宠爱的儿子。他已经不再是我的儿子，而我永远不会原谅这一点。

在将近九年的时间里，我一直在他耳边说着他信任的那位监护人的坏话，诟病着他爱戴的那对夫妇。我看着他在他们的关怀下茁壮成长，看着他在他们的教诲下长大成人。他们雇了剑术、法语、数学和修辞学老师。只要能让他学到本领，或者鼓励他学习，他们毫不吝惜金钱。他们给他的教育和自己的儿子相同：两个男孩既是同学又是好对手。我没有抱怨的理由。但我的心中始终有个不满而愤怒的尖利声音：他是我的孩子，是英格兰王位的继承人，是兰开斯特家的子嗣——看在上帝的分上，他怎么能在约克家这样愉快地长大？

我很清楚答案。我知道他在忠于约克家的那个家族里做着什么。他正在成长为约克家的人。他喜爱拉格伦城堡的奢华和舒适：我敢发誓，他会更喜欢我在沃金的那个神圣而朴实的新家——如果他们允许他来我家的话。他喜欢安妮·德弗罗的温柔与虔诚：我曾要求他记住所有昼间短祷文和每个圣徒纪念日，但这对他来说太难了，我很清楚。他钦佩威廉·赫伯特的勇气和活力，而且仍然爱着加斯帕，他会写信给他，孩子气的文字间充斥着自豪和爱戴之意：他已经开始敬仰他叔叔的敌人，还把他当成了骑士精神的代表，称他为可敬的骑士和领主。

对我来说，最糟糕的是他把我看做一个不能接受失败的女人：我知道他是这么看我的。我见证过自己的国王被赶下王位，我的丈夫被杀，丈夫的弟弟又逃亡在外，所以他觉得正是这样的失望和挫败才让我用宗教来寻求慰藉。他觉得我是个因为人生失败才向上帝寻求安慰的女人。无论我做什么，他都不相信我侍奉上帝的人生无比光荣，也不相信我不认为自己的家族已经失败，我并没有把自己看做失败者，即使现在我也不认为约克家能够保住王位。我觉得我们会卷土重来，我觉得我们会赢得胜利。我可以把这些告诉他，我可以说上一遍又一遍：但我没有支持自己信念的证据，而他会露出局促的微笑，低下头，小声说着："母亲大人，我想您说得对。"在我看来，他就像是在当面反驳，说他觉得我错了，大错特错，甚至是不可理喻。

我才是生下他的那个人，但我只在他人生的第一年和他一起度过。如今他一年几乎只会和我见上一面，我还把时间都浪费在劝说他为十年以前就已失去的目标而保持信念。难怪他不愿和我亲近。在他眼中，我肯定越来越像个傻瓜。

可我忍不住。上帝作证，如果我能甘于和一个只能称之为平庸的男人生活，甘于住在一个篡位者统治的国家——还有个无论哪一点都无法与我相比的王后——并且能忍受将上帝当做每天一次的晚祷中才会提到的神明的话，我会的。但我做不到。我希望我的丈夫拥有勇气和决心，能够参与国家大事。我希望我的国家由真正的国王来统治，我也希望能每天五次向上帝祈祷。这才是我，我无法否认我自己。

毫无疑问，威廉·赫伯特彻底忠于爱德华国王。在他的家里，我的儿子，我自己的儿子，兰开斯特家族之花，学会了以尊敬的口气谈论篡位者，去赞美他匆匆娶来的妻子——那个平民出身的伊丽莎白——那“令人陶醉的美”，还祈祷他们那可憎的家族能够诞下继承人。她的丰产可比马厩里的猫儿，但她每一年都只能生下女孩。有人为此取笑她，说她是通过巫术迷惑的他，而她家族的女人中早就有浸淫魔法的传统。现在她所能生出来的，无非是将来会上火刑架的小女巫，没法给他生下王子，她的魔法技艺似乎也帮不上忙。

说真的，假如她早些怀上子嗣，那么传言恐怕会大不相同；但现在，约克家臭名昭著的变节传统开始缓慢但又确实地分裂着自我扩张的约克家族本身。他们家族重要的顾问和导师——沃里克伯爵——转而对抗他亲手送上王位的那个男孩，而约克公爵的第二个儿子，克拉伦斯公爵乔治也选择与他自己的哥哥敌对。他们这对机会主义者就这样结成了同盟。

约克家族中有种名为嫉妒的毒药，而它此时正在乔治的血管中流淌，就像他们的次等血统那样。就在沃里克伯爵和他拥立为王的约克公爵长子渐渐疏远的时候，那位次子开始与他接近，梦想着得到同样的待遇，沃里克伯爵也觉得自己可以再玩一次同样的把戏，这次是用新的篡位者来取代旧的篡位者。沃里克伯爵把他的女儿伊莎贝拉嫁给了乔治，接着，就像伊甸园里的那条蛇那样，沃里克诱惑克拉伦斯公爵乔治，要他抛弃为哥哥效命的想法，做起了篡夺王位的美梦。他们抓住了国王，仿佛他只是五朔节[①]花柱顶上的一顶王冠，然后将他囚禁起来——而我觉得，有一条路已经向我敞开。

我很清楚，约克家的所有成员在襁褓之中就已野心勃勃，背信弃义。但他们家族的分裂对我而言只有好处。我也亲自参与了这些密谋。约克家族夺走一切的时候，也偷走了我儿子的里士满伯爵头衔，而克拉伦斯公爵乔治将其据为已有。我通过告解神甫送了一封信给乔治，承诺只要他将里士满伯爵的头衔还给我的儿子，我就会以友谊和忠诚来回报。我向他指出我在自己家族中能够得到的支持：用不着夸口，他也很清楚我能召集多少兵马。我又告诉他，如果他能把头衔还给我儿子，他可以开出价码，而我会协助他对抗他的国王哥哥。

我把这些都瞒着我丈夫，因为我觉得，在情况明朗之前，保守秘密才是聪明的做法，毕竟爱德华已经从他虚假的朋友和虚伪的弟弟手中逃了出来，成功返回了伦敦，而我们也在约克王家失了宠。威尔特郡伯爵的头衔本该属于我的丈夫，但爱德华国王忽略了他，将这份荣誉加诸于他的弟弟约翰身上，约翰则因为对爱德华虚有其表的忠诚成为了威尔特郡伯爵。看起来我们在这位国王手下永无出头之日。他可以容忍我们，但并不喜欢我们。这是不公平的，但我却无法提出抗议。我的丈夫直到死的那一天，也始终只是个“爵士”。他给我的头衔最多只是个“女士”，我永远也成不了伯爵夫人。他对此未置一词，但从他的沉默中，我猜测他已经听说了我擅

① 欧洲传统民间节日,每年的四月三十日称为“五朔节（May Day）”，在这一天，人们会将一棵高大的无花果树或者杉树装饰起来，手持与顶端相连的彩带跳起舞蹈。

自与克拉伦斯的乔治交好的消息，因此责怪我对他、对爱德华王不够忠诚。他的看法没错。

可接下来——谁又能料到呢——一切又风云突变。玛格丽特王后，我们尊贵的玛格丽特王后，因为在法兰西绝望的流亡期间花光了钱财，而且失去了所有部队，竟然同意和她的旧敌，我们从前的最大对手沃里克伯爵结盟。她还令人吃惊地让她的宝贝儿子，威尔士亲王爱德华和沃里克伯爵的另一个女儿安妮结婚。这对亲家旋即约定共同入侵英格兰，为这对新人的蜜月来一番血洗，好让这位兰开斯特家的儿子和沃里克伯爵的女儿坐上英格兰的王位。

约克家的末日如同夕阳般迅速到来：沃里克伯爵和乔治一同登陆英格兰，然后向北进军。威廉·赫伯特召集他的手下加入国王的军队，但还没等他们与约克家的大部队会合，赫伯特就在班伯里[①]外的埃吉考特山发现了敌人的踪迹。他那天带我的儿子出征只是尽责，但我永远不会原谅他。就像贵族常做的那样，他带着受他监护的亨利上了战场，让他体会战斗的气氛和学习实战技巧。他的确应该这么做，但那是我的儿子，我宝贵的儿子，我唯一的儿子。更糟的是——我简直不敢相信这个消息——我的儿子初次穿上铠甲，拿起长枪，就是去为约克家作战，去对抗兰开斯特家的军队。他为我们的敌人而战，与我们的敌人并肩前进，对抗我们的家族。

那场战斗结束得很快，仿佛上帝早已认定了胜利的一方。约克家被打得溃不成军，沃里克伯爵抓获了大批俘虏，其中包括威廉·赫伯特本人。双手沾上鲜血、已经成为叛徒的沃里克伯爵并没有犹豫不决。他当场砍了赫伯特的头。我儿子的监护人在那一天死去，或许还是在我儿子的亲眼目睹下。

我为此欣慰。我对他从未有过片刻怜悯。他从我手里夺走了我的儿子，

---

① 英格兰牛津郡一城镇。

然后又那样细心培养他，甚至让亨利将他视为父亲。我也不会宽恕他，所以这一死讯让我十分欣喜。

零零碎碎的谣言和小道消息纷至沓来，难辨真假。“我们必须去接亨利，”我对我丈夫亨利爵士说，“只有上帝知道他在哪儿。如果沃里克伯爵俘虏了他，肯定不会加害他；但如果他被俘虏了，沃里克伯爵又为什么不送信给我们？也许我的孩子正藏在什么地方，也许他受了伤……”我说不下去了。但剩下的半句话“或是死了”仿佛清清楚楚地写在我们之间的空气里。

“我们很快就会收到消息，”我丈夫冷静地说，“放心吧，如果他死了或是受伤，我们早就知道了。你想想看，我们收到赫伯特死亡的消息有多快。”

“我们必须去接亨利。”我重复道。

“我会去接他，”他说，“但你别和我一起去；路上到处都是逃兵和强盗。沃里克伯爵把危险和混乱带回了约克家的英格兰。天知道什么时候才是个头。你必须留在这里。我甚至还要多留些守卫在这里，以免持有武装的盗匪从这里经过。”

“可我的儿子——”

“赫伯特会告诉他在战争发生时应该做些什么。他肯定委托了什么人来照看他。我会先去赫伯特夫人那里，看看她那儿有什么消息，然后再去埃吉考特。相信我，我会找到你的孩子。”

“等你找到他以后，把他带回来。”

他迟疑起来。“这要看他的新监护人是谁了。我们不能就这么强行带走他。”

“可这由谁来决定？如果约克家失败的话？”

他笑了。“我想应该由兰开斯特家决定。你们胜利了，记得吗？你的家族现在可以决定一切。沃里克会把亨利国王送回王位，让他恢复被他推翻之前的地位；在那以后，我想沃里克会统治这个国家，直到王子成年的时候，或许更久。”

“我们胜利了？”我难以置信地问他。眼下我的儿子不知所踪，他的监护人死去，我丝毫没有胜利的实感，只感觉到危险。

“我们胜利了，”我丈夫说着，语气中却没有丝毫喜悦之情。“不管怎样，兰开斯特家胜利了，看起来也就意味着我们胜利了。”

就在我这位行事谨慎的丈夫出发那天的早晨，我们收到了加斯帕用熟悉的潦草字迹写成的信。

孩子没事，他正和赫伯特夫人待在她亡夫的家中，非常安全。我会把他带去伦敦，引荐给我们的国王。你愿意去宫里见我们，还有重回王位的国王吗？英格兰又是我们的了，你的祈祷得到了回应，感谢上帝。

这一切仿佛一场梦，一场如同我孩提时看到的幻景那样美丽的梦。我们乘着斯塔福德家的驳船，沿泰晤士河顺流而下，划手与低沉鼓声的节奏保持着一致。我的儿子看着岸上的人们，他们看到我们飘扬的旗帜，纷纷欢呼起来。我看到他站在船头，俨然一位王储的样子。经过威斯敏斯特的时候，我看着沿岸那些低矮而拥挤的建筑——其中有一所修道院是伊丽莎白·伍德维尔的避难所，她曾经是王后，曾经是约克国王人尽皆知的美丽妻子，现在她藏身在修道院里，不知道能否再见到自己的丈夫。她遭到推翻，独自一人，而我却高高在上。我很想知道，她是不是正望向黑暗狭小的窗户外面，注视着我的旗帜。我颤抖起来，仿佛感受到了那种怨毒的目光；可又立刻将这一切抛到脑后。我是上帝选中的人，我的家族是上帝选中的家族。她可以留在那里，跟她漂亮的女儿一起慢慢腐烂。

在船头那里，我的儿子亨利回首的时候给了我一个羞涩的微笑，我于是道："向他们挥挥手，向你的人民挥挥手。他们乐于看到我们的家族恢复声誉、重掌权力。让他们知道你在这儿觉得很高兴。"

他轻轻地比了个手势，然后回到我身边，和我一起坐在斯塔福德家绣着兰开斯特红玫瑰的华盖之下。

"母亲大人，您一直都是正确的，"他羞涩地说，"我必须请求您的原谅。我之前并不明白。"

我将手放在心口，感觉自己沉重的心跳。"什么正确?"

"我们是伟大的家族，亨利国王才是真正的国王。我以前不明白这些。您告诉我的时候，我并不理解。但我现在明白了。"

"我有上帝的指引，"我说这番话的时候非常认真，"我能看透稍纵即逝的岁月，看到上帝的真意。你将来会听从我的指引吗?"

他庄重地鞠了一躬。"我会成为您的儿子和您的臣民。"他的口气相当正式。

我转过头，好让他无法看见我的脸上胜利的神情。亨利国王赢得了英格兰，而我赢得了我的儿子。十三岁大的他向我宣誓效忠。他这一生都是我的了！我觉得泪水涌入了眼眶。"我接受。"我轻声说道。随后驳船靠向码头，梯板架到岸上，我的儿子亨利表现出赫伯特家的良好教养，伸出一只手，扶着我上了岸。我们穿过花园，那里每个人都露出愉快的笑容，王国恢复了理性，我们也都找回了原本的位置。我们的国王坐回到他的王位上，脸上洋溢着幸福，让我几乎看不出五年来牢狱生涯留下的痕迹。他的头顶是王家的华盖，绣着兰开斯特家绽放的红玫瑰图案，身边朝臣围绕。我觉得自己像是变回了孩子，而他正要指派都铎家做我的监护人。我仿佛又找回了儿时的乐趣，对我来说，整个世界都可以重新开始。

还有我的儿子，我的孩子，他的短发就像栗色的马鬃那样明亮，肩膀宽阔，长得更高了；他站在叔叔加斯帕的身边，有着这个家族的男人所共有的英俊。我们恢复了声誉。英格兰恢复了理性。加斯帕又成了彭布罗克伯爵，我的儿子也回到了我的身边。

“明白了吗？”我轻声问他，“你现在明白了吗？我一直相信这位国王，我的这位堂亲，现在他回到了王位上。上帝对我特别看顾，正如他对待你那样。我知道约克家的统治不会长久，我知道我们会恢复应有的地位。”我的目光越过儿子，看到国王向加斯帕点点头，示意他带亨利上前去。“去吧，”我催促他，“国王想见他的堂亲，也就是你。”

我的儿子吓了一跳，但他随即挺直肩膀，以极度的优雅和自信向王位走去。他是那么地彬彬有礼，让我忍不住小声对丈夫亨利爵士说：“看到他是怎么走路的了吗？”

“两只脚，”我丈夫挖苦道，“一前一后。这太神奇了。”

“就像贵族，就像王子。”我纠正他，接着前倾身子，仔细聆听。

“这位就是年轻的亨利·都铎，我的堂亲吗？”国王问加斯帕。

加斯帕鞠了一躬。“他是我的哥哥埃德蒙的孩子，他的母亲如今是玛格丽特·斯塔福德女士。”

亨利跪在国王面前，国王弯下腰，将手放在他棕色的卷发上祝福了他。

“你看，”我对丈夫说，“国王本人很喜欢亨利。我想国王应该能看出他的远大前途。他会知道，这是个特别的孩子。他有着圣人的灵视能力，迟早会和我一样，发现亨利的伟大。”

风暴送走了篡位者爱德华和他的同伙逃亡时乘坐的小船，又在海岸线上肆虐了几乎整个冬天。我们包括萨里在内的土地都遭受了洪灾，不得不挖掘水沟，甚至建造堤坝，以防范猛涨的河水。佃户们迟迟交不上租，田里的作物也浇得湿透。丈夫对国家的状况很是悲观，仿佛这狂风暴雨和人们的不满都是赶走了约克家的篡位者才造成的。

有消息说，已经下台的王后——伊丽莎白·伍德维尔——显然深受那位弃她而去的国王的喜爱，因为她即将生下另一个孩子，尽管她身处威斯敏斯特的修道院的神圣土地。就连这最后一次粗野而愚蠢的行为也得到了我们圣徒般的国王的宽恕，他不愿把她带出藏身之地，反而派了助产士和女仆去照顾她。这个女人引发的关注依旧令我震惊。我生下儿子亨利的时候，只有两个助产士，她们还接到命令，要在必要的时候选择放弃我的性命。但伊丽莎白·伍德维尔就算因叛国罪名而见不得光的时候，也还有许多助产士、医师和她的母亲在旁照顾。

她仍旧受到众人的羡慕，虽然现在没有人能看到她那过分夸大的美貌。他们说伦敦市民和肯特的农夫们一直为她供应食物，还说她的丈夫正在佛兰德斯[①]招兵买马，准备救援她。想到她为这些关注而洋洋得意，就让我恨得直咬牙。为什么人们都不明白，她这一生所做的，无非是用漂亮的脸蛋，用她的身体甚至更加不堪的手段勾引了一位国王而已。这既不高贵也不神圣——可人们却那么爱戴她。

最糟糕的消息则是她生了个男孩。他无法继承王位，因为他的父亲已经彻底抛弃了国王的身份，但在这时出生的约克子嗣注定会对那些容易受骗的民众产生影响：他们会觉得命运是如此无常，竟会给约克家族送来一个身陷囹圄的继承人。

换做我是国王，恐怕不会为这么一个人而重视教会的庇护权。这么多人视之为女巫的人怎么能得到神圣教会的庇护呢？一个婴儿又能怎样声明自己的庇护权？这样一个叛国者家庭凭什么能毫发无伤地待在伦敦城的中心？我们的国王是个圣徒，但他应该听取那些能够做出世俗决定的人的建

① 中世纪时的一处伯爵领地，包括现在的比利时以及法国的部分地区。

议：对于伊丽莎白·伍德维尔和她母亲雅格塔这样臭名昭著，而且早已是公认的女巫和叛徒的人，就该塞到船上，送到佛兰德斯去：在那里，她们可以施展魔法，妆点容貌，而那些外国人应该会更欣赏她们。

在得知雅格塔是个怎样的女人，并且亲眼看到她把自己的女儿送上王后宝座以后，我对她的幼稚倾慕很快改变了。在我看来，我童年时在亨利国王的宫廷里所见到的优雅和美丽无疑是掩饰她罪恶本质的面具。在那位年轻的国王将要经过的时候，她让自己的女儿站在路边，而她又是他们的秘密婚礼仅有的几位见证人之一。她成为了女官长和约克宫廷的首脑之一。她曾经侍奉过安茹的玛格丽特，又怎么可能向她那个轻浮的女儿下跪？雅格塔曾经是出征法兰西的英格兰军队中的一位王室公爵夫人，但她成为寡妇之后，就以惊人的速度嫁给了她丈夫的侍从。我们仁慈的国王原谅了她不检点的行为，让她的丈夫理查德·伍德维尔当上了里弗斯[①]领主，他的头衔来自于雅格塔家族的异教传统——这个家族起源于河流附近，并将水之女神称为自己的祖先。从此以后，丑闻和与魔鬼打交道的谣言就接踵而至，如同奔流而下的河水。这种女人的女儿还觉得自己应该是英格兰的王后！难怪她自己的丈夫会那么不光彩地死去，而她们俩也无异于囚犯在牢狱中。她真该运用她的魔法飞走，或者呼唤河流将她俩送向安全之处。

---

① 里弗斯原文为Rivers，在英语中有“河流”之意。

1471年春

我没有把这些想法告诉亨利阁下，他在昏暗寒冷的一二月间一直闷闷不乐，不免让人怀疑他是在缅怀那位流亡的国王。有天晚餐时我问起他的近况，他说自己非常担心。

“小亨利没事吧？”我立刻问道。

他疲惫的笑容让我安心：“当然没事，如果加斯帕那边有什么坏消息，我肯定会告诉你的。我相信他们两人都在彭布罗克，等到这阵雨停了，又没有别的麻烦，我们就能去探望他们了。”

“麻烦？”我重复道。

亨利阁下瞥了一眼站在我们身后，负责斟酒的侍从，又看了看大厅中有可能听到我们谈话的仆从和佃户，“我们回头再说。”他说。

等到仆人端上了加了香料的温酒，然后回房休息，只剩下我们两人独自坐在卧室里。亨利阁下坐在壁炉前，我看到他神情疲倦，仿佛比实际四十五岁的年纪更加苍老。

“抱歉让你如此不安。”我说。他已经到了胡思乱想的年纪，如果我的儿子亨利一切安好，我们的国王还在位的话，那我们还需要担心什么麻烦？“请告诉我你的担忧，亲爱的。也许我们可以一起解决。”

“我从某个忠于约克家的人那里接到一封信，他还以为我同样忠于约克家，”他沉痛地说，“他在号召我。”

“号召?”我傻乎乎地重复了一遍。起初我还以为是请他充当某件事的裁决者，然后我才明白，他的意思是约克家又开始招兵买马了，“噢，愿上帝宽恕我们！该不会是号召你参加反叛吧?”

他点点头。

“约克家正在阴谋叛变，而且找到了你?”

“是的。”他叹了口气。我一时间忘记了惊恐，几乎笑出了声。如果那个人觉得我丈夫是约克派，那他肯定对他知之甚少。如果他以为他会集结人马，兴致勃勃地出征，那只说明他根本不了解他。我丈夫上战场的时候是那么不情不愿。他可不是英雄人物那块料。

“爱德华打算入侵英格兰，想要夺回他的国家，”他说，“我们又要打仗了。”

这下我惊慌起来。我拉过椅子。“这可不是他的国家。”

丈夫耸了耸肩。“无论是谁的国家，爱德华都打算以武力争取。”

“噢，不，”我说，“别再来一次了。他该不会打算与我们的国王为敌吧。他才刚刚夺回王位啊。他才在王位上坐了——多久来着？五个月?”

“写信给我的那位朋友还说了些别的事，”丈夫继续说道，“我那位朋友不只是爱德华的人，他还是克拉伦斯公爵乔治的朋友。”

我等他说下去。克拉伦斯公爵乔治当然不可能变节。他是为了如今的一切才冒险与他的哥哥为敌的。他对沃里克伯爵言听计从，娶了伯爵的女儿为妻，现在还是仅次于威尔士亲王的第二继承人，是宫里的重要人物，很受我们的国王宠信。他和他的兄弟早已决裂，无法回头。爱德华也不可能再接受他了。“乔治?”我问。

“他又加入了他哥哥那一方，”我丈夫对我说，“约克家的三个儿子又联起手来了。”

“你必须立刻把消息告诉国王和加斯帕，”我坚定地说，“必须让他们知道，他们才好有所准备。”

“我已经给威尔士和宫里都捎了信，”我丈夫说，“但我怀疑他们已经知道了这些事。人们都知道爱德华在佛兰德斯招兵买马的事——他显然会回来夺取他的王位。至于国王……”他顿了顿，“我不觉得国王在乎自己的灵魂以外的任何东西。说真的，我相信他很乐于让出王位，自己到修道院去，在祈祷中度过余生。”

“是上帝召唤他成为国王的。”我坚定地说。

“那上帝现在就该帮助他，”丈夫答道，“而且我想，他需要一切可能的助力去抵挡爱德华。”

我们很快明白，国王的确需要帮助，因为我的堂亲，萨默塞特公爵埃德蒙·博福特来信说，他会来我们这里造访。我派人去了吉尔福德的镇子，甚至还去沿海那边寻找可以上桌的佳肴，让那位大人在到访的每天都能享用一场小型宴席。等我们坐到会客室的壁炉边以后，他感谢了我的款待，而我丈夫亨利阁下暂时走出了房间。我笑了笑，低下头，但半点也没觉得他是为了享用苏塞克斯海岸的牡蛎或是肯特郡的罐装樱桃而来的。

“这简直是王家级别的招待，”他吃着糖渍李子说，“这些是从你的果园里摘来的吗？”

我点点头。“去年的收成，”我的口气就像家里有哪件事是由我打理的似的，“那可真是个水果丰收的好年。”

“对英格兰来说也是个好年，”他说，“我们的国王重回王位，篡位者逃之夭夭。玛格丽特女士，我发誓，我们不会让那些无赖回到这个国家，把我们的好国王再赶下王位了！”

“我明白，”我说，“还有谁比我更明白呢？我是他的堂亲，我的儿子被人交给了叛国者照顾。而现在他回到了我身边，就像耶稣让拉撒路回到人世[①]那样。”

“你的丈夫掌控着大半个苏塞克斯，而他对肯特郡都有影响力，”公爵没有理会我的比喻，继续说道，“他有一支佃户组成的大军，会听从他的号令作战。约克家的舰队也许会在你们的海岸登陆。我们必须确保你的丈夫忠于他的国王，并且会召集他的佃户为我们而战。但我恐怕有理由不信任他。”

“他对和平的热爱高于一切。”我语调平淡地说。

“我们都热爱和平，”公爵语调坚定，“但有时候，人们必须捍卫自己的利益。我们都必须捍卫国王的利益。如果约克家带着佛兰德斯的雇佣部队回到英格兰，再次击败我们，那么我们都无法保住自己的土地，头衔，还有——”他朝我点头示意，“我们的继承人。你愿意看着小亨利被另一个约克家庭抚养长大吗？你愿意看着亨利的监护人动用他继承的财产吗？你愿意看着他与约克家的女孩结婚吗？难道你不觉得伊丽莎白·伍德维尔恢复王后的身份之后，会将她贪婪的灰色双眼盯在你的儿子和他的继承权上吗？她为了谋求私利，让白金汉公爵的小侄子和她的亲妹妹凯瑟琳结婚——这简直太不般配了。你不认为她一旦重掌大权，就会让你的儿子和她数不清的女儿之中的一个结婚吗？”

我站起身，走向壁炉边。我低下头，看着壁炉中的火光，希望自己能看到哪怕片刻的幻景，好预言那位约克王后的未来。她知道自己的丈夫为了让她和她刚生下的儿子免受牢狱之苦，正在前来救她的路上吗？她能够预言他们会胜利还是失败吗？她能够召来一阵风暴，把他们送上海岸吗？就像谣言中，她召唤出风暴送他们安然离开那样？

---

① 《圣经·约翰福音》中的故事，耶稣展现奇迹，让因病而死的拉撒路在死后的第四天复活。

“我也希望自己能够向你保证，说我丈夫的宝剑、财产和他的佃户都听凭你们差遣，”我轻声说道，“我所能作的，只是说服他亲上战场、为国王而战，我已经这么做了。我清楚地告诉我的佃户，如果他们能组建军队，为他们真正的国王而战，我会十分高兴。可亨利阁下一直拖延，一直不情愿。我很希望能给你更多的承诺。惭愧的是，我做不到。”

“他不明白你会因此失去一切吗？他不明白你的儿子会再次被褫夺头衔和财产吗？”

我点点头。“是啊，可他深受伦敦商人和那些经商的朋友的影响。他们都支持约克家，他们相信爱德华为这片土地带来了和平，因为爱德华让法庭恢复了正常运作，让普通人也能拥有正义。我的丈夫也受到上层佃户，以及附近的一些贵族的影响。他们都有不该有的想法。他们喜爱约克家，说他为英格兰带来了和平与正义，等他离去之后，麻烦与混乱就接踵而来。他们说他年轻力壮，能够统御整个国家，而我们的国王体弱多病，又受制于他的妻子。”

“我无法否认这些，”公爵迅速答道，“但约克家的爱德华并不是真王。他也许是带来公义的但以理，也许是带来优秀律法的摩西[①]，但他仍然是个叛国者。我们必须追随我们的国王，否则自己也会成为叛国者。”

门开了，我的丈夫走了进来，满脸堆笑。“很抱歉，”他说，“马厩里出了点麻烦事儿，有人弄翻了火盆，他们正在忙着灭火。我刚才彻底检查了一下。我可不希望我们的贵客烧死在床上！”他对公爵愉快地微笑着，在那一刻，从他诚挚、温暖而无所畏惧的微笑，从他对自己理念的自信——我想，我们都已明白，亨利爵士不打算为国王出征。

---

① 皆为圣经人物，但以理是古巴比伦王的总长，以公正和圣洁著称；而摩西是带领以色列人摆脱埃及奴役的先知，上帝还昭示于他,让他写下了著名的《摩西十诫》。

没过几天，我们就听说约克家的爱德华已经登陆，但位置出乎所有人的预料——英格兰北部。女巫召来的风将他平安地送入港口，而他领军前往约克郡，吩咐人们打开大门迎接他，但并未自称为王，只称要收回他的领地。约克城的那群傻瓜不疑有他，放他进了城，约克家的支持者们立刻蜂拥而至，他的背叛野心也大白于天下。约克家的叛徒，克拉伦斯公爵乔治也位列其中。就算愚蠢如乔治，终究还是想通了一件事：如果有约克家的国王在位，他这个约克家的子嗣的未来也会更加光明。乔治此刻比任何人都要爱戴他的哥哥，他向爱德华宣誓效忠，又声称与他的岳父沃里克伯爵结盟是个巨大的错误。我猜这也就意味着我的儿子永远失去了他的伯爵头衔，因为一切又将属于约克家的男孩们，无论我怎样恳求克拉伦斯公爵乔治，他都不会把亨利的头衔还回来。突然之间，一切都沐浴在金色的阳光之中，约克家的三个太阳再度照耀着英格兰。田野里的兔子厮打跳跃着，而整个国家也仿佛像三月兔一样疯狂。

令人惊讶的是，爱德华一路畅行无阻地抵达了伦敦，满心敬仰的居民为他打开大门，他也与他的妻子顺利团聚，仿佛从未被赶出过自己的土地，也从未四处逃命。

听到萨默塞特公爵的信使快马加鞭送来的消息以后，我便回到自己的房间，跪地祈祷。我想象着伊丽莎白·伍德维尔——那位所谓的美人儿——臂弯里抱着她的幼子，膝下围绕着她的女儿们，这时约克家的爱德华推开大门，大步走进房间，胜利的神情一如既往。我花了两个钟头跪在地上，但我无法为胜利祈祷，也无法为和平祈祷。我所能想到的只有她扑进他的臂弯，认定她的丈夫是整个王国最勇敢也最出色的男人，她抱起儿子给他看，女儿们围绕在旁。我拿起玫瑰念珠，再次祈祷。我口中在为我的国王祈祷平安，内心则满怀妒火：嫉妒那样一个出身远不及我、受的教育远不及我，受到上帝的宠爱也显然远不及我的女人，却能够笑着扑进她丈夫的怀里，给他看他们的儿子，而且知道他会为了保护孩子而战。像她这样的女人，既没有上帝的眷顾，举止又毫无优雅可言（这与我不同），却会再次成为英格兰的王后。而且出于某些神秘的理由——神秘到令我无法理解——上帝忽视了我。

我走出房间，发现我丈夫正在大厅里。他坐在贵宾席那里，面色严峻。管家站在他身边，正把一张一张的纸拿给他签字。他身边的书记员正在融蜡和盖章。我很快认出了这副阵仗。他正在召集佃户。他要参战了，他终于要参战了。看到这一幕，我的心轻快得如同云雀一般：赞美上帝，他终于要尽自己的职责去参加战争了。我走到桌边，面露愉悦。

“我的丈夫，愿上帝赐福于你，你终于这么做了。”

他没有回以微笑：他疲惫地看着我，眼神悲伤。他的手动个不停，一次又一次地签下“亨利·斯塔福德”，几乎完全不看笔尖。他签完了最后一张：书记员滴下蜡汁，盖上印章，然后放到盒子里，交给他的首席秘书。

“立刻送出去。”亨利说。

他推后椅子，离开贵宾席，站到我的面前，拉起我的手，夹在他的胳膊下面，领着我离开那位书记员，后者收起桌上的纸张，拿去马厩，好让等待着的信使们立刻出发。

“亲爱的，我要告诉你一件会让你心烦的事。”他说。

我摇摇头。我以为他想说自己将要离开我去参战，所以心情沉重，而我急着想安慰他，让他知道，只要他是在代行上帝的工作，我就无所畏惧。“说真的，我很乐于……”他轻抚我的脸，让我停了口。

“我召集我的人马，为的不是亨利国王，而是爱德华国王。”他轻声说道。

我听到了他的话，一时间不明白其中意义，然后被吓得身体僵直，说不出话来。我一直沉默不语，他以为我没有听见他的话。

“我要为约克家的爱德华国王而战，不是兰开斯特家的亨利，”他说，“如果你感到失望，我很抱歉。”

“失望？”他承认自己是个叛国者，而他觉得我也许会失望？

“非常抱歉。”

“但我的堂兄本人都来说服你参战……”

“他所做的反而让我相信，我们的国王必须强而有力，能够永远制止战争，否则他这种人就会不断重复这一切，直到英格兰彻底毁灭。当他告诉我，他会一直奋战下去的时候，我就知道，他肯定会失败。”

“爱德华不是真王。他带不来和平。”

“我亲爱的，你清楚事实。过去的这十年里，我们只在爱德华在位的时候经历过和平。如今他有了儿子和继承人，所以如果上帝同意的话，约克家就能永远保住王位，这场无休无止的战争也会画上句号。”

我抽出了自己的手。“他并非王室子嗣，”我大喊道，“他不够神圣。他是个篡位者。你这是在让你和我的佃户去侍奉一个叛徒。你要让我的旗帜——博福特家的吊闸旗——飘扬在约克家那边？”

他点点头。“我知道你不会高兴的。”他听天由命地说。

“我宁愿死也不要看到这一幕！”

他点点头，仿佛我只是个喜欢吹牛的孩子。

“万一你输了呢？”我质问他，“那样你就成了支持约克家的变节者。你觉得他们还会让小亨利——你的继子——再去宫廷，把他的领地还给他吗？你觉得等所有人都知道你令自己蒙羞，也令我蒙羞以后，亨利国王还会像以前那样祝福他吗？”

他面露苦相。“我认为这才是正确的做法。而且我想胜利的会是约克家。”

“他能对付得了沃里克伯爵?”我轻蔑地问他，“他赢不了的。上次沃里克伯爵把他赶出英格兰的时候，他的表现就很糟。再上一次他还被俘虏了。他在沃里克伯爵面前只是个孩子，不是他的主人。”

“上一次他遭受了背叛，”他说，“他孤立无援。这一次他了解自己的敌人，也召集了自己的军队。”

“就算你们能赢，”我的语言因悲痛而变得断断续续，“就算你能把爱德华送上我家族的王位。可我会怎样？小亨利会怎样？加斯帕是不是又要过上流亡的日子？我的儿子和他的叔叔是不是要被赶出英格兰？你是不是想让我一起去?”

他叹了口气。“如果我效忠于爱德华，而他也满意的话，他会赏赐我，”他说，“我们甚至能让小亨利重新受封伯爵领地。王位的确不会在你的家族中传承，但玛格丽特，我亲爱的妻子，我必须跟你说真话：你的家族不配得到王位。亨利国王病入膏肓：事实上，他已经疯了。他不适合治理国家，而王后除了虚荣和野心什么都没有，她的儿子心肠狠毒：你觉得他登上王位以后，我们会有好日子过？我不能为这样的王子和王后尽忠。除了爱德华，我不承认任何人。我们的王家实在——”

“实在什么?”我愤愤地说。

“实在太疯狂，”他说，“太让人绝望。国王是个圣徒，但却无法统治国家，他的儿子是个恶魔，也不该执掌国家。”

“如果您这么做，我永远不会原谅您，”我赌咒道。泪水顺着脸颊流淌，我气愤地将其抹去，“如果你出兵打败了我的那位堂亲和真王，我就永远都不原谅您。我再也不会称您为‘丈夫’；我就当您已经死了。”

他放开了我的手，就好像我只是个坏脾气的小孩子。“我就知道你会这么说，”他语气悲伤，“尽管我所做的选择对我们两个来说都是最好的，对英格兰来说也是最好的，但在这样的动乱年代里，可没有多少人敢这么说。”

1471年4月

篡位者爱德华在伦敦招兵买马，而我丈夫率领着由佃户组成的军队，前去与他的新领主会合。他出发得太过匆忙，以致半数的人都缺少像样的装备，他的马夫长为此推迟出发，监督仆人们把削尖的棍棒和刚刚铸造好的剑装进马车，跟在大部队后面。

我就站在马厩前的院子里，看着他们列队出发。他们之中的许多人曾经在法兰西参战；又有许多人曾经在英格兰征战。他们这一代人已经习惯了战争，熟悉危险与暴力。有那么一瞬间，我理解了丈夫渴望和平的心情，可我随即想起他支持的并非真王，于是怒火又熊熊燃起。

他走出我们的宅邸，穿着他最好的靴子，披着厚实的旅行斗篷，我还记得我们骑马前去探望我儿子的时候，他为我披上的就是这一条。那时我还为他的体贴而感动，但从那以后他就不断令我失望。我板着脸看着他，为他愧疚的神色而不齿。

“等我胜利归来，并将你的儿子带回家的时候，你就会原谅我了。”他满怀希望地说。

“你就要到敌人那边去了，”我冷冷地说，“你将和我的小叔和儿子站在相反的阵营。你这是在要求我希望加斯帕战死。因为这样一来，我的儿子才可能改换监护人。我不能这么做。”

他叹了口气。“我想也是。可无论如何，你总会祝福我吧？”

“我为什么要为您那该死的选择送上祝福?”我大声反问。

他再也无法强作笑容。“亲爱的，至少我出门在外的时候，你会为我的平安祈祷吧?”

“我会祈祷您能够醒悟，并且在战斗中弃暗投明，”我说，“您可以靠这种方法来确保自己站在胜利的那一方。那样的话，我就会为您的胜利而祈祷。”

“那样也太没有原则了。”他轻声评价道。他在我面前跪下，拉起我的手亲吻，我执拗地没有用另一只手抚摸他的头送上祝福。他起身上马。我听到他喘着粗气跨上马鞍，突然泛起一阵同情：他不再年轻，又那么不喜欢离开家，却要在这个炎热的春日里赶赴战场。

他掉转马头，抬起手向我行礼。“再见了，玛格丽特。”他说，“愿上帝祝福你，即使你不愿祝福我。”

我也觉得自己站在这里，垂着双手、皱着眉头的样子实在很无情，但依然没有吻别、没有祝福也没有要他平安归来，就这样让他离开。我看着他远去，一言不发，也没有表现出丝毫关爱——他要去为我的敌人而战，所以他也就成为了我的敌人。

没过几天，我就收到了他的消息。他的第二侍从因为忘记了自己锁子甲的护腋甲片，匆匆赶了回来。他带回了我丈夫笔迹潦草的遗嘱，接着立刻回去参战。“怎么？他觉得自己会死吗?”那人将信交到我手里，让我保管的时候，我冷酷地问。

“他的情绪非常低落，”那人坦白地说，“要我给他带去您的口信，让他高兴一些吗?”

“我没什么可说的。”我说着，转过身去。对于在约克军的旗帜下损害我儿子的利益的人，我不会给予丝毫鼓励。怎么可能呢？我要祈祷的必然是让约克家一败涂地。我可以祈祷让他不要战死，但看在上帝的分上，我最多只能为他做到这些了。

那天晚上——整个晚上——我一直在跪地祈求兰开斯特家族的胜利。那位侍从说他们的人马正在伦敦城外集结，将会去和我方在牛津附近集结、为数几千人的军队交战。爱德华将率军沿着西方大道前进，两军会在途中会合。我希望沃里克能为我们的国王取得胜利，即使那两个约克家的男孩——克拉伦斯的乔治和格洛斯特的理查德——都在与他们的兄长并肩作战。沃里克作为指挥官的经验更加丰富：约克男孩们对于战争所知的一切都是他传授的，沃里克的兵力也最为强大，而且他站在正义的一方。我们的国王是上帝委任的真王，是位圣人，约克家的篡位者正将他囚禁在伦敦塔里。上帝有什么理由让关押他的人获胜呢？我丈夫也许正位列约克家的军队之中。但我必须祈祷他的战败。我为兰开斯特家祈祷，为自己的国王祈祷，为加斯帕祈祷，也为了我的儿子祈祷。

我每天都派人去吉尔福德打探，同时期待着信使从伦敦捎回关于战争的消息；可始终没有人知道具体的情况。直到有一天，亨利的一名部下骑着偷来的马赶回，捎来了我丈夫亨利受伤濒死的消息。我独自站在马厩前院，听他说着，直到有人找来了我的一位女伴，她紧紧抱住我的胳膊，支撑着我站稳，而亨利的部下则给我继续讲述峰回路转的战事。当时漫天迷雾，战场十分混乱，牛津伯爵临战变节，至少传言是这样：我们的侧翼遭到牛津伯爵的攻击，场面十分混乱，接着爱德华仿佛魔鬼本人那样率领部队冲出迷雾，打得兰开斯特军溃不成军。

“我必须赶去找他，接他回家。”我说着，转身吩咐管家：“准备马车，我们去带他回家，放上一张羽绒床垫，还有他可能需要的一切。绷带、还有药品。”

“我会去请一位医生随行。”管家说。我觉得他是在责备我，因为我对护理或者药草一窍不通。“再叫上神父。”我吩咐。我看出了他的犹豫，也知道他明白自己的主人会需要临终祈祷，因为亨利也许真的濒临死亡。“我们立刻出发，”我说，“就今天。”

我骑马走在缓慢的马车前方，但这段路又长又难走，直到春日的暮色降临在这条泥泞的道路上，我们才抵达巴尼特。途中有好些人要不乞求我们带他们回家，要不就躺在树篱中等死，却又没有朋友或者家人照顾。有时候我们还要被迫给那些追赶大部队的小股士兵让路。我看到了令人惊骇的情景：半边脸被切去的人、勉强用衬衫阻止内脏流出来的人。两个人像醉鬼一样相互搀扶着前进，试图帮助彼此回家。我一路前进，尽量绕道避开那些垂死的人，尽量不与向我蹒跚走来的人目光交接，尽量不去看那些散落在周围、仿佛是田地里长出的怪异作物的武器、铠甲以及尸体。

这里也有女人，她们就像乌鸦那样趴在垂死者身上，在他们的外衣上摸索，寻找着钱币或者珠宝。偶尔会有一匹无主的马儿朝我的坐骑快步走来，嘶叫着寻求陪伴和安慰。我看到好几个骑士被人拖下马来，杀死在地上，其中一个身上的铠甲结实得过头，让他直接死在了里面，面孔在头盔里被撞成了肉酱。其中一个抢掠者脱掉他的头盔时，连带着他的脑袋也掉了下来，溢出的脑浆透过面罩滴落下来。我握住自己的玫瑰念珠，一遍遍地念着“万福玛利亚”，好让自己能继续坐在马上，不至于呕吐出来。我的马儿疲惫地走着，仿佛它也同样厌恶血的腥气。知道这里是危险的土地，但我完全不知道情况会有这么糟。我完全不知道会是这样一副光景。

我不敢相信圣女贞德所看到的也是这样的情景。我以为她永远是骑着白马，举着百合花的旗帜，天使飞翔在她的头顶，纯净无暇。我从未想象过她骑马穿行于尸骸间的样子，虽然她肯定这么做过，就像我现在这样。如果这是上帝的意愿，那么只能说这种意愿怪异而又可怕。我并不知道上帝注视下的战争竟会如此卑劣。我从未想过圣女贞德竟会为他人带来这样的磨难。感觉就像是骑着马穿行于一座死亡阴影笼罩之下的山谷，而我们就是死亡派出的先遣队，因为我们不会分给人们一滴水，尽管人们伸出手向我苦苦哀求，指着自己沾满血迹的嘴唇，还有他们光秃秃的牙床。我们不敢停留，也不敢给任何人水喝，因为这样只会让剩下的人全部围堵上来，于是马夫长握着鞭子走在前面，大喊着："为玛格丽特·斯塔福德女士让道！"伤者们便纷纷笨拙地让出路来，同时护住自己的脑袋。

一名负责侦察的侍从折返回来，说他们发现我丈夫正投宿在惠特斯通村的一家酒馆，我们跟着他穿过泥泞的小路，来到了那座小村庄。那家酒馆充其量只是间乡村酒肆，只有两个房间供过往的旅客过夜。我不太愿意下马，唯恐和那些行尸走肉走在同一块土地上。但最后还是不得不下了马，走进酒馆的门。我很害怕丈夫会像路上的那些人一样，已经肢体不全，或是被战斧砍成重伤：但我却发现他躺在里屋的一张靠背长椅上，腹部紧紧系着一条头巾。头巾上弥漫的红色告诉我，他仍在流血。我进门的时候，他转头看到了我，勉强露出微笑。"玛格丽特，你不该来的。"

"我很安全，而且我带来了马车，可以接你回家。"

提到我们的家的时候，他立刻高兴起来。"能看到家就太好了。我有那么一阵子还以为再也看不到家的样子了。"

我犹豫起来。"伤得很重吗？约克家赢了吗？"

"对，"他点点头，"我们大获全胜。我们在迷雾中向山上的他们进攻，而且数量还只有他们的一半。除了约克公爵以外，没有人有胆量这么做。

我觉得他简直不可战胜。”

“那战争结束了吗?”

“没有。兰开斯特家的王后已经带着她的军队在德文郡登陆了。爱德华带上了所有能够行军的士兵，打算赶去切断她的后路，以免她跟威尔士那边的援兵会合。”

“威尔士?”

“她会去找加斯帕，”他说，“她很快就会知道她的盟友沃里克伯爵已死，军队也一败涂地，但只要能跟加斯帕以及他的威尔士军队会合，就还有反扑之力。”

“所以爱德华还是有失败的可能，这一切——”我想到了那些在路上强忍痛苦，挣扎着向南前进的人们，“这一切也都会变得徒劳无益。”

“这一切从来都是徒劳无益，”他说，“你还不明白吗？每个人的死亡都毫无意义，每一场战斗原本都可以避免。但如果爱德华可以打败王后，把她跟她的丈夫关在一起，战争就会真正结束。”

我听到医生驾马走来的声音，于是走出门让他进去。“要我留下来帮你吗?”我问他，口气并不太热心。

“不用了，”亨利说，“我不想让你看到。”

“你是怎么受的伤?”

“有一把剑砍伤了我的腹部，”他说，“你去吧，让他们给你在酒馆后面的田地里搭个帐篷。这儿没有床。再让他们安排人护卫你和带来的那些东西。我真希望你没有来。”

“我非来不可，”我说，“不然还能让谁来?”

他露出狡黠的微笑。“能见到你我很高兴，”他说，“开战前的那天晚上，我非常担心，甚至写好了遗书。”

我想要露出同情的微笑，但又担心他看穿我的真实想法：我觉得他不仅是个叛徒，还是个懦夫。

“噢，好吧，”他说，“事已至此，后悔也没用了。你该走了，玛格丽特，去让酒馆老板给你找点吃的当晚饭。”

我没有按照我丈夫的吩咐去做。我当然不会听他的吩咐。当他为约克家而负伤，作为英雄躺在脏兮兮的小酒馆里接受医生救治的时候，英格兰王后正在全速赶往我的儿子亨利和我唯一的好友加斯帕那里，相信他们正在集结手下，准备与她会合。我找来了路上骑马走在我前面的那个年轻人，他非常忠诚，动作也很迅捷。我给了他一封写给加斯帕的信，吩咐他全速西行，找到那些打着兰开斯特旗号，正向威尔士行军的人——就是应加斯帕招募而去参军的人。我让他友善地接近他们，让他们将这封信带给伯爵，并承诺送到后会有丰厚的报酬。我在信中写道：

加斯帕：

我的丈夫已经变节，成了我们的敌人。请你立刻回信给我，告诉我你的近况，以及我的儿子是否平安无事。爱德华已经打赢了巴尼特一战，正在领兵寻找你和王后。他将国王囚禁在伦敦塔中，也占据了伦敦。他知道王后已经登陆，猜测她应该在和你会合的路上。愿上帝保佑你的平安。愿上帝保佑我的儿子平安，请用你的生命保护他。

我身边没带封蜡或者印章，于是只将信纸折了两折。谁看到信的内容都没关系。只要我能收到回信就好。做完这些以后，我终于能去找人给我弄些晚餐，再给我找张过夜用的床。

1471年夏

平安将我丈夫带回家并不容易，虽然他既没有发牢骚，也没有要求我骑马走在前面。但我尽到了做妻子的责任，尽管他并没有尽到做丈夫的责任。这个夏天非常难熬，因为我们最后知道了王后和爱德华的军队交锋的结果。双方在图克斯伯里镇外作战，王后和她的儿媳、沃里克的小女儿安妮·内维尔在一所修女院里避难，像英格兰的其他女人那样等待着消息。

这是一场艰苦漫长的战争，双方都要忍受长途行军的疲惫和阳光的炽热。爱德华胜利了，他真该下地狱，而我们的王子，我们的威尔士亲王死在了战场上，像一朵绽放时夭折的花。他的母亲、安茹的玛格丽特成了阶下囚，安妮·内维尔也跟她一起，约克的爱德华则以胜利者的姿态回到了伦敦。他留下的是一片浸透了鲜血的战场。他甚至派兵去杀死那些在教堂里寻求庇护的兰开斯特士兵，之后图克斯伯里教堂不得不仔细刷洗庭院，并举行净化仪式。对这位约克公爵来说，就连教堂也毫无神圣可言。我的堂亲萨默塞特公爵埃德蒙·博福特，那位曾经到我家来，要求我丈夫与他一同作战的那个人，被约克士兵拖出图克斯伯里修道院，在市集被作为叛国者砍了头。

爱德华率领着凯旋的队伍进入伦敦，安茹的玛格丽特位列其中，就在那一晚，我们的国王、真正的国王、唯一的国王、兰开斯特家的亨利国王死于伦敦塔内。他们放出消息，说他病了，说他的健康一直不佳。但我很清楚，他是作为殉难圣徒死于约克篡位者的刀刃之下。

我和我丈夫告假，去了柏孟塞大修道院，整个六月都在那里度过。我用整整四个星期的时间为国王的灵魂跪地祈祷，为王子的灵魂和成为遗孀的王后祈祷。我祈祷能向约克家和爱德华复仇，我祈祷他也会失去他的儿子和妻子——那个受人爱戴、美丽动人、如今又赢得了胜利的伊丽莎白，会尝到失去孩子的痛苦，正如我们的王后所经历的那样。最后，在夜晚的祈祷中，我听到了上帝对我的低语，他说我可以复仇，但必须耐心等待、仔细筹划，然后才能赢得胜利。我终于可以回到家中，对我的丈夫微笑，假装我的心已经恢复了平静。

加斯帕在威尔士一直坚持到了九月份，之后他给我写了信，说他和亨利离开这个国家会更加安全。如果爱德华能对教堂里的人下手，能对手无寸铁的圣徒下手，那他肯定会杀死我儿子，因为什么样的罪行也比不上他的头衔和继承权。真正的威尔士亲王已经死在了图克斯伯里，愿上帝保佑他；这让我离兰开斯特家的王位更近了一步，而亨利是我的儿子和继承人。如果将来有人寻找兰开斯特家的继承人，用以推翻篡夺者的王位，那他们就会想到亨利·都铎。这是他的命运，也是他将要面临的危险。约克公爵的势力如日中天；现在的他无可匹敌。但亨利还年轻，对王位也拥有合法的权利。我们必须保证他的安全，并让他做好开战的准备。

我来到丈夫的房间，发现那里布置得很是舒适。他把床铺得整整齐齐，旁边的桌子上放着一小壶麦酒，书收在书箱里，手写的备忘录堆在书桌上——他需要的一切都放在身边。他坐在自己的椅子里，皮带紧紧捆在腰间，痛苦让他显得比实际年龄苍老许多。但他却对我露出了一如既往的愉快微笑。

“我收到了加斯帕从威尔士寄来的信，”我语气平淡地说，“他要去过流亡生活了。”

我的丈夫等着我说下去。

“他会带上我的儿子，”我继续说道，“对兰开斯特家的血脉来说，英格兰是不宜久留的危险之地。”

“我同意，”我丈夫平静地说，“但我的侄子亨利·斯塔福德在约克家的宫廷里非常安全。他们已经接受了他的效忠。你为什么不让亨利去见爱德华国王，提议服侍他呢？”

我摇了摇头。“他们要去法兰西。”

“去那里策划入侵？”

“为了他们的自身安危。谁知道接下来会发生些什么呢？现在可是动乱时期。”

“我会保护你不受动乱的威胁，”他温柔地说，“我希望你能告诉加斯帕，让他别再制造动乱了。”

“我不会自找麻烦，加斯帕也不会。我只是来问你，是否允许我骑马赶去腾比，送他们上船。我想和我的儿子亲口道别。”

他迟疑了一会儿。他这样的变节者和懦夫，舒舒服服地躺在他的床上，却有权对我发号施令。我很想知道，他是否有胆量阻止我前往？就算他有这个胆子，我也敢出言反抗。

“那样的话，你会有危险。”

“我必须在亨利离开前见他一面。谁知道他什么时候能够平安归来？他已经十四岁了，等到再见他的时候，他应该已经长大成人了。”

他叹了口气，我知道他已经答应了我。“你能不能带一队全副武装的护卫同行?”

“当然。”

“如果道路被军队封锁，你能不能乖乖回来?”

“可以。”

“那你就去吧。但不要对他们的未来，以及兰开斯特家的未来做出任何承诺。你们的势力已经在图克斯伯里彻底失败。亨利国王的家族已经在图克斯伯里灭亡。一切都结束了。你应该劝他们寻求平安返回的办法。”

我看着他，知道自己的表情冰冷、带着蔑视。“我知道一切都结束了，”我说，“还会有人比我更清楚吗？我的家族已经失败，首领也被处死，我丈夫为敌方而战的时候受了伤，儿子也即将流亡。谁能比我更清楚希望全无的感觉?”

1471年9月

威尔士　腾比

我看着腾比港口那里明亮的海面，只觉不可思议。阳光明媚，微风轻拂；这是个适合出海游玩的好天气，显然不适合让我站在这里，嗅着鱼儿的气味，伤心不已。

对加斯帕来说，这座小村既是心脏也是灵魂，渔妇和渔夫们踩着粗糙的木头套鞋在鹅卵石路上走着，路的尽头是一座码头，码头边上起伏不定的小船正等着接走我的儿子。几个女人为领主的流亡哭红了眼睛；但我却哭不出来。没有人能看出我已经哭了整整一个星期。

我的孩子又长大了：十四岁的他已经和我一样高了，双臂变得宽阔，棕色的双眼和我齐平，鼻子上的雀斑如同鸟蛋上的斑纹。我注视着他，看到的既是长大成人的孩子，又是将会成为国王的继承人。荣耀的王权终于将要落入他的手中。亨利国王和他的儿子爱德华王子都已经死去。这个孩子——我的孩子——是兰开斯特家的继承人。他不仅是我的孩子，我自己的孩子，而是英格兰的合法国王。“我会每天为你祈祷，经常写信给你，”我轻声说，“答应我，你会给我回信；我想知道你过得如何。答应我，你会每天祈祷、每天学习。”

“我会的，母亲大人。”他顺从地说。

“我会保护他的。”加斯帕对我说。我们对视了片刻，但从对方眼中所看到的只有尽快别离的阴郁决心：为了让流亡开始，也为了让兰开斯特家珍贵的子嗣得以平安。我想，加斯帕是我唯一爱过的男人，也许会是我此生唯一的爱人。但我们没有时间互诉衷肠；光是这番道别就用去了几乎所有的时间。

“时代变了，”我对亨利说，“我们的国王已经入土，王子已经过世，爱德华似乎觉得自己坐稳了王位，但我不会放弃。你也不要放弃，我的儿子。我们是兰开斯特家的一员，是为了执掌英格兰而生——我曾经这么说过，而且我的话应验了。我的话还会再次应验的。别忘记。”

“我不会忘的，母亲大人。”

加斯帕牵起我的手，印下一吻，然后向小艇走去。他把少得可怜的行李扔给船主人，然后小心翼翼地抬起佩剑，踏进那条渔船里。统治着半个威尔士的他，离去的时候却几乎两手空空。这的确是一败涂地。加斯帕·都铎就像罪犯那样逃离了威尔士。对篡位者的怨恨令我的胸中燃起怒火。

我的儿子在我跟前跪下，我将手放在他柔软而温暖的头上，说道：“愿上帝保佑你平安，我的孩子。”接着他站起身，在脏污的鹅卵石路上脚步轻快地离去。他在港口的阶梯上纵身跃到船上，仿佛像一头鹿，我还没来得及开口说话，小船的缆绳就已解开。我还没来得及建议他在法兰西该做些什么，还没来得及提醒他这个世界的种种危险，他便已离开。这一切发生得那么快，又是那么无从挽回。他就这样离开了。

小船离开码头，扬起风帆；帆布吃满了风，鼓胀起来。压力让桅杆吱嘎作响，接着小船开始移动，起初速度缓慢，而后越来越快。我很想大喊“回来！”甚至想像个孩子一样大喊：“别离开我！别把我丢下！”——但我不能让他们回来，这儿对他们来说太过危险，我也不能逃走，我必须让他离开——我的儿子，我那棕发的儿子——我必须让他离开，让他跨越这片海域，开始流亡，甚至不知能否再次与他相见。

回到家的时候——这是段漫长而无趣的旅程，我每走一步都在低声祈祷，我的背因为颠簸而隐隐作痛，眼睛也又干又涩——我发现那位医生又来照顾我的丈夫了。与儿子的分别和漫长的旅途使我疲惫不堪。一路上，我不停地想着他现在到了哪里，何时能见到他，以及是否还有机会再见到他。当我在马厩中看到内科医生的马匹，看到他的随从等在门厅里时，几乎连装作关心的力气都没有了。自从我们从巴尼特回到家中之后，家里就没有少过护理人员——不是这位内科医师就是药剂师，再不然就是那个饶舌的外科医师。我以为他们只是来处理我丈夫总是发作的伤痛。他腹部那道长长的剑伤已然愈合，只留下一条凸起的伤疤，可他还是很在意这道伤痕，总是说起战争给他带来的痛苦，总是说起那柄剑朝他砍下的瞬间，还有他每晚会做的噩梦。

我早已对他的这些抱怨置若罔闻，也习惯了提议让他喝上一杯，早些上床休息，所以当我走进大厅，而男仆从卧室里走出来的时候，我只顾着好好梳洗一番，换掉身上的脏衣服。我本想直接走过去，但他面色焦虑，仿佛有了什么大麻烦。他说，药剂师正在我们的茶点准备室里研磨药草，那位内科医生则陪伴在我丈夫身旁；也许我应该做好接受坏消息的准备。然而在那时候，我还坐在椅子上打着响指，让小厮帮忙脱下马靴，完全没把他的话听进去。但那男仆却仍在喋喋不休。他们认为我丈夫的伤口比原本以为的还要深，或许腹部内侧一直在流血。他的男仆悲伤地提醒我，从战场回来之后，亨利爵士就吃得很少——但比起每个斋戒日和每周五都会禁食的我来，他还是吃得更多些。他每晚的睡眠都断断续续——但比起每晚都要两次起床祈祷的我来，他还是睡得更久些。总之一切都一如既往。我摆手示意他离开，说自己立刻就会赶去，但他仍然不肯离开。这已经不是他们第一次以为我丈夫快要死了，结果却发现他吃了太多熟透的水果或是喝了太多酒，而我非常确定，这不会是最后一次。

我从未为他牺牲了自己的健康去将篡位者送上王位责备过什么，反而尽着好妻子的责任，仔细服侍着他：他没法挑剔我什么。但他知道我把亨利国王的败北归咎于他，也把我儿子的离去归咎于他。

我推开那个男仆，洗好脸和手，换下沾满尘土的长裙，差不多一小时后，我才轻轻地走向我丈夫的房间。

“还好您终于来了，玛格丽特女士，他恐怕撑不了太久了。”医生轻声对我说。他一直在我丈夫卧室前的会客室里等着我。

“太久？”我问。我满脑子都是我儿子的事，我的双耳听到的只有会让他们的小船偏离航线，甚至是——愿上帝保佑他——吹沉那条小船的风暴声，因此我根本没听懂医生的话。

“很抱歉，玛格丽特女士，”他还以为我太过关心，所以头脑迟钝了，“但我想，我已经尽力了。”

“尽力了？”我又重复了一遍，“究竟是什么事？你到底在说什么？”

他耸了耸肩。“伤口比我们想象的要深，他已经彻底无法进食了。恐怕他的胃部也有伤口，而且尚未愈合，只怕活不了太久了。他只能喝一点点麦酒、葡萄酒和水；我们没法让他吃下东西。”

我茫然地盯着他，突然挤过他身边，推开我丈夫卧室的门，走了进去。“亨利？”

枕头上，他的面孔毫无血色，灰中透白。他的嘴唇发黑。我可以看出，在我离开的这几星期里，他变得多么单薄憔悴。

“玛格丽特，”他勉力挤出笑容，“很高兴你终于回来了。”

“亨利……”

“你的孩子平安离开了没有？”

“嗯。”我说。

“太好了，太好了，”他说，“知道他平安，你一定很高兴吧。你知道的，你早晚可以把他接回身边。他们不会为难你的，等他们知道我……”

我犹豫起来。我突然明白，他的意思是说我成为寡妇之后，可以向国王请求开恩，因为我丈夫为他付出了性命。

“你是个好妻子，”他温柔地说，“我不希望你为我伤心。”

我紧紧咬着嘴唇。我不是什么好妻子，我和他都清楚这一点。

“你应该再嫁，”他上气不接下气地说，“不过这一次，记得挑选这世上可以更好地保护你的丈夫。你需要地位，玛格丽特。你应该嫁给一位倍受国王宠爱的人，我是说现在的国王，约克家的国王——不是我这样热爱自家壁炉和田产的人。”

“别这么说。”我轻声说。

“我知道我让你很失望，”他用喑哑的声音继续说道，“我很抱歉。我不适合这样的时代，”他露出那种狡黠的笑，“而你不同。你本该成为伟大的指挥官；你本该成为圣女贞德。”

“休息吧，”我无力地说，“也许你会好起来的。”

“不，我想我快死了。但我祝福你，玛格丽特，你和你的孩子，我觉得你会再次将他平安接回家。如果有人能够做到这种事的话，那个人一定是你。和约克家讲和吧，玛格丽特，这样你就能把自己的孩子接回家来。这是我给你的最后一次建议。忘记让他成王的梦想吧，一切都结束了，你明白的。让他平安待在家中长大，无论对他，还是对英格兰来说，都是最好的结局。别再让他带着又一场战争回来。为了英格兰的和平，带他回家吧。”

“我会为你祈祷。”我轻声说道。

“谢谢你，”他说，“现在，我要睡了。”

我让他睡下，自己轻手轻脚地走出他的卧室，在身后关起门。我吩咐人们，如果情况恶化，或是他叫我过去，就立刻来找我。随后我去了礼拜堂，跪在圣坛前的冰冷石地上，甚至没有用软垫垫在自己腿下，希望上帝能够宽恕我对自己的丈夫犯下的罪孽，希望他接纳我的丈夫去他的神圣王国，因为那里没有战争，也没有争斗的诸王。直到我听到钟塔的钟声一遍遍响起的时候，才意识到已是黎明时分，我在这里跪了整夜，与我共度十三年的丈夫已经死去，并且没有派人来找我。

仅仅几星期过后——我们的小礼拜堂每天做弥撒的时候，都会祝福我丈夫的灵魂——有位帽子上系着黑色丝带的信使前来通知我母亲去世的消息，这让我感到自己在这世上无比孤独。在我仅有的家人之中，加斯帕正在流亡，我的儿子也和他一起。我现在既是孤儿也是寡妇，唯一的孩子还不在身边。他们的确被风暴吹离了航线，没能如预期的那样在法兰西登陆，而是到了布列塔尼公国。加斯帕写信说，他们终于交了好运，因为布列塔尼公爵接见了他们，还承诺在他的公国内庇护和招待他们，所以在布列塔尼或许比在法兰西还要安全——爱德华必定会和布列塔尼签订和约，因为他现在想要的只有和平，根本不在乎英格兰的荣誉。我第一时间写了回信。

我亲爱的加斯帕：

我写信想要告诉你的是，我的丈夫、亨利·斯塔福德大人因伤去世，我现在成了寡妇。我希望作为都铎家族首脑的你能给我建议，告诉我应该怎么做。

我犹豫起来，写道："我可以去找你吗？"紧接着我又用笔画去这几个字，将信纸团起丢掉，重新写道："我可以去看看我的儿子吗？"然后是："拜托了，加斯帕……"

在信的最后，我写道："我等着你的建议。"然后将信交给了信使。

于是我开始等待回信。

他会不会回信给我？他会不会说，我们两个——还有我的孩子——终于可以在一起了？

1471年冬—1472年

我为丈夫和母亲穿起了黑衣，把宅邸的大半部分封闭起来。作为寡妇，我不必招待我的邻居，至少在守寡的头一年是如此；而且尽管我在兰开斯特家中地位崇高，宫廷却并没有召唤我的意思，而那位新国王，那个惨白玫瑰家族的国王和他丰产的妻子，也不会在我为期十二个月的服丧期内探望我。我无需担心自己会突蒙圣恩。我觉得他们只想将我遗忘，将兰开斯特家遗忘。更何况，我很怀疑比爱德华年长许多的她——她都三十四岁了——会让他在我守寡的第一年见到我，见到坐拥财富，准备再次嫁人的我，二十八岁的兰开斯特家的女继承人。也许他会后悔自己娶了个平民妻子。

但加斯帕并没有让我离开安全的英格兰，前去布列塔尼和他过上充满危险和挑战的生活。相反，他在信中说布列塔尼公爵答应保护他和亨利的安全。他没有让我去找他。他不明白这是我们的机会，我们唯一的机会，而我也能理解他的沉默。他将自己的人生奉献给了我的儿子，只为帮他得到地位与疆土。他不想为了娶我而破坏这一切，致使我们三人一同流亡。他必须让我捍卫亨利的继承权，让我在英格兰为他管理土地和财产。我知道加斯帕爱我，但如他所言，那只是远距离的精神恋爱。他似乎不介意相隔多远。

我收回了作为嫁妆的土地，开始搜集相关的讯息，并且召集负责人，让他们说明那些土地可以带来怎样的利润。至少我丈夫一直在悉心打理；就算没有领导才能，他也是相当优秀的领主。虽然算不上英雄，但他是位优秀的英格兰领主，我没有像普通的妻子那样为他哀悼，我没有像安妮·德弗罗那样为她的丈夫威廉·赫伯特哀悼。她答应他永不再嫁；说她入土时，会期待他们能在天国相逢。我想即使在婚约的束缚下，他们可能也是真心相爱。我想他们在自己的婚姻中找到了某种激情。这很少见，但并非不可能。我希望他们没有给我的儿子灌输“男人应该爱他的妻子”这样的观念；他可是要成为国王的人，而国王只能为了利益而结婚。明事理的女人永远都会为了家族利益而结婚。只有沉溺色欲的傻瓜才会每晚幻想为了爱情的结合。

亨利阁下也许曾期待我对他怀有责任以外的感情；可早在我们相识之前，我的爱就已经给了我的儿子，给了我的家族，给了上帝。我从孩提时代就向往禁欲的生活，我的两任丈夫都不能动摇这一目标。亨利·斯塔福德是个平和大于激情的人，晚年的他还成了叛徒。但说真的，等到他不在人世之后，我发现自己对他的思念超出了自己的想象。

我想念他的陪伴。他在家里的时候，连屋子都莫名地温暖了不少，而且他总是待在家里，像只眷恋着壁炉的狗儿。我想念他的安静、他的冷幽默，还有他的体贴。在守寡的第一个月内，我一直在考虑他的建议：他说我应该亲自与老约克公爵的儿子和解，毕竟他正坐在王位上，而儿子也在王室的摇篮里。也许战争确实已经结束，也许我们真的已经彻底失败，也许我要做的是学会谦卑，学会不带希望地活下去。也许以“战斗的圣女”为榜样的我，应该接受自己只是“战败的寡妇”这个事实。也许这是上帝对我的考验，我应该学会遵从。

有那么一会儿，仅仅是一会儿，我独自穿着黑衣，在安静的屋外踱着步子，思索着自己是否应该不等加斯帕的邀请，就这样离开英格兰，去布列塔尼和加斯帕、和我的儿子团聚。我可以带去一笔钱，足够我们一至两年的生活开销。我可以嫁给加斯帕，我们可以像一家人那样生活，就算永远没法为亨利夺回王位，也可以组成自己的家庭，作为流亡王家生活下去。

但这只是个梦，我不会允许自己长久做下去。和我的孩子一同生活，看着他无忧无虑地成长——上帝并没有赐予我这样的幸福。如果我要为爱情而嫁给某个男人，那么这将是我生命中两次无爱的结合之后，第一次有爱的婚姻。男女之间的激情注定与我此生无缘。我知道上帝希望我在英格兰为我的儿子和家族而努力。如果我像个吉卜赛女人那样逃去布列塔尼，去陪伴他们两人，那就等于放弃了为我儿子夺回继承权和头衔、让他回来执掌这片土地的可能性。而且我也能看出，相对于亨利的母亲，加斯帕更看重的是亨利的利益。

就算我丈夫死前的建议是正确的，而亨利也没有成为英格兰之王的可能，我也必须夺回他的伯爵头衔，努力帮他恢复自己的领地。这是现在的我必须要走的路。如果为家族，为儿子着想，我就必须在约克家的宫廷占据一席之地，无论我如何看待爱德华和他那个会巫术的王后。我必须学会向敌人微笑，必须为自己找到一个和他们交好的丈夫，帮助我在这片土地上身居高位，但他同时又要拥有理智，会为他和我的野心着想。

1472年4月

我花了一个月的时间，去比较约克家的宫廷——篡位者的宫廷——的成员，考虑那些受国王宠信的人之中，谁最有可能保护我和我的土地，并且把我的儿子安然带回来。威廉——如今贵为黑斯廷斯领主——是国王最要好的朋友和伙伴，他已经有了妻子，而且在任何情况下都对爱德华忠心耿耿。他绝不会把区区一个继子的利益和他敬爱的国王相比。他永远不会背叛约克家，而我必须嫁给一个能够与我的信念相同的男人。我最适合的丈夫人选，应该是个随时可以成为叛徒的人。王后的弟弟、新任里弗斯伯爵安东尼·伍德维尔阁下就很符合我的条件，只是他对姐姐的忠心和爱戴简直众所周知。就算我能强迫自己嫁入王后的暴发户家族——况且她还是像妓女那样站在路边才找到了她的国王丈夫——我也没法策反她的家人去对付她和她的儿子。他们就像强盗那样团结一致，因为他们骨子里就是强盗。里弗斯家族永远携手并进——每个人都这么说。当然了，仅限于道路好走的时候。

我也考虑了国王的弟弟们。我不觉得自己太过高攀，毕竟我是兰开斯特家的女继承人，约克家也有理由通过与我联姻来治愈战争留下的创伤。国王较为年长的弟弟已经娶了沃里克伯爵的大女儿伊莎贝拉，后者每天起床的时候，肯定会为她父亲出于野心让她嫁给那个虚荣的傻瓜而懊悔；国王年纪最小的弟弟理查德还是单身。他差不多二十岁，和我相差八岁，但比这差距更大的夫妻也并不少见。我只听说他对自己的哥哥十分忠诚，但一旦娶了我，还有个身为王位继承人的继子，他这样的年轻人怎么可能抵挡得了野心的诱惑？更何况他还是约克家的人。

我日复一日地思考着丈夫的后备人选，但无法嫁给国王爱德华这个事实却始终困扰着我。要是爱德华没有被那个漂亮的伊丽莎白·伍德维尔勾引走就好了，他和我会是非常般配的一对。约克家的子嗣，还有兰开斯特家的女继承人！我们可以一起治愈这个国家的创伤，并且让我的儿子成为下一任国王。通过联姻，我们可以联合两个家族，为对抗和战争画上句号。我不在乎他英俊的外表，因为我并没有虚荣和色欲之类的情感，但成为他的妻子和英格兰王后的想法，却像失落的爱情那样在我心头萦绕。要不是伊丽莎白·伍德维尔那种不知羞耻勾引年轻男子的手段，在他身边的本该是我，我会是英格兰的王后，我的签名将会是：**玛格丽特·R**。他们说她是个女巫，用咒语吸引了他，和他在五朔节结婚——无论这些是否真实，我都很清楚一件事，那就是她规避了上帝的意志，勾引了那个原本会让我成为王后的男人。她简直罪大恶极。

但为此悲伤也毫无意义，不管怎么说，爱德华都是个不太值得尊敬的丈夫。有谁甘于服从一个耽于享乐的男人？他会命令他的妻子做些什么？他会怀有怎样的罪恶？他跟女人上床的时候，又会热衷于哪些邪恶而又不可告人的乐趣呢？光是想象爱德华赤身裸体的样子，我就会发抖。听说他在这方面算不上品行端正。他先跟他的暴发户妻子上床，然后娶了她（顺序也许是这样吧），现在又有了个英俊强壮的儿子，将会占据原本属于我儿子的王位，而且她有女巫母亲的保护，绝无可能死于产床上。我唯一的办法就是通过他的弟弟理查德来悄悄接近王位。我可不会站在路上，学着王后的做法去勾引他：但我可以拿出结婚的提议，他也许会感兴趣。

我让我的管家约翰·莱顿去了伦敦，要他向理查德示好，并与他共进晚餐。我没有吩咐他说些什么，只让他打探一下情况。他必须确认那位王子是否已有中意的婚约对象，再看看他对我在德比郡的地产有没有兴趣。他要向他暗示，那个能够号令整个威尔士的都铎子嗣将会成为他的继子，同时要弄清楚，如果条件合适，理查德对他哥哥的忠诚是否允许他娶敌对家族的女子为妻。他要确认那个年轻人为了怎样的价码才会接受这桩婚姻，要提醒他，虽然我比他年长八岁，但我仍旧苗条标致，而且不到三十：有人说我长得讨人喜欢，或许我甚至可以算得上漂亮。我不是他哥哥选的那种金发荡妇，但我是个高贵优雅的女人。有那么一瞬间，我想起了加斯帕在彭布罗克城堡的楼梯上搂住我腰部的手，还有他印在我唇上的那一吻。

我的管家应该强调我的虔诚，英格兰没有哪个女人祈祷时比我热诚，或是朝圣的次数比我多，而且就算他觉得这不重要（毕竟理查德只是个年轻人，还来自一个愚昧的家庭），也要让他明白，娶一个能够聆听上帝之声、命运由圣女本人指引的妻子大有好处，至于一个从小就有圣徒之膝的妻子更是他的运气。

但这些都是白费力气。约翰·莱顿骑着他的栗色矮脚马，在宅邸的前门下来的时候，对我大摇其头。

“怎么了？”我没有多做寒暄，而是厉声问道——虽然他骑马走了很长的路，脸也因为五月的酷热天气而发红。有个侍从端着一大杯缀满泡沫的麦酒跑上前去，他大口喝了起来，仿佛没看到我在旁等待，仿佛我再没有在每个礼拜五和圣日禁食一般。

“怎么了？”我重复道。

“私下说吧。”他说。

这下我知道，他带回来的是坏消息，于是我转身迈开步子，但不是去自己的房间——我可不想看着这么个汗流浃背的男人在那里喝麦酒——而是去了大厅左边的房间，我丈夫过去常在那里处理土地相关的事务。莱顿关上门，发现我站在他面前，面色阴冷。“出什么岔子了？你搞砸了吗？”

“不是我。这个计划本身就不成。他已经结婚了。”他说着，又喝了一大口。

“什么？”

“他把另一个沃里克家的女继承人弄到了手，就是嫁给乔治的伊莎贝拉的妹妹。他娶了安妮·内维尔，威尔士亲王的遗孀，我是说已故的威尔士亲王爱德华。在图克斯伯里死掉的那个。”

“怎么可能？”我质问道，“她的母亲不可能允许这种事发生。乔治怎么可能坐视不理？安妮是沃里克家田产的继承人！他不可能让他弟弟夺走她的！他不可能看着理查德瓜分沃里克家的财产！还有他们的土地！还有北方民众的忠诚！”

“不知道，”我的管家把那杯酒喝了个底朝天，“他们说理查德去了乔治家，发现安妮女士正躲在那里，然后就把她带走，藏在自己那里，甚至不经圣父的允许就和她结了婚。不管怎么说，理查德娶她为妻让整个宫廷都沸沸扬扬，但他已经娶了她，国王会宽恕他，而我的女士，您就没有新丈夫了。”

我愤怒地径直走出房间，留下他拿着酒杯站在那里，就像个傻瓜。我想到自己正在比画的时候，理查德却在追求和勾引沃里克家的女儿，现在约克家和沃里克家紧密联系在了一起，而我已被排除在外。我就像是自己提出婚约又被拒绝那样，受到了侮辱。我都已经做好了委身下嫁给约克家成员的准备——然后我发现他却跟年轻的安妮上了床，所有的可能性都不复存在。

我去了礼拜堂，跪在地上，向圣母玛利亚倾诉我的委屈，她会理解忽视是多么严重的侮辱，而且还是为了那个软弱的安妮·内维尔。在最初的那一个钟头里，我在祈祷时满心恼火，但接着礼拜堂的寂静感染了我，神父也为主持晚祷走了进来，熟悉的礼拜仪式抚慰了我的心。我轻声念出祷文，捻着手里的玫瑰念珠，同时思索着其他年龄合适、尚未娶妻而且在约克家的宫廷里拥有地位的人选。圣母玛利亚对我特别关照：就在我说出“阿门”这两个字的时候，一个名字跃入脑海。我站起身，在盘算中离开了礼拜堂。我想我找到了最善于见风使舵的那个人，而我正低声自语着他的名字：托马斯·斯坦利。

斯坦利大人是个鳏夫，家族一向为兰开斯特家效忠，但他本人的立场从来就不太坚定。我想起加斯帕曾抱怨说，在布洛希思之战中，斯坦利对我们的王后，安茹的玛格丽特发誓说，他会带着他的两千名士兵参战，而她一直在等他出现，等他为她赢得胜利，就在她等待的时候，约克军打赢了那场仗。加斯帕说斯坦利就是那种人，会让全体部下列队准备作战——而且是好几千人的部队——然后坐在小山上，看着哪一方会赢，再决定向谁效忠。加斯帕说他最擅长的就是每次战斗的最后一次冲锋。无论哪一方是胜者，都会对斯坦利十分感激。他是加斯帕唾弃的那种人，也是我唾弃的那种人。但现在，他也许正是我需要的人选。

他在陶顿之战后改换了立场，成了约克家的支持者，也在爱德华国王的青睐下平步青云。他如今是王室总管，一直侍奉在国王左右，还获封了英格兰西北的广袤田产，足以和我的土地媲美。因此我的儿子亨利将来可以得到一笔可观的财富，哪怕斯坦利已有自己的儿女，甚至有个成年的儿子和继承人。爱德华国王似乎对他既钦佩又信任，虽然按照我的猜测，国王应该看错了人——这不是第一次了。除非看着斯坦利的一举一动，否则我不会相信他，而且就算我能信任他，也没法放心他的兄弟。作为家人，他们倾向于各自加入对立阵营，确保他们总有一个站在胜利的那一方。我知道他是个骄傲冷酷、精于计算的人。如果他愿意支持我，我就会拥有一位强大的盟友。如果他能做亨利的继父，我也许还有希望看到我的儿子安全归来，并且取回他的头衔。

由于我没有父母可以做我的代表，必须自己提出结婚的提议。我已经两度守寡，而且年近三十。我想现在也许正是把握自己人生的机会。当然了，我清楚自己该等这一年的服丧期结束再去找他：但现在我开始担心，也许在这之前，王后就会让他娶一个对她的家族有利的妻子。除此之外，我也希望他立刻想办法让亨利回来。我不是那种无所事事的贵妇人，可以花几年的时间去揣摩计划。我希望事情现在就能办好。我没有王后的美貌，也不懂巫术之类的歪门邪道——我必须正大光明地速战速决。

而且不管怎么说，他的名字是我在礼拜堂跪地祈祷的时候浮现出来的。圣母玛利亚本人指引着我去到他的身边。上帝希望他成为我的丈夫、成为我儿子的同盟。我想，这一次我不应该相信约翰·莱顿。圣女贞德并没有找别人来尽她的职责；她总是亲赴战场。于是我亲笔写信给斯坦利，用我所能组织起来的最朴实、最诚挚的语言向他提议我们两人之间的婚姻。

我担心了几个晚上，生怕我的直言不讳会令他反感。然后我想到了伊丽莎白·伍德维尔在橡树下等待英格兰国王的情景，她装出碰巧站在路边的样子，其实却是个施展着咒语的女巫，而我想，至少我的方法堂堂正正，没有乞求别人对自己的身体投来饱含色欲的目光。然后他终于回了信。他说，他的管家会和我的管家在伦敦碰面，如果他们能就婚约达成一致，他就非常乐于成为我的丈夫。这一切简单而又冰冷，仿佛一场买卖。他答复的语气冷得就像仓库里的苹果。我们达成了一场协议，但即便是我，也觉得这不像是一桩婚姻。

先是管家，然后是土地的管理人，最后是律师。他们争吵，然后达成一致，我们也将在六月结婚。这对我来说可不是小事——我这辈子头一次作为寡妇拥有自己的田产；等我成为妻子以后，一切都将成为斯坦利大人的财产。面对规定“妻子不具备任何权利”的法律条文，我只能尽我所能保护自己的利益，但我很清楚，我是在选择自己的主人。

1472年6月

在婚礼前，我们只在我位于沃金的家中——现在是他的家了——见过一面。他体格匀称、有一张棕色的脸庞、头发稀疏，举止自负，而且衣着华丽——从他身上的刺绣衣物就能看出斯坦利家的富有。这些都无法让我的心跳加速，我想要的并不是会让心跳加速的东西。我要的是个表里不一的人。我要的是个看上去可以信赖，实际上却不值得信任的人。我想要的是盟友和同谋，是个天生口是心非的男人，我看着他笔直的目光，撇嘴的微笑，还有自负十足的举止，心中明白，我想要的就是他。

在向他走去之前，我看了看镜中的自己，又一次徒劳地怨恨起那位约克王后来。人们都说她有着灰色的大眼睛，可我的眼睛却是棕色的。人们说她常戴着锥形的高帽子，帽子连着贵重的面纱，显得她足有七英尺高；而我却裹着修女一样的头巾。人们说她的头发仿佛金子，而我的棕发却像是野马的浓密鬃毛。我让自己走上了圣洁之路，用人生去侍奉上帝，而填补她人生的只有空虚。我和她的身高相仿，因为圣日的禁食而身材苗条。我强壮而勇敢，而这些是有头脑的男人会在女人身上寻找的品质。想想看吧：我会读书也会写字，还翻译了几部法文著作，正在学习拉丁文，也用我的祷文编写过一本小册子，我找人将它抄下来，分发给家中的人们，要求他们每个早晨和夜晚各诵读一次。这样的女人已经很少了——说实话，这个国家里还有哪个女人能做到所有这些？我非常聪敏、非常有教养，来自王室家族，受上帝所感召，由圣女本人所指引，祈祷的时候还常常能够听到上帝的圣音。

但我也清醒地意识到，这些美德在这个世界里——像王后那样的女人能用迷人的微笑征服一切的世界里——没有任何价值。我是个喜欢思考、相貌平凡而又野心勃勃的女人。而在今天，我担心这些对我的新丈夫来说并不足够。我很清楚——我这一生可都是在轻视中度过的，有谁能比我更清楚呢？精神富足在这个世界里并不重要。

我们在大厅和佃户以及仆从共进晚餐，直到晚餐后回到我的房间时，我们才有机会私下交谈。女伴们正在陪我做针线活儿，其中一个正在诵读圣经，这时他走了进来，找了张椅子坐下，没有打断她，而是低着头，静静地听完最后一句。由此可见他也是个虔诚的人，至少希望给人以虔诚的印象。随后我对她们点头示意，让她们退下，而我和他坐到壁炉旁。他坐在我前夫亨利晚上常坐的位置上，说着无关紧要的话题，剥着胡桃，又把胡桃壳丢进壁炉里：有那么一瞬间，我不禁又为自己失去那个喜好平静生活，安于现状的男人悲伤起来。

“我希望我作为妻子能让您满意，”我轻声说道，“我希望这场婚姻能对我们双方同样有益。”

“你能这样想，我很高兴。”他彬彬有礼地说。

我犹豫起来。“我相信我的顾问已经明确告诉过您，我不希望这次结合带来子女了吧？”

他没有抬头看我；也许是我太过直言不讳，令他有些尴尬。“我明白这场婚姻将会有名无实。我们今晚会分享一张床，以此完成婚约的要求，但你希望像修女那样禁欲，是吗？”

我轻轻地吸了口气。“您应该不反对吧？”

“一点也不。”他冷冷地说。

有那么一瞬间，我看着他不快的脸色，不禁自问：我是否真希望他愉快地答应只做我的丈夫而非爱人？伊丽莎白王后比我大六岁，她的丈夫就对她充满激情和欲望，几乎每年都能令她诞下新子嗣。我在承受亨利·斯塔福德本就不多的欲求的期间，并没有怀上一子半女；但和这样一个已为人父的丈夫在一起，也许我会有另一次为人母的机会——只不过早在我们遇见之前，我就已经把这种可能性排除在外了。

“我相信自己是上帝选中的人，相信自己被托付了更重要的使命，”我的口气仿佛在希望他反驳似的，“我要为上帝的意志而服务。我不可能既是上帝的仆从，又是男人的情妇。”

“如你所愿。”他仿佛事不关己一般。

我希望他明白，我的决定是出于上帝的感召。但不知为什么，我也希望他努力说服我做他名副其实的妻子。“我相信是上帝选择了我，让我为兰开斯特家族带来下一位英格兰国王，”我轻声对他说，“我倾尽一生守护我的儿子，并曾立下神圣的誓言——无论付出怎样的代价，都要将他送上王位。我将只有这一个儿子；会为他的成功而奉献一生。”

他终于抬起了头，仿佛是感受到了我脸上因决心而散发出的神圣光芒。“我想我已经清楚地告诉过你的顾问，你将会为约克家族，为爱德华国王和伊丽莎白王后效命。”

“是的。我也清楚地告诉过你的顾问，我想去宫里。只有得到国王的青睐，我才能让我的儿子回家来。”

“你很快就要和我一起进宫，去王后的住处工作，帮助我做他们最信赖的朝臣和顾问，并且表现得对约克家忠心不贰。”

我点点头，但目光并没有离开他的脸。“这正是我的打算。”

“自始至终，你都不能让他们有丝毫怀疑或者不安，”他告诫我，“你必须让他们信任你。”

“那将是我的荣幸。”我大胆地撒着谎，从他的棕色双眸中看到了一丝愉悦：他明白这些都在我的计划之内。

“你很聪明，”他的声音低得几不可闻，“我想，他现在是不可战胜的。我们必须暂时屈服，静观其变。”

“他真的会允许我进宫吗？”我问他，想到了加斯帕与这位国王长久以来的对抗，甚至现在，威尔士在约克家的统治下也不太安定，加斯帕一直在布列塔尼等待时机到来，并且保护我理当成为国王的儿子。

“他们渴望从前的伤口能够愈合，渴望伙伴和盟友。他愿意相信你已经加入了我的家族和他那一方。他会接见作为我妻子的你，”斯坦利阁下答道，“我已经跟他谈过这场婚姻，他理所当然地祝愿我们幸福。王后也一样。”

“王后？她祝福了我们？”

他点了点头。“没有她的善意，英格兰也不会有今天。”

我挤出个笑容。“那我想，我应该学着取悦她。”

“你会的。你和我恐怕要在约克家的统治下度过一生。我们必须跟他们妥协，甚至——最好是——得到他们的青睐。”

“他们会让我的儿子回家吗？”

他点点头。“这也是我的打算。但我还没提过这个要求，暂时也不会提——等你在宫里安定下来，他们开始信任你之后再说。你会发现他们期盼和他人亲近，期盼着信任别人。他们很有魅力，非常亲切。然后我们再看看能为你的儿子做些什么，以及他会如何回报我。他现在多大了？”

“他才十五岁，”我说，甚至能听出自己的语气中对儿子成长的期许，“他的叔叔加斯帕在布列塔尼保护他。”

“他恐怕必须离开加斯帕，”斯坦利阁下提醒我，“爱德华永远不会与加斯帕·都铎和解。但我想，如果你的儿子能够发誓忠于他们，保证不再惹麻烦并且放弃继承权，他们就会让他回家。”

“克拉伦斯公爵乔治已经抢走了我儿子里士满伯爵的头衔，”我不无妒忌地说，“我们必须让我的儿子取回自己的权利。他回家之前首先要恢复头衔和土地。他必须作为伯爵衣锦还乡。”

“我们不能触怒乔治，”斯坦利大人直白地说，“但我们或许可以想办法收买他，或是和他达成协议。他贪婪得就像在厨房里看着一堆点心的孩子，让人作呕，而且和猫儿一样不可靠。我们完全可以用财富贿赂他。毕竟我们还算是相当富庶的人。”

“那他弟弟理查德呢？”我问。

“像狗儿一样忠诚，”斯坦利大人答道，“像猪一样忠诚。就像他的纹章上的那头猪一样忠诚。他的全心全灵都忠于爱德华。他讨厌王后，所以非要挑刺的话，宫廷里还是有些矛盾的。但要利用这一点并不容易。理查德爱他的哥哥而蔑视王后。国王那位最好的朋友威廉·黑斯廷斯也一样。但在这样团结的家族里寻找不睦又有什么用呢？爱德华有一个英俊健康的男婴，而且他完全有理由期待更多子嗣。伊丽莎白·伍德维尔很善于生儿育女。约克家将会留在王位上，而我则要努力成为他们最信任的臣民。作为我的妻子，你应该学着像我一样爱戴他们。”

“而且死心塌地？”我学着他压低了声音。

“就像我现在这样。”他的语气平静得像是一条蛇。

1482年

这些年以来，我从新丈夫那里学会了新的生活方式，尽管他教导我要像忠于真正的王家那样忠于约克家，但我的内心一直没有改变：我始终看不起他们。我们住在伦敦的华丽宅邸，按照他的要求，冬季的大半时间都在宫里度过，每天都侍奉在国王左右。他是枢密院的成员，国王常常听取并且采纳他的建议。他因深思熟虑和博学多闻而得到国王的重视，说话的时候总是非常谨慎。作为曾经改换过阵营的人，他希望让约克家相信那一幕永远不会重演。他想成为不可替代的那种人：像磐石般可靠。他们因他的小心谨慎而戏称他为“狐狸”，但没有人怀疑他的忠诚。

他第一次将我作为妻子带进宫中的时候，我惊奇地发现自己比当初觐见真正的君王时更加紧张。她只是个乡下侍从的遗孀；可这个篡位者的王后主宰着我的人生，当我的命运曲折坎坷之时，她却以无可阻挡的势头发迹。我们就像在命运之轮的两端，她不断爬升，而我却跌落谷底。王后令我黯然失色：她生活在本应属于我的宫殿里，戴着本应戴在我头上的王冠。她身穿貂皮的理由只是她美貌而诱人，虽然按照出身，那些毛皮本该属于我。她比我大六岁，却永远领先于我。在这位约克家的国王骑马经过的时候，她就站在路旁。就是那一年，他看到了她、爱上了她、与她结婚，让她做了自己的王后；就在同一年，我被迫把儿子留给敌人照看，自己又跟那个既不愿照顾我儿子，又不愿为国王而战的男人生活。她的头巾越戴越高，头巾上挂着最好的蕾丝，穿着貂皮装饰的长裙，有赞颂她的美丽的歌谣。她授予骑士比武的胜利者奖励，每年都能诞下一个孩子；我却每天都在礼拜堂为我唯一的儿子祈祷，希望他即使在敌人家中长大成人，也不会与我为敌。我也为我的丈夫祈祷，希望他不会变节，虽然他是个懦夫。我祈祷贞德的力量与我同在，让我找到忠于家族、上帝和自己的力量。在我儿子寄养在赫伯特家里的漫长岁月里，我只能甘于做斯塔福德的好妻子，而这个女人却在为她的家族策划联姻，密谋对付她的敌人，巩固她对丈夫的控制力，并让整个英格兰为她神魂颠倒。

甚至当我们的国王重返王位，为我的儿子恢复里士满伯爵头衔的时候，当她失去地位，在避难所藏身的时候，在那样黑暗绝望的时候，她仍然能把握胜利的机会，生下了她的第一个男婴——这个男孩就是现在的威尔士亲王，爱德华王子——也给约克家族带来了希望。

无论在哪个方面，甚至在她看似落败的时刻，她都凌驾于我之上，我祈祷了近二十年，希望她作为经历过痛苦的人，能够从圣母玛利亚身上学会真正的谦卑，但我却没发现她的言行有丝毫悔意。

那时的她就站在我面前，这个被称之为英格兰最美的女人，这个凭借美貌夺得了权位的女人，这个拥有自己丈夫和全国人的倾慕的女人。我仿佛敬畏一般垂下双眼。上帝明白，她并不能真正控制我。

“斯坦利夫人。”她愉快地对我说，而我深深地行了个屈膝礼，站直身子。

“王后殿下。”我说，能够感觉到自己勉力牵动嘴角露出的僵硬笑容。

“斯坦利夫人，在这个宫廷里，你会和你的丈夫一样受到欢迎，因为他是我们最好的朋友。”她说，灰色的眼眸始终注视着我繁复的长裙、缠裹的头巾和端庄的姿态。她在试着看透我，而我站在她面前，用尽全力去努力隐藏自己对她的美貌与地位的理所应当的恨意，努力让自己看起来和蔼可亲，实则心中早已翻涌着妒意。

“我丈夫乐于为他的国王和您的家族效忠，”我喉咙发干，不禁吞了口口水，“我也一样。”

她靠近了些，而我看着她专心聆听的样子，突然明白，她希望相信我已经改换立场，愿意为他们效忠。我能看出她想和我成为朋友，以及在心底深处永远无法彻底平息的不安。只有等她在英格兰的所有家族都有自己的朋友，她才能确信没有哪个家族会再次反抗她。如果她能够让我爱戴她，兰开斯特家族就会失去一位强大的领导者——作为女继承人的我。她在修道院避难的时候，肯定伤透了心，又失去了理智。当我的国王在位，而她的丈夫逃亡的时候，她肯定吓破了胆，所以如今才如此渴望任何人的友谊，即便是我的友谊——尤其是我的友谊。

“能有你成为我的女伴和朋友，我非常高兴。”她亲切地说。任何人都会觉得她生来就是王后，而不是一文不名的寡妇：她的一举一动都像安茹的玛格丽特，而且远比她有魅力。“我很乐意在宫中给你一席之地，让你做我的女伴之一。”

我想象着年轻守寡的她站在路边，等待好色的国王骑马经过，有那么一会儿，我担心自己的轻蔑会浮现在脸上。“感谢您。”我低下头深深地行了个屈膝礼，然后转身走出了房间。

对我来说，向敌人微笑、鞠躬，还有尽量不让眼神暴露出恨意，是一种非常陌生的事。但这十年以来，我已经做得无可挑剔，没有人知道我会低声对上帝说话，希望他不要忘记身在敌人家族中的我。我学会了伪装成忠实臣子的方法。确实，王后对我越来越喜爱、越来越信任，我俨然她的亲密女伴之一，可以白天陪坐在她身旁，晚上在她女伴的餐桌上用餐，在宫中跳舞，陪她前去装饰豪华的房间。爱德华的弟弟乔治多次阴谋对抗国王与王后，而当她丈夫的家族出现分歧的时候，她依靠的正是我们这些女伴。她甚至曾被指控为女巫，那时半个宫廷的人在背后嘲笑她，而另外半个宫廷的人只要看到她就会在自己身上画十字。乔治被押赴伦敦塔里的刑场时，我就站在她的身旁，我能感觉到，整个宫廷都为王室内部的分裂而惊恐不已。当人们带来他的死讯时，我握紧了她的手，而她也觉得自己终于摆脱了他的敌意，轻声对我说："赞美上帝，他终于不在了。"我心想的却是：没错，他已经不在了，他的头衔，曾经属于我儿子的头衔，也终于空缺出来。或许我能说服她把头衔还给我的儿子？

塞西莉公主出生的时候，我也曾在分娩室进进出出，为王后和这个新生儿的平安而祈祷；她让我做新生的小公主的教母，是我将那个小小的女孩抱在怀中，带到洗礼盘边。是我——是她所有的贵族女伴中最得宠的我。

王后几乎每年一次的分娩无疑让我想起了自己永远没有机会抚养的儿子。而在这漫长的十年间，我每个月都会收到我儿子的信，起初的他只是个少年，然后成了男人，接着我意识到，他已经是个成年男人，已经到了能够继承王位的年纪。

加斯帕写信给我，说他没有松懈亨利的教育：年轻的亨利一直遵照我的吩咐，按照教会要求的仪式进行祷告。他参与马上比武、狩猎以及骑马出行，也练习箭术、网球和游泳——这些运动能够保持他的身体健康强壮，也做好应对战争的准备。加斯帕让他学习战争的方方面面，他经常请来老兵，为亨利讲述战斗的情景，还有每次胜利与失败的理由。他还找来学者，教导亨利学习英格兰的地理，让他了解自己未来将会登陆的这个国家。他让亨利学习法律和传统，好让他在登基以后能够成为明君。加斯帕教导着这样一个流亡在外，可能永远无法回国的年轻人，让他为一场可能永远不会到来的战斗做准备，却从未抱怨过自己的辛苦；但就在英格兰国王爱德华为庆祝执政期的第二十一年，在威斯敏斯特宫欢庆圣诞——他英俊强壮的儿子、威尔士亲王爱德华也出席了庆典——的时候，我们都觉得这样的努力也许毫无意义，毫无成功的可能性，也毫无未来可言。

不知怎么，在我与托马斯·斯坦利超过十年的婚姻中，我儿子的未来即使在我看来也希望渺茫，但加斯帕——远在布列塔尼的加斯帕——仍然坚持信仰，别无选择。于是我也坚持着信仰，因为我始终觉得应该由兰开斯特家的人坐上英格兰的王位，而且除了我的侄子白金汉公爵和我们以外，我的儿子是兰开斯特家族仅有的继承人。那位公爵已然入赘伍德维尔家，也因此和约克家族成了姻亲，而我的儿子亨利仍然坚持信仰。他已经二十五岁了，但从小就被灌输了希望，无论这希望有多么微弱；虽然他已经长大成人，但并没独立到可以告诉他敬爱的监护人加斯帕或者我，说他拒绝承认我们的梦想，那个已经令他荒废了童年，而今仍然束缚着他的梦想。

之后，就在圣诞筵席开始之前，我的丈夫托马斯·斯坦利来到了王后的套房里属于我的房间，说："我有好消息要告诉你。我已经得到让你儿子回家的许可了。"

我吃惊得放开了手里的圣经，就在它滑下膝头之前，又及时抓住了它。"国王不是不同意吗？"

"他已经同意了。"

我高兴得连话也说不清了。"我没想过他居然会——"

"他决意与法兰西开战。他不希望你的儿子作为竞争对手或人质在边境惹事。他想让他回到家里来，甚至可以恢复他的头衔。他将会是里士满伯爵。"

我几乎无法呼吸。"赞美上帝。"我轻声叹道。我多想当场跪倒在地，感谢上帝赐予了那位国王些许理智和怜悯之心。"他的封地呢？"

"他不会让他作为都铎家族的人掌管威尔士，这是肯定的，"斯坦利直白地说，“但他不可能不给他另外的封地。你也可以从你嫁妆中的封地中分一部分给他。”

“他应该有自己的封地，”我愤恨地说，“不应该由我把自己的封地分给他。国王应该给他属于他自己的封地。”

“他必须和王后选择的女孩结婚。”我丈夫提醒我道。

“他可不能跟约克家族的什么小人物结婚。”我立刻恼怒起来。

“他必须和王后为他挑选的任何人结婚，”他纠正我说，“但她很喜欢你。你何不试着和她谈谈自己期望的人选呢？你的孩子总得结婚，但他们不会让他娶那些能为兰开斯特家族增强实力的人。所以人选必须是约克家的。如果你能够提供些参考意见，那么他也许可以娶某位约克家的公主。看在上帝的分上，他们可不缺公主。”

“他能马上回来吗？”我轻声问道。

“等圣诞筵席结束之后，”我丈夫说，“还需要做些工作，不过大体上没问题了。他们相信你，也相信我，相信我们不会将敌人带入他们的国家。”

离我们上次讨论这件事已经过去了很久，我不敢肯定他是否仍然与我想法相同。“他们是不是已经忘记他是王位的有力争夺者？”我问他。我们正在我自己的房间里，但我仍然将声音压得很低很低。

“他当然是王位的有力竞争者，”他平静地说，“但只要爱德华国王还健在，他就没有登上王位的可能。英格兰不会有人因为一个陌生人反抗爱德华。等爱德华去世，还有爱德华王子。再之后还有理查德王子，他们都是强大的执政家族里人心所向的孩子。很难想象你的亨利有机会等到王位空缺的那天。他与王位之间隔着三具棺材，他必须首先见证一位国王与两位王子的死，这得有一连串不幸的事故才行。谁有胆量做出这样的事来？你有吗？”

1483年4月

威斯敏斯特

虽然我立刻写了信给亨利和加斯帕，但我一直等到复活节，亨利那边才有音信。他们开始为他的归来做准备：加斯帕解散了那个小小的宫廷（成员包括约克家的投机者与不法之徒），并且准备在亨利成年之后与他第一次分别。加斯帕写信给我说，想到以后不能再给亨利建议和教导，他就觉得无所适从。

也许我应该前去朝圣。也许现在正是为我自己，为我的灵魂考虑的时候。一直以来，我都在为我们的孩子活着。在远离英格兰的这里，我本以为我们再也回不了家了。现在他要回去了，我却不能。我失去了哥哥、失去了家乡、失去了你，现在又失去了他。他能回到你身边，取回他在这个世界上应得的地位，我很高兴。但我今后却将独自流亡。我想不出在他离开以后，我该做些什么。

我带着这封信去了我丈夫斯坦利那里，他正在日光室里工作，他的桌子上等待批阅的文件堆积如山。“我想，加斯帕·都铎是希望和亨利一起回家。”我小心翼翼地说。

“他回家就得上断头台，”我丈夫直白地说，“都铎家族选错了阵营，并坚持到最后。他在图克斯伯里之战以后本该乞求宽恕，可他却像威尔士的马驹那样顽固不化。我不会动用我的影响力来为他说情，你也别这么做。另外，我觉得你对他抱有一种我无法理解，也并不认同的好感。”

我震惊地看着他。“他是我前夫的弟弟。”我说。

“这我知道。但这样更糟。”

“您该不会认为我会爱着这么多年都不在英格兰的他吧？”

“我根本没有想过，”他冷冷地说，“我不愿这么想，也不希望你这么想，不希望他这么想，尤其不希望国王与他的妻子这么想。所以，加斯帕必须留在那里，我们不会为他求情，你也不必再给他写信，甚至不必再想他。他对我们来说形同死人。”

我发现自己气得发起抖来。“但你不能怀疑我的清白。”

“不，我也不愿去考虑你的清白。”他答。

“反正你对我毫无欲望，我不觉得你有关心这些的必要！”我吼道。

我无法令他动怒，他冷冷地微笑着。“可别忘记，这一切是我们之间的协议所规定的，”他说，“是你提出的要求。我对你毫无欲望，我的夫人。但你对我有用，正如我对你有用那样。让我们继续安于协议，别用不存在的感情来混淆这种关系。恰好你作为女人并不合我胃口，天知道哪种男人才会对你产生欲望。如果真有的话。恐怕就连可怜的加斯帕最多也就是意思意思。”

我大步走向房门，但按上门闩的时候却迟疑起来。我转过身，语气苦涩：“我们已经结婚十年，我一直是您的好妻子。您根本没有抱怨我的理由。您就对我一丁点儿感情都没有吗？”

他从桌旁抬起头来，将羽毛笔架到银制的墨水瓶上。“我们结婚的时候，你曾告诉我，你把自己的身心献给了上帝和兰开斯特家，”他提醒我，“我也告诉过你，我将身心献给了我和我家族的未来。你告诉过我，说你希望过上禁欲的生活，而我因为你带来的财富和声名，以及你有权登上英格兰王位的儿子而接受了你这样的妻子。这一切都不需要什么感情；我们分享的只有利益。我很清楚，如果是出于利益，你只会对我更加忠实。如果你是一个会被感情左右的女人，早在十多年前，你就会去你儿子和加斯帕那里了。感情对你来说并不重要，对我来说也一样。你想要权力，玛格丽特，你渴望权力与财富；我也一样。感情对我们来说都不算什么，我们也不会为此做出任何牺牲。”

“是上帝指引我这么做的！”我反驳道。

“是啊，因为你觉得上帝希望你的儿子成为英格兰国王。我不认为你的上帝会给你别的什么建议。你只会听到你想听到的，你的上帝只会给出你希望的指引。”

我发起抖来，仿佛他给了我一拳。“你怎么敢这样说！我这一生都在敬拜上帝！”

“而他总是让你为权力与财富而奋斗。你真能肯定你透过地震、烈风与大火[①]所听到的不是你自己的声音？”

我朝他龇了龇牙。“我告诉您，上帝会让我的儿子登上英格兰王位，而那些嘲笑我的灵视能力、怀疑我的天命的人将会称我‘国王的母亲’，我也会署名为‘玛格丽特王太后’——玛格丽特·R……”

门上响起一阵急促的拍击声，门闩也颤抖起来。“大人！”

“进来！”托马斯叫道，认出那是他的私人秘书的声音。

詹姆斯·皮尔斯推门进来，草草向我鞠了一躬，然后径直走到了我丈夫的书桌前。“是国王那边的消息，”他说，“听说他病了。”

“他昨晚就病了。只是腹胀而已。”

---

① 此处暗指《圣经·列王记》中耶和华在以利亚面前现身时的情景。“那时耶和华从那里经过，在他面前有烈风大作，崩山碎石，耶和华却不在风中；风后地震，耶和华却不在其中；地震后有火，耶和华也不在火中；火后有微小声音。”

“今天情况恶化了；听说他们派人去请了更多的医生来，正在为他做放血治疗。”

“很严重吗?”

“似乎很严重。”

“我马上过去。”

我丈夫丢下笔，大步走向站在半掩的门边的我。他像对待情人一样靠得很近，将手放在我的肩上，亲切地在我耳边低语：“如果他真的病了，如果他真的将要死去，接下来就会有一段摄政时期，你的儿子可以在回家后加入摄政王的枢密院，他与王位之间也将只剩下两个活人，近在咫尺。如果他能以忠诚和优秀博得人们的敬重，他们或许就会选择支持兰开斯特家族的年轻男人，而不是约克家族乳臭未干的小子。你是想留在这里继续谈你的天命，谈你是否需要感情，还是和我一起去确认约克家的国王是否真的将要死去?”

我没有回答。我挽住他的臂弯，两人匆匆走出门去，脸色因为担心国王的性命而发白——毕竟，所有人都知道我们爱戴着他。

他苟延残喘了好些天。所有人都能看出王后的痛苦。尽管他对她并不忠诚，对自己的朋友也漠不关心，这个男人却让她依恋。王后每日每夜都待在他的房间里，医生们进进出出，治疗方法换了一种又一种。谣言满天，如同在傍晚寻找栖身之地的鸦群。有人说他坚持要在复活节季外出捕鱼，所以才在河上的寒风中受了凉，有人说他经常暴饮暴食，所以胃才出了问题；也有人说他临幸过的那许多娼妓让他染上了梅毒，而那种病正不断侵蚀着他。也有几个人，比如我，认为这是他对抗兰开斯特家族的叛逆行为受到了上帝的惩罚。我相信上帝是在为我儿子的归来铺平道路。

斯坦利向国王的房间走去，人们聚在角落，低声诉说着他们对爱德华的担忧：爱德华的一生都所向披靡，现在也许是用光了好运。我一直待在王后的房间里，等她归来后为她更换头巾和梳理头发。她吩咐女仆按照她的要求束起头发，我看到镜中的她面色苍白，同样苍白的嘴唇不停地翕动祈祷。如果她嫁给的是另一个男人，我也会出于怜悯为她祈祷。伊丽莎白担心失去她深爱的男人，而那个男人屹立于万人之上，是全英格兰最最伟大的男人。

"她说了些什么？"在大厅用晚餐的时候，我丈夫问我，语气阴郁得仿佛正在出席葬礼。

"没说什么，"我答道，"她没说什么。光是想到会失去他，她就连思考都停滞了。我敢肯定他快不行了。"

那天下午，全体枢密院成员被传召到国王的床前。女人们都离开了国王的房间，待在会客室中，焦急地等候着消息。一小时后，我丈夫面色冷峻地从房间里走了出来。

"他让我们在他的床前见证一场同盟，"他说，"他最好的朋友黑斯廷斯和他的王后。他请求我们协力保护他的儿子。他指定他的儿子爱德华继承王位，并让威廉·黑斯廷斯和王后在他的床前握手结盟。他让我们侍奉他的兄弟理查德，直到王子长大成人。然后神父进了房间，为他做临终祈祷。他撑不过傍晚。"

"你也发誓效忠了吗？"

他狡黠的笑容像是在对我说，誓言根本毫无意义。"上帝啊，当然。我们都发了誓。我们发誓和平共事，永保情谊。我想王后应该正在调派军队，并且派人去找她的儿子，让他带着尽可能多的人马从威尔士的城堡赶来，准备作战。黑斯廷斯应该也在派人去找理查德，提醒他做好对付里弗斯家的准备，并召集约克郡的人马尽快前来。宫廷将会分崩离析。没有人会坐视里弗斯家上位。他们肯定会通过那个孩子掌控英格兰。王后会成为又一个安茹的玛格丽特，宫廷又将落入女人手中，每个人都会请求理查德前来阻止她。你我应该分头行动，我去写信给理查德，发誓对他尽忠；而你应该去安抚王后，说我们会忠于她和她的家族——里弗斯家族。”

“脚踩两条船。”我轻声说。这真是斯坦利家的行事风格。这就是我嫁给他的原因，也是我嫁给他的目的。

“按照我的猜测，理查德应该会希望由自己执掌英格兰，直到爱德华王子成年，”他说，“然后他再通过操控王子来执掌英格兰。他会成为另一个沃里克伯爵。一位拥王者。”

“或者自立为王?”我深深地吸了口气，想起了我自己的孩子。

“有可能，”他深表同感，“理查德公爵属于金雀花家族的约克家，也已经成年，继承王位的条件他都具备，不需要摄政王或者领主同盟代他执政。大多数人都认为让他继位比让一个毛头小子继位更适合。有些人觉得他才是第一顺位的王位继承人。你必须立刻送信给加斯帕，让他务必留住亨利，不要出发，直到我们弄清接下来事态的走向。除非我们弄清继承王位的人会是谁，否则他们不能到英格兰来。”

他正打算离开，我拉住了他的手臂。“那你认为接下来会发生什么?”

他没有看我，而是将目光投向别处。“我想，王后和理查德公爵会像狗儿争骨头那样争夺这位小王子，”他说，“我想，他们会把他撕成碎片。”

1483年5月

伦敦

那次仓促谈话的四星期后，我在写给加斯帕的信中提到了一些重要的消息：

格洛斯特公爵理查德——也就是国王的亲兄弟——发誓绝对忠于他的侄子爱德华王子，他带着王子去了伦敦，把他请进了伦敦塔中国王的住处，等待下个月举行的加冕礼。作为年轻王子的监护人，理查德和王子的舅舅安东尼·里弗斯以及同母异父的哥哥理查德·格雷发生了口角，接着这两人被关押起来。王后伊丽莎白带着其他孩子举家避难，发誓说理查德是个虚伪的朋友，是她的敌人，并要求理查德把她的儿子放回来。

伦敦陷入了骚乱，人人自危。绝大部分人都认为王后正在窃取国库里的财宝（她已经尽她所能拿走了许多），用以维持自身和家族的权势。她的弟弟带着余下的财物，率领舰队离开，准备在河上与伦敦开战。一夜之间她便成了自己国家，甚至是自己儿子的敌人，因为有关那位年轻王子的加冕礼已经准备就绪，他本人也发布了诏书，上面盖着他和他的护国公叔叔的印章。王后的弟弟会对王子所在的伦敦塔开炮吗？如果王子在公爵的监护下，王后会与自己的儿子为敌吗？她会藏匿起来，不去参加他的加冕礼吗？

只要我打听到更多消息，就会再写信给你。斯坦利说我们应该继续观望，我们的时机也许就要来了。

玛格丽特·斯坦利

1483年6月

伦敦

我的丈夫斯坦利阁下如今已是深受理查德公爵信任的顾问，一如他曾经深受爱德华国王的信任。这是理所当然的：他为国王效力，而理查德在年幼的爱德华加冕之前担任护国公。之后理查德必须放弃一切，包括王位与权力，而那个男孩将作为英格兰的国王执掌大权。我们不妨看看，让这个里弗斯家的孩子当上全世界最强大国家的国王以后，究竟有谁能在他的统治下幸存。他受制于他的母亲：一位隐藏在暗处，毫无信仰的女巫。几乎不会有人信任这个孩子，更没有人会信任他的母亲。

但话说回来，约克家的子嗣怎么可能放弃权力？约克家的哪个人会乖乖让出王位呢？理查德怎么会把王冠和权杖交给憎恶他的那个女人的儿子呢？但无论有多少疑问，我们都得为加冕礼订做礼袍，他们也在王室的威斯敏斯特修道院为王家队列建造走道——躲藏在修道院旁的地下室里、如今已经守寡的伊丽莎白王后，此时肯定能听到头顶上传来的锤子和锯子的声音。枢密院按照正规程序去见她，要求她把九岁的儿子理查德送去伦敦塔，和他十二岁大的哥哥一起。她无权拒绝，而且她除了憎恨理查德公爵之外没有别的理由，所以必须让步。现在，两位王室子嗣都待在伦敦塔的王家套间里，等待加冕礼的开始。

加冕礼的服装由我负责，我与女服装管理员和她的女仆见了面，看看什么样的服饰适合守寡的伊丽莎白王后、公主们，以及宫中的其他女士们。

我们必须以王后愿意走出避难所参加加冕礼，并且希望像以往那样衣着华贵为前提，准备好这些礼裙。我们监督着女仆们为王后的皮草拉绒，看着女裁缝缝上珍珠母纽扣，这时服装女管理员告诉我说，格洛斯特公爵夫人、理查德之妻安妮·内维尔尚未订好礼裙。

“肯定是哪个仆人疏漏了，”我说，“她住在谢里夫哈顿[①]那样的地方，不可能弄到加冕礼上穿的衣服。而且不可能现在重新订做衣服，那样的话肯定会赶不及。”

她耸了耸肩，抽出一件天鹅绒斗篷，揭开上面的亚麻罩布，铺开来给我看。“我不知道。但我没有收到她订制礼服的命令，该怎么做？”

“按她的尺码给她准备一件吧。”我仿佛不感兴趣地说着，转移了话题。

我赶回家中，找到了我的丈夫。他正在忙着撰写召集文书，让英格兰的每位郡治安官前来伦敦参加年轻国王的加冕礼。“我很忙。有什么事？”看到我推开门，他粗暴地问道。

“安妮·内维尔没有为加冕礼订制礼服。你觉得是为什么？”

他的思路和我一样敏捷。他放下笔，示意我走进房间。我在身后关起门，不禁有些兴奋，就像是要和他进行密谋似的。“她不是那种特立独行的人。一定是她丈夫吩咐她不要去，”他说，“可他为何这么做？”

我没有搭腔。我知道他很快就会想出答案。

“她没有长裙，所以无法出席加冕礼。肯定是他让她不要去，因为他很肯定不会有什么加冕礼，”他轻声说，“还有这些——”他指着那一堆堆纸，“——这些只是为了让我们无暇分身，让我们以为真的会有什么加冕礼。”

“也许他警告她不要出席加冕礼，是因为他觉得伦敦也许会发生暴乱。也许他希望她安全地待在家里。”

“谁会暴乱？人们都希望约克王子加冕为王。只有一个人会阻止他成为

① Sheriff Hutton，英格兰西北部的一座小村。

国王，只有他能从中获益。”

“格洛斯特公爵理查德本人？”

我丈夫点点头。“知道了这样重要的消息，我们又能做些什么？我们该怎样加以利用？”

“我会告诉王后，”我坚决地说，“如果她打算召集人马，最好现在就开始。她最好让她的儿子们摆脱理查德的控制。如果我能说服约克王后与摄政王开战，兰开斯特家族的机会就到来了。”

“告诉她，白金汉公爵或许可以笼络。”我朝门那边走到一半的时候，他轻声说道。我立刻停下脚步。“斯塔福德？”我难以置信地重复道。那是我第二任丈夫的侄子——继承了去世祖父的头衔，又被迫与王后妹妹结婚的那个男孩。自从被迫成为里弗斯家的成员之后，他便对这个家族充满了憎恶，甚至无法忍受。于是他率先支持理查德，站在他那一边。当理查德关押安东尼·里弗斯的时候，他就在他身边。我知道他乐于羞辱那个强行与他沾亲带故的家伙。“可亨利·斯塔福德无法忍受王后。他恨她，也恨她的妹妹，他的妻子凯瑟琳。这些我很清楚。我还记得他们逼他结婚那时的情景。他不可能帮助他们对抗理查德。”

“他有他自己的野心，”我的丈夫阴郁地说，“他也拥有王室血统。他会觉得既然有人能从爱德华王子手里夺走王位，也就能从理查德手中再夺走一次。他会与王后并肩作战，假装保护她的儿子，等胜利之后再自己坐上王位。”

我思绪飞转。斯塔福德家族——除了我软弱谦逊的丈夫亨利之外——向来以骄傲闻名。斯塔福德当初是出于对里弗斯家的怨恨而支持理查德：如今他也许真的会想用自己的继承权赌上一把。“如果您同意的话，我会将这些话告诉王后，”我说，“但我觉得他非常不可信。如果她把他当做盟友，那她就真的是个傻瓜。”

我丈夫笑了，他的样子不像人们所说的狐狸，倒像是一头狼。“她可没有那么多朋友可供选择，”他说，“我觉得她肯定会乐于接受。”

一周后的拂晓时分，我丈夫用力敲打我卧室的门，然后走了进来，我的女佣尖叫着跳下床。“你出去吧。”他粗鲁地命令她，于是她匆匆离开房间，而我从床上坐起身子，拉过长袍披在身上。

“发生什么事了？”我首先想到的是我的儿子生了病，然后我看到斯坦利脸色惨白得如同鬼魅，双手也在颤抖，“你怎么了？”

“我做了个梦。”他重重地坐在我的床边，“上帝啊，我做了那样的梦。玛格丽特，你根本不知道……”

“你是说预言之梦？”

“我怎么知道？那情景如同置身地狱。”

“你做了什么梦？”

“梦里，我在一个黑暗寒冷、到处是岩石的地方，像是荒郊野外，我说不清是在哪儿。我四下打量，但身边空无一人，只有我形只影单，没有亲人和朋友、没有随从，甚至也没有我的旗帜，什么都没有。就只有我孤零零的一个，身边没有儿子、没有兄弟——甚至也没有你。”

我等他继续说下去。床随着他的颤抖而不停晃动。“一头怪兽向我靠近，”他的声音很低很低，“那是个非常非常可怕的东西，就这样向我靠近，它张大嘴巴想要把我吞下，它的呼吸仿佛地狱般恶臭，红红的眼睛充满贪婪，那头怪物左顾右盼地穿过乡间，向我走来。”

“什么样的怪物？一条大蛇？”

“一头野猪，”他轻声说，“一头獠牙和鼻孔上沾满鲜血的野猪，嘴边带着白沫，它低着头，嗅着我的气味，”他颤抖着说，“我甚至听得到它抽动鼻子的声音。”

格洛斯特公爵理查德的纹章就是野猪。我们都知道这一点。我下了床，打开门，确认女仆不在门外，没有人偷听，接着紧紧关上房门，重新搅动卧室壁炉里的余烬，仿佛我们在六月的温暖夜晚还需要烤火取暖。我燃起蜡烛，似乎这样就能赶走那头狩猎中的野猪带来的黑暗。我碰了碰胸前的十字架，又在自己身上画了个十字。斯坦利将他梦中的恐惧带到了我的房间；那头野猪的呼吸声似乎还在他身边萦绕不去，似乎它会跟随气味一路寻来。

“你觉得理查德在怀疑你？”

他看着我。“我除了表示支持之外什么也没做。但这样的梦……我无法否认。玛格丽特，我就像个孩子那样从梦中惊醒。我醒来的时候甚至还在尖声求救。”

“如果他对你起了疑心，那他也会怀疑我。”我说。斯坦利的恐惧如此强烈，甚至影响了我。“我按照我们商量的结果给王后捎了信。他会不会知道我是他的敌人？”

“会不会是你的哪封信弄丢了？”

“我相信我的手下，她也不是傻瓜。但他还能怀疑你什么呢？”

他摇了摇头。“我除了跟黑斯廷斯谈话以外什么也没做过，而黑斯廷斯完完全全忠于王家。他非常渴望看到王子顺利即位。这是他为他敬爱的爱德华国王所能做的最后一件事。他非常害怕理查德会对爱德华王子不利。自从理查德把爱德华王子关进伦敦塔，他就担心会出什么乱子。他问我是否能在枢密院会议上支持他，一起呼吁理查德把王子放出伦敦塔，回到他的人民之中，去见见他的母亲，让她看到他无论在哪一方面都拥有自由。我想黑斯廷斯已经派了信使去见王后，担保她的安全，并且请求她不要再躲藏下去。”

“黑斯廷斯知道理查德要求妻子待在家里这回事吗？他会不会觉得理查德打算推迟加冕礼？用这种方法延长他的摄政期？”

“我告诉过他，安妮·内维尔没去订加冕时穿的礼裙，他马上咒骂说理查德不是真心想给他的侄子加冕。我们刚开始也都是这么想的，担心的也都是这件事。但我想不到有什么比理查德推迟加冕礼更加糟糕的事情了，也许会是好几年，一直到那个男孩二十一岁的时候。推迟加冕礼就意味着他能继续当他的摄政王。”他一跃而起，光着脚大步穿过房间，“看在上帝的分上，理查德可是爱德华最忠实的兄弟！他向王子、他的亲侄子宣誓效忠的时候没有任何怨言。他的敌意全都针对那位守寡的王后，而不是王子。现在那个男孩完全在他的掌握之中。只要理查德能让爱德华王子远离他的母亲和那些亲戚，那么无论加冕与否，王子都只是理查德的牵线木偶。”

“可那个梦——”

“梦里是一头决心争夺权力、不惜制造死亡的野猪。这是某种警告，一定是的。”

我们都陷入了沉默。一根圆木在炉火中动了动，我们都被那声音吓了一跳。

“你打算怎么做？”我问他。

他摇了摇头。“换作是你，你会怎么做？你认为上帝会对你说话，会在梦中给你警示。如果你梦到那头野猪向你冲来，你会怎么做？”

我犹豫起来。“你该不会想要逃走吧？”

“不会，当然不会。”

“我会祈求上帝的指引。”

“那么你的上帝会说些什么呢？”他一如往常地语带讥讽，“往常的他肯定会建议你寻求权势与安全吧。”

我拉了张凳子坐到了壁炉旁，就像个可怜的女占卜师，就像是懂得巫术的伊丽莎白王后那样，凝望着炉火。“如果理查德倒戈与他的两个侄子为敌，并且设法阻止他们继位，让他自己当上国王……”我顿了顿，继续说道，“他们根本无力抵抗。他们的舅舅指挥的舰队发生了兵变，他们的母亲正在修道院避难，他们的另一个舅舅安东尼也被逮捕……”

“然后呢？”

“如果理查德夺取了王位，将他的两个侄子关在伦敦塔里，你觉得这个国家会不会群起反抗，掀起又一场战争？”

“约克对约克。有可能。”

“而这样的情形正是兰开斯特家的大好机会。”

“是你的儿子亨利的大好机会。”

“等他们在战斗中打得两败俱伤之时，笑到最后的就会是亨利了。”

我的房间又陷入了沉默。我看了他一眼，担心自己是否想得太远了。

“亨利和王位之间隔着四条性命，”他评论说，“两位约克王子：爱德华王子和理查德王子、理查德公爵本人，还有理查德的儿子。”

“可他们也许会彼此争斗。”

他点点头。

“如果他们选择自相残杀，那么亨利就可以清白地坐上空缺的王位，”我坚定地说，“最终，正统的王家将会坐上英格兰的王位，这也是上帝的意志。”

他对我坚定的语气露出微笑，但这次，我并不觉得他冒犯了我。重要的是我们能看清未来的路，只要我心里清楚这是上帝的眷顾，那么就算他觉得照耀着道路的是我的野心之火，那也没关系。

“你今天会出席枢密院会议吗？”

“当然，会议将在伦敦塔举行。但我会写一封信，把我的担忧告诉黑斯廷斯。如果他打算对抗理查德，那么最好把握时机。他可以迫使理查德摊牌，可以要求与王子见面。他对先王的爱戴会让他成为王子的拥护者。我可以置身事外，让他加快脚步。枢密院已经决定让王子加冕。我可以挑拨黑斯廷斯去和理查德争斗，再坐视事态的发展。我可以把这看做警示，然后去警告黑斯廷斯，让他承担风险。”

“可你站在哪一方？”

“玛格丽特，我始终忠于最有可能赢得胜利的那个人。而此时此刻，那人有北方的军队作为后盾，伦敦塔在他的掌握之中，合法的国王也要服从他、受他的监护——他就是理查德。”

我跪在祈祷台前，等待丈夫从枢密院会议上归来。我们在黎明时分的那次谈话让我惊恐不安，我跪地祈祷，想到了贞德，她有那么多次明知自己身居险地，但每次上战场的时候，仍然骑着白马，打着百合花旗号招摇过市。

我祈祷的时候听到了伦敦的街道上有许多士兵行军的脚步声，还有上百名长矛手在鹅卵石地面拖矛而行的声音，接着，屋子面朝街道的那扇门上传来重重的敲打声。

当门房男孩跑上来让女仆叫我的时候，我已经站在了楼梯上。我抓住他的胳膊，问他：“是谁来了？”

“理查德公爵的人，”他急得有些口齿不清，“他们穿着制服，跟着他们的主子，他们抓到了领主大人，也就是您的丈夫。他们打了他一耳光，血滴到他的衣服上，像一只流血不止的猪……”

我没听他继续废话，将他推到一旁，径直跑下楼梯，跑到铺着鹅卵石的入口处，门卫们正打开大门，而理查德公爵的军队鱼贯而入，他们之中站着我的丈夫，他步履蹒跚，头上的伤口不停地流出鲜血。他看着我，面色苍白，眼神带着惊讶与茫然。

“是玛格丽特·斯坦利夫人吗?”这群士兵的指挥官问我。

我几乎无法把目光从他制服上的图案移开。那正是我丈夫梦中那头獠牙毕露的野猪。

“我就是。”我答。

“你的丈夫要被软禁在这栋房子里，你和他都不能离开半步。你们住处的每个出口和屋子里都会有守卫驻守，包括他房间的每扇门窗。你们的管家和必要的仆人可以外出办事，但他们要接受搜查，并且服从我的命令。听明白了吗?”

“明白了。”我低声说。

“我现在要去屋子里搜查信件和文件，”他说，“这些你也明白吗?”

我的房间里没留下什么会将我们定罪的证据。危险的东西我每次都是读过立刻烧毁，也从来不会为自己的信件抄写备份。我为亨利做过的一切只有我和上帝心知肚明。

“我明白。我可以带我的丈夫回房间吗？他受伤了。”

他对我露出冷笑。“我们前去逮捕黑斯廷斯领主的时候，你的丈夫钻到了桌子下面，脑袋差点被长矛割下来。其实伤得并不重。”

“你们逮捕了黑斯廷斯领主?”我简直不敢相信，“以什么罪名?”

“夫人，我们已经砍了他的头。”他简短地说，接着推开我，走进我的房间。他的手下在我的庭院里成扇形散开，各自就位，而我们也成了自己这栋豪华宅邸里的囚徒。

我和斯坦利在长矛兵的簇拥下走进房间，等他们确认窗口太过窄小，无法逃脱的时候，才退了出去，关起房门，让我们二人得以独处。

斯坦利颤抖着脱下染血的外衣和撕烂的衬衫，丢到地板上。他找了张凳子坐下，脱去上身的其他衣物。我倒了一大罐水，开始为他清洗伤口。

那伤口又浅又长，似乎只是擦伤，对方似乎并没有下狠手：但再往下一英寸，他就会失去一只眼睛。“发生什么事情了？”我压低声音问道。

“会议开始的时候，理查德走进来，对加冕礼的相关事宜进行确认，他面带微笑，询问莫顿主教能否派人去他的花园里摘些草莓来，看起来非常和善。我们开始着手准备加冕礼：安排座位、决定出席顺序，诸如此类的普通事务。他又走了出去，在外面的时候，他肯定是接到了什么人带来的消息，回来的时候像变了一个人，面色阴沉而愤怒。他的士兵们紧随其后，架势就像在攻打要塞，他们用力拍打着大门，全副武装，严阵以待。他们打了我，我跌倒在地，莫顿连连后退，罗瑟勒姆躲到了椅子背后；黑斯廷斯还没来得及反抗，他们就抓走了他。”

“可这是为什么？他们是怎么解释的？”

“完全没有！没有任何解释。理查德就像是已经彻底放开手脚了。他们就这么抓住黑斯廷斯，带走了他。”

“带他去哪儿？以什么罪名？他们说了什么吗？”

“他们什么也没说。你不明白，这不是逮捕，这是一场暴行。理查德像个疯子那样大吼大叫，说他中了魔法，说他的手臂失去知觉了，还说黑斯廷斯和王后联手用巫术毁了他——”

“你在说什么？”

“他挽起袖子，让我们看他的手臂。他的持剑臂——你知道他的右臂有多么粗壮。他说那条手臂正在逐渐失去知觉，说他的右臂正在萎缩。”

“天哪，他疯了吗？”我停下了清洗伤口的动作，不敢相信自己听到的话。

“他们把黑斯廷斯拖了出去。一句解释也没有。他们就这样把他拖到屋外，不顾他的挣扎和咒骂。附近有一些用于建筑的旧圆木，他们拿了其中一根，强迫他靠上去，接着一刀砍下了他的脑袋。”

“神父呢?”

“没有神父在场。你没有听懂我说的话吗?这是绑架、是谋杀。他甚至连祈祷的时间都没有。”斯坦利发起抖来,“仁慈的上帝啊,我本以为他们会来抓我,本以为我会是下一个。就像那个梦。我闻得到鲜血的气息,没有人能来救我。”

“他们在伦敦塔前面砍了他的头?”

“就是这样,就是这样。”

“如果王子听到那片嘈杂声,看向窗外,是不是就会看到他父亲最好的朋友死在圆木上?那是他的威廉叔叔,不是吗?”

斯坦利沉默不语地看着我。一丝血滑下他的脸庞,他用手背抹去,这个动作令他的脸颊变得血红。“没人能阻止他们。”

“王子会将理查德视为他的仇人,”我说,“他不会再称他为护国公大人了。他会将他看作一头怪兽。”

斯坦利摇了摇头。

“接下来我们会怎样?”

他的牙齿开始打颤。我放下那只碗,为他披上毛毯。

“天知道,天知道。我们以叛国罪名被软禁在自己的住处;他们怀疑我们与王后和黑斯廷斯谋反。你的朋友莫顿也一样,他们还逮捕了罗瑟勒姆。我不知道另外还有多少人。我想理查德打算篡夺王位,所以要把所有可能提出异议的人拘禁起来。”

“那王子们呢?”

过度的惊吓令他有些口齿不清。“我不知道。理查德可以干脆杀了他们,就像杀掉黑斯廷斯那样。他可以闯进修道院的避难所,杀害整个王室家庭:王后,还有那些小公主。今天他已经向我们证明,他什么事都做得出来。也许他们已经死了?”

外界传来零星的消息，都是女佣外出时从集市上听来的。理查德宣布伊丽莎白·伍德维尔王后与爱德华国王的婚约无效，又说爱德华在与伊丽莎白私订终身前早已与另一位女士立有婚约。他宣布他们所有的孩子皆为私生子，而他本人则是约克家族唯一的继承人。枢密院的懦夫们目睹了无头的黑斯廷斯被埋葬在他爱戴的那位国王身边，没有为他们的王后与王子们做丝毫的辩白，却忙不迭地全票认可理查德成为王位的唯一继承人。

理查德与我的亲戚、白金汉公爵亨利·斯塔福德又开始宣称爱德华本人也是个私生子，说他只是塞西莉公爵夫人陪伴约克公爵于法兰西征战时，和某个英格兰弓箭手生下的儿子。民众听到了这些指责——至于他们的看法如何，就只有上帝知道了——但那支来自北方诸郡、只忠实于理查德本人，而且渴望着奖赏的大军无疑已经到来：无需否认，所有可能忠于爱德华王子的人不是被捕就是被杀。每个人都在考虑自身的安危。人人缄默不语。

在我的人生中，我头一回能够平心静气地看待那个自己服侍了将近十年的女人，伊丽莎白·伍德维尔，她是英格兰的王后，也是这个王国有过的最美丽也最受人爱戴的女王。我从未觉得她美丽，也从未觉得她值得爱戴，但在她彻底落败的此刻除外。我想到她正坐在潮湿昏暗的威斯敏斯特修道院的避难所里，想到她再也无法东山再起，在我的人生中，头一回可以跪倒在地，真心为她祈祷。她仅有的一切只剩下她的女儿们：她曾经享受的人生不复存在，两个年幼的儿子也都在敌人的掌控之中。我想象着她的挫败和恐惧，想象着守寡的她为儿子们担忧，在我的人生中，头一回对她感到同情：她是个不幸的王后，她的垮台并非自身的过错。我会向天国之母玛利亚祈祷，请求对她伸出援手，在她蒙受羞辱的时刻抚慰迷茫而不幸的她。

年纪最长的伊丽莎白公主已经到了适婚年龄，却因为她所属家族的起起落落，直到十七岁都尚未婚嫁。我跪倒在地，为王后的健康和安全祈祷的时候，也想到了那个漂亮女孩伊丽莎白，思索着她是否适合我的儿子亨利。兰开斯特之子和约克之女的结合将会治愈英格兰所受的创伤，并且消弭这持续了两个世代的争斗。如果理查德在夺取王位之后死去，而他的儿子也尚未成年，那么他的儿子将是个体弱多病，还有一半内维尔家出身的孩子，继承权远远不及约克家的公主，要推翻起来再轻松不过。如果我的儿子那时能够夺取王位，娶那位约克公主为妻，人们肯定会非常拥戴他，因为他既是兰开斯特家的子嗣，又是约克家女继承人的丈夫。

我派人找来了我的医生，卡利恩的刘易斯医生，他对阴谋和药物同样兴致盎然。王后知道他是我的医师，知道他是我派来的。我让他向她承诺我们的支持，告诉她，我们随时都可以说服白金汉公爵，让他对理查德公爵反戈一击，而我的儿子亨利也可以在布列塔尼召集一支军队。我还告诉他，最重要的是弄清她的计划，还有她的支持者们给了她怎样的承诺。我丈夫也许觉得她已经失去了全部希望，但我曾经见过伊丽莎白·伍德维尔走出避难所，然后理所当然地坐上王后宝座，忘记了上帝刚刚施加在她身上的全部羞辱。我告诫刘易斯不要提到我丈夫遭受软禁，但又要以善意的口气告知她黑斯廷斯的遇害，还有理查德突然显露的野心、她的儿子们被宣布为私生子的事实，以及她被毁的声名。他要同情地告诉她，除非她有所行动，否则她的地位就将不保。我必须让她找来所有的朋友，以她手头的资金招募一支军队，然后与理查德开战。如果我能鼓励她展开一场漫长而血腥的战斗，我的儿子就能趁着他们两败俱伤的机会，率领他的部队登陆英格兰，一举夺下王位。

刘易斯选择了她最渴望朋友探访的那一天去见她：她的儿子预计加冕的那一天。我很怀疑别人会告诉她，根本不会有加冕这回事了。刘易斯穿行于伦敦的街道之时，家家户户门窗紧闭，人们也没有在街头巷尾谈天说地，然后他几乎是立刻回到了我这里。刘易斯戴着防范瘟疫用的面具，那是个长长的锥形面具，里面塞满药草，涂抹精油，让他看起来十分可怕，简直像是一张怪物的脸。等到他进到我的房间里，又关上房门之后，他才取下面具，然后深深地鞠了一躬。

“她渴望帮手，”他直截了当地说，“她已经不顾一切：照我看来，她的心智已经不太正常了。”他顿了顿，又说，“我看到约克家的那位年轻公主也……”

“也?”

“她的思维也有些混乱。她在预言未来。”他略微发起抖来，“我是个见过大风大浪的医生，可她真的吓着我了。”

我没理会他的夸口。“她怎么吓着你了?”

“她从阴暗处朝我走来，河水浸湿了她的裙子，像条尾巴似的拖在她身后，仿佛半鱼半人。她说河水已经把我要带给她母亲的消息告诉了她——她知道理查德公爵已经夺取了王位，他声称年轻的王子们都是私生子，只有他自己才是合法子嗣。”

“她已经知道了？她们派出了探子吗？我没想到她的消息竟然如此灵通。”

“我说的不是王后，王后还不知道。是王后的女儿，她说是河水告诉她的。她还说河水告诉她，她的家族中有死亡降临，她母亲立刻明白死的就是她的弟弟安东尼和她姓格雷的那个儿子。她们打开窗户，聆听河水流动的声音，就像两个待在避难所里的水之女巫。谁看了都会害怕的。”

“她说安东尼·里弗斯已经死了?”

“她们似乎都很肯定。”

我在身上画了个十字。伊丽莎白·伍德维尔早就受到过使用巫术的指控，但能在教会的神圣土地上以巫术预言，这必然是魔鬼的杰作。

“她肯定有探子在外打探，她的准备肯定比我们所想的更充分。但她是怎么比我更快得知威尔士那边的消息的?”

“她还提到了另一件事。”

“王后吗?”

“是公主说的。她说她受了诅咒，将会成为下一任英格兰王后。”

我震惊而又费解地看着他。“你能肯定?”

“她很吓人。她抱怨母亲的野心，说她们的家族受了诅咒，她注定要代替她的弟弟——这样至少能满足她的母亲，虽然这也意味着她弟弟不会有继位的机会。”

“她这话是什么意思?”

医生耸耸肩。“她没有解释。她长成了漂亮姑娘，但太吓人了。我相信她。我得说，我相信她说的每一个字。感觉就像是先知在预言一样。我相信她会以某种方式成为英格兰的王后。”

我轻轻地吸了口气。这些完全符合我的祈祷内容，因此必然是上帝的话语，虽然是从充满罪孽的身躯之中说出。如果亨利将要坐上王位，而她也会嫁给他，那她的确将会成为王后。不然还能是怎样?

“还有另一件事，”刘易斯小心翼翼地说，“我问王后对伦敦塔的两位王子——爱德华和理查德——有什么打算，她说：‘不是理查德’。”

“她说什么?”

“她说：‘不是理查德。’”

“她这话什么意思?”

“这时公主走了进来，礼裙被河水浸得湿透，而且她什么都知道了：公爵得到拥护，她的家族被剥夺了继承权。然后她又说自己会成为王后。”

“但你就没问王后，‘不是理查德’是什么意思吗？”

他摇摇头，这个见过大风大浪的男人却连询问关键问题的判断力都没有。“你不觉得这个问题很重要吗？”我对他吼道。

“抱歉。公主进来的样子太……怪异了。然后她的母亲又说现在她们正值干旱期，但洪水终将归来。她们太吓人了。您知道她们是怎么说自己的祖先的——说她们都是水之女神的后裔。如果您也在场，您肯定会觉得那位水之女神就要浮出泰晤士河的水面了。”

“是啊，是啊，”我的语气里毫无同情，“我明白她们很吓人，不过她还说了些别的什么？王后有没有提到她逃走的兄弟们？她有没有说他们在哪里，或者在做什么？他们两个的权力足以让半个国家与理查德为敌。”

他摇摇头。“她没提这些。但我提到你会帮助年轻的公主们逃脱的时候，她倒是听得很清楚。我可以肯定，她在计划些什么，在发觉理查德想要染指王位的时候就已经在计划了。现在的她肯定会铤而走险。”

我点点头，挥手示意他退下。我立刻前往宅邸里的那座小礼拜堂，跪倒在地。我需要上帝赐予的平和来清空头脑中纷乱的思绪。伊丽莎白公主对自己命运的了解让我对自己的想法更加确信：她将会成为亨利的妻子，而亨利将会坐上王位。但她母亲的那句话：“不是理查德”却让我满心不安。

她说的“不是理查德”会是什么意思呢？是说伦敦塔里的那个并不是她儿子理查德？还是想说，她害怕的人并不是格洛斯特公爵理查德？我不清楚，那个蠢货本该跟她问清楚的。但我猜到会有这种事。我曾为这种可能性而不安。我不觉得她会蠢到把次子交给已经绑架了她的长子的那个人。我和她相识十年有余，她并不是那种无法预见最糟糕事态的女人。枢密院大张旗鼓地去找她，并且异口同声地说她别无选择，随后让大主教牵着小王子理查德的手列队离开。但我总觉得她早就猜到他们会来，而且做好了准备。我总觉得她会做些什么，把她最后一个尚未身陷囹圄的儿子送到安全之处。任何一个女人都会这么做，而她既坚定聪明，又溺爱她的儿子们。她绝不会让他们置身危险之中，绝不会让小儿子和大儿子同样涉险。

可她做了什么？如果伦敦塔里的第二个王子并非理查德，又会是谁呢？她会不会送去了某个乔装打扮过的乞丐？也许是某个在她监护之下，能为她做任何事的人？更糟的是，如果英格兰王位的合法继承人，理查德王子没有被人囚禁在伦敦塔里，那他又在哪儿？如果她把他藏在了什么地方，那么他仍然是约克家的继承人，是我儿子继位道路上的另一块绊脚石。她是想告诉我这些吗？还是说她只是在装神弄鬼？她是想折磨我吗？她把这种谜语通过那头脑愚钝的信使转达给我，是想以此显示优越感吗？她是故意说出她儿子的名字，以此来炫耀她的深谋远虑吗？还是说她只是说漏了嘴？她提到理查德是不是想警告我，无论英格兰发生什么，她都还有个继承人？

我跪地祈祷了几个钟头，等待天国王后玛利亚[①]告诉我那位俗世王后究竟在做什么：在玩她的把戏，施展她的咒语，像以往那样，即使在她最惊恐、最沮丧的时刻也凌驾于我之上？但圣母玛利亚并没有对我说话。贞德也没有给我建议。上帝对他的侍女，对我也沉默不语。他们都没有告诉我，伊丽莎白·伍德维尔在修道院之下的避难所里做些什么，而且我知道，如果我得不到他们的帮助，她又将取得胜利。

不超过一天以后，我的女伴眼睛红红地走进来对我说，里弗斯伯爵安东尼——王后那位富有魅力和骑士精神的弟弟——已经死去，在庞特佛雷

① Queen of Heaven通常译为天国之母,此处是为了和下文中的“俗世王后（Earthly Queen）”对应。

特城堡由理查德下令处决。没有人的消息比我更灵通：官方通告在我听闻此事的一小时之后才传到枢密院。看起来王后和她女儿是在事发当晚把这件事告诉刘易斯医生的，或许就在他死去的同一刻。但这怎么可能?

第二天早上，我丈夫在早餐时和我见了面。“枢密院召唤我出席会议。”他说着，拿出那张盖着野猪印章的文书。我们都不敢直视那块印章：这张文书放在我们之间的桌子上，就像一把尖刀。“你要去王家服装保管库那里，为安妮·内维尔准备加冕礼的礼袍。王后用的礼袍。你将会是安妮王后的女伴。他们解除了我们的软禁，没给任何说法。而且我们又效命于王家了。”

我点点头。我会像服侍爱德华国王那样服侍理查德国王。我们会穿着一样的礼袍，但那件为服丧的王后伊丽莎白准备的、用金线和貂皮装饰的礼袍将会为她的姻亲，新王后安妮进行修改。

女伴和斯坦利的士兵都坐在我们周围，因此我丈夫和我只能用眼神来庆祝我们的幸存。这将是我侍奉的第三个王家，每一次我都卑躬屈膝，考虑着我儿子的王位继承权。“侍奉安妮王后将是我的荣幸。”我平静地说。

我注定要笑对世间的变迁，等待我在天国的奖赏，但站在王后房间的门口时，我却犹豫起来：安妮·内维尔——拥王者沃里克伯爵之女，出身良好，嫁入王家，一度守寡，如今又将成为英格兰的王后——正穿着她的旅行斗篷站在壁炉边，周围是她来自北方的女伴们，就像个荒野之中的吉卜赛营地。她们看到了站在门口的我，随后她的管家大声说道：“玛格丽特·斯坦利女士到!”那口音凡是住在赫尔[①]以南的人都不可能听懂，然后女人们慢吞吞地让开，让我可以靠近她。于是我走进门里，跪倒在地，向

① 英国东部亨伯赛德郡一港口城镇。

另一位篡位者卑躬屈膝，双手高举以示忠诚。

“殿下。”我对那个依靠理查德公爵而摆脱耻辱与贫困的女人说——因为他知道，娶了这位最为不幸的新娘，他就能占有沃里克家的财富。如今的她即将成为英格兰王后，而我不得不向她下跪。“能为您效劳，我非常荣幸。”

她对我微笑。她的脸苍白得就像大理石，嘴唇发白，眼皮的苍白中略带粉红。她的身体肯定不太好：她把一只手按在石头壁炉上，身体也靠在上面，像是很累的样子。

“感谢你，我希望你来做我的贴身女伴，”她轻声说着，有些喘不过气，“你要负责在我的加冕礼上托着我的裙摆。”

我垂下头，掩饰着我心中的喜悦。这会为我的家族增光：这也会让兰开斯特家距离王冠只有一步之遥。我将会紧跟在英格兰王后的身后，并且——上帝知道——做着登上王位的准备。“我很荣幸。”我说。

“我丈夫对托马斯·斯坦利阁下的智慧评价很高。”她说。

高到让长矛兵差点砍下他的脑袋，还足足软禁了一个星期。“我们已经侍奉约克家多年，”我答道，“您和公爵离开宫廷去北方的时候，我们都非常挂念。您能回到首都来，我非常高兴。”

她做了个手势，仆人便端来一张凳子，让她能坐在壁炉边。我站在她面前，看着她的双肩随着咳嗽而颤抖。这个女人的寿命长不了，她没法为约克家生下太多继承人，这点跟伊丽莎白王后不同。如此体弱多病，我很怀疑她能再活过五年。然后呢？然后会发生什么呢？

“您的儿子爱德华王子呢？”我谨慎地问道，“他也要来参加加冕礼吗？需要我吩咐您的管家为他准备房间吗？”

她摇摇头。“他身体不适，”她说，“要暂时留在北方。”

身体不适？我心想。连父亲的加冕礼都参加不了，这根本不能算是

“不适”吧。那个男孩继承了母亲的娇小个头，总是脸色苍白，甚少出现在宫廷：他们很少让他来伦敦，生怕他感染瘟疫。也许他童年时的病仍未痊愈，只是从虚弱的男孩长成了病恹恹的成年人？也许理查德公爵的继承人甚至没法活得比他更长？我儿子和王位之间，如今是否只有一颗心脏在有力地跳动？

1483年7月6日

我们来到了计划中的目的地，离王冠只有一步之遥。我的丈夫跟在国王身后，手中握着英格兰治安官的权杖；我跟在新任王后安妮身后，手里托着她的裙摆。走在我身后的是萨福克公爵夫人，她身后的是诺福克公爵夫人。但只有我距离王后仅有几步之遥，当她行涂油礼的时候，我甚至能够闻到令人陶醉的麝香气味。

整个仪式极尽奢华。国王穿着紫色的天鹅绒长袍，头上遮着一顶金色华盖。我的姻亲亨利·斯塔福德——年轻的白金汉公爵——一袭蓝衣，斗篷上用闪闪发光的金线绣着他家族的马车纹章。他一手托着国王的衣摆，另一只手握着英格兰王家总管大臣的权杖，这是他支持并辅佐理查德公爵登上王位的回报。而他的妻子凯瑟琳·伍德维尔——那位守寡王后的妹妹——却没有出席。公爵夫人没有参与庆祝篡夺了自己家族王位的那个人的加冕礼。她没有和她背信弃义的丈夫一同出席。他恨她的家族，也恨作为国王姻亲的她对年轻时的他的蔑视。而对她来说，这样的羞辱恐怕只是开始。

我整个白天都走在女王身后，等她去威斯敏斯特大厅用餐的时候，则和其他女士们同坐一张桌子，享用这顿丰盛的晚宴。在宣布为理查德接受挑战的仪式过后，国王的拥护者白金汉公爵特意向我们这边鞠了一躬。这场晚宴的盛大程度和炫耀意味都可与爱德华执政时相比，盛宴和歌舞一直持续到午夜过后。我和斯坦利在清晨时分离开，驳船将我们带回了河上游的家宅。我独自坐在船尾，用身上的毛皮衣物包裹身子，看到修道院靠窗的一扇低矮窗户里传来微弱的光。我可以肯定，那就是伊丽莎白王后的房间，虽然她已不再是王后，被理查德宣布为妓女后甚至连寡妇都不是。她的烛火映亮了暗沉的河水，听着敌人欢庆的声音。我想象着她看着我漂亮的驳船驶离国王的宫廷，正如多年之前，她注视着我和我的儿子坐船入宫时那样。她那时也身在避难所之内。

我本该为自己终于胜过了她而得意，可却发起抖来，把毛皮外衣裹得更紧，仿佛那道针尖般的光芒是一只恶毒的眼睛，正在暗沉水面的另一端怒视着我。她上次就以胜利者的姿态离开了避难所。我知道她此时正在计划推翻理查德的统治；她会凭借阴谋再次赢得胜利。

致我的加斯帕·都铎和我的儿子亨利·都铎：

希望你们一切都好。我有许多消息要告诉你们：理查德已经被加冕为英格兰国王，他的妻子安妮成为王后。我们都受到了青睐及信任。前王后伊丽莎白已经召集了她的亲族，打算等国王夫妇在加冕礼后外出巡行时袭击伦敦塔、释放两位王子。我承诺我们会支持这一行动，伊丽莎白王后也把这个秘密计划托付给了我。

开始招兵买马吧。如果王后能将她的孩子们救出伦敦塔，那她一定会举兵前去讨伐理查德。无论是她和理查德哪一方获胜，胜利者都会发现你们已经带着大军登陆，兰开斯特家族即将崛起，他或是她的军队将被迫面临以逸待劳的你们。

我想，属于我们的时代就要到来了；我想，我们的时代已经到来。

玛格丽特·斯坦利

在我差人给儿子送去这封信的当天，还秘密地收到了一封来自旧友约翰·莫顿主教的长信——他已经离开了伦敦塔，正待在白金汉公爵位于布雷肯[1]的宅邸，由公爵负责看守。

我亲爱的教女：

我与看守我的那位年轻公爵进行了关于道德方面的艰难较量，但他还是被我说服，不再对所谓的国王理查德抱有友谊。那位年轻的公爵在将艰难之际的理查德送上王位时，就经历了良知的拷问，而他现在终于明白，无论他作为护国公支持约克家的王子们登基，还是自己坐上王位，对他的上帝、他的国家和他自己都更有裨益。

他现在已经准备好对抗理查德，以及加入反叛他的军队。为表示诚意，你可以召集他的人马袭击伦敦塔，救出两位王子。我将他的暗号写在封蜡下面。我想你应该去见见他，看看在这样动荡的时代，你们可以结成怎样的同盟。他会在伍斯特郡[2]离开理查德，前去布雷肯，我已经向他保证，你会在大路上装作意外和他相遇的样子。

你永远的朋友，

伊利[3]主教约翰·莫顿

我抬起头，发现其中一名女伴正盯着我看。“您还好吧，夫人?”她问，“您先是脸色苍白，现在又满面通红。”

“不，我感觉很不舒服，”我说，“去找刘易斯医生来。”

---

① 全称为布雷克诺克郡，位于威尔士。

② 英格兰西部的一个郡。

③ 位于坎特伯雷的主教教区之一。

加冕礼之后那天的晚上，丈夫在礼拜堂里找到了我。“在我离开伦敦参加王家巡行之前，我要挑选一些人，加入王后袭击伦敦塔的队伍。”他说着，没有行礼便坐在一张椅子上，随后对燃着一支蜡烛的圣坛草草地点头示意，又胡乱地在胸前画了个十字。“他们已经去了军械库拿他们的盔甲和武器。我想知道你的意愿。”

“我的意愿?”我问。我没有起身，但转过头看着他，双手仍然保持着祈祷的姿势。“我的意愿永远和上帝的一致。”

“如果按照我的计划，我的手下会攻破伦敦塔的大门，并且依令率先进入那里，如果他们打开关押王子们的房间，发现他们身边只有几个仆从，那么你的意愿——或者说真是上帝的意愿——是不是让他们带走这两只迷途的羔羊，将王子们送回母亲的身边？还是在那里砍下他们的小脑袋，再杀光所有的侍从，将全部罪责归咎于他们?”

我瞪大眼睛看着他。我没想到他会说得这么露骨。“这些都是你下的命令，”我拖延着时间，“我没法指挥你的手下。那是你的事。而且，也许会有别人抢在他们之前这么做。”

“你的计划是让你的儿子登上王位，”他严肃地答道，“如果王子们都死去，那么他就少了两名竞争对手，就离王位也又近了两步。如果他们回到母亲的身边，那她就有办法让英格兰的整个南方起兵保卫她。人们会为她的继承人战斗；如果王子们已死，人们就只会留在家中。为伊丽莎白·伍德维尔而战毫无意义——但年轻的爱德华国王和他的弟弟理查德王子却是十分光荣的战斗理由。那两个孩子会让她的实力两倍于理查德——也两倍于亨利。”

“很明显，我们不能让约克家的两位王子继承王位。”

“显然如此，”我丈夫答道，“但你想让他们彻底停止呼吸吗？”

我发现自己祈祷的双手扣得更紧。“这是上帝的意愿。”我轻声说着，希望自己能感受到贞德在修罗场上的坚定，她很清楚，上帝的意愿代表着一条艰难而血腥的路。但贞德的对手并非年幼而无辜的孩子。贞德绝不会派人前去血洗育儿室。

我的丈夫站起身来。“我该去检阅集结的士兵了。你究竟打算怎样？我得去给卫兵队长下命令才行。我可不能让他们一直等到上帝他老人家下决定为止。”

我也站起身来。“他们小的那个才九岁。”

他点点头。“但他是位王子。战争是残酷的，我的夫人。你希望我如何下令？”

“这样的命令非同小可。”我轻声说。我向着他走了过去，将手搭在他的手臂上，就像要透过仔细剪裁的外套感受他身体的暖意。“下令杀死两个孩子——只有九岁和十二岁的孩子，而且他们还流着王家的血……两个无辜的孩子……”

他露出狼一般凶狠的笑。“噢，也就是说，我们应该将从他们邪恶的叔叔手中救出他们，让他们摆脱牢狱，再顺便解救他们的母亲。你是不是想看着约克家的爱德华王子登上王位？也许我们今晚就可以实现这一切。这是不是你的意愿？我们是否要将爱德华王子送上王位？我们要不要做这件善事？”

我绞着双手。“当然不！”

“噢，你必须做出选择。等我们的人进了伦敦塔，要么就杀了那两个孩子，要么就救回他们。这个决定由你来做。”

我不知道自己还能做些什么。贞德拔剑冲杀的时候没有丝毫畏惧与迟疑。我也得下定决心。“必须杀死他们。”我说。我的嘴唇冰冷，但我必须说出这句话。“很明显，他们必须死。”

我站在通往伦敦街道的房门前，看着斯坦利的手下们渐渐消失在黑暗中。我丈夫离开了伦敦，去陪伴新国王理查德与新王后安妮进行加冕巡行，只留下我独自一人。那些士兵们没有带火把，他们无声无息，趁着月色行进。他们没有穿我们的家族制服，帽徽和带有纹章的腰带也都取下，没有带着任何归属于我们家族的证据，每个人都会发誓说自己是王后招募的士兵，并且只忠于她一人。等他们离开之后，我丈夫的弟弟威廉·斯坦利大人便写信给伦敦塔的治安官罗伯特·布拉肯伯里，警告他说伦敦塔即将遭遇袭击。信件会在袭击开始后不久送出。“永远支持双方，玛格丽特，”威廉愉快地说着，一面把那封信盖上我们家族的纹章，让所有人都明白我们的忠诚，“这是我哥哥说的。至少永远让双方都觉得你在支持他们。”

接下来，我只能等待。

我表现得就好像这只是个普通的夜晚。在晚餐结束后，我和仆人们在大厅里坐了一会儿，然后就回到了自己的房间。女仆们服侍我脱衣就寝，随后我吩咐她们离开——甚至包括平时睡在我房间的那个女孩——说自己要整夜祈祷。这种事对我来说很平常，谁也看不出异样，而且我的确祈祷了一会儿，接着重新穿起自己厚重温暖的长袍，将椅子拉到壁炉边，坐在那里静静等待。

我想，伦敦塔如同一座高大的路标，直指上帝所在。王后的手下们会通过那扇故意没关严的侧门进入伦敦塔：而我的士兵们将跟随在后。白金汉公爵派来了一小队训练有素的士兵，他们会尝试从白塔的正门进入，那里的仆人受了贿赂，会为他们开门。我们的手下会潜入塔中——他们会在被发现之前走上楼梯，一路杀到王子们的住处、破门而入，在那些男孩以为自由到来之际，将匕首刺进他们的腹部。爱德华王子是个勇敢的少年，他叔叔安东尼教过他用剑：他也许会拼死一搏。理查德只有九岁，但他也许会大声示警；甚至可能会为他哥哥挡下致命的一击——他是约克家的王子，知道自己的责任。但这些只是那场必然的杀戮之中的短暂插曲，之后约克家族便只剩下理查德公爵，我的儿子离王位又近了两步。我应该为此欣喜。我应该期待这种结果。

到了清晨时分，天空刚刚转为灰白，这时门口传来轻轻的叩击声，我的心猛地跳动起来，连忙扑过去打开了门。卫兵队长站在门外，黑色的短上衣破破烂烂，侧脸上有一道黑色的瘀痕。我沉默地让他进了门，给他倒上一小杯麦酒，示意他可以坐在壁炉边。我仍旧站在自己的椅子后面，紧紧抓住雕花椅背，阻止双手的颤抖。我像个孩子那样为自己所做的事而害怕。

“我们失败了，”他粗声粗气地说，“那些男孩的守卫比我们想象的更加严密。那个本应放我们进去的家伙还在摆弄门锁的时候就被杀了。我们听到了他的尖叫声。我们只好撞门，在对付那扇门的时候，伦敦塔的守卫出现在我们身后的庭院里，我们只好转身迎战。我们被困在伦敦塔和守卫之间，被迫杀出一条血路。我们甚至没能进入白塔。我能听到里面的门猛然关上，还有把王子们带到塔内更深处的命令声。警铃已经响起，我们根本没可能闯进去。”

“难道有人预先警告了他们？难道国王知道那里会遭到攻击？”如果是这样的话，国王一定也知道了参与者都有谁，我心想。那头野猪会不会转身袭击我们？

“不，一路上没有伏兵。守卫的确出动得很迅速，然后就关紧了门，王后的内应也没法把门打开。但一开始，我们打了他们一个出其不意，非常抱歉，女士。”

“有人被俘吗？”

“我们的人都逃了出来。这边只有一个人受了伤；现在医生正在照料他，只受了一处轻伤。约克家死了两个人。但我没去管他们的尸体。”

“约克家那些人都去了吗？”

“我看到王后的弟弟理查德在那里，还有另一个弟弟莱昂内尔，以及她那个据说下落不明的儿子托马斯，他们带的士兵都全副武装。我想其中应该还有白金汉公爵的手下。他们带去了许多兵力，也打了一场漂亮的仗。但伦敦塔原本是诺曼人为了抵御来自伦敦的敌人而建造的。只要把塔门关牢，就足以抵挡一支军队半年之久。等失去了奇袭的优势以后，我们就一败涂地。”

“没有人认出你吗？”

“我们都说自己是约克家的人，还都佩戴着白玫瑰徽记，我能肯定没人会看出破绽。”

我走到箱子旁边，拿起一袋钱币，在手里掂量了一下，然后交给卫兵队长。“把这个拿去分给你的手下，确保他们不会谈论今晚的事，即使是在他们之间也不行，否则就会丢掉性命。既然我们失败了，这就成了叛国的罪行。胆敢随意夸口的人就只有死路一条。也不准谈论我丈夫和我的任何命令。”

卫兵队长站起身来。“明白了，女士。”

“王后的亲族都平安离开了吗？”

“是的。但她弟弟发誓说他们还会回来。他用那些孩子都能听到的嗓门大喊，要他们鼓起勇气，等他带着全英格兰的人民来解救他们。”

“真的？好吧，你已经尽力了——你可以走了。”

那年轻人鞠了一躬，转身离开了房间。

我在壁炉边跪了下来。“圣母玛利亚，如果您希望放过约克家的男孩们，请给我——您的仆从——以昭示。他们今晚的平安肯定不是您的昭示。

您肯定不会希望他们活下去吧？您肯定不会希望他们继承王位吧？无论如何，我都是您最顺从的女儿，但我无法相信您宁可让他们坐在王位上，也不让兰开斯特家族的真正子嗣、我的儿子亨利成为国王。”

我等候着。我等候了很久很久。却没有等到任何昭示。而我心想，既然没有任何昭示，也就意味着不能让约克家的男孩们活下去。

第二天我离开了伦敦。他们把守卫兵力翻了一番，并且正在追查袭击伦敦塔的人是谁，这种时候我还是别留在城里为好。我决定去造访伍斯特的大教堂。我早就想去那里了：那儿是本笃会的教堂，是研究学问的中心。伊丽莎白王后在我们即将启程的时候捎了封信给我，说她的亲族们在伦敦和周边的乡间藏身，正召集人手，准备起兵。我回信承诺支持，告诉她说我正在去见白金汉公爵的路上，并且会带着他和他的全部亲族加入我们一方，进行公开反叛。

天气酷热，不适合旅行，但路面干燥，我们前进的速度也很快。我的丈夫骑马离开伍斯特的宫廷，和我在路上见了一面。新国王理查德显得既愉快又自信，无论去到哪里都满怀热情，他允许斯坦利阁下离开一晚，以为我们夫妻渴望着团聚。但当我丈夫走进修道院的客房时，并没有怀着丝毫爱意。

他省去了寒暄的时间。“这么说他们搞砸了。”他说。

“你的卫兵队长说整个过程都很不顺利。但他说伦敦塔那边并没有得到预警。”

“是啊，国王吓坏了：这件事让他很震惊。他听说了我弟弟那封警告信，这对我们有利。但王子们已经被带去了内室，那里比王家套间更容易看守，而且在他回到伦敦之前都不能出来。之后他会把他们送到伦敦之外。

他打算为年轻一辈的家族成员建立一个宫廷。克拉伦斯公爵的孩子们、他自己的儿子，所有这些约克家族的孩子，都会被安置和限制在谢里夫哈顿，远离伊丽莎白·伍德维尔的势力范围。她永远无法从内维尔的领土上夺走他们，他也许会把她嫁给一位北方领主，把她给打发走。”

“他也许会让人给他们投毒？”我问，“好彻底摆脱他们？”

我丈夫摇摇头。“他已经宣布他们为私生子，因此他们无法继承王位。等我们去了约克郡，他就会把自己的儿子封为威尔士亲王。里弗斯家族已经彻底失败；他只是为了确保不会有人为了他们孤注一掷。另外，与其让他们成为殉难圣徒，还不如留着没有继承可能的他们。他最想置于死地的是里弗斯家族——包括伍德维尔家的人，还有他们所有的亲族，这些人会在两位王子的旗下团结一心。但他们中的大部分已经死去，其余的也终将落网。整个王国都承认理查德是国王和约克家的真正继承人。光是这么说你也许不会相信，玛格丽特，但在我们经过的每个城市里，人们都聚集起来，为他的加冕而欢呼。比起孱弱的孩子，人们宁愿接受强大的篡位者；人们宁愿看到国王的兄弟继位，也不想为了国王之子再经历战火。而且他承诺会做一位好国王——他有他父亲的影子，是约克家的成员，而且受到爱戴。”

“还是有许多人打算起兵反抗他。我很清楚，因为我也在召集这样的人。”

他耸了耸肩。“当然——你比我清楚得多。但我们所去的每个地方，我都能看到人们热烈地欢迎理查德国王，把他看做出色的继承人和那位伟大先王的忠实兄弟。”

“里弗斯家族可以击败他。王后的弟弟们和她那几个姓格雷的儿子可以确保肯特郡与苏塞克斯郡的支援；汉普郡也是他们的领地。所有曾为王室效命的人都会支持他们。我在康沃尔的家族成员们永远都支持他们，而都铎家的名字可以号召威尔士人。白金汉家族拥有广袤土地和数千名佃户，布列塔尼公爵也承诺为我的儿子亨利组织一支五千人的军队。”

他点了点头。“确实可以。但你们一定要确保白金汉公爵的支持。如果没有他，你们就不够强大。”

“莫顿说他已经说服白金汉公爵，让他与理查德水火不容。我的管家雷金纳德·伯雷分别与他们交谈过。等见到他以后，我就知道这些是不是真的了。”

“你们要在哪里见面？”

“在路上碰巧遇到。”

“他也许会愚弄你，”我丈夫警告我说，“就像他愚弄理查德那样。可怜的傻瓜理查德，现在他还以为白金汉像爱兄弟一样爱着他。最后你们会发现，他为的始终是自己的野心。他会答应支持你儿子的继承权，但那是因为他想让都铎家为他而战。他肯定打算让都铎家和那位王后联手击败理查德，好为他铺平道路。”

“我们说的都只是漂亮话而已。我们都只会为自己的利益而战，也都承诺会对王子们效忠。”

“是啊，只有那些孩子是无辜的，”他说道，“白金汉会亲手策划他们的死亡。只要王子们还活着，整个英格兰就不会有人支持他继承王位。当然了，作为英格兰的王家总管大臣，伦敦塔也在他的掌控之下，他想下手的话，会比我们所有人更轻松。他的仆从已经在伦敦塔内待命了。”

我顿了顿，仔细思考他这些话。“你觉得他会下手吗？”

“要不了多久，”他笑道，“而且等他下手的时候，会以国王的名义下达命令。别人会误以为是理查德的命令。他会做些手脚，让别人觉得是理查德做的。”

“这也在他的计划之中？”

“我不知道他有没有想到这些。当然了，肯定会有什么人让他想到的。毫无疑问，如果有人希望这些孩子死，那么没有比假借白金汉公爵之手更好的方法了。”

门上响来了轻轻的敲门声，我丈夫的卫兵给修道院的膳宿总管开了门。“晚餐准备好了，大人、夫人。”

“愿上帝保佑您，我亲爱的，”我一本正经地说，“我从您身上学到了很多。”

“你也一样，”他说，“愿上帝保佑你与公爵大人会面顺利，愿你从中受益良多。”

我先是听到了白金汉公爵沿着蜿蜒的泥土路逐渐接近的声音，然后我才看到他的身影。他身后的队伍规模堪比国王，骑马侍从们走在前面，吹着喇叭，提醒人们为伟大的公爵让出路来。即使视野中只有一座远处的小村，还有个小男孩在树下放羊，侍从们仍旧会吹响喇叭，然后超过一百匹马儿会在雷鸣般的蹄声中经过，在夏日的道路上掀起尘土，在猎猎作响的旗帜之后仿佛一片翻腾的云朵。

公爵骑着一匹高大的栗色战马，走在队伍前方，红色的皮革马鞍上镶嵌着整齐的金色铆钉，前面是他的旗帜，身旁是三名士兵。他穿着猎装，只不过那双红色的靴子制作得如此精美，换做普通的贵族，多半会留到舞会上再穿。他的斗篷披在肩上，用硕大的金制领针固定；帽徽是由黄金和红宝石制成；上衣和马甲上装饰的珠宝彰显出他的财富；裤子用最光滑的棕色绒面呢做成，以红色的皮革饰边。伊丽莎白·伍德维尔成为他的监护人，又强迫他与她的妹妹结婚的时候，他还是个虚荣而易怒的孩子，如今他成了个虚荣而易怒的男人，还不到三十岁，正企图报复这个在他看来从未给过他足够尊重的世界。

我第一次见到他，是在嫁给亨利·斯塔福德的时候，那时他还是个孩子，他的公爵祖父放纵和宠溺着他。在他年幼时，父亲的亡故以及祖父将公爵爵位传给他的事实，让他觉得自己生来就是个伟大的人。他的祖父母和外祖父母中有三人是爱德华三世的后裔，于是他坚信自己的出身比王室家庭更正统。现在他把自己看做兰开斯特家族的继承人，觉得自己比我儿子更有继承王位的权利。看到我相对小很多的随从队伍时，他装出吃惊的样子，虽然我外出时总是带着整整五十名全副武装的卫兵，前方的旗手还举着我自己和斯坦利的旗帜。他抬起手，示意他的队伍停下来。我们缓缓靠近，就像在战场上谈判一样，他对我露出年轻人那种富有魅力的笑容，如同朝阳冉冉升起。“幸会，我的姻亲!”他大喊出声，他的队伍也放低旗帜以示敬意，“我没想到会在离您的家这么远的地方见到您!”

“我有事要去布里奇诺斯的宅邸，”我故意说得很大声，好让可能存在的探子听清楚，“你没有跟国王同行吗?”

“我刚从布雷肯的家中出发，现在正要回他那里去，”白金汉公爵说，“但您愿意暂时逗留一下吗？我们前面就是腾伯里威尔斯镇[①]了。您愿意赏光与我共进晚餐吗?”他漫不经心地对自己的队伍挥挥手，“我带来了厨房的仆人们，还有食物。我们可以一道用餐。”

“我很乐意。”我轻声说，掉转马头走到他身旁，而我相形见绌的守卫队伍退到路边，随后跟在白金汉公爵的队伍后面，向着腾伯里威尔斯前进。

镇里的小酒馆有一个小房间，房间里有一张桌子和几把椅子，恰好够我们使用，卫兵们把他们的马匹拴在酒馆附近的田野里，自己生起营火烤肉。白金汉公爵的厨子接管了酒馆里简陋的厨房，不久后让仆从们杀了两只鸡，又从马车上取来了其他配料。白金汉公爵的管家从运酒的马车上给

① 伍斯特郡一小镇。

我们取来了两杯酒，用了公爵本人的玻璃酒具，酒具的边沿处都刻有他的纹章。我看着他庸俗的奢靡和愚蠢，不禁心想，就是这么个年轻人觉得自己能愚弄我。

我静静等待。我侍奉的那位上帝富有耐心，他教导我，有时最好的对策就是耐心等待，看看接下来会发生什么。白金汉公爵从来都是个缺乏耐心的孩子，他还没等他的管家门关好房门，便急不可耐地开了口。

“理查德真让人无法忍受。我只是劝他说，我们对于里弗斯家族的野心应该做好自保的准备，有必要的话得和他们对抗：但他做得太过火了。我们必须推翻他。”

“他已经是国王了，”我评论道，“你及时的警告和有力的帮助让他变成了你担心的里弗斯家族会成为的那种暴君。而且我和丈夫已经宣誓效忠于他，你也一样。”

他的手颤抖了一下，洒出了几滴酒。“对篡位者的忠诚誓言根本算不上誓言，”他说，“他并非合法的国王。”

“那谁才是?”

“我想是理查德王子。”他匆忙说着，仿佛还有什么问题比这更重要似的，“斯坦利夫人，您比我年长，也比我睿智，我始终相信上帝赐予您的判断力。你是否认为我们应该将王子们放出伦敦塔，并且恢复他们的地位呢?你是伊丽莎白王后钟爱的女伴。你肯定觉得那两个孩子应该获得自由，并让爱德华王子继承他父亲的王位吧?”

“当然了，”我说，“如果他是合法子嗣的话。但理查德说他不是；你自己也曾亲口宣称他是私生子，并说他父亲也是个私生子。”

听到这里，白金汉公爵面露困惑之色，仿佛宣称爱德华在和伊丽莎白结婚之前就曾娶妻的消息不是他公之于众的，“的确，那些恐怕都是真的。”

“而且如果你把那个所谓的王子送上王位，你就会失去理查德给予你的全部财富与地位。”

他不屑地挥挥手，仿佛英格兰王家总管大臣一职并非这片土地上最高的荣耀。“我和我的家族可不需要篡位者的赠与。”他义正词严地说。

“但对我而言却没有半点好处，”我说，“我还是会做回王后的女伴。在侍奉过安妮王后以后，又回去侍奉守寡的伊丽莎白王后——始终只是仆从。而你为了帮助里弗斯家族重掌大权，需要赌上你拥有的一切。而且我们都知道那个家族有多么人多势众，又多么贪婪。你的妻子、王后的妹妹将会再次掌控你。你曾让她耻辱地留在家中，而她会因此报复你。她们都会嘲笑你，就像你小时候那样。”

他的眼中燃起了对她们的恨意，迅速将视线从壁炉里的那团小火上移开。“她并没有支配我，”他恼怒地说，“无论她的姐姐是不是王后。也没有人嘲笑过我。”

他迟疑起来；他不太敢告诉我，自己真正想要的是什么。这时候有仆人端着几块小馅饼走了进来，而我们配着酒吃起了馅饼，若有所思，仿佛我们的相逢就是为了品尝这顿美餐似的。

“我的确担心王子们的性命，”我开口说道，“由于他们那次差点营救成功，我觉得理查德很可能会把他们送到远处，甚至做出更可怕的事。他肯定不会冒着风险让他们继续留在伦敦，毕竟那里是一切密谋的中心。每个人都认为理查德会杀了他们。也许他会带他们去自己在北方的领地，他们在那里肯定活不下去。理查德王子的身体可是很虚弱的。”

“如果他做出上帝所不容之事，将他们秘密杀害，里弗斯家族的血脉也会就此终结，我们也将彻底摆脱他们。”公爵的口气仿佛刚刚想到这一点似的。

我点点头。“之后，等反叛军消灭理查德，王位就将空缺出来，等待新的国王继位。”

他仰起面孔，在火光的映照下，他满脸期待地望着我。“您是指您的儿子亨利·都铎吗？您想到的是他吗？他会担起这一重任，让兰开斯特家重新登上英格兰的王位吗？”

我片刻也没有迟疑。“我们都受够了约克家族。亨利是兰开斯特家族的直系继承人。他这一生都在等着回到自己的国家、继承属于他的王位的时机。”

“他有军队吗？”

“他可以召集到数千兵马，”我信誓旦旦地说，“布列塔尼公爵答应支持他——他拥有十几艘舰船和超过四千名士兵，有一整支军队供他调遣。单是他的名声便足以让威尔士人归顺，而且他的叔叔加斯帕将担任指挥官。如果你能和他联合起来对抗理查德，我想你将会所向披靡。如果守寡的王后召集她的亲族，为她的两个儿子而战，我们就必将胜利。”

“可如果她发现自己的儿子已经死了呢？”

“只要她是在战斗结束后发现这一点，就不会对我们有任何影响。”

他点点头。“之后她就只能隐居了。”

“我的儿子亨利和伊丽莎白公主订了婚，”我说，“伊丽莎白·伍德维尔也仍然可以当她的王太后；如果她的儿子们已经不在人世，这对她来说就足够了。”

他突然明白了我的计划，立刻面露笑容。“而且她会觉得您和她共同进退了！”他说，“她会觉得您和她的野心保持一致。”

是啊，我心想。你也觉得我会和你共同进退，我会让我的儿子为你除掉理查德。我还会用我最宝贵的儿子亨利作为你这种人的武器，为你开辟出一条通往王座的坦途。

“可如果，”他的表情十分痛苦，“如果您的儿子意外倒在了战场上呢？”

“那你就会成为国王，”我说，“我只有这一个儿子，他是我们家族唯一的继承人。如果亨利死了，你继承王位便名正言顺。如果他有幸活下来，那么你也会得到他的感激，还有你想要的任何土地。没错，我可以代他承诺，让你收回所有伯恩家族[1]的土地。你们两人将为英格兰带来最终的和平安定，让这个国家脱离暴君的统治。亨利将会成为国王，而你将会成为最有权势的公爵。如果他无后而终，你就将继承他的位置。”

他离开凳子，跪在我面前，双手交扣，做出那个古老的、表示效忠的手势。我朝他微笑，这个漂亮的年轻人英俊得有如戏子，口中吐出不能相信的言语，宣誓之时所想的却只有自己的利益。“您是否接受我对您儿子的效忠?”他的双眼反射着火光，“你是否接受我的誓言，并且保证他会和我一同对抗理查德？我们两人联手?”

我用冰凉的手握住他的双手。“我代表我的儿子亨利·都铎、英格兰的合法国王，接受你的效忠，”我郑重地说，“你和他，还有守寡的王后伊丽莎白将会联手推翻那头野猪，再度为英格兰带来和平与欢乐。”

与白金汉公爵用完这顿晚餐之后，我骑马离开，莫名地有些不快，丝毫感受不到胜利的喜悦。我本该得意洋洋：他以为他能诱骗我儿子招兵买马，为他的这场谋反而战，却不明白中计的却是他。我为自己订下的计划已经完成；上帝的意志已经实现。可是……可是……我想是因为伦敦塔中的那两个男孩，此刻的他们应该在大床上祈祷，祈祷明天就能见到母亲，相信叔叔会来解救他们，但他们并不知道，此时有一支有力的联军——包括我，我的儿子和白金汉公爵——正在等待他们的死讯，而这等待应该不会太久。

---

① Bohun家族，12～15世纪英格兰的重要贵族。

1483年9月

我终于得到了应得的尊重。在伦敦宅邸的房间成了我反叛行动的秘密指挥部；每天都有信使进进出出，带来关于准备作战、索取资金与收集武器并且秘密运到城外的信件。我的办公桌上曾经堆满了供我研习的宗教书籍，如今放着仔细绘制的地图，抽屉里藏着各类密函的暗码。我的女伴们接近她们的丈夫、兄弟或是父亲，让他们立誓保密，并对我们的大计进行支持。我在教会、城中和我的领地上的朋友们联系起来，在整个王国形成了一张阴谋之网。我会亲自和他们见面，判断谁值得信任，谁又不值得信任。我每天三次跪地祈祷，而我的上帝向来支持正义的战争。

刘易斯医生几乎每天都往返于我和伊丽莎白王后之间：她找来了所有仍旧对约克家的王子效忠的人，包括旧王室家族中的当权者和忠心的仆从，她藏在伦敦周围各郡的弟弟以及儿子在召集约克家的亲族，而我则集合了那些愿意为兰开斯特而战的人。我的管家雷金纳德·伯雷四处探访，而挚友约翰·莫顿以宾客与囚徒的身份每天与白金汉公爵亨利·斯塔福德联系。他将我们的招募人数报告给公爵，再向我回报说，白金汉公爵手下的几千名士兵正在秘密备战。对我自己的族人，我向他们承诺亨利将会与约克家的伊丽莎白公主结婚，借由胜利来联合两个家族。这让他们纷纷表示支持。但约克家和普通百姓并不在乎我的亨利；他们只希望放出那两位王子，渴望让那两个孩子获得自由，为此，他们会团结起来对抗理查德，也愿意联合任何盟友——包括魔鬼本人。

白金汉公爵似乎在忠实地执行我的计划——但我并不怀疑他心里另有打算——还承诺说，他会召集手下和都铎家的忠心支持者，穿过威尔士的边境，横渡塞汶河，从西方进入英格兰。与此同时，我的儿子会在南方登陆，随后挥军北上。女王的手下会从她最有影响力的南方诸郡出发，而仍然待在北方的理查德只能匆忙招兵买马，领军南下，与整整三支大军交手，并且选择自己的葬身之地。

加斯帕与亨利从欧洲北部最混乱那些城市的街头和监狱里招募士兵。他们不是打手，就是为了出狱而选择在都铎家旗帜下作战的囚犯。我们不指望他们能够抵御敌方一次以上的冲锋，那些士兵也毫无忠诚和信仰可言。但他们的人数足以令敌人胆寒。加斯帕就这样招募了五千人，整整五千人，然后努力把他们训练成为一支能让任何国家闻之色变的军队。

无知的理查德远在约克郡，仍旧沉浸于那座城市对他的爱戴之中，并不知道我们正在他的首都的中心密谋，但他的狡猾足以让他察觉亨利带来的威胁。理查德试图劝说法兰西的路易国王与他结盟，盟约的内容就包括交出我的儿子。他希望能与苏格兰休战，他知道儿子亨利正在招兵买马，知道我儿子因为婚约而与伊丽莎白王后结盟，也知道他们要么会在今年的秋风吹起之际前来，要么就是等到明年春天。他知道这些，而且肯定十分担忧。他不知道我的立场如何，不知道我究竟是他用金钱和地位收买的那位忠实拥护者的忠实妻子，还是想要帮助儿子夺取王位的母亲。他只能等待，只能观望，只能左思右想，满心困惑。

他所不知道的是，一道巨大的阴影已经笼罩在他的希望与平安之上，他不知道自己最有权势的伙伴和最初的朋友——帮他坐上王位、发誓效忠于他、曾经与他情同骨肉，如同约克家的亲族、如同兄弟般值得信赖的白金汉公爵已经背叛了他，还发誓要亲手杀死他。可怜的理查德，他什么都不知道，他是那样地无辜，仍然在约克郡庆祝、沉浸在他在北方的朋友们的崇拜和爱戴之中。他所不知道的是，他最亲密的朋友、他视作手足的那个人，如今真的成了他的兄弟：就像约克家族里每一个怀有嫉妒之心的兄弟那样，对他阳奉阴违。

我的丈夫托马斯·斯坦利离开了理查德位于约克郡的宫廷，进行为期三天的公干，晚餐前的一小时，他回到家中，挥手示意女伴们离开房间，一句礼节性的话都没说。我为他的无礼挑了挑眉毛，等待下文。

“我没有太多的时间，所以只问一个问题，”他厉声说道，“国王给我安排了这项秘密差事，但上帝知道，他丝毫没有信任我的意思。我后天就必须赶回他身边，他看我的眼神就像是又要软禁我似的。他知道有一场叛乱正在酝酿之中；他开始怀疑你，因此也怀疑我，但他不知道自己该信任谁。告诉我一件事：你有没有下令杀死那两位王子？这事办妥了没有？”

我看了眼紧闭的房门，站起身来。“亲爱的，你为什么要问这些？”

“因为我的地产代理人今天问我他们是不是死了。我的马夫长也问我有没有听说这个消息。我的葡萄酒商告诉我，半个国家的人都深信不疑。半个国家的人都认为他们死了，而大部分人都认为是理查德下的手。”

我努力掩饰自己的喜悦。“真的？我怎么能办到这种事？”

他伸出手，在我的脸庞旁边打了个响指。“醒醒吧，”他粗鲁地说，“你是在和我说话，而不是在和哪个侍从说话。你有几十个探子，有庞大的财富，还有白金汉公爵的手下协助你。如果你想做，就能做到。所以办妥了吗？一切都结束了？”

“是的，”我轻声说，“结束了。一切都结束了。那两个孩子都死了。”

他沉默了片刻，仿佛是在为他们小小的灵魂祈祷。然后他问我：“你看到他们的尸体了吗?”

我大惊失色。“没有，当然没有。”

“那你怎么知道他们死了?”

我贴近他身边。“我和公爵都同意下手，然后他的人某天深夜的时候来见我，告诉我事情已经办妥。”

“他们是怎么做的?”

我无法面对他的双眼。“他说他带了两个人，趁他们睡觉的时候将他们按在床上，用床垫闷死了他们。”

“只有三个人!”

“三个。”我谨慎地回答，“我觉得三个——”我停了口，看到他和我一样，正在想象让九岁的男孩和他十二岁的哥哥脸部朝下，再用力把他们按进床垫里的情形。“是白金汉公爵的人，”我提醒他，“不是我的人。”

“是你的吩咐，那三个人就是证人。他们的尸体在哪儿?”

“藏在伦敦塔的某段楼梯里面。等到亨利成王的那一天，他会在那里发现他们的尸体，宣布他们是被理查德所杀。他可以为他们举行弥撒，举行一场葬礼。”

“可你怎么知道白金汉公爵没有愚弄你？你怎么知道他没有拐走他们，让他们生活在别的什么地方呢?”

我迟疑起来，突然觉得自己也许犯了个错误：这种肮脏的工作不应该让其他人来做。但我希望让白金汉公爵的部下来下手，好将所有罪责都归咎于他。“为什么他要这么做？那些孩子死了对他才有好处，”我说，“这点和我们一样。你也这么说过。就算出现最坏的情况，他真的愚弄了我，王子们还活在伦敦塔里，之后也可以找人杀了他们。”

“你太信任自己的盟友了，”我丈夫不悦地说，“而且你还不想弄脏自己的手。但如果你不肯亲自下手，就没法知道有没有成功。我只希望这件事是由你亲自完成的。如果约克家还有王子藏在别处，你的儿子在王位上就会永无宁日，他会一辈子提心吊胆。那位王了将会自称国王，在布列塔尼等待时机，就像他当初那样，就像他让理查德提心吊胆那样。你最珍视的儿子会时刻担忧敌人来袭，就像理查德对他的担忧那样。都铎家族将片刻不得安生。如果你搞砸了这件事，你的儿子就将困扰一生，头上的王冠也永远戴不安稳。”

“我只是在代行上帝的意志，”我怒气冲冲地说，“而且事情已经结束了。不会有人来质问我。亨利将平安地登上属于他的王位，不会被这些事烦扰。王子们已经死去，我并不因此内疚。是白金汉公爵下的手。”

“在你的指使下。”

“是白金汉公爵下的手。”

“你能肯定他们都死了？”

我又犹豫起来，因为我想到了伊丽莎白·伍德维尔那句诡异的话：“不是理查德。”如果她真的把调换过的孩子送去伦敦塔，任我去杀呢？“他们都死了。”我镇定地说。

我丈夫冷冷地笑了。“我倒是很想相信是这样。”

“我的儿子胜利返回伦敦，找出他们的尸体，再把罪行归咎于白金汉公爵或是理查德，给他们举行王家标准的葬礼时，你就会明白我付出的努力。”

我心神不宁地上了床，就在第二天，我刚做完晨祷，刘易斯医生便带着焦虑不安的表情来到了我的房间。我立刻以身体不适为由打发了周围的女伴。房间里只剩下我们两人，我让他找张凳子坐在我对面，就像能跟我平起平坐似的。

“伊丽莎白王后昨晚找我去她的避难所，她看起来心烦意乱。”他轻声说道。

“她怎么了?”

“她已经得知了王子们的死讯，她一直求我告诉她这不是真的。”

“那你怎么回答她的?”

“我不清楚您允许我说些什么。于是我告诉她说，城里的每个人都说他们死了。人们还说，理查德不是在他的加冕礼那天，就是在离开伦敦的那天杀了他们。”

“她什么反应?”

“她非常非常震惊，几乎不敢相信。但玛格丽特女士，她讲了一件可怕的事情——”他顿了顿，仿佛不敢再说下去。

“继续。”说到这里，我突然感到一阵寒意爬上我的背脊。我担心自己遭到了背叛，担心这个计划出了差错。

“她先是大喊出声，然后说：‘至少理查德平安无事。’”

“她是说理查德王子？那个年纪比较小的王子?”

“就是陪着哥哥一起被关进伦敦塔的那个。”

“我知道！可她这是什么意思?”

“我也这么问过她，而且是立刻，然后她用一种毛骨悚然的笑容望着我说：‘医生，如果你只有两件稀世之宝，又担心被人偷走，你会把这两件宝贝放进同一个匣子里吗?”

他看着我惊骇的表情，点了点头。

“她到底什么意思?”我又问了一遍。

“她不肯再说下去。我问她，是不是那两个孩子被杀的时候，理查德王子不在伦敦塔内。但她没有再说下去，只说要我来请求您，让您派自己的守卫去伦敦塔，确保她儿子的安全，然后就打发我离开了。”

我站起身来。这个该死的女人，这个女巫，从我还是个孩子的时候，她就一直让我黯然失色，而现在，在我利用她和钟爱她的家人，以及忠诚的支持者们，想要从她手中夺走王座、摧毁她的儿子们的时候，她依然能够胜出，依然能够做出可能让我的所有努力付诸东流的事来。为什么她总是能胜出？为什么她在如此卑微，甚至能让我为她祈祷的时候，还能扭转自己的命运？这一定是巫术；这只可能是巫术。她的幸福和她的成功已经困扰了我的一生。我就知道，她一定和魔鬼结了盟。我希望魔鬼能将她带下地狱。

“你必须回去她那里。”我转身对他说。

他看起来很不情愿。

“怎么?”我厉声问道。

“玛格丽特女士，说真的，我害怕回到她那里。她就像个被困在松树裂缝之中的女巫，就像一个受到束缚的魂灵，就像冰湖里的水之女神，正等待着春天的到来。她住在阴暗的避难所中，河水终日在不远处流过，而她听着潺潺的水声，就像在听着顾问的建议。她知道那些用尘世手段不可能知道的事情。她让我感到满心恐惧。她的女儿也一样。”

“你必须鼓起勇气，”我语气尖刻，“勇敢点，你在代上帝行事。你必须回到她那里，要她坚强起来。告诉她，我确定两位王子还活着。提醒她，在我们袭击伦敦塔的时候，听说守卫带他们去了更深处的房间。他们那时还活着，理查德现在又何必杀死他们?理查德没有杀死他们就已经顺利即位，为什么现在还要置他们于死地?理查德是那种不在意别人看法的人，而且他现在远在几百英里之外。告诉她，我会加倍自己在塔中的人手，而且我向她发誓——以我的名誉发誓——我会保护他们。提醒她，下个月起义就要开始。等我们击败理查德国王以后，就会放那两个男孩自由。等她打消顾虑，等她开始相信，等你看到她脸上出现血色的时候，就证明你已经说服了她——那时候你再立刻问她，她是否能确定她的儿子理查德王子安然无恙。问她是否把他藏在了什么地方。”

他点了点头，但面色仍因恐惧而发白。“他们真的平安无事吗？”他问，“我真的要向她保证，那些孩子都平安无事、我们也会解救他们？我真的要告诉她，那些谣言，甚至是传到您的家中的那些，都是假话？您知道他们现在是生是死吗，玛格丽特女士？如果我要对他们的母亲说他们还活着，这是不是真话？”

“他们的性命掌握在上帝手中，”我平静地答道，“正如我们所有人。我的儿子也不例外。现在世道艰险，王子们的命运都掌握在上帝手中。”

当天晚上我们收到了关于起义的消息。时机不对：有些太早了。肯特郡的人们正往伦敦进军，一路上呼吁白金汉公爵争夺王位。苏塞克斯郡也拿起了武器，他们觉得自己已经不能再等下去，附近的汉普郡的人们也发起了叛变，如同在两座干燥的林地之间蔓延的火势。理查德最忠诚的指挥官，托马斯·霍华德、刚刚受封的诺福克公爵率兵从伦敦出发，沿着西部的道路前进，占据了吉尔福德，一路上和西方以及东方的叛军发生了几次小规模冲突，但他成功把对方的人马压制在各自的郡内，同时派人快马加鞭去警告国王：南方诸郡以从前的王后和她遭受囚禁的王子们的名义，发动了起义。

理查德——这位约克家族身经百战的领袖——带领约克家的军队快速南下，他以林肯郡为指挥中心，在周边各处招募人马，尤其是那些在巡行中给他以热烈欢迎的郡。他从来自威尔士的那些人口中听说了白金汉公爵的背叛，他们说公爵已经开始行进，在沿着威尔士边境向北，一路招募新兵，显然打算从格洛斯特或图克斯伯里越过边境，带着自己的手下与在威尔士招募的人马直入英格兰的中心。理查德的这位挚友如今打起了自己的旗号，骄傲而勇敢，如当年为理查德征战；只不过如今是向他进军。

理查德气得脸色发白，他握住自己执剑的右臂，紧握着肘部上方的位置，愤怒令他发抖，仿佛只有这样才能平息颤抖。“他拥有最值得忠诚的理由，”他大声说道，“但他却是最不忠诚的人。我对他有求必应。从没有哪个虚伪的叛徒得到过比他更好的对待：这个叛徒，叛徒！”

他立刻派出大批信使去往英格兰各郡，要求他们效忠，要求他们供给武器和士兵。这是他即位以来所面临的第一次也是最大的一次危机。他召集他们前来支持约克家族的国王，要求他们拿出对他哥哥的忠诚，因为他们都已如此宣誓。他警告不到十六周前为他的加冕而欢庆的人们，现在必须支持他这一方，否则英格兰就将落入虚伪的白金汉公爵、女巫王后和觊觎王位的都铎家成员组成的邪恶同盟之手。

暴雨倾盆，狂风自北方席卷而来。天气十分反常，仿佛是女巫带来的天气。我的儿子一定正在海上航行，而王后的支持者纷纷起义，白金汉公爵也在行军途中。但英格兰南部的天气如此恶劣，我担心布列塔尼的天气也一样。他必须在第一场战斗的胜利者因激战而疲惫之时出现，强迫他们再战。但——我站在窗边看着窗外的倾盆大雨，还有花园里被风吹弯的树木——我知道他无法在北风肆虐的天气中扬帆。我甚至不相信他能驶离港口。

第二天，雨势越来越大，水位开始上涨。河水没过了花园低处那座码头的台阶，船夫们将斯坦利家的驳船拖到花园里，紧挨着果园，暂时离开湍急的水流，以免被急流冲断船缆。我不觉得亨利能在这种情况下起帆，就算他已经驶离港口，我也不相信他能够平安穿越英格兰海域，抵达南海岸。

我的线人、间谍和密探组成的情报网因暴虐的雨势而瘫痪，这场暴雨如同对抗我们的武器。通往伦敦的道路全都无法通行；没有人能传递消息。单人匹马无法从伦敦到达吉尔福德，而且随着河水继续上涨，河的上游和下游都有洪水和溺死者的消息传来。潮水高得反常，每个白天和晚上，汹涌的河水都会化作巨浪，席卷沿岸的房屋、码头、桥墩与船坞。没人记得从前有过类似的天气：持续多日的狂风暴雨，河水几乎冲垮了英格兰所有的河堤。

除了上帝，我没有任何人可以倾诉，也无法常常听到上帝的声音，仿佛是雨水遮蔽了他的面容、风声掩去了他的话语。因此我更加确定这是女巫唤来的风。我终日坐在窗前看向外面的花园，看着高涨的河水淹过花园的墙壁再直扑果园，一浪接着一浪，直到那些果树向着厚厚的雨云挺直身子，试图呼救。每当某个女伴来到我身旁，或是刘易斯医生前来拜访，又或是伦敦的密使前来求见，他们想知道的都是现在的状况：就好像我知道得比他们多似的，而我所能听到的只有雨声，就好像狂风肆虐的天空在做出预言似的。但我什么也不知道，我不知道外面可能会发生什么。雨中的大屠杀也许就发生在半英里远处，可没人会知道——我们听不到风雨之外的任何声音，看不到雨幕彼端的任何光亮。

我整夜整夜地在礼拜堂中度过，通宵为我儿子的平安和我们这场冒险的成功而祈祷，但始终听不到上帝的回答，只有落在屋顶、从不间断的雨声，以及狂风掀动瓦片的响动，我意识到可能是这场女巫之风遮蔽了天堂，所以我才听不到上帝的声音。

最后，我收到了我丈夫从考文垂寄来的一封信。

国王要求我出席随侍在旁，我担心他怀疑我。他也派了人去接我的儿子斯特兰奇领主，但我儿子带着一万名士兵出征，却没告诉任何人自己的去向，他的仆人也只是发誓说他领兵出征是出于正义的理由。我向国王保证我儿子会加入我们一方，忠于他的领导；但他仍未到达我们位于考文垂城堡的指挥中心。

白金汉公爵因为塞汶河的泛滥而被困在威尔士，我相信你的儿子也因为海上的风暴无法出港。王后的人马在洪水泛滥的路上无法行军，而诺福克公爵也严阵以待。我想你们的叛乱已经结束了，你们已经败给了暴雨和上涨的河水。人们都说那是白金汉公爵带来的洪水，这场洪水将他的野心和你的希望一起送向了地狱。自从伊丽莎白王后在巴尼特之战召唤大雾掩盖她丈夫的军队，又在召唤大风让他平安返回英格兰之后，就再没有人见过这样的风暴。没有人怀疑那位王后能做到这样的事，而我们都希望她在风暴把我们全部卷走之前收手。可为什么？她会不会是在和你作对？如果是这样的话，为什么？她是否已经通过她的巫术得知她的孩子遭受了怎样的命运，并且知道了凶手是谁？她是否认为是你做的？她是否想溺死你的孩子作为报复？

尽量销毁你留下的所有信件文书，否认你所做过的一切。理查德正在赶往伦敦，伦敦塔的草地上即将搭起绞架。如果他相信自己听说的那些事，哪怕只有一半，他也会将你处死，而我对此无能为力。

斯坦利

1483年10月

我整夜跪地祈祷，但我不知道上帝能否在这地狱般的雨声中听到我的声音。我儿子带着十五艘宝贵的船只和五千名士兵组成的军队离开布列塔尼，随即在海上的风暴中折损大半。只有两艘船得以在南海岸靠岸，他们刚刚登陆，就立刻收到了白金汉公爵被上涨的河水击败的消息，他领导的叛军大部分被洪水卷走，理查德所要做的就是在干燥处以逸待劳，并处死那些幸存者。

我的儿子转身背对着这个本该属于他的王国，扬帆前往布列塔尼，像个懦夫那样飞快逃走，留下我无人保护，并将承担胁从他反叛的罪责。我和我的继承人再次分隔两地，这一次甚至没能见面，而且我觉得也许永远无法再见。他和加斯帕留下我去面对国王，后者正带着复仇之心向着伦敦进军，仿佛一支入侵英格兰的敌军，因愤怒而发狂。刘易斯医生去了威尔士，自此杳无音讯；莫顿主教乘风雨停歇后的第一艘船赶往法兰西；白金汉公爵的手下们在阴沉的天空下悄然溜出伦敦；王后的亲族们前往布列塔尼，与我儿子的临时宫廷的残党会合；而我的丈夫跟随着国王的队伍抵达了伦敦，理查德国王英俊的面孔因为遭受背叛而阴云密布，虽然他自己也是个叛国者。

“他知道了。”我的丈夫一进到我的房间便立刻说道，他的旅行斗篷还搭在肩上，毫无同情之色。“他知道你一直在为那位王后做事，他会审问你。他从六个证人那里得到了证据。那些是从德文郡到东安格利亚的叛军成员，他们都知道你的名字，也都有从你那里收到的信。”

“亲爱的，他肯定不会那么做的。”

“你肯定会被处以叛国罪，下场只有死路一条。”

“可如果他认为你是忠于他——”

“我确实忠于他，”他纠正我说，“这不是观点的问题，而是事实。并不是国王认为什么——而是他亲眼目睹的。当白金汉公爵带兵反叛的时候，当你要求你的儿子入侵英格兰，并为叛军出资的时候，当王后在南方诸郡起兵的时候，我就在他的身边、给他建议、为他筹款、召集我自己的亲族保护他，就像任何一个北方人那样忠诚。他现在对我的信任更胜从前。毕竟我的儿子为他招募了一支大军。”

“您儿子的军队原本是要支持我的！”我插嘴道。

“我儿子会否认，我也会否认，我们都会称你为骗子，而且没有人能够证明什么，不管用什么方式。”

我顿了顿。“亲爱的，您会替我求情吧？”

他若有所思地看着我，仿佛在考虑该如何拒绝似的。“好吧，我会考虑的，玛格丽特女士。我的理查德国王满心怨恨；他无法相信白金汉公爵、他最好的朋友、他唯一的朋友背叛了他。而你呢？他也惊讶于你的背信弃义。你曾在他妻子的加冕礼上为她托裙摆，你曾是她的朋友，你曾经那么欢迎她来到伦敦。他觉得你背叛了他。他觉得你不可原谅。他现在觉得你就像你的姻亲白金汉公爵那样无情无义，而白金汉公爵已经被就地处斩了。”

“白金汉公爵死了？”

“他们在索尔兹伯里的市集上砍了他的头。国王甚至不愿意见他最后一面。国王对他十分愤怒，对你也充满憎恨。你曾欢迎安妮王后来到这座城市，说你想念她。你曾经跪在他面前，祝福他一切顺利。之后你就送信给兰开斯特家每个心怀不满的家族，说红白玫瑰之间的战争即将再次拉开帷幕，而这次获胜的一方将会是你们。”

我紧咬牙关。“那我该逃走吗？我也该逃往布列塔尼吗？”

“亲爱的，你要怎么去那儿？”

“我有我的钱箱，我的侍卫。我可以贿赂某个船长，让他带我离开。如果我现在赶去伦敦码头的话，就能够离开。或者去格林威治。又或者我可以骑马去多佛或南安普顿……”

他微笑着看我，我想起人们称他为“狐狸”，是因为他在逆境中求生的能力，就像狐狸用原路折返的方法来甩掉猎犬。“是的，确实如此，这些都是有可能实现的；但我要遗憾地告诉你，国王已经任命我为你的看守者，我不能让你从我身边逃走。理查德国王已经决定将你所有的土地与财产赐给我，合法转让到我的名下，无论我们的婚约如何规定。你尚未出嫁时拥有的一切都属于我，你作为都铎家的一员拥有的一切都属于我，你嫁入斯塔福德家族后所得到的一切都属于我，你从你母亲那里继承来的一切也都属于我。我的人现在正在你的房间里收拾你的珠宝、书信文件和你的钱箱。你的手下已被逮捕，女伴也都被关在她们的房间里。佃户和亲族都不会再听从你的命令；因为他们现在统统都是我的人了”。

我倒吸一口凉气，好半天都无法开口，就这么看着他。“你抢劫了我？你趁机背叛了我？”

“你就住在沃金的房子里——现在也是我的房子了，不能离开那里半步。你将由我的人服侍照料，自己的仆从都得遣散。你将不能和你的女伴、仆从以及告解神父见面，不能和任何人见面，也不能与任何人通信。”

我不敢相信，他对我的背叛竟是如此之深，又如此彻底。他夺走了我的一切。“是你把我出卖给理查德的！”我大喊，“是你背叛了整个计划。是你觊觎我的财产，让我陷入万劫不复，自己坐收渔利。是你让诺福克公爵前往吉尔福德镇压汉普郡的叛乱。是你提醒理查德当心白金汉公爵。是你告诉他王后正起兵对抗他，而我是她的同谋！”

他摇了摇头。“不。我并非你的敌人，玛格丽特；我作为你的丈夫尽职尽责。除了我以外，没有人能让你免于因叛国罪而死，虽然你是罪有应得。这是我所能为你争取到的最好的结果。我使你免于伦敦塔的囚禁，使你免于绞刑。我让你的土地免于被充公——他原本可以把那些土地全部拿走。是我让你能够作为我的妻子，安然无恙地住在我的房子里。而且我仍然身居要职，这样我们就能了解他对付你儿子的计划。理查德会设法将都铎家族赶尽杀绝，他会派出探子暗杀亨利。你的失败等同于在你儿子的死刑判决书上签了字。只有我才能救他。你应该对我心怀感激。”

我无法思考，不敢去仔细思量这番威胁与承诺并存的话。“亨利？”

“他不死，理查德就不会善罢甘休。只有我能救他。”

“我会成为你的囚犯？”

他点点头。“我也将拥有你的全部财产。这根本不算什么，玛格丽特。想想你儿子的安全。”

“你会允许我警告亨利？”

他站起身来。“当然。你想写信就写信给他。但你的所有信函都必须经过我，而且必须由我的手下送去。我必须做出彻底掌控你的样子。”

“样子？”我重复道，“以我对你的了解，我会说你总是做出同时支持两边的样子。”

他发自内心地笑了。“一向如此。”

1483年冬—1484年

我独自在沃金挨过了这个漫长黑暗的冬季。女伴们被控叛国，被人带走，所有信任的朋友和信使也都被解雇，我连见都不能见他们。我的仆从们全部由我丈夫——也是我的看守者——所挑选，这些男人或者女人只忠于他。他们总是斜眼看着我，仿佛我是个背叛了丈夫又损害了他利益的不忠实的妻子。我再次生活在陌生人之中，再次远离宫廷生活，无法与我的朋友们见面，并且远离我那落败的儿子。有时我担心自己再也见不到他。有时我担心他会放弃自己远大的目标，定居在布列塔尼，与某个平凡女孩结婚，成为一个平凡的年轻人——而不是由上帝所挑选，由他的母亲经历磨难才带到世间，注定会成为伟人的男孩。他的母亲是圣女贞德亲自感召，注定会成为伟人的女人。他会不会变得游手好闲？他会不会变成一个酒鬼？他会不会就此流连于酒馆，告诉人们他本可以成为国王，却因为坏运气和女巫带来的风暴而失败？

我想办法赶在圣诞节之前写了封信给他。这并不是一封表达关怀或是圣诞祝福的信。对于这样一个交换礼物的节日来说，过往的经历太过沉重。这简直是兰开斯特家族最最糟糕的一年。我没有心情祝福任何人。想要让他夺回属于自己的王位，我们还有漫长艰苦的工作要做，一切抉择全看圣诞节当日。

给加斯帕和我的儿子亨利：

希望你们一切安好。

我听说那位虚伪的王后伊丽莎白与篡位者理查德正在商议让她离开避难所的条件。

我希望亨利能够公开他与约克家的伊丽莎白公主的婚约。这样就能阻止其他人与她结婚，并且提醒她和我的亲族、让他们明白亨利拥有的继承权，证明他们先前所表示的支持，以此恢复亨利对英格兰王位的合法权利。

他应该在圣诞节那天于雷恩大教堂宣布此事，正如圣女贞德在兰斯大教堂宣布法兰西皇太子加冕为王那样。这是我作为他的母亲与家族领袖的命令。

致以节日的问候

玛格丽特·斯坦利

在这些个漫长的冬夜里——包括了悲惨的圣诞节和阴郁的新年——我有时间去沉思野心导致的空虚和推翻正式加冕的国王导致的罪恶，直到浓重的夜色渐渐被冰冷而灰白的晨光取代。我双膝跪倒在我的上帝面前问他，为什么我的儿子去争夺自己的合法地位，他却没有给以任何庇佑；为什么雨水会与他作对；为什么狂风会卷走他的船只；为什么掌控着地震、烈风和大火的上帝无法为亨利平息这场风暴，就像他为自己平息加利利海的风暴那样？我问上帝，如果伊丽莎白·伍德维尔、那位守寡的英格兰王后真如人们所说的那样是个女巫，她又为什么能走出避难所，和篡位的国王达成和解？为什么在我遭受困局的时候，她却在这个世界上如鱼得水？我伸手抚上圣坛冰冷的台阶，心中充斥着虔诚、悔恨与悲伤。

之后，我所渴求的终于降临。在许多个长夜的禁食和祈祷之后，我终于听到了答案。我想我知道为什么了。我终于明白了。

我终于意识到，是野心与贪婪的罪恶遮蔽了我们的前路，是某个罪恶的女人对复仇的渴望让我们的计划蒙上了阴影。整个计划都是由某个自视为国王之母的女人所构建，她不满足于做一个平凡的女人。这项事业的失败要归咎于某个女人的虚荣心，她想要成为王太后，想为一己私欲破坏这个国家的和平。了解自己比什么都重要，我也要坦白自己的罪恶，还有它在我们的失败中扮演的角色。

我所内疚的，仅仅只是我正义的野心和对取得自己应得地位的过度渴求。但这种激烈的情绪合情合理。伊丽莎白·伍德维尔才是失败的根源。她因自己的虚荣和野心让英格兰燃起战火；是她带着为儿子争权夺利的想法找到我们，她让她的家族充满傲慢，又因为对自身美丽的深信而自我膨胀；我真该拒绝与这个带着罪恶野心的女人结盟。是伊丽莎白对自己儿子胜利的渴望使得上帝对我们失去了耐心。我早该看穿她的虚荣，抽身而退。

现在我明白，我犯下了太多的错，我祈求上帝能够宽恕我。我的过错包括与白金汉公爵结盟，他的虚荣野心和亵渎神明的权力欲为我们带来了这场大雨，我的过错还包括与伊丽莎白王后结盟，她的虚荣和欲望对上帝来说不堪入目。另外，谁知道她做了什么，才召唤出那场倾盆大雨的？

我本该像贞德那样，独自骑马出征，相信自己的预见。而不是与那些罪人结盟——而且还是那样不可饶恕的罪人！一个是约翰·格雷爵士的遗孀，一个是娶了凯瑟琳·伍德维尔为妻的男孩——我因为他们的罪恶而遭受了惩罚。我自身毫无罪过——全知全能的上帝一定也知道——可我却让自己与这两名罪人为伍；我、虔诚的我，与这些罪人分担了上帝的惩罚。

想到是他们的恶行毁掉了我原本合理合法的未来，就让我非常痛苦：她是名公认的女巫，是女巫之女，而他在短暂的一生中极尽虚荣。我不应该自甘堕落，与他们结盟；我本该洁身自好，让他们去谋他们要谋的反，杀他们要杀的人，自己置身事外。可如今，他们的失败拖累了我，他们招来的大雨冲走了我的希望，他们所犯的罪过归咎于我。而我还在这里，为他们的罪行遭受严酷的惩罚。

1484年春

冬去春来，我依然在思索他们的恶行，在得知那名王后仍被关在避难所里的时候，我发现自己很是欣慰。虽然我被囚禁在自己的家中，但我却想象着她在河边阴暗潮湿的地下室里，在黑暗中面对失败的情景。不过春天尚未过去，我便收到了我丈夫写来的信。

理查德国王与伊丽莎白·伍德维尔已经达成了协议。她接受了国会的赦令，条件是她承认自己并没有和已故的那位国王结婚，而理查德国王承诺保护她和她女儿们离开避难所之后的安全。之后她将会嫁给约翰·纳斯菲尔德，住在他位于威尔特郡黑特斯布里的庄园，她的女儿们则进宫做安妮王后的女伴，一直到可以为她们安排婚姻的年龄。他知道你的儿子宣布与伊丽莎白公主已有婚约，但他并不把你和你的儿子放在眼里。伊丽莎白·伍德维尔似乎接受了失败的事实，似乎也接受了两个儿子的死。她没有再提起他们之中的任何一个。

还有——在这次的和解时——我派了一名私人密探去搜寻伦敦塔，想要找到那两位王子的尸体，将他们的死归罪于白金汉公爵（而不是你），但你所说的那段埋藏着他们的楼梯并没有被人挖开过的迹象，也看不到他们的踪影。我让人传开消息，就说他们已经被人埋葬，有位神父出于同情带走了他们的尸体，让他们安息在泰晤士河的最深处——我想这样做非常合适，毕竟他们本来就是河流之子[1]。这个故事看起来比其他传言更完整，没有人能够拿出证据加以反驳。你们指使的那三个凶手——如果他们真的下了手的话——也保持沉默。

我应该很快就会来探视你——宫廷正为理查德的胜利和晴朗的天气而欢欣，而刚刚得到自由的伊丽莎白公主成了宫廷里的小女王。她是那种非常有魅力的姑娘，和她母亲从前一样漂亮，半个王宫都为她而倾倒，她一定会在今年就嫁入好人家。这么精致的女孩肯定不愁嫁不出去。

斯坦利

这封信让我恼怒不已，那天剩下的时间里，我甚至无法祈祷，不得不骑上马，一直跑到草地的尽头，再绕着草地边缘跑了一圈——我的自由就到那里为止——还没看到盛开的水仙和草地里的羊羔。我的怒气却始终无法平息。他暗示说王子们并没有死去和入土，尽管他们无疑已经死去。他那番关于掘出尸体并葬在泰晤士河之底的谎言（虽然这反而会带来更多的疑问）并不足以令我生气，但配上伊丽莎白王后重获自由，以及她女儿在宫廷中——那个宫廷的主人与她们本该是死敌——大受欢迎的消息，却直击我的痛处。

王后为何会允许自己和那个本该和她有杀子之仇的男人达成协议？这让我迷惑，更让我厌恶。那名女孩为何能在她叔叔的宫中翩翩起舞，仿佛她这位叔叔并没有谋杀她的弟弟，也没有囚禁少女时的她？我无法理解。王后和以往一样，沉浸于虚荣之中，只为自身的舒适和愉悦而活。得知她满足于一位英俊的庄园主丈夫以及——这点毫无疑问——一笔丰厚的年金与舒适的生活，我并不感到惊讶。既然她能从杀子仇人那里求取自由，就不可能为她失去的两个儿子而悲痛。

① “河流”与两位王子所属的家族“里弗斯”是同一个词。

而且那可是黑特斯布里庄园！我知道那栋宅邸，她将会在那里过上舒适豪奢的生活，我毫不怀疑约翰·纳斯菲尔德会让她过上颐指气使的生活。男人们总是会为伊丽莎白·伍德维尔所倾倒，因为他们在漂亮的女人面前就成了傻瓜，即使她领导的叛乱导致了那么多人的死亡，让我失去了一切，她似乎也没有为此付出任何代价。

她的女儿一定比她邪恶千倍，才会接受这种条件，进入王宫、穿上美丽的衣裙、成为篡位者的王后的女伴之一，尽管那张宝座曾经属于她的母亲！我不能言语，也无法祈祷，约克王后和约克公主的虚伪和虚荣让我震惊不已，我唯一能想到的事就是如何惩罚她们：凭什么她们能够得到自由，而我却败落至此，又遭受囚禁？这样不公平，我们的经历相同，而那位约克王后却能够摆脱危险、离开避难所，生活在英格兰中心的华丽房子里、抚养她的女儿们，看着她们从朋友或邻居中挑选合适的结婚对象。约克公主不该这样集万千宠爱地生活在宫中、不该受她的叔叔宠爱，也不该是民众倾慕的对象，而我也不该遭受惩罚。上帝不可能真的想让这些女人和平幸福地生活，而我的儿子却流亡在外。这不可能是他的意愿。他想要的必然是公正，他必然想看到她们受到惩罚，必然想看到她们的衰败，必然希望她们被烧死在火刑柱上。他也必然想看到焚烧她们时升起的烟雾。而且上帝知道，只要将武器放入我顺从的手中，我就将成为他行使意志的工具。

1484年4月

我丈夫来探望我的时候，理查德国王正在春季巡行的途中。理查德会把那里作为这一年的军事指挥中心，因为他知道我的儿子必定会在今年、明年或是后年起兵。托马斯·斯坦利每天都在我的土地上骑马出行，他总是在打猎，仿佛这里是他的猎场——然后我想到，的确如此。现在一切都属于他了。他每天的晚餐都非常丰盛，并从酒窖里拿出珍藏的好酒喝得酩酊大醉，虽然那些原本是亨利·斯塔福德为我和我的儿子准备的，但现在，这些都是他的了。感谢上帝，我不像其他女人那样在乎世俗的财物，我也不会带着愤恨看着桌上的觥筹交错。但我要感谢圣母玛利亚，如今我的脑海中只想着上帝的意志和我儿子的胜利。

“理查德知道亨利的计划吗？”一天晚上，在他用我被迫让给他的酒窖里的美酒喝得烂醉之前，我问他。

“他在亨利的小小宫廷里安插了不少探子，这是当然的。”斯坦利答道，“还有一张能将消息从王国的一头传递到另一头的情报网。就算是有哪艘渔船在彭赞斯[①]靠岸，他第二天也肯定会知道。但你的儿子已经长成了一个聪明谨慎的年轻人。据我所知，他口风很紧，而且只与他叔叔加斯帕商谈计划，除此之外不相信任何人。理查德从布列塔尼打探到的只有那些显而

① 英格兰康沃尔郡一城镇。

易见的消息。他们显然正在配备船只的所需品，等准备完毕之后就会立刻出发。但去年的挫败对他们影响不小。他们让赞助者失去了一笔不小的财富，或许他不愿再冒险资助给他们一支舰队了。大部分人都认为布列塔尼公爵会放弃他们，把他们交给法兰西。一旦落入法兰西国王的掌控下，他们可能会成功，也可能再也没有出头之日。除此之外的事，理查德就不清楚了。”

我点点头。

“你有没有听说，伊丽莎白·伍德维尔的儿子托马斯·格雷已经逃出了你儿子的宫廷，正试图返回英格兰的家?”

“不!”我大惊失色，“他为何这么做？他为何要离开亨利?”

我丈夫隔着玻璃杯对我微笑。“看起来是他母亲命令他回家，让他与理查德讲和，就像她和她的女儿们那样。她好像并不相信王子们是理查德杀的，不是吗？她好像觉得亨利不值得她再支持下去了。否则她何必期待和国王彻底和解呢？她就像是要断绝自己与亨利·都铎的联系似的。”

“谁知道她在想什么?”我急躁地说道，“她是个反复无常的女人，只在乎自己的利益，不会忠于任何人，而且完全不明事理。”

“你的儿子亨利·都铎在途中截获了托马斯·格雷，并将他带了回去，”我丈夫说，“现在，他在他们的宫廷里更接近囚犯而不是支持者。这对于你儿子和那位公主的婚约来说可不是好兆头，不是吗？我想她会否认婚约，正如她同母异父的兄弟否认自己的效忠。这肯定会影响你的计划，也会让亨利蒙羞。看起来约克家族已经背叛了你。”

“她不能否认她的婚约，”我厉声道，“她母亲立过誓，我也一样。亨利还在雷恩大教堂在上帝面前发了誓。她要想摆脱这桩婚约，得从教皇本人那里得到特许才行。不过话说回来，她为什么想摆脱婚约?”

我丈夫笑得更露骨了。“有人向她求婚。”他轻声说道。

“她没资格被人求婚。她已经和我儿子订了婚。”

“是啊，但求婚也是事实。”

“我敢说，肯定是某个卑贱的侍从。”

他笑出了声，仿佛这是个夫妻之间的笑话。“哦不，并非如此。”

“肯定没有哪个贵族愿意屈尊娶她。她已经被宣布为私生子，与我儿子的婚约人尽皆知，她舅舅能给她的嫁妆也很有限。为什么会有人想娶她？她能带来的羞辱可是别人的三倍。”

“因为她的美貌？她简直光彩照人，你知道的。还有她的魅力——她有最让人愉快的笑容，你简直没法从她身上移开目光。而且她有乐天的心和纯净的灵魂。她是个可爱的女孩，无论从哪方面来说都是个真正的公主。感觉就像她离开避难所以后，便在这世界上找回了活力。我想他应该只是爱上了她而已。”

“那个傻瓜是谁？”

他愉快地笑了。“就是我一直在跟你谈论的人。”

“那个痴情的傻瓜究竟是谁？”

“理查德国王本人。”

有那么一会儿，我说不出话来。我无法想象这种被欲望支配的邪恶行径。“他可是她的叔叔！”

“他们可以得到教皇的特许。”

“他已经结婚了。”

“你自己也说过，安妮王后无法生育，而且恐怕活不太久。他可以让她靠边站：这也不算是不近人情。他需要另一个继承人——他的儿子又病了，需要另一个男孩来确保血脉传承下去，而里弗斯家族本就以善于生儿育女而闻名。想想伊丽莎白王后在英格兰国王床上的表现吧！”

我阴沉的脸色告诉他，我确实正在想象。“她的年纪都可以做他的女儿了!”

“你自己也知道，这算不上什么阻碍，而且不管怎么说，他们之间只相差十四岁。”

“他谋杀了她的弟弟们，还毁掉了她的家族!”

“别人姑且不论，你应该知道这不是事实。就连一般民众也不相信是理查德杀死了那些男孩，毕竟王后已经跟他和解，还住在乡间，公主们也留在他的宫廷里。”

我从桌边起身，心烦意乱得甚至忘了礼节。“他不可以有娶她的想法：他肯定只是想勾引她，让她蒙羞，好让她失去嫁给亨利的资格。”

“失去资格?”他大笑起来，“好像亨利有资格选择似的！好像他自己有多么抢手似的！好像不是你把他和公主强行维系起来的一样!”

“理查德会让她成为他的情妇，好让她和她的整个家族蒙羞。”

“我不这么认为。我想他是真的爱她，理查德国王爱上了伊丽莎白公主，这也是他一生中第一次爱上什么人。你去看看他看她的表情，就像是看到了什么不可思议的东西。那一幕可真是非同寻常，他就像是在她身上找到了自己生命的意义。她仿佛成了他的白玫瑰，我是说真的。”

“是吗?”我不屑地说，“她保持得体的距离了吗？她是个自爱的公主吗？如果她真是个公主，而且希望成为王后，就该只考虑自己的贞节和品行。”

“她爱慕他，”他简短地答道，“能看得出来。每当他去她的房间，她都会笑逐颜开，每当她跳舞的时候，都会偷偷对他露出微笑，而他的目光根本离不开她。他们是一对儿恋人，只有傻瓜才不这么认为，但也仅此而已。”

“那她不比情妇好多少，”我说着离开了房间，仿佛无法忍受再多听到一个字，“而且我应该写信给她母亲，对她表示同情，并且为她蒙羞的女儿祈祷。但我不应该对她们的所作所为惊讶。母亲就是个荡妇，看起来女儿也没好上多少。”

我关上门，阻挡了他嘲弄的大笑声，随后惊讶地发现自己在颤抖，双颊还流满了泪水。

次日，有位来自宫廷的信使找到了我的丈夫，但那没礼貌的家伙并没有让信使来我这里通报，于是我只好像个女仆那样下楼走到马厩前院，发现他正在召集自己的手下，命令他们坐上马鞍。“怎么回事?”

“我要回宫廷去了。我收到了一条口信。”

“我还等着你让信使把消息通报给我呢。”

“这是我的事。与你无关。”

我闭上嘴巴，忍住一句反驳。从他得到我的土地和财富以后，就开始毫不客气地摆出主人的架子。我牢记圣母玛利亚的美德，屈服于他的无礼，我知道，她会把这些都铭记在心。

“我的丈夫，能否请你告诉我，是不是这片土地上又有了危险或者麻烦？对于这样的问题，你总该回答我吧。”

“是损失，”他简短说，“这片土地蒙受了损失。理查德国王的儿子，小爱德华王子去世了。”

“愿上帝令他的灵魂安息。”我虔诚地说着，头脑却在兴奋中飞快转动。

“阿门。所以我必须回宫廷去。我们要去哀悼。这会让理查德深受打击，毋庸置疑。他只有一个孩子，现在那个孩子也不在了。”

我点点头。现在阻挡在我儿子和王位之间的只剩下理查德：除了我的儿子以外，再没有别的继承人。我们从前说起过挡在我儿子路上的那几颗跳动的心脏，如今约克家的所有男性继承人都已死去。兰开斯特继承人的时机到来了。“这样理查德就没有后裔了，”我轻声说道，“我们服侍的是一位没有子嗣的国王。”

我丈夫深色的双眼看着我的面孔，露出微笑，仿佛我的野心让他很是高兴。“除非他娶了那位约克家的公主，”他又在戏弄我，“而且别忘记，她来自善于生儿育女的家族。她母亲几乎每年都会生育。如果约克家的伊丽莎白给他生下了许多王子，又给他带来里弗斯家的支持和约克亲族的爱戴呢？他和安妮之间已经没有了子嗣——现在还有什么能阻止他抛弃她呢？她可以立刻跟他离婚，然后去修女院隐居。”

“你怎么不赶快回宫廷去？”我太过愤怒，有些口不择言，“回到你那背信弃义的主子和他的约克荡妇身边去。”

“我会去的，”他跨上马背，“但我会把那边的内德·帕顿留下，”他指了指站在一匹高大黑马身边的年轻人，“他是我的信使。他会说三国语言，包括布列塔尼语，如果你想把他派去布列塔尼的话。他有在这个国家、法兰西和布列塔尼通行的安全通行证，由作为英格兰治安官的我签发。你可以把任何想送的信交给他，没有人可以拦下他，或者从他手里拿走信件。理查德国王也许看起来像是我的主子，但我不会忘记你的儿子和他的野心，他在今早离王位只剩下一步之遥，而且他向来是我喜爱的继子。”

“可你究竟支持哪一方？”当他的手下骑上马儿，举起旗帜的时候，我有气无力地质问道。

“将会获胜的那一方。”他笑了几声，捶了捶胸口，像士兵那样对我敬了个礼，然后策马离去。

1484年夏

我等待着。除了等待我什么也做不了。我让内德·帕顿帮我带信给加斯帕，加斯帕也回了信，对于一位无权无势、远在他乡而又愚昧无知的女人来说，他的措辞算得上彬彬有礼。我很清楚，这场失败的叛乱不但令他们失去了军队和舰队，也令他们失去了对我的信任：作为同谋者的我，以及作为他们想要夺取的国家里拥有特权的我。在这炎热的夏日里，田地里的作物都已成熟，制作干草的人们拿上镰刀在地里收割，而我觉得自己就像愚昧无知的野兔一样，躲避着锋利的刀刃，径直落入陷阱。

我写了好几封信，各自分送出去。我斥责了曾经的王后伊丽莎白·伍德维尔，斥责她的女儿们的行为，因为我每天都会听到更多的细节：她们的衣服有多么漂亮、她们在宫中有多么重要、她们的美貌、她们的无忧无虑、她们在宫中玩乐时自然流露出来的魅力。很多人说她们的祖母雅格塔是一名女巫，是水之女神梅露西娜[1]的后裔，现在又有很多人说那些女孩子也能够施展魔法。她们之中最美的女孩答应嫁给亨利，但她的举止却像是完全忘了这回事。我写信给伊丽莎白·伍德维尔，要她做出解释；同时写信给那名虚荣的女孩——约克家的伊丽莎白——谴责了她的行为；我也

---

① Melusina，欧洲传说中的水中精灵，传说居住在圣泉或是清澈的河水中，其上半身是女子，下半身通常是蛇或鱼尾，也曾被描绘为拥有两条尾巴或者翅膀的形象。

给亨利写了信，要他别忘记自己的使命——可他们没有人、没有一个人回信给我。

我独自待在自己的房子里。尽管我毕生都在渴望每日祈祷的独居生活，但当真的独自一人的时候，又觉得孤独得可怕。我开始觉得什么也不会改变，我的一生都会在这里度过，我那喜欢戏弄人的丈夫偶尔会来探访，喝着从我的酒窖里拿来的酒、吃着从我的猎场上打来的猎物，还带着某种偷猎的快感。我会得知宫中的消息，也知道没有人惦念我，也没人记得我曾经的举足轻重。我会得知我远在他乡的儿子的消息，他会礼貌地送上祝福，在他生日那天，他会为我做出的牺牲而表达感谢；但他从未表达过对我的爱，也没有提到我何时才能再见到他。

在孤独中，我想到他还只是孩子的时候就与我分隔两地，从此就再也没有亲近的机会——根本不像是母亲与孩子的关系，不像伊丽莎白·伍德维尔和她的孩子们的关系，她亲自抚养他们长大、坦率地对他们表达爱意。现在，我对他来说已经没有价值了，他将会将我彻底遗忘。而事实上——虽然这事实难以接受——如果他不是我的家族的继承人，也不代表我的全部野心的话，我恐怕早就将他彻底忘记了。

我的人生是如此落魄：宫廷遗忘了我，我的丈夫嘲弄我，我的儿子不需要我，上帝也对我沉默不语。我蔑视宫廷，从未爱过自己的丈夫，我的儿子也只是为了实现我的宿命而诞生——如果他办不到，我也不知道我们对彼此还有什么用处——即使有这些前提，我还是感觉不到丝毫安慰。我继续祈祷。我不知道除了祈祷还能做些什么。我只能继续祈祷。

我的夫人：

我写信是为了警告你，理查德国王已经和布列塔尼的现任统治者——布列塔尼的财务总管和首席军事长官（公爵目前的精神状况不太稳定）——签署了协议。理查德国王和布列塔尼达成了一致。英格兰会派去弓手，帮助他们和法兰西对抗，作为回报，他们会把亨利·都铎囚禁起来，送他回国接受处决。我想你肯定想知道这件事。

你永远忠实的丈夫，

斯坦利

1484年6月

写于庞特弗雷特

除了内德·帕顿之外，我没有可以信任的信使。但我必须冒这种风险。我给加斯帕捎去了一句话。

斯坦利告诉我说，理查德和布列塔尼达成了协议，要逮捕亨利。千万小心。

然后我去了礼拜堂，跪在圣坛的扶手前，面朝着基督受难的十字架。“请保佑他平安。”我一遍又一遍地轻声说道，“请保佑我儿子的平安。并且让他赢得胜利。”

不到一个月，我就收到了回信。信是加斯帕写来的，内容一如既往的简单而直接。

感谢你的提醒，你的朋友莫顿主教也确认了此事，他是在法兰西听说的。我带了一些人骑马前往安茹，尽我所能地吸引他们的注意力，而亨利带着五名守卫前去瓦纳。他伪装成仆人赶路，比布列塔尼的守卫只提前了一天越过边境。当时相当惊险，但你的儿子在危险之时仍然冷静，等我们安全之后，这些就成为了笑谈。

我们受到了法兰西宫廷的欢迎，他们承诺会为我们提供军队与资金。他们会打开监狱的大门，让我们用那些无赖和恶棍组成一支军队，我已经想好该如何训练他们了。我仍然拥有希望，玛格丽特。

加·都

1484年7月

写于法兰西

1484年冬

宫廷在威斯敏斯特度过了圣诞节，我从仆人间的闲谈中得知，理查德举办了一场足以和他的哥哥在世时相媲美的盛大庆典。关于庆典上的音乐、娱乐、服装和宴会的描述在整个王国流传开来，而且越传越夸张。我的仆人们带回了圣诞节用的圆木、槲寄生和冬青树，在厨房和大厅里度过了欢乐的圣诞节，尽管我没有参与。

我发现礼拜堂里的大理石地板异常冰冷。我没有慰藉，没有地位，也没有多少希望。理查德在威斯敏斯特宫，享受着约克家族的荣耀与权势，他得意洋洋，而无论我的儿子还是我的小叔都无法伤害他——他们俩如今寄人篱下，待在英格兰的敌国法兰西那里。我看着他们再度陷入流亡生涯，看着他们低声下气，受人漠视。我担心他们会从此在法兰西的宫廷耗费光阴，直到亨利的一生结束，他将会以“平庸的王位觊觎者”为人所知：在政治游戏里是一张有价值的牌，但他自身一钱不值。

我丈夫难得地从威斯敏斯特宫写来了信，我就像看到面包皮的乞丐那样扑了上去。消息来源的严重缺乏让我顾不上自尊了。

约克家的公主已经掌控了大局：她的美丽征服了宫廷，国王就像只哈巴狗似的跟着她。王后把自己的礼裙给她穿——她们连着装都相互搭配。瘦削年长的安妮·内维尔和那个光彩照人的乐天女孩穿着同样华贵精致的衣裙前去用餐，仿佛希望别人拿她们做比较似的。

肯定是国王命令王后殷勤待她：她就差让伊丽莎白上她叔叔的床了。有些人和你有相同的看法，他们也觉得理查德引诱自己侄女只是为了侮辱你的儿子，让你的儿子知道自己只是个戴绿帽子的软蛋。如果真是这样的话，那他已经大获成功了。亨利·都铎在这个血气方刚的宫廷里已经沦为笑柄。但还有些人的想法更简单些，认为这一对儿就像表面上那样不计后果，眼中只有彼此，脑中所想的只有对彼此的欲求。

这个节日的宫廷非常美妙：但很遗憾，我不能去那里。从爱德华国王那时以后，我就再没有见过如此豪奢和迷人的宫廷，而这一切的中心正是爱德华的女儿：她就像是得回了自己应得的东西那样。她显然属于那儿。约克家的确就像光辉绚烂的太阳，约克家的伊丽莎白的确让人眼花缭乱。

顺带一提，你有你儿子的消息吗？理查德的探子会把消息秘密回报给他，我不知道他们说了些什么，但我知道国王已经不那么害怕亨利，还有他可怜的盟友，发了疯的布列塔尼公爵了。你知道的，他差点在去年六月的时候逮住他，还有很多人说亨利在法兰西根本找不到安身之地。法兰西国王只会把他当做交易的筹码，直到他失去全部价值为止。也许你们的上一次失败就是最后一次机会了？你怎么看？如果真是如此的话，你希望放弃对亨利的期望，并向理查德请求宽恕吗？如果你愿意放弃一切的话，我也许可以为你求情。

我向你致以节日的问候，并将这本小册子送给你当做礼物。它是用托马斯·卡克斯顿发明的印刷机印刷的，由已故且受人怀念的安东尼·里弗斯引入英格兰——就是那位王后的弟弟。你会发现这是本印刷出来的书，不是手抄本。人人都说安东尼是位高瞻远瞩之人，才会赞助这样的事业。他的姐姐伊丽莎白王后校订了这本册子的初版：这是当然的，她的学识和美貌本就同样出众。

如果所有人都能阅读，而且所有人都能买到这些册子，又会发生什么呢？他们会不会彻底抛弃教师和国王？他们会不会再也不关心什么兰开斯特家和约克家，而是自己从中寻找效忠的对象？这些册子对你们这两个家族会不会意味着灭顶之灾？这样的设想很有趣，不是吗？

斯坦利

我恼怒地把他送来的书丢到地上，我想到了约克家的伊丽莎白和她乱伦的叔叔在圣诞宴席上翩翩起舞，而那个可怜的东西，安妮・内维尔却朝着他们微笑，仿佛她也是幸福家庭的一员。斯坦利用亨利的沉默来嘲笑我的时候，我无法反驳。事实上，我不知道他现在在做什么：自从他们逃去法兰西，加斯帕说他仍有希望，却不告诉我具体的情况，我就再也没有听到过他们的音信。我想加斯帕已经建议亨利不要写信给我。我想他们是认为斯坦利的信使内德・帕顿并不可靠：他们觉得他会向我的丈夫报告。他们的身边全是探子，有理由猜疑：但我担心他们现在连我也怀疑了。这曾经是我们的战斗，我们的叛乱：我们都铎家对抗约克家。现在他们什么人也不相信，甚至包括我。现在的我简直和外界彻底隔绝。除了我丈夫写信告诉我的那些事以外，我什么也不知道，而他字里行间的态度完全像一个胜利者在嘲笑落败的敌人。

1485年3月

这一天，我起床晨祷，像以往那些祈祷，希望自己能够得到耐心，让我忍受囚禁和缺乏交流的生活，希望我的儿子赢得胜利，他的敌人们统统垮台。但我却不由自主地思索起了理查德将会如何垮台，幻想起了约克家的公主和她的女巫母亲遭受羞辱的情景，等我回过神来的时候，吃惊地发现圣坛上的蜡烛都已燃烧殆尽，而我已经跪地祈祷了两个钟头，女伴们焦躁不安地等在我身后，不时发出那种认为自己受到虐待的女人才有的夸张叹息声。

祈祷完毕我起身走去吃早餐，看到女伴面前只有开胃小菜，似乎她们已经等我等了一个多小时，差不多都已经绝望了。如果软禁期间我能住在修女院里，至少能够像圣女而不是傻瓜一样生活。我想在自己的房间里处理政事、收齐租金，可却什么也不需要我来做。现在这些都由我丈夫的管家处理，我现在倒像是自己房子的租客。

为了健康，我每天早上都强打精神到花园里散步一个小时，但苹果树上丰满的花苞和四旬斋百合摇摆的黄色花朵都无法给我带来半点快慰。太阳开始为我又一年的囚禁生涯发光发热，而我感觉不到丝毫喜悦。这代表着战争时节的开始——我的儿子肯定正在招募军队、雇佣舰船，但我却对这些一无所知。仿佛只有我被困在孤独而寂静的冬天里，而除我以外的整个世界都生机勃勃，为机遇和罪恶本身而争斗。

整个世界仿佛笼罩在离奇的阴影之中，刚才还明亮温暖的阳光突然冰冷，暗淡得简直像是烛光，笼罩着果园。突然间，枝头啁啾的鸟儿们沉默下来，果园尽头的母鸡也匆匆返回鸡舍，周围越来越暗，仿佛已然夜幕降临，虽然时间连正午都没到——我差点以为这一切是世界在应和我的情绪。

我突然停住脚步：上帝的感召终于到来。我终于等到了这一天。我在白昼之时看到了幻景，我很快将会看到天使，甚至是圣母玛利亚本人，而她会告诉我，我的儿子将会登陆英格兰，而且他将会赢得胜利。我跪倒在地，准备迎接我等待了一生的圣母玛利亚。我终于能够看到圣女贞德所看到的情景，终于能够在教堂的钟声里听到天使的声音。

“玛格丽特女士！玛格丽特女士！”房子里跑出一个女人，一名卫兵跟在她身后，“快进来！快进来！要出大事了！”

我吃惊地睁开双眼，看向身后那个尖叫着的傻瓜，而她飞快地穿过果园，裙角扬起，头巾凌乱。如果那样的傻瓜都能看见，这就不可能是什么神圣的幻景。我站起身。根本没有什么幻景：我所看到的和其他人一般无二，这也并非什么奇迹，只是俗世的怪异天象而已。

“玛格丽特女士！快进来！这肯定是风暴，要不就是更可怕的事！”

她是个傻瓜，但她说得没错：肯定要发生什么可怕的事，但我并不明白到底是什么。我抬头看向天空，看到的却是最为陌生，也最为不祥的景象：太阳被一个巨大黑暗的圆形物体所吞噬，仿佛一只餐盘盖了蜡烛的光。我遮住眼睛，从指缝间缓缓望去，看到那个圆盘状物体在太阳前缓慢移动，直到将它完全遮住，整个世界也黑暗下来。

“快进来！”那个女人的声音轻了许多，“玛格丽特女士，看在上帝的分上，快进来！”

“你进去吧。”我说。我竟然被这一幕深深吸引了。遮蔽了太阳的，仿佛是我心中的悲伤所带来的黑暗和绝望，而突然之间，周围就黑暗得如同夜晚。也许这样的夜晚会永远持续下去；只要理查德还坐在英格兰的王位上，我的儿子就永远会是天空中被遮罩的太阳。自从他失利之后，我的人生便像黑夜一样黯淡无光，如今每个人都要与我共同承受黑暗，因为他们没有起身为我的儿子而战。在这个没有真正国王、被上帝所抛弃的王国里，夜色将会永远笼罩我们。这也是他们应得的下场。

那个女人发起抖来，连忙跑回房子里。陪在她身旁的卫兵在稍远处以近乎立正的姿势站定，在守护我的职责和自身的恐惧间犹豫不决，我们两人就这样在恐怖的昏暗中等待着，想看看接下来会发生些什么——如果真会发生什么的话。我想知道这是否意味着世界的终结，如果这就是终结，那么天使们就将吹响喇叭，而上帝也会召唤我前去他的身边，毕竟我侍奉了他这么久，过程艰难，而且毫无回报。

我再次跪倒在地，摸索着口袋里的玫瑰念珠，准备好迎接召唤。我不害怕，我是个勇敢的女人、受上帝宠爱的女人。我已经做好准备，等待天国之门开启，等待上帝的召唤。我是他的忠实仆从，也许他会首先召唤我，让质疑我的天命、质疑他和我之间存在默契的那些人看到。但那种离奇的光芒却再度出现，我睁开双眼，张望四周，看到世界正在缓缓复原，光芒逐渐变强，圆盘渐渐远离太阳，而太阳再度明亮到无法直视，鸟儿们也重新欢唱起来，仿佛黎明再次到来。

结束了。邪恶的阴影消失了。这必定是某种讯息——但究竟是什么呢？我该从中领会些什么？那个卫兵因恐惧而颤抖着，他看着我，甚至忘记了自己的身份，直接对我说："看在上帝的分上，这到底是怎么回事？"

"这是一次昭示。"我没有指责他的无礼，"这是上帝给予的昭示。表示某位国王的统治将要结束，新的太阳也会随之到来。约克家族的太阳即将陨落，新的太阳会像巨龙那样升入空中。"

他吞了口口水。"您能肯定吗，女士？"

“你自己也看到了。”我说。

“我看到了黑暗……”

“你看到那条钻出太阳的巨龙了吗?”

“我想是的……”

“那是都铎家的巨龙，从西方而来。正如我的儿子即将到来。”

他跪倒在地，向我举起双手，以示效忠。“到那时，您可以召唤我为您的儿子效命，”他说，“我是您的臣民。我看到太阳像您说的那样黯淡无光，我也看到了那条从西方飞来的巨龙。”

我握住他的双手，对自己露出微笑。民谣正是这样诞生的：他会说他看到了来自威尔士的都铎之龙从西方飞来，遮蔽了约克家的太阳。

“太阳已经不复光彩，”我说，“我们都看到了它的晦暗与覆灭。整个王国都看到了太阳黯然失色。在这一年里，约克家族的太阳将会陨落，永远不再升起。”

1485年3月

给我的妻子，玛格丽特·斯坦利夫人：

写这封信是为了告诉你，安妮王后已经去世。自从圣诞节宴会之后，她的病情就在不断恶化。她因肺部衰竭而死，死时几乎无人照看——就是在那一天，城堡上空的太阳变得黯淡无光。

接下来的消息你应该会感兴趣，理查德公开宣布，他从未想过与他的侄女结婚。风言风语已经上升到了丑闻的程度，北方的诸位领主明确告诉他，他们不会接受这种侮辱死去王后的行为。事实上，许多人是害怕伊丽莎白·伍德维尔以王太后的身份重掌权力，因为他们是处决她的哥哥和囚禁王子的帮凶。也许你本该克制自己，不去责骂她。如果你之前去怂恿约克家的女孩和理查德成婚，那么理查德也许会就此垮台！但你出于对儿子的骄傲而没能想到这一点，我想这不怪你。

为了证明他对约克公主满不在乎，国王决定将她交托给一位品行无可指摘的女士来照看，让全世界都知道她的纯洁——而非像我们所认为的那样疯狂地与他相爱，在他的妻子垂死之际和他上床。

你也许会惊讶于他为她挑选的监护人……保姆……或者说，代理母亲？……正是你。她和你的儿子有着婚约，所以你是最适合为她维护声名的人。

我从信中抬起头，几乎能听到他的嘲笑，能看到他冷冷的笑容。我发现自己也在笑。没有人知道命运之轮将会如何转动，现在，我所厌恶的那个女人的女儿将由我监护，而且我也同样厌恶她的女儿。

那位公主在本周之内就会抵达你的住所。我相信你们一定会相处愉快。从我个人来说，我无法想象比你们两个更不适合的家庭；但毫无疑问，你的信仰将会支持你，而她当然也别无选择。

斯坦利

1485年4月

我阴郁地命令仆人准备一间公主用的卧室，并且向手忙脚乱的女伴们确认，约克家的这位公主——或者按照我直截了当的方式，称她为“伊丽莎白女士”，毕竟她已经被宣布为私生子，也就没有了家族名——将会在几天之内到达。他们关心的重点是亚麻床单和她房间的水壶品质问题，那些都是我平时用的，而她们却觉得这些太简陋，不适合这样一位高贵的年轻女士。于是我简单地告诉她们，既然她此后的人生都与国王保持距离，又要用她借来的，并不属于她的东西度日，那么她的水壶是不是白镴制成并不重要，有没有凹痕都毫无分别。

但我的确费了番功夫，给她的房间里配备了一张上好的祈祷台，还有一只简朴但硕大的十字架，让她可以专注于忏悔自己的罪孽；还有我收集来的祈祷词抄本，便于她思考过去的人生，期待在未来做得更好。我还在其中放入了我家谱的抄本，让她可以亲眼看到我儿子的出生和她一样优秀，甚至比她更好。在等待她到来的期间，我收到了加斯帕寄来的最为简短的一封信。

法兰西国王给予了我们援助，我们等到风向转好就会出发。你必须尽可能把约克公主弄到手，只要她在我们这边，约克家的人就会支持我们，兰开斯特家的人也会观望形势。为我们祈祷吧。我们等风向改变就会立刻启程。

加

我把那封信丢进火里，吃惊得喘不过气来，就在这时，我听到了一阵马蹄声。听起来像是一支大约五十人的护卫队。我去了大厅的窗边，向外窥视，看到了我丈夫的旗号，还有穿着他家族制服的人们。他骑着高头大马走在队伍最前；在他身边骑着结实的矮脚马，穿着闪闪发亮栗色外衣的是他的守卫队长；而侧坐在那位守卫队长的身后，面露微笑，仿佛自己是半个英格兰的主人的，是位身穿鲜红色丝绒骑装的年轻女人。

那颜色令我发出猫儿似的嘶嘶叫声，退后几步，让挑剔地打量着这栋屋子、仿佛在考虑是否要买下的她看不到我苍白而震惊的面孔。她的衣裙的亮红色彩让我震惊。我甚至看不到她的面孔，虽然能略微瞥见她塞在红色丝绒帽子下面的金发。令我恼怒的不是我丈夫把她抱下马鞍时，脸上露出的那种我从未见过的微笑，而是那种颜色。

然后我突然全都想起来了。我初次进宫的那一年，亨利六世的王后，安茹的玛格丽特为这个世界带来了全新的红色：就是这种明亮的鲜红色。我记得玛格丽特王后低头扫视着宫廷的大厅，目光直接从我身上越过，仿佛我不值得她的关注。我想起了她高高的锥形头巾和鲜红色的衣裙。我想起了当时的感觉，正如我现在的感觉那样，那是一种本应得到最多的关注和最高的敬意，却受人忽视的人所感受到的满心怨愤。这位伊丽莎白女士甚至尚未踏入我的门槛，身上衣服的颜色就足以吸引所有人的关注。甚至在她进入我的屋子之前，我就可以肯定，她会吸引本该注意我的所有目光。但我已经下定决心让她尊敬我。我敢发誓，她会知道她应该听谁的话。我拥有上帝所赐予的力量，毕生都在祈祷和研习，她的人生却在轻浮与野心中度过，她的母亲也无非是个走运的女巫。上帝作证，她应当尊敬我。我会确保这一点。

我的丈夫亲自为她打开房门，然后退到一边，让她率先走进大厅。我从阴影中走上前去，她立刻退后了半步，仿佛我是个幽灵。“噢！玛格丽特夫人！您吓着我了！我都没看到您！”她大声说着，神气十足地行了个屈膝礼，幅度显然经过计算——不比向王后行礼的幅度，也不比向王国中某个伟大领主之妻行礼的幅度，甚至不比向一个即将成为她的婆婆的女人行礼应有的幅度，她的身子稍微高那么一点点，仿佛在提醒我，我在她的国王叔叔那里失了宠，还因为他的命令而接受软禁，而她却是国王最宠爱的人。

我略微地、几乎难以令人察觉地点点头，以示回应，随后朝我的丈夫走去，和他像往常那样冷冷地互吻面颊作为问候。“我的丈夫，欢迎您的到来。”我礼貌地撒着谎。

“我的妻子，我给您带来了快乐。”他答道，笑容前所未有的欢快：他非常乐于把这朵绽放的鲜花带到我仿佛寒冷土窖般的家中。“能给你带来这样一位伙伴，让您的独居生活快乐起来，我感到非常愉快。”

“我能够学习和祷告，本来就过得很愉快，”我立刻答道，看到他冲我扬了扬眉毛，我便转身面对她，“不过当然了，你的到访让我非常高兴。”

“我不会打扰您太久的，我可以肯定，”她说着，面孔因为这场冷漠的欢迎略微发红，“我很抱歉，但这是国王的命令。”

“这并非我们的选择，但这番安排令人愉快，”我丈夫圆滑地说，“我们到里屋去如何？再喝点酒？”

我对着管家点点头。他知道要去拿的是最好的酒：我丈夫已经熟悉了我的酒窖，每次都会要最好的酒，毕竟他现在才是这儿的主人。我带路走在前面，听着她轻巧的脚步声跟在我身后，高高的鞋跟敲打着大厅里的石板地面，步调充满虚荣。等我们来到我的房间时，我示意她坐在凳子上，而我坐在木雕椅子上，低头看着她。

她很漂亮，这点无可否认。她有心形的脸蛋，奶白色的皮肤，棕色而笔直的眉毛，还有灰色的大眼睛。她的头发是金色的，从她的帽子里逸出的那缕头发和垂在她肩头的发卷来判断，发梢的部分应该是亚麻色，还打着卷儿。她个子很高，拥有她母亲的优雅，却又有着她母亲并不具备的那种惹人喜爱的气质。伊丽莎白·伍德维尔无论走到哪里，都会有人回头打量她，这个女孩能够温暖人心。我现在明白我丈夫说的“光彩照人”是什么意思了：她的确非常迷人。即使是现在，她也散发着惹人怜爱的魅力。她脱下手套，把双手举到温暖的炉火旁，却没有发觉我正像是打量待售的马儿那样上下打量着她。她就像是那种可爱的小动物，让你忍不住想带回家当做宠物：就像一头失去双亲的小鹿，或者是一匹四腿细长的小马驹。

她察觉到了我的目光，也抬起头来。“抱歉打扰了您的研习，玛格丽特夫人，”她又重复了一遍，“我已经写信给了我母亲，也许她会允许我住到她那里去。”

“你为什么会离开宫廷？”我问她，挤出一个笑容，好鼓励她向我坦白。“你是不是惹上了什么愚蠢的麻烦？你知道的，我就是因为支持我儿子而失宠的。”

她摇摇头，脸上蒙上了些许阴影。“我想国王是想让我待在不会有人质疑我声誉的地方，”她说，“有一些谣言——也许您也听说了？”

我摇摇头，仿佛在暗示我住在如此平静而偏僻的地方，根本听说不到任何事。

“国王对我很好，在宫廷里的诸位女士之中特别看重我，”她用只有漂亮女孩才知道的方式流利地撒着谎。“有些谣言——您知道宫廷的人有多喜欢谣言——而且王后殿下又不幸去世，国王陛下希望让别人明白，谣言的内容并不是王后去世的原因。所以他才把我送到了您这里。您愿意让我住下，我非常感激。谢谢您。”

“谣言说了些什么?”我问道。我看着她在那张小凳子上不安地挪动了一下。

“呃，玛格丽特夫人，您知道这个世界有多喜欢闲言碎语。”

“那他们都闲言碎语了些什么?”我追问她，“如果你想要我为你恢复声誉，我就该知道那到底是什么。”

她老老实实地抬头看我，仿佛如果可以的话，她愿意把我当做朋友以及盟友。“他们说国王想娶我为妻。”她说。

“那么你愿意吗?”我语气平静，但我却能听到自己的心脏愤怒跳动的声音——那愤怒是因为她对我的儿子和我的家族的侮辱。

她的脸更红了，如同她的帽子一样鲜红。“这不是由我决定的，”她平静地说，“我的母亲会安排我的婚姻。而且除此以外，我已经和您的儿子订婚了。这样的事是由我的母亲和我的监护人决定的。”

“你的顺从值得赞扬，这我可以肯定。”我说，发现自己无法压抑语气中冰冷的轻蔑，她听了出来，略微缩了缩身子，再次看向我。她看到了我愤怒的神情，脸上血色尽失，苍白得仿佛就要晕倒。

就在那时，我的丈夫走进房间，身后跟着的管家带来了葡萄酒和三只玻璃杯。我丈夫很快明白了状况，于是彬彬有礼地说：“看来你们互相有所了解了？真是太好了。”

等她喝完自己那杯葡萄酒以后，他便打发她回自己的房间去，让她在辛苦的旅程后好好休息。随后，他又给自己倒了些酒，坐在和我一样的椅子上，一边将靴子伸到壁炉边，一边说：“最好别欺侮她。如果理查德打败了你儿子，他就会娶她为妻。一旦他取得了这样伟大的胜利，北方的叛乱也会彻底平息，而她会成为王后，你也就永远没法离开这个老鼠窝了。”

“这儿不能算是老鼠窝，我也不会欺侮人，”我说，“我只是想问她为什么会被送来我这里，而她选择跟我说的事情真假参半，就像其他那些是非不分的女孩所做的那样。”

“也许她的确是个骗子，以及用你的话来说，也许她还是个荡妇，但她会成为英格兰的下一位王后，”他说，“如果你的儿子是来自威尔士的龙——你知不知道有一首新歌谣，讲述的是来自威尔士的龙——那他就必须和她结婚，以确保约克家族的支持，无论她有怎样的过去。如果理查德打败你的儿子，而这非常有可能，那么理查德会娶自己爱着的她为妻。不管怎样，她都会是英格兰未来的王后，你那么睿智，应该不会选择与她为敌。”

“我会以无可挑剔的礼节对待她。”我说。

“很好，”他满意地说，“但你要听我的话，再多下点工夫……”

我等他继续说下去。

“别趁机对她颐指气使，万一时运变化，她也许会凌驾于你之上。你要表现出支持她的态度来，玛格丽特。别总带着博福特家那种受损的自尊心——像个斯坦利的样子：支持将会获胜的那一方。”

1485年5月

我没有理会我丈夫的建议，我总是盯着伊丽莎白女士，而她也总是盯着我。我们无言而警惕地相处着，仿佛两支军队在战场上对峙。

“就像马厩屋顶上的两只猫儿。”我丈夫欢快地说。

有时候她会问起我儿子的近况——就好像我可以放心地告诉她，他在法兰西宫廷为了筹集进攻英格兰所需的资金和支持时遭遇的种种羞辱似的！有时候我会问起她，她仍在宫中的那些妹妹有什么消息，她告诉我，宫廷迁去了诺丁汉，迁到了位于英格兰中心的那座黑暗的城堡中，在那里，理查德正等待着他预期中的进攻的到来。更年轻的那些约克女孩们被送去了谢里夫哈顿以保平安，而我明白，伊丽莎白很想到她们身边去。她毫无异议地遵守着我的家规，祈祷时和我一样平静而沉默。我会带着她不吃早饭就在礼拜堂祈祷，每次几个钟头，而她没有半句怨言。她只是脸色愈发惨白，在我的房间里那虔诚的沉默中愈加疲倦，我想她肯定觉得度日如年。穿着红色骑装、骑马来到我家时的她是一朵鲜红的玫瑰，而如今已褪色为一朵名副其实的白玫瑰。她仍旧美丽，但又变回了她母亲在阴暗的避难所里养大的那个沉默的女孩。她体验荣耀的时日那么短暂，可怜的小东西：在那短暂的时间里，她曾经是那个欢乐的宫廷里有实无名的王后。如今她又回到了阴影和沉默之中。

“可你的母亲肯定也过着和我一样的生活吧，”有一天，我对她说，“她也要独自住在乡间，没有可以打理的土地，也没有可以使唤的人。她和我一样被夺走了土地，也和我一样孤独。她肯定是在忏悔、悲伤和平静中度日的。”

让我惊讶的是，她竟放声大笑，虽然及时以手掩口表示道歉，但仍然眉飞色舞。“噢不，我的母亲是个快乐的女人，”她说，“她每晚都有音乐和舞蹈相伴，哑剧表演者和其他戏子都会前来，佃户们过节的时候她也一同庆祝，当然也会庆祝圣徒纪念日。她常常于晨间出门狩猎，然后在林间野餐。她的房子里总是很热闹，还有很多客人来看她。”

“听起来就像个小王宫。”我说。我听得出自己的语气中的嫉妒，但试着用微笑来掩饰过去。

“就是个小王宫啊，”她说，“许多爱戴她的人都记得过去的时光，他们很乐意去探访她，看看她居住的那栋可爱的房子，确认她平安无事。”

“可那不是她的房子，”我强调，“虽然她曾经掌控过王宫。”

伊丽莎白耸耸肩。“她不介意这些，”她说，“她最沉重的损失是失去我的父亲和弟弟们。”她提到这些的时候有些哽咽，还转过头去，“至于其他那些——宫殿、华服和珠宝，对她来说都不算什么。”

“你的母亲是我所知道的最物质的女人，”我直率地说，“无论她怎么伪装，这些都意味着她的衰落、穷困和失败。她已经被流放到宫外，现在只是个无足轻重的人。”

她只是笑笑，但并没有反驳我。她沉默的笑容带着某种极其轻蔑的意味，令我不得不抓紧椅子的扶手。我真想上前给她那漂亮的脸庞一耳光。

“你不这么认为吗？”我恼火地说，“说出来吧，孩子。”

“我母亲想什么时候进宫就什么时候进宫，而且是作为她丈夫的弟弟、英格兰的理查德国王最尊敬的宾客，”她轻声说，“他邀请过她，并承诺她的地位只在王后之下。但她不想这样。我想，她已经将俗世的虚荣抛在了身后。”

“不，我才是将俗世的虚荣抛在身后的人，”我纠正道，“这是掌控自身对名利欲望的奋斗，需要多年的研习和祈祷才能够达成。你的母亲从没做过这样的事。她做不到。她不可能抛却俗世的虚荣；她只是不想看到安妮·内维尔取代她的地位。”

女孩又大笑起来，这一次她面对着我。“您说得太对了！”她说得很大声，“简直跟她说的一模一样！她说她不能看着她可爱的长裙为了适合安妮·内维尔的身材而被人修剪！我是真的相信她不想再回到宫中，但您在裙子这方面没说错。可怜的安妮王后。”

“愿上帝让她的灵魂安息。”我虔诚地说。那女孩也跟着说道：“阿门。”

1485年6月

我的儿子就要来了。诺丁汉城堡里的理查德向英格兰各郡发布了命令，提醒诸位别忘记对他负有的职责，并公开宣布了亨利·都铎的威胁。他命令众人放下地方上的争端，准备集结士兵，为他而战。

他吩咐伊丽莎白离开我身边，和她的妹妹们一起去谢里夫哈顿，和克拉伦斯公爵乔治的孤儿们待在安全的地方。他要把所有约克家的孩子安置到最安全的地方——北地的城堡之中，而他会为他们的继承权，和我的儿子作战。我试图将她留在身边——只有让她和我儿子保持婚约，约克家的人才会支持我儿子——可她迅速收拾好了行装，穿上了那件红色骑装，打算在一个钟头之内离开，等到护送她的卫兵们到来时，她几乎都在马厩前面手舞足蹈了。

“我敢说，等这一切结束以后，我们就会再见面，”在她行屈膝礼向我道别的时候，我评论道。我让她走进大厅，而我坐在自己的椅子里，让她站在面前，就像在遣散我的某位仆从。

她一言不发，只是用那双美丽的灰色眼眸看着我，仿佛在等我完成布道，放她离开。

“如果我的儿子就像威尔士的龙那样攻入英格兰，又击败了理查德国王的话，那他就会成为英格兰国王。他会娶你为妻，让你做王后。这会是他赠与你的礼物，”我说，“你现在没有任何地位，但如果他愿意，他会给你。

你现在没有任何头衔；而他会让你做英格兰的王后。他会成为你的救世主，会拯救你于耻辱和无足轻重之中。”

她点点头，仿佛耻辱对女人来说不算什么。

“但如果理查德击败了我的儿子亨利，那么理查德也会接受你，让你成为他的情妇，再用一场迟来的婚姻洗清你的名誉。你也同样会成为王后，但就要嫁给那个杀了你叔叔和弟弟们的男人，他背叛了你父亲的遗愿，是你的敌人。这将令你蒙羞。甚至不比你和你的弟弟们一同死去好多少。”

有那么一会儿，我以为她没有听见，因为她的眼睛一直盯着地板，面对这些展望没有丝毫退缩。对于嫁给一个肯定恨她的年轻男人，或是背负着谋杀她家人罪名的男人，她表现得无动于衷。之后她缓缓抬头望着我，我看到她在笑，笑容很美，仿佛她很是愉快。

“无论怎样，你都会失宠，”我严厉地说道，“你应该明白这一点。你会在众目睽睽之下蒙羞。”

可她脸上的喜色仍未褪去。“没错，但无论怎样、无论蒙羞与否，我都会成为英格兰的王后，这也会是您最后一次坐在我面前了。”她语出惊人。她的勇气非比寻常，她的无礼不可原谅，但她的话语真实得可怕。

随后她匆匆向我行了个屈膝礼，转身留给我一个极度轻蔑的背影，径直走出我的大厅，走进马厩前的院子，那儿的卫兵正等在阳光之下，准备带她前往远方的安全之处。

我不得不承认，她的话让我哑口无言。

我丈夫回到家里，面色严峻。“我不能逗留，”他说，“我是来募集军队的。我要立刻召集我的佃户们，带他们前去作战。”

我几乎无法呼吸。“为哪一方？”我只能吐出这几个字来。

他看了看我。“要知道，你的问题和理查德国王的一模一样，”他说，“他对我非常猜疑，所以把我的儿子当做人质。他软禁了约翰，然后才允许我去征兵。我不得不答应下来。我必须找来亲族，带他们上战场。这场战争将会决定下一任英格兰国王的人选，斯坦利家的旗帜一定要出现在那里。”

“可你站在哪一方？”我问。

他笑了笑，仿佛在宽慰等待了这么久的我一样。“啊，玛格丽特，”他开口说道，“有什么人能忍受让他的继子登上英格兰王位的诱惑呢？如果不是为了今天，我在那么久之前又为什么要娶你呢？当然是号召我手下的数千人拿起武器，把你的儿子送上王位了。”

我感到自己的脸颊温暖起来，也有了血色。“你会出兵支援亨利？”我问道。斯坦利军队人马成千上万，足以决定这场战争的结果。如果斯坦利肯为亨利出战，那么亨利必胜无疑。

“当然了，”他说，“你难道不信任我吗？”

“我还以为你只会支援获胜的那一方。”我说。

他拥抱了我，这在我们结婚以来还是第一次，我也心甘情愿地投入了他的怀抱。他温柔地抱了抱我，然后低下头对我微笑。“如果我为他而战，那么亨利就是获胜的一方，”他说，“这难道不是你的心愿吗，我的夫人？”

“是我的心愿，也是上帝的意志。”我答道。

“那么上帝的意志必将达成。”他语气坚定地说。

1485年7月

上次叛乱期间围绕在我身边、由间谍与线人组成的情报网渐渐恢复，而我丈夫也捎信来，让我想见什么人就见什么人，风险由我自己承担。刘易斯医生从威尔士归来，带来了威尔士将会效忠都铎家的消息；彭布罗克城堡会为过去的主人加斯帕·都铎敞开大门。威尔士最有权势的部族首领莱斯·艾普·托马斯曾承诺支持理查德，但他不打算遵守承诺：莱斯·艾普·托马斯将会为亨利起兵作战。我的手下雷金纳德·布雷悄然来往于英格兰的大家族之间，承诺亨利·都铎会带来一支不可战胜的军队，他会夺取王位，让兰开斯特家族得到公正的地位，并与约克家族和解。

我收到了加斯帕寄来的一封信：

致玛格丽特·斯坦利夫人：

预计的日子不是这个月的月末，就是下月初。我们会有十五条船和大约两千士兵。我想这将是我们最后的一次机会。这次我们必须胜利，玛格丽特。为了你的儿子考虑，你必须让你丈夫上战场。没有他，我们赢不了。亨利和我指望你让斯坦利家支持我们。但愿我能看到你出席我们的孩子的加冕礼，否则我就再也见不到你了。无论如何，愿上帝保佑你。这段岁月漫长但又美好，能为你儿子和你效命，我非常自豪。

加斯帕

1485年8月

那十五艘船在哈弗勒尔[①]扬帆，在法兰西的资助下为毁灭英格兰而出发，船上装满了欧洲的流氓与恶徒，在瑞士教官的训练下有了些军队的样子，他们由加斯帕指挥，由亨利率领，声势比以往的任何一次都要骇人。

亨利曾经抵达过英格兰海岸，然后掉头离开，唯恐面对敌人，认定自己将会失败。如今他又有了机会，而且他知道这会是他的最后一次机会。布列塔尼人支持过他，但他那次甚至没能登陆。现在是法国人支持他，但不会有下一次机会。如果他这次失败，就再也不会有人追随他。如果他这次失败，他的余生都将在流亡中度过，作为可悲的王位觊觎者，为存活下去而摇尾乞怜。

他们扬帆穿行于夏日的海面，海风温和，海水平静，昼长夜短，天气晴朗。南方诸郡都在理查德的控制之下，他们不敢在那里登陆，于是尽可能靠西面，去了西威尔士的戴尔村，希望理查德的探子不会发现他们，希望招募到如同潮水般涌来、渴望消灭暴君的士兵，甚至在理查德得知他们进入英格兰之前。

但他们没能如愿。他们在大部分地方遭受了冷遇。那些曾经跟随白金汉公爵，又被大雨所击败的人们不愿意再次出征。许多人忠于理查德，其

① 法兰西北部一港口。

中一些甚至给理查德送去了警告。亨利作为想要夺回的这个国家的异乡人，根本听不懂带着浓重西部口音的威尔士语。他的英语甚至都带上了布列塔尼口音——他在海外待得太久了。他是个异乡人，而那里的人不喜欢异乡人。

他们小心翼翼地向北进军。加斯帕管辖过的城镇出于过去的爱戴和忠诚为他们敞开大门，另外那些他们只能绕开。亨利呼吁威尔士人支持他这位威尔士的王子。但他这样一个在布列塔尼度过大半人生，又指挥着法国罪犯组成的军队的年轻人无法鼓动威尔士人的热情。

他们在什鲁斯伯里横渡塞汶河。亨利坦白说自己担心这条河会突然上涨——就像它曾经摧毁上一场针对理查德的叛乱那样——但他们选择的渡河位置河水很浅，傍晚的水流也很和缓，最后他们踏入了英格兰，率领着由法兰西罪犯、德意志佣兵和少许威尔士投机分子拼凑而成的杂牌军。他们甚至无法决定进军的路线。

他们开始向伦敦进军。这将是一场跨越广袤西部诸郡，随后沿着泰晤士河的河谷前进的漫长行军，但加斯帕和亨利都相信，如果他们能攻下伦敦，就能占据英格兰的心脏，他们也知道理查德正在北方的诺丁汉集结部队。

给加斯帕·都铎和我的儿子亨利·都铎：

希望你们一切顺利。

我丈夫和他的弟弟威廉·斯坦利爵士已经召集了两支强大的军队，准备在八月的第三个星期在塔姆沃思与你们会合。我和诺森伯兰伯爵保持着联系，我认为他也是真心支持我们的。

请回信告诉我最新的消息。

玛格丽特女士

在诺丁汉，理查德国王命令斯坦利阁下立刻率军返回宫廷。他等待着回音，但等他收到信以后，却把那封信放在面前的桌上，一个劲盯着折起的信纸和印有斯坦利家族纹章的红色封蜡。他打开信的样子，仿佛早就知道自己将会读到什么。

斯坦利在信中向国王致以爱戴和忠诚，提到了自己对国王的职责和立刻侍奉在他左右的急切。他在信中称他病了，病得很重，只要他痊愈到能够骑马的程度，就会立刻赶赴诺丁汉，履行他的职责。

理查德从信纸上抬起头，对上他的好友威廉·卡特斯比冷酷的眼神。“去把斯坦利的儿子带来。”他就说了这么一句。

他们将斯特兰奇领主乔治带到了国王面前，而他就像囚徒那样拖曳着双脚不愿前进。当他看到理查德的表情，还有桌上的那只印着父亲印章的信封时，他们都看到他开始发抖。“我以我的名誉——”他开口道。

“不是你的名誉，而是你父亲的名誉，”理查德打断了他的话，“你父亲的名誉才是我们关心的事。如果他做出有违自己名誉的事来，你就只有死路一条。他写信说他病了。他是不是正在与亨利·都铎会合？他是不是答应了他的妻子玛格丽特夫人，要用叛国来回报我的善待？”

“不！绝不可能！不！”年轻人说道，“我父亲对您是忠诚的，陛下。他始终是忠诚的，从第一天起就是。您知道的，他常用非常热诚的口气向我说起您——”

“那你的叔叔威廉阁下呢？”

年轻人一时语塞。“我的叔叔，我不知道，”他说，“他也许……但我不知道。我们都是忠诚的……我们的格言是‘恒久不变’……”

“又是斯坦利家那套老把戏？”理查德轻声问道，“一个人支持这一方，另一个支持另一方。我记得他们告诉安茹的玛格丽特说，你父亲会现身为她而战。我记得她在等待援兵的时候就输掉了那场仗。”

“我父亲会及时赶来为您作战的，陛下！”可怜的年轻人信誓旦旦，“请允许我写信给他，敦促他为您赶来！”

“你可以写信给他，告诉他，如果他在后天还没赶到这里，你就会不经裁决和仪式，直接被我处死，”理查德说，“去找个神父，让他赦免你的罪过吧。如果你父亲不在后天赶来这里，你就死定了。”

他们带他去了他的房间，把他锁在里面：他们拿给他纸笔，他颤抖得几乎无法书写。然后他写信让父亲为他赶来。当然了，他父亲会为他赶来的。当然了，像他父亲那样的人怎么可能不为自己的儿子和继承人赶来呢？

亨利·都铎率军一路向东前往伦敦。干草田里长出了绿油油的新草。种着小麦、大麦和黑麦的土地一片金黄。他们要特别督促法兰西的士兵以严格的阵列行军：他们看到富有的村庄，往往会生起偷窃或抢劫的念头。经历了连续三周的行军，部队已然疲累不堪，但军官们仍然维持着队伍，很少有人逃亡。加斯帕早就考虑过了外国佣兵部队的好处，那就是他们没法逃往家乡——只有跟随他们的指挥官，才有回家的机会。但他仍然有些不快。他原本指望自己的子民群聚在都铎家的旗帜之下，原本希望那些为兰开斯特家战死之人的儿子会为复仇而出征，但看起来事实并非如此。他离开得太久，人民已经习惯了理查德三世的和平统治。除了加斯帕，亨利和他们的异乡人军队之外，没人希望再有战争。加斯帕心情沉重地坐在马鞍上，觉得这里不再是他所了解的英格兰。他作为英格兰军队的指挥官已经是许多年前的事了。也许这个世界早已改变。也许——他强迫自己去设想——也许他们已将理查德看做合法的国王，却将他的亨利、兰开斯特家的子嗣、都铎家的后裔视为觊觎王位之人。

寄望于斯坦利家所承诺的会合，以及他们的军队将会得到的第一支强大援军，他们暂停了进军的脚步，不再向东前往伦敦，而是转向北方。当他们到达斯塔福德家的城镇时，威廉·斯坦利爵士却只带了少许卫兵与他们碰面。

“陛下，”他对亨利说着，将拳头放在胸前，像士兵那样敬了个礼。亨利瞥了加斯帕一眼。这是第一个在英格兰的土地上以国王头衔称呼他的英格兰贵族，亨利的教养很好。他并没有大喜过望，而是致以同样热情的回礼。

“你的军队在哪里，威廉爵士？”他问。

“就在一天的路程之外，等待着您的命令，陛下。”

“带他们来和我们会合；我们这就向伦敦进军。”

“这是我的荣幸。”斯坦利说。

“你的哥哥托马斯·斯坦利在哪儿？”加斯帕问。

“他正在召集自己的人手，随后就会赶来，”威廉答道，“他正在利奇菲尔德，就在这里的南边不远处。他会带部队前去塔姆沃思。我们认为您会立即前往诺丁汉与理查德开战。”

“不去伦敦？”加斯帕问道。

“伦敦人都支持理查德，”威廉阁下提醒道，“他们会紧闭城门，而接下来将是艰难的攻城战；他们武装精良，并且在理查德的吩咐下进行了备战。如果您在伦敦城前扎营，理查德就会从后方攻来。”

亨利年轻的面孔依旧平静——他没有表示出丝毫恐惧，只是将缰绳攥得更紧。

“我们来谈谈。”加斯帕说着，打手势示意亨利下马。他们三人离开小路，走入一片麦田，军队散开队形，在这片绿色的边缘席地而坐，喝着他们自带的麦酒，在酷热的天气里汗流浃背。

“你会跟我们一起向伦敦进军吗？斯坦利领主呢？”

“噢，我们都不会建议您这么做。”威廉爵士说。亨利发现他根本没有回答自己的问题。

“那你们会在哪儿和我们会合？”他问。

“我必须赶去塔姆沃思，我答应过和我哥哥在那里碰面，不能现在就跟您同行。”

加斯帕点点头。

“我们会很快跟上，”威廉大人承诺说，“如果您决意前往伦敦，我们会做您的先锋军。但理查德的军队会对我们紧追不舍……”

“等我们到了塔姆沃思以后，会听取斯坦利大人和你本人的建议，”加斯帕说，“那时再决定之后的行动。但我们要么一同进军，要么就全都不去。”

威廉阁下点了点头。“那你们的人呢？”他巧妙地问道，指了指分散在道路上那为数两千的杂牌军。

“他们把这称之为‘英格兰冒险’，”加斯帕露出生硬的微笑，“他们来这里并不是出于爱戴，而是为了金钱。但他们训练有素，而且没什么可以失去的东西。你会看到，他们可以抵挡住一次冲锋，并且听从命令前进。他们肯定和从田地里征招来的佃户同样强壮。如果我们获胜，他们就会同时获得自由与财富。他们会为此奋战。”

威廉阁下点点头，仿佛对这支罪犯组成的军队没什么好印象，随后他向亨利鞠了一躬。“我们在塔姆沃思见。”他说。

亨利点了点头，伸出了手。威廉爵士毫不犹豫地弯腰亲吻了他的铁手套。他们回到了小路上，威廉爵士让护卫牵来自己高大的战马。他的侍从跪在泥地里，而他以帝王般的气势踩在那人的背上，再踏进马镫，跨上马背。然后，他掉转马头对着亨利，低头打量着他。

“我的侄子，斯特兰奇领主，我们家族的继承人，现在成了理查德的人质，”他说，“在开战前，我们不能冒险让人看到我和你们在一起。理查德会杀了他。我今晚会派仆人带你们去我们那里。”

“什么？”加斯帕问，“要掩人耳目吗？”

“他会为你们出示我的戒指，”威廉阁下说着，让他们看了看自己手套上戴着的戒指，然后掉转马头，快步离开，他的护卫们跟随在后。

“看在上帝的分上！”加斯帕大喊道。

他与亨利茫然地对视了一眼。“我们别无选择，”亨利阴郁地说，“我们必须争取斯坦利家族。如果没有他们的支援，我们必败无疑；我们兵力太少了。”

“他们不会公开拥护我们。”加斯帕压低声音，谨慎地扫视周围的士兵。志愿加入的那些人都有可能是间谍。“他们是在寻找拖延时间的方法。”

“不过一旦开战，他们还是会加入我们……”

加斯帕摇了摇头。“这样还不够。如果所有人都知道斯坦利站在你这边，那他们也就知道我们将是获胜的一方，”他说，“如果他们只在暗中与你会面，或是在这片该死的麦田里见你，那就代表他们不会公开支持你。他们仍然有投靠理查德的可能，所有人都清楚这一点。该死，真该死。我本希望你母亲能确保她的丈夫支持我们，但如果说理查德扣押着他的儿子，他就可能整场战斗都袖手旁观，对我们坐视不理，并且在决定胜负的时候加入理查德那一方。真该死。”

亨利挽住叔叔的手臂，带着他远离士兵们。“那我们该怎么办？我们已经不能回头了。”

“的确，我们不能连理查德都没见到就撤退，但我们现在的处境比预想的更糟，我的孩子。”

“我们是不是应该向伦敦进军？”

“不，他们说得没错，伦敦人应该全都支持理查德，而且现在还有斯坦利跟着我们，我们却不知道他们是敌是友，理查德也会紧追而来。我们都知道，斯坦利家并非我们的先锋军，而是理查德名义上的伙伴。而且现在，他们已经知道我们本打算前往伦敦了。该死的。”

“那该怎么办?”亨利追问道。他脸色发白，年轻的面孔因担忧而浮现出一道道细纹。

“我们转向北方，去与他们会合；要尽全力让他们相信，我们将会获胜。要尽全力取得他们的承诺。然后我们再继续向北，选择最佳的战场，因为明天，身处诺丁汉的理查德就会知道我们的方位，同时也会知道我们的兵力和部署。我毫不怀疑，斯坦利今晚午夜时就会将这些讯息送去给理查德。”

“我们真的要答应与斯坦利秘密会面吗？万一这是个陷阱呢？万一他们效忠的是理查德，要把我交给他呢?”

“我们必须一试。无论如何都要将他们争取到我们这边，”加斯帕说，“没有他们，我不认为我们有办法战胜理查德。我也为此感到遗憾，我的孩子。”

“是陛下。”亨利带着一丝似有若无的笑意提醒他。

加斯帕伸出手臂环住这个年轻人的肩。“陛下，陛下，英格兰从未有过比你更勇敢的国王。”

玛格丽特·斯坦利夫人亲笔

我的丈夫，希望您一切安好。内德·帕顿说他能够找到您，因为他知道您身在何处。看起来他比您的妻子，以及您的盟友——也就是我的儿子——知道得更多。

我的丈夫，我真心真意地请求您，求您想起，您在这个星期之内就能够成为英格兰国王的继父。理查德也许能让您担任英格兰治安长官，但对我们可能拥有的未来来说，这根本不算什么。我们会成为王室成员，而我们的孙子也将成为国王。再没有什么能比这更荣耀的了——为此冒怎样的风险都是值得的。

我听说您的儿子斯特兰奇领主正在理查德身边，被他扣押，作为您忠诚的担保。我的丈夫，为了我们所有人的利益，请下令让他逃跑，这样您便可以不受束缚地侍奉真正的国王，我们也将达成宿命，成为英格兰的统治者。

而且我要告诉您，诺森伯兰伯爵没有呼吁北方诸郡为理查德出兵；他会站在我的儿子一方。英格兰的贵族们已经纷纷起兵支持我的儿子。您难道不想率先表示忠诚吗?

我请求您能够为自己的最大利益着想。

您的妻子

玛格丽特·斯坦利夫人

亨利率领军队一路前往利奇菲尔德，那座镇子在托马斯·斯坦利的掌控之下。他本以为他的继父会为他打开城门，带着自己的军队与他一同进军，可却失望了。就在斯坦利听到探子回报说亨利·都铎的军队正在赶来的时候，他只是建议镇民们打开城门，避免流血。在诺丁汉的理查德就像站在城镇大门的亨利一样，不确定这是代表反叛还是效忠的行为。斯坦利大人的军队已经离去，现在驻扎在阿瑟斯通，他的弟弟则在北方稍远处驻军。斯坦利大人每天都为理查德送去情报，告诉他都铎军队的位置、人数和军容。他并没有率军前去理查德那里，但他仍然表现出忠诚的样子。

理查德命令他的军队离开诺丁汉城堡，沿路向南进军。他下令组成方阵——像他的哥哥爱德华所做的那样，让步兵组成方形队列，骑兵来往于队列周围，进行护卫。国王本人和亲卫队走在最前面：每个人都能看到他们前方的王室旗帜；每个人都知道理查德决心彻底摧毁对他统治下和平的威胁。这将会是他统治期间的最后一场叛乱，漫长的玫瑰战争也将迎来终结。

在他们离开诺丁汉之前，卡特斯比问了国王一个问题。“斯坦利家的孩子呢？”

“他可以跟我们一起走。让人看守他。”

“我们难道不该现在就杀了他吗？”

理查德摇了摇头。“我不能在开战前夜与斯坦利为敌。如果我们杀了他的儿子，那他一定会去都铎家为儿子复仇。带上斯特兰奇领主，让他跟在我的随行队伍里，一旦斯坦利与我们对立，我们就当场砍下他的头。”

将要交锋的并非只有王室军队与都铎家的军队而已。斯坦利家的两支部队已经摆开阵势，准备作战；诺森伯兰伯爵率领一支骑兵部队跟在理查德之后，同时宣誓对理查德和玛格丽特·斯坦利两边效忠。将会踏上战场的势力之中，国王的军队无疑人数最多。但斯坦利家与诺森伯兰伯爵的军队足以扭转战局。

1485年8月19日

加斯帕高大的战马小跑着跟在他侄子的军马旁，他凑近身子，戴着铁手套的手握紧了缰绳。“勇敢点，我的孩子。”

亨利的脸上闪过一丝紧张的微笑。

“让他们先走，”加斯帕对着缓慢行进的军队颔首示意，“等他们走到看不见的地方，再折返回来。我会让他们今晚在野外驻扎，然后再来接你。尽可能地说服那两位斯坦利吧。除非你遇到麻烦，我才会现身。”

“你不觉得他们会杀我吗？”亨利的口气仿佛在询问战术似的。

加斯帕叹了口气。“我想不会。他们更可能和你谈论价码。他们肯定觉得你的赢面不小；如果他们不打算支持你，就根本不会来见我们。我不愿意让你独自会见他们，但斯坦利的儿子被扣作人质，他的行动必须谨慎。你的靴子里藏了刀子没有？”

“当然。”

“我不会离你太远。愿你一路顺风，陛下。我就在你身后。我保证大部分时间都能听到你的招呼声。”

“愿上帝保佑我们。”亨利严肃地说。他望着前方的道路，注视着他的军队里掉队的那些士兵也已经转过弯，无法看到自己，然后他掉转马头，走到那位身穿斗篷、骑着马、躲在树篱阴影中的斯坦利侍从那里。

他们沉默地骑马并行，亨利扫视着前方昏暗的地平线，确认之后与军队会合的路线。那名侍从指了指路边的一间小酒馆，门框上方光秃秃的冬青树枝暗示着酒馆的冷清生意，亨利下了马。那名侍从将他的马牵往屋后，亨利低下头，深吸了一口气，然后推开了门。

他眨了眨眼。肮脏的灯芯草蜡烛和焚烧潮湿柴火的烟气充斥于房间里，可他还是认出了威廉爵士和另外三个人。他没有看到其他人：无从得知这是一场埋伏还是欢迎。亨利·都铎用布列塔尼人的方式耸了耸肩，走进了昏暗的房间。

“欢迎您，陛下，我的儿子。”一名高挑的陌生人走上前来，在亨利面前跪倒。

亨利伸出一只微微颤抖的手。来人亲吻了他戴着的手套，另外两个人和威廉爵士也跪倒在他面前，脱下帽子。

亨利露出了释然的微笑。“斯坦利大人？”

“是的，陛下，还有我的弟弟威廉——您已经认识他了——这两位是我的仆从，是来保护我们的安全的。”

亨利伸出一只手递给威廉爵士，并对另外两人点头致意。他有种从极高之处落下，却幸运地双脚着地的感觉。

“您一个人来的？”

“是的。”亨利撒了个谎。

斯坦利点点头。“我带来了您母亲的问候，她从屈尊和我结婚的那一天起，就热情而坚定地请求我支持您的事业。”

亨利笑了起来。“我毫不怀疑。她从我出生起就知晓我的命运。”

斯坦利他们站起身来，那个不知姓名的侍从为亨利和斯坦利大人斟了酒。亨利拿起离他最远的那一杯，在壁炉旁的长凳上坐了下来。

“你指挥着多少士兵？”他开门见山地问道。

斯坦利将酒一饮而尽。“我的麾下大约有三千人；我弟弟还有一千人。”

亨利听着两倍于自己军队的数字，努力让脸上波澜不惊。“你们什么时候能加入我？”

“您什么时候会和国王交锋？”

“他是不是在向南方行军？”亨利用另一个问题回答了他的问题。

“他今天离开了诺丁汉。他让我加入他一方。我的儿子写信给我，说如果我不去的话，他就会死。”

亨利点点头。“也就是说，他会在——这周之内赶到？”

看到亨利对于自己国家的无知，两位斯坦利并未多做评论。“也许就在这两天之内。”威廉爵士说。

“那你们最好带兵加入我的军队，让我们可以挑选合适的作战场所。”

“当然，我们会的，”斯坦利大人说，“但也要保证我儿子的安全。”

亨利等着他说下去。

“理查德将他作为人质，要挟我们支持他，”斯坦利说，“当然了，我会通知他设法脱身，等他安全之后，我们就立即带领部队与你会合。”

“但如果他逃脱之后没有通知你呢？延误时机非常危险……”

“他不会的。他很清楚这些，会及时通知我的。”

“那如果他无法脱身呢？”

“那样的话，我们也将加入您的军队，我会哀悼我的儿子，因为他是个有勇气的人，也是我们家族第一个为效忠您而死的人。”斯坦利面色严肃地说。

“我会给他体面的声名，也会报答你们。”亨利匆忙说道。

斯坦利鞠了一躬。“他是我的儿子和继承人。”他轻声说。

小小的酒馆里一片沉寂。一根木柴在壁炉的火中动了动，借着火光，亨利看着他的继父的脸庞。“你的军队人数是我的两倍，”他真诚地说，“有了你们的支持，我必然会取得胜利。我们的联军会超过理查德的兵力。你掌握着让我夺取英格兰的钥匙。”

“我知道。”斯坦利轻声说。

“你会得到我的感激。”

斯坦利点点头。

“我希望你们保证，等我在战场上与理查德对峙时，你们会出兵支持我。”

“当然，”斯坦利平静地说，“我已经对您的母亲作出了承诺，现在我会再对您承诺一次。您可以相信，等您身处战场的时候，我的军队将听凭您的调遣。”

“你会和我一起上战场吗？”

斯坦利不无遗憾地摇了摇头。“要等我的儿子恢复自由身，”他说，“我可以向您保证。如果在开战以后乔治仍未逃脱，我就会加入您的麾下，为合法的国王做出一个男人所能做出的最大牺牲。”

听到这里，亨利也没有了反驳的理由。

“有什么好消息吗？”亨利走出酒馆，骑着马来到道路上的时候，加斯帕问他。

亨利露出苦笑。“他说他会在战场上支援我，但只要他的儿子还在理查德手里，他就不能和我们会合。他说一旦斯特兰奇领主恢复自由身，他就会加入我们。”

加斯帕点点头，似乎事情正如他所料，然后他们两人都陷入了沉默。天色渐渐亮起；夏日的黎明已经到来。

“让我先去，”加斯帕果断地说，“看看我能否在无人察觉的情况下带你进入营地。”

亨利拨马走到一旁，等待加斯帕驾马小跑着进入营地。营地里立刻忙乱起来，很明显，他们已经开始为亨利担心，生怕他会临阵逃亡。亨利看到加斯帕下了马，打着手势，似乎在向别人解释说，他只是骑马出去转了转。牛津伯爵走出帐篷，加入了谈话。亨利催马向前，朝着自己的帐篷走去。

加斯帕转过身。"谢天谢地，您回来了，陛下！我们都很紧张。您的侍从说您的床铺不像是睡过的样子。我一直在四处找您。我正和德·维尔大人说，您肯定是跟某些前来支持我们的人见了面。"

加斯帕蓝色双眸中的尖锐目光敦促着亨利确认他的说法。"确实如此，"亨利说，"我现在还不能说出他们的名字，但请放心，必定会有越来越多的人加入我们的队伍。而且这位支持者带来了许多人马。"

"几百人？"牛津伯爵问道，他忧虑地皱起眉头，扫视着他们实在算不上多的军队。

"赞美上帝，有好几千人。"年轻的亨利·都铎自信地微笑着说。

1485年8月20日

当天晚些时候，军队再次开始进军，在干燥道路的灰尘中缓缓前进，因炎热的天气抱怨连连，这时加斯帕策马来到亨利身边。“陛下，请允许我离开。”他说。

“什么?”亨利从沉思中回过神来。他面色惨白，双手紧紧地握住缰绳。加斯帕看到他年轻面孔上的紧张神色，不禁怀疑——而且并非是第一次——这个男孩是否强大到足以承受他母亲为他预见的宿命。

“我想沿路返回，确保路上的住处，在那些屋子的马厩里准备几匹马。我甚至可以到海岸那边去，雇一条船等着我们……”

亨利转身看他的导师。“你该不会要离开我吧?”

“孩子，我的性命并不重要。但我想为您留下一条后路。”

“为我们失败时准备。”

“如果我们失败的话。”

对这个年轻人来说，这一刻令人痛苦。“你不相信斯坦利?”

“就算相信也很有限。”

“而且如果他不站在我们这边，我们就必败无疑?”

“从人数上看，”加斯帕轻声说，“理查德国王的兵力大概是我们的两倍，我们现在只有大约两千人。如果斯坦利加入我们，我们就会有一支五千人的军队。那样的话，很有可能会赢。但如果斯坦利加入国王那边，他的弟弟也和他一起，那么我们两千人的军队就要与国王多达七千人的军队抗衡。就算你是所有骑士之中最勇敢的，也是有史以来最正统的国王，但如果只带两千人在战场上与七千人交锋，也很可能会输。”

亨利点点头。“我明白。我相信斯坦利会信守承诺。我母亲发誓说他会守信，她从来都是正确的。”

“我同意。但如果战局不利的时候我们还有退路，我会更安心些。”

亨利点点头。“你能尽量赶回来吗？”

“我无论如何不会错过这场仗的，”加斯帕似笑非笑地说，“祝你一路顺风，陛下。”

亨利点点头，努力不在这个二十八年来几乎不离他左右的人面前表现得过度悲伤。他目送着加斯帕，而后者调转马头，向着威尔士的方向逐渐远去。

等亨利的军队第二天出发的时候，亨利骑马走在队伍最前方，微笑着告诉左右的人们，加斯帕离开去会见新加入的部队了：他说加斯帕会带着一支新兵前往阿瑟斯通。那些志愿加入的威尔士人与英格兰人为此欢呼雀跃，他们对自己发誓效忠的这位年轻领主深信不疑。那些瑞士的军官们对此显得漠不关心——他们已经训练过了这些士兵，来不及训练下一批了；兵力增加是有好处，但他们参战毕竟是为了酬劳，参战的士兵越多，分到的战利品就越少。至于那些法兰西的罪犯们则是为了争取自己的自由和可能的战利品而战，他们不在乎有没有新兵加入。亨利露出勇敢的微笑，审视自己的军队，感受着他们令人心寒的冷漠。

1485年8月20日

莱切斯特郡

诺森伯兰伯爵亨利·珀西带领着他的三千名士兵，开进了理查德位于莱切斯特的营地。理查德坐在高大的椅子上，在华盖之下用他的晚餐时，卫兵将伯爵领了进来。

“你可以坐下，和我共进晚餐。”理查德轻声说着，指了指桌边的一张座位。

亨利·珀西为这样的礼遇笑逐颜开，坐了下来。

“你准备好明天出战了吗？”

伯爵面露震惊之色。“明天？”

“怎么了？”

“明天不是星期日吗？”

“我哥哥也曾在复活节出征，上帝保佑他旗开得胜。所以没错，就是明天。”

伯爵伸出双手，让仆人倒水清洗他的手指，再用毛巾擦干。然后他撕开一块白面包的硬皮，吃着里面的柔软部分。“很抱歉，陛下，我的人马在路上花了太长的时间，没法在明天就做好出征的准备。我之前一直让他们在崎岖的路上急行军；现在他们疲惫不堪，不适合为您作战。”

理查德黑色双眉之下的眼睛盯着他看了很久。“你赶了这么远的路，就是为了袖手旁观？”

“不，陛下。我发过誓会和您一同出征。但如果非要赶在明天的话，我只好请求让我的人马殿后。他们都累坏了，没法领军前进。”

理查德会意地笑了笑，仿佛他早就知道亨利·珀西已经答应了亨利·都铎：他只会站在国王身后，什么也不做。

“那你就做殿后部队吧，”理查德说，“我知道你肯定能保护好后方。好了，”国王转而对房间里的所有人说道，一颗颗头颅纷纷抬起，“那就明天早上出发，我的大人们，”理查德语气平静，双手稳健，“明天一早，我们就出征，把那小子彻底打垮。”

1485年8月21日周日

亨利鼓起勇气等待着，等待着加斯帕回来见他。在等待过程中，他命令长矛兵继续训练。这是种新的战术，由仅仅九年前对抗过可怕的勃艮第骑兵的瑞士人发明，再由瑞士军官教授给这些不守规矩的法兰西征召士兵，但通过勤奋的练习，他们已经熟练了这套技巧。

亨利和几名骑兵扮演冲锋而来的敌军骑兵。“当心，”亨利对右边高头大马上的牛津伯爵说，“如果冲得过头，他们就会刺穿你。”

德·维尔大笑。“那就说明他们的技术到家了。”

六个人骑马等待着，听到命令“冲锋!”的时候，他们冲向前去，起先只是快步，然后是小跑，最后以骇人的声势全速疾驰起来。

接下来所发生的是从未在英格兰上演过的一幕。以前步兵面对骑兵冲锋的时候，总是会把矛杆插进地面，矛尖向上，希望能刺中对方的马腹，或是朝着骑兵胡乱挥舞长矛，或是不顾一切地向上一刺，随后俯下身、双臂抱头。通常来说，大多数人在这种情况下都会丢下武器逃跑。一支训练有素的骑兵队在冲锋时总是能冲破一排步兵的队伍。很少有人能够直面这样的恐惧；他们连站定对峙都办不到。

这一次，长矛兵们先是像以往那样散开队形，看着以越来越快的速度冲锋而来的骑兵，听从他们长官的高声号令，飞快地聚拢起来，围成一个方阵——每一边各有十人，而阵中还站着另外四十人，他们连移动的空间都没有，更别提作战了。第一排的士兵双膝跪地，将长矛举至身前，直指斜上方。第二排的人握着矛柄，将矛杆架在前方士兵的肩上，将矛尖指向前方，第三排的人站直身子，紧挨彼此，将长矛举到自己肩膀的高度。这个方阵如同某种拥有四个面的武器，就像一道镶嵌着长矛的路障，士兵们肩并着肩，倚靠着彼此，几乎水泄不通。

他们飞快地列队，抢在骑兵们赶到之前就位，亨利拨开马头，绕开那片仿佛长满刺针的致命之墙，在马蹄掀起的泥浆和草皮之中勒住马儿，然后驾马快步返回。

“做得好，”他对那些瑞士军官说，“做得好。如果马匹直冲过来，他们也能保持阵形吗？如果在真正的战场上，他们能办到吗？”

那位瑞士指挥官露出冷酷的笑容。“这才是最美妙的地方，”他用那些士兵听不到的声音说道，“他们无法逃离。他们的一排会限制住另一排，就算全部死去，武器也都还留在那里。我们让他们自身变成了武器；他们不再是那种能够选择是战还是逃的长矛手了。”

“我们是不是该出发了？”牛津伯爵拍着马儿的脖颈问道，“理查德已经行动了；我们要在他之前赶到惠特灵大道。”

亨利想到自己发号施令时加斯帕不在身旁，心中不由有些不安。“对！”他大声说道，“传令集合——我们现在就出发。”

理查德收到消息：亨利·都铎的小军队正沿着惠特灵大道前进，也许是在寻找合适的战场，也许是希望尽快沿路赶往伦敦。威廉·斯坦利爵士与托马斯·斯坦利大人的两支军队正在尾随亨利·都铎——是准备发起袭击，还是准备与他会合？理查德无从得知。

他下令让他的军队列队离开莱切斯特。女人们纷纷打开屋子高处的窗户，看着这支经过的王家军队，仿佛那是仲夏日的庆祝游行。走在前面的是骑兵队，每个骑士都让自己的侍从在前方举着旗帜，就像马上比武那样，他的士兵跟在身后。许多只马蹄踩在鹅卵石路上，发出震耳欲聋的响声。女孩们呼喊着抛下花朵。接下来的是步兵，他们将武器扛在肩上，步行前进。后面是弓箭手们，他们肩挎长弓，箭囊的束带围在胸前。女孩们纷纷抛出飞吻——人们都说弓箭手是慷慨的情人。紧接着是一阵叫喊与欢呼：国王本人穿着华贵精美、打磨得仿佛白银的甲胄，骑在一匹白马上，金制的典礼王冠固定在他的头盔上。他身前身后各有一名旗手，举着代表他的白色野猪旗帜，旁边的旗帜上是圣乔治的红色十字架[①]，代表这位是涂抹过圣油的英格兰国王，正要出征保卫自己的国家。鼓手们不紧不慢地敲着鼓点，号手们吹着高亢的调子——简直就像圣诞节，但又比圣诞节更欢快。莱切斯特从未有过这样的景象。

陪在国王身边的是他信任的朋友诺福克公爵，以及让他不太放心的诺森伯兰伯爵，他们一个在右，一个在左，仿佛是两道可靠的防线。莱切斯特的人民并不知道国王的猜疑，他们为那两位贵族及他们身后的军队欢呼：那些士兵来自英格兰的四面八方，遵从他们的领主，跟随国王前去保卫他的王国。他们身后是长而蜿蜒的马车队列，上面装载着武器、盔甲、帐篷、烘烤炉，加上跟在后面的备用马匹，如同一座移动的城镇；而在他们的队伍后面，拖曳着步子，仿佛在表示自己的疲惫或是不情愿的，则是诺森伯兰公爵的军队。

他们整日都在行军，只在正午时分停下进餐。斥候走在大部队前方，打探都铎与两位斯坦利的军队的去向，到了晚上，理查德命令他的军队在阿瑟斯通的那座村庄外停下脚步。理查德是位经验丰富且极度自信的指挥官。这场战斗的胜利可能属于任何一方。结果取决于两位斯坦利的军队站

---

① 当时的英国国旗。

在哪一方；也取决于诺森伯兰伯爵是否会响应他的命令，上阵参战。但理查德所经历的每一场战斗都不得不依赖靠不住的忠诚。他是一位在内战中千锤百炼的指挥官，每一场战斗中，他都无法确定其他人是友是敌。他曾经目睹他的弟弟乔治临阵倒戈，也曾目睹他的哥哥爱德华国王凭借巫术取得胜利。他仔细部署着士兵，让他们在高地上分散布阵，在那里，他可以看到通往伦敦的罗马大道——现在的惠特灵大道，也可以将下方的平原一览无余。如果亨利·都铎打算在黎明时从这条路全速赶往伦敦，理查德就将以浩大的声势冲下山迎战。就算亨利率领军队直接攻打过来，理查德在地形上也非常有利。他率先赶到这里，因此可以挑选地形。

他没有等待太久。天才刚黑下来，他们便看到都铎家的军队离开大路，开始扎营。他们能够看到营火开始闪烁。双方都没有隐匿行踪的打算；亨利·都铎能看到右方高地上的王室军队，他们也能够看到下方的亨利。理查德发现自己古怪地怀念起了从前的时光，那时他还在他哥哥的旗下作战，他们曾经趁着夜色悄然转移阵地，同时在他们身后半英里的地方点燃营火来迷惑敌人，等到了早晨，他们便立刻出现在了敌人面前。还有一次，他们在大雾的遮掩下行军，没有人知道彼此身在何处。但那些都是在爱德华指挥下的战斗，他依靠妻子的帮助唤来了恶劣的天气。如今的战斗要平凡许多，亨利·都铎率领军队离开道路，穿行于麦田间，毫不掩饰自己的行踪，又吩咐士兵们燃起一堆堆营火，为次日早晨的战斗进行准备。

理查德派人送信给斯坦利大人，命令他带领自己的军队与王室军队会合，但在那名信使带回的口信中，斯坦利说自己会迟些到达，但一定会赶在黎明之前。斯特兰奇领主乔治紧张地看了眼诺福克公爵——后者只要国王一声令下就会砍下他的头——连忙说他的父亲一定会在晨光初现之时前来。理查德点了点头。

他们的晚餐很丰盛。理查德下令让士兵进餐，再用干草和水喂马。他并不担心亨利·都铎突然来袭，但还是安排了人守夜。他回到自己的帐篷里，把毯子蒙在头上，沉沉睡去，一夜无梦——正如他在每次开战前所做的那样。不这样的话就太蠢了。理查德并非蠢人，他曾经在更不利的地形打过更难打的仗，他曾经面对过比这个带领杂牌军的新指挥官更可怕的敌人。

而在莱德莫平原的另一边，亨利·都铎在自己的帐篷周围踱着步，像一头好动的年轻狮子，一直到伸手不见五指。他在等加斯帕；他知道加斯帕一定正骑马于黑暗中飞奔，赶往他的身边，他会蹚过漆黑的溪流、横穿昏暗的湿地，全速前来。他从未怀疑他叔叔对他的忠诚与爱。但他无法面对那个念头：也许加斯帕无法在明早及时赶来，无法与他在战场上并肩作战。

他也在等待斯坦利大人的回信。斯坦利说过，等到两军对峙之时，他就会带着大军赶来，但现在信使却说斯坦利要明天拂晓才能赶到——他已经自己扎了营，士兵都已经安顿下来，在夜晚打扰他们休息是非常愚蠢的行为。晨光初现之时，他便会前来；两军交战之时，他一定会出现，这点他可以保证。

亨利没法就此安心，但他别无选择。他不情不愿地再次望着西方，再次确认加斯帕并没有举着火把在夜色中赶来，然后进了自己的帐篷。他是个年轻人，这是他自己指挥的第一场仗。他几乎彻夜无眠。

可怕的梦魇折磨着他。他梦到母亲来到他身边，说她犯了个错误，说理查德才是正统国王，而这场入侵，这些战阵、营地、所有一切，都是对抗王国秩序和上帝律法的罪行。她苍白的脸上神色冷峻，指责他是个王位的觊觎者，指责他试图推翻正统国王的行为，指责他违背自然的秩序，指责他是个背弃上帝的异教徒。理查德是正式加冕的国王，他曾将圣油涂抹在自己的胸口。都铎家的成员怎么能对他挥剑相向？他翻了个身，醒了过来，随即又昏昏入睡，梦到了加斯帕只身一人坐船返回法兰西，一路上为他的败亡而哭泣。然后他梦到了约克公主伊丽莎白，那个答应嫁给他却与他素未谋面的女人，她来到他面前，说她爱着另一个男人，永远不会甘心做他的妻子，他在人们面前将会像个傻瓜。她用她美丽的灰色眼眸望着他，目光里充满了冰冷的悔恨，她说所有人都会知道她曾将另一个男人当做爱人，而且仍旧只想着他。她说她的爱人强壮又英俊，她看着亨利的眼神就像在看着离家出走的孩子。他梦见战争已经开始而他却睡过了头，他惊恐地跳下床，脑袋撞上了帐篷的支柱，发现自己赤裸身子，因恐惧而颤抖不止——此时距离黎明仍旧有好几个钟头。

但他还是踢醒了侍从，让他给弄些热水，并请神父为自己做弥撒。但时间太早了：营火尚未点燃，也就没有什么热水，面包还没有烤好，肉也尚未烹煮。他的侍从找不到神父，等终于找到的时候，他还没睡醒，而且得花时间准备，无法立刻来为亨利·都铎做弥撒。他还没有准备好圣体，十字架原本也要到黎明才会竖起，法衣也还在行李车队里，行军了这么久，他要仔细寻找一番才行。亨利只好裹紧自己的衣服，闻着自己因紧张而渗出的冷汗，就这样等待着黎明，等待着整个世界以悠闲的步调醒来，仿佛今天并非是决定一切的日子，仿佛今天并非决定他生死的日子。

在另一方的帐篷里，理查德正在举行一场仪式，宣布这场战斗的重要性，并且重申加冕礼上的忠诚誓言。只有在面对最严重的危机时，国王才会与他的子民一起重申誓言。在场的所有人都未曾有过这样的经历，仪式庄重的气氛感染了他们。在这个温暖的清晨，首先到来的是神父们与唱诗班，作为这场巡行的先头队伍；然后是王国的领主们和其他大人物，为作战穿戴齐整，仆从将他们各自的旗帜举在前方；随后到来是国王本人，他穿着华丽的战甲，没戴头盔。在他重申对王位的权利的这一刻，看起来比实际上的三十二岁要年轻许多。他看起来满怀希望，仿佛这一天的胜利会为他的王国带来和平，他也会有机会再次结婚，再得到一位继承人，让约克家能够永远安坐在英格兰的王位上。这是一个新的开始，无论对理查德还是英格兰都是如此。

他跪在神父面前，后者举起忏悔者爱德华[①]的神圣王冠，轻轻地放在国王的头颅上。他感到它沉重得仿佛罪孽，随后那重量又消失不见：他的罪孽全都得到了宽恕。他站起身，面对着他的子民。“上帝护佑国王！”一千个声音不约而同地高喊，“上帝护佑国王！”

理查德听着这些呼喊，露出了微笑：他曾经听过人们这样祝福他的哥哥，如今他们祝愿的对象换成了他。这并不只是在重申他在加冕礼上的誓言——承诺自己会为国民和王国谋求福利——也是他自己再度献身于上帝的仪式。无论他之前做过什么，现在都已经得到原谅。他要判断的是接下来会发生什么。此刻，他知道自己是正义的，他是涂抹过圣油、正式加冕的国王，要征讨的是个自命不凡的王位觊觎者，在上一任国王时就已一败涂地，他的亲族全都待在家里，要依靠外国罪犯和雇佣兵作战，只能吸引到最不忠诚、最见风使舵的领主的支持——或许连他们的支持都不会有。

理查德朝他的军队抬起手，为他们的欢呼声露出微笑。他转向一侧，缓缓除下神圣的王冠，向士兵们展示那顶固定着典礼王冠的战盔。他会戴着这顶战盔上战场，他会在他的王家旗帜下作战。如果亨利·都铎有勇气向他发起决斗的挑战的话，事情就简单多了。理查德在战场上会像代表约克三兄弟的三个太阳那样明显。他会和都铎男孩单独决斗然后杀死他。这位尚武的国王将维护英格兰的和平。

号手吹响了开战的号角，全体士兵拿起武器，喝干最后一口淡麦酒，

① 英格兰的最后几位盎格鲁撒克逊国王之一，因虔诚与超脱名利而备受推崇，教皇亚历山大三世更将其封为圣徒。

检查他们的斧、他们的剑、他们的长枪，轻轻地拨动他们的弓弦。是时候了。国王的所有罪过都得到了宽恕。他再度成为了神圣的国王。他戴好战盔，拿起武器。是时候了。

在亨利·都铎的营地里，他们也听到了那阵号角，他们备好马鞍、系紧胸甲。亨利·都铎来来往往地忙碌着：他身处军官们之中，要求他们做好准备，确认他们都已拟定了战斗计划。他没有寻找加斯帕，不允许自己有半点紧张或焦虑。此时的他必须心无旁骛，只想着即将到来的战斗。他只派了一名信使去请斯坦利大人。你现在能来了吗？但他没有收到回答。

他收到了一封母亲寄来的信。他那时正伸展双臂，让侍从为他系上胸甲，信使直接把信放在他手里。

我的儿子：

上帝与你同在，你不会落败。我现在全心全意地只为你一人祈祷。圣母玛利亚会听到我为自己的孩子祈祷的声音。

我清楚上帝的意志，他会保佑你。

你的母亲，

玛格丽特·斯坦利

他看着这些熟悉的笔迹，然后将信折起，放到胸甲里，靠近心口的位置，仿佛它能够挡住刺来的利剑。他母亲对未来的预见主宰了他的一生；是他母亲对自己权利的坚信让他走到了这一步。从他少年时代起，从他看到她所憎恨的、他的约克监护人被拖下战场，不体面地死去以后，他就再也没有质疑过她的预见，再也没有质疑过她的兰开斯特家族。而现在，他唯一可以确定的是，她信任着他，也坚信他会胜利。他吩咐仆从备马，随后他们把他准备就绪、装好马鞍的坐骑牵了过来。

两支军队列队站好，然后缓缓向对方接近。理查德安放在高地上的大炮瞄准了亨利军队的右翼，而亨利手下的军官命令士兵略微向左移动，让他们绕到理查德的另一边，避免遭受炮火的轰击。早晨的阳光照耀着他们的背后；微风也从他们身后吹来，仿佛在鼓动他们前进。他们朝着理查德的军队逼近，举起的长矛的耀眼反光让他们的人数显得比实际上要多。亨利的士兵蹒跚地奔跑起来，而亨利本人勒住马儿，打量战场。他回头望去。没有加斯帕的踪影。他看向左方。两倍于他的斯坦利军正以作战队形接近，和国王军队的距离与和他的人马的距离完全相同。斯坦利可以迅速阻隔在两军之间，如果他转向左边，就可以作为亨利的先锋军攻击理查德。如果他转向右方，就可以摧毁亨利的部队。亨利对自己的侍从说："去斯坦利大人那里，告诉他，如果他现在不加入我，我想我就知道该做什么打算了。"他直白地说。

接着他回头望向自己的军队。在军官们的大声号令下，士兵们飞奔起来，他们直直地向王家军队冲去，展开激烈的交锋。战场上立时一片混沌，到处都是厮杀音，到处都是混战。一名王室骑兵践踏着战线，挥舞着他的战斧，仿佛在用镰刀收割荨麻，在身后留下一连串伤者和垂死者。接着亨利这一方的一名长矛手踏出队列，矛尖幸运地刺进了那名骑兵的腋下，将他从马上甩至步兵之间，然后他们像恶犬那样咆哮着扑上前去，把他撕成了碎片。

国王军的火炮轰炸着亨利一方的雇佣部队，他们后撤重组，随后再次转向左方；他们的长官无法强迫他们顶着炮火行军。炮弹呼啸着飞来，落入队列之中，仿佛落入溪水的岩石，但后果并非溅起水花，而是人们的尖叫和战马的嘶鸣。理查德头盔上的王冠闪闪发光，仿如光环，他骑着白马出现在战况最激烈之处，他的旗帜飘扬在前，他的骑士环绕在边。他回望了一眼身后的小山，诺森伯兰伯爵的军队就在那里，如同他左方的斯坦利的军队那样毫无动静。他想到袖手旁观的人比作战的人还要多，苦笑几声，随后挥舞着沉重的钉头锤，敲下敌人的头颅，砸碎他们的肩膀、脖颈和背脊，仿佛他们只是站在他身边的玩偶。

等所有人都疲累得无力继续，双方便自然而然地暂时休战。他们步履蹒跚地各自返回，倚靠着自己的武器，大口喘息。他们不安地看着斯坦利与诺森伯兰伯爵静止不动的队伍，有些人呕出几口血来。

理查德的目光越过阵线，扫视着战场，他勒住战马，抚摸着它满是汗水的脖颈。他望向亨利·都铎的军队，看到在对方的阵线之后，略微远离主力军的，是那面描绘着红色巨龙的旗帜，以及博福特家的闸门纹章。亨利离开了自己的军队，他站在后方，家族护卫围绕在旁：他的军队由于向前推进和他隔开了一段距离。他在战场上太过缺乏经验，竟然让自己离开了主力部队。

有那么一会儿，理查德不敢相信出现在自己眼前的良机，随后他发出刺耳的大笑声。他看到了自己的机会、出现在战场上的好运，正是这次休战，让亨利和主力军孤立开来，也让他显得格外脆弱。理查德踩着马镫站起身，拔出剑来。“约克！”他大喊出声，仿佛是在召唤父亲与兄长的在天之灵，“约克！随我来！”

他的王室骑兵队响应了号召。他们排列成密集队形，气势汹汹地越过战场，时而越过尸体，时而践踏而过。一名先锋滚落马下，但大部队仍然队形紧密，仿佛一支绕向都铎军后方的利箭，士兵们发现了危险，蹒跚着试图转身追击，却只能眼睁睁地看着这些骑兵全速向着他们的领袖冲锋。约克军的战马以迅雷之势飞快逼近亨利·都铎，他们拔出长剑，举起长枪，用头盔覆面，以骇人的速度接近。都铎的长矛手面对这样的冲锋，顿时散开队形，纷纷后退，理查德看到他们匆忙奔走的样子，以为他们是在逃跑，随即大吼道："约克！英格兰！"

亨利·都铎立刻跳下马来——为什么，理查德呼吸急促，朝着马鬃俯下身子，为什么他要下马——亨利·都铎正跑向他的长矛手，后者也飞快地赶去与他会合。他拔出剑，旗手就站在身边。在这场战斗里，在他成年后的第一场战斗里，亨利忘记了思考，甚至忘记了恐惧。随着那些战马向他冲来，他能感觉到地面在震动，敌方仿佛高高的浪头，而他就像在沙滩上注视着风暴的孩子。他能看到理查德伏在马鞍上，长枪伸向前方，头盔上的金色圆环闪着光。亨利的呼吸因为恐怖和兴奋急促起来，他对着那些法兰西长矛手大喊："就是现在！掩护我[①]！掩护我！"

他们退向亨利的身边，然后转过身，双膝跪地将长矛伸向前方。第二排的人则将长矛架在战友们的肩上，而第三排站在亨利后面，仿佛一面保护亨利·都铎的盾牌，他们的长矛直指前方，仿佛一面尖刀之墙，迎向冲来的战马。

理查德的骑兵从来没有见过这样的阵势。他们之中没有任何一个在英格兰见过这种东西。他们无法停止冲锋，也无法转向。中央有一两个骑兵强行扭转了马头，却阻碍了相邻马匹的冲锋，随即在混乱的冲撞和嘶喊声中跌落马下，被自己的坐骑踩断了骨头。其他人因为冲得太快而无法减速，径直撞到无情的矛尖上，冲击之力令那些长矛手摇晃了几下，但他们的阵形十分紧密，仍旧能保持站定。

理查德自己的马匹绊到了一具尸体，跪倒在地上。理查德被甩了下去，他蹒跚起身，拔出剑来。其他骑士也跃下马背，朝长矛手们发起了攻击，长剑砍在木头矛杆上的声音传来，利剑戳刺与长矛折断的声音如

① 原文为法语。

同铁匠铺里的锤打声。这些理查德信赖的部下以战斗队形围绕在他身边，直扑方阵的正中央，渐渐取得了优势。第一排长矛手由于其他人的重量无法起身，就这样跪在地上丢了性命。中间那排士兵因敌人凶狠的攻势而后退，他们根本抵挡不住；而站在方阵正中的亨利·都铎也渐渐失去了保护。

理查德的剑上染着鲜血，他步步逼近，心知这场战斗会因亨利·都铎的死而告终。那两面旗帜就在几码远处，理查德不断前进，在这道人墙之中杀出一条血路，逼近亨利·都铎本人。他的眼角余光看到了那面红色巨龙的旗帜，于是在盛怒之下，他凶狠地挥剑砍向那面旗帜，以及旗手威廉·布兰登。那旗帜眼看就要倒下，这时亨利的一名护卫冲向前来，抓住折断的旗杆，高高举起。约翰·切尼爵士——一位身材魁梧的男子——挡在亨利与理查德之间，理查德的剑随即在他身上留下了一条从胸口直到喉咙的可怕伤口，那位都铎家的骑士倒了下去，心知他们已经溃败，他对亨利大喊道："快逃，陛下！快到安全的地方去！"说到最后几个字的时候，他被自己的鲜血哽住了喉咙。

亨利听到了他的警告声，知道自己必须转身逃跑。对他来说一切都结束了。然后他们听到了什么声音。理查德和亨利同时抬起头，听着雷鸣般的响动，看着斯坦利的大军向他们扑来，他们挺起长枪，举起长矛，拔出佩剑，精力充沛的战马扑向他们，仿佛渴望着鲜血；他们战斧一挥，便斩断了理查德旗手的双腿，理查德匆忙转身，持剑的那条手臂却突然失去了全部力气，在那一瞬间，他看到四千名士兵猛冲而来，然后他连对手也没看清便已倒下。"叛国者！"他大喊道，"叛国者！"

"牵马来！"有人绝望地为他大喊，"牵马来！牵马来！为国王牵马来！"

但国王已然与世长辞。

威廉·斯坦利爵士从理查德的头上摘下头盔，看到这位国王深色的头发仍留着温热的汗水，他把他华丽的铠甲留给别人，自己转身走开。他用矛头挑下象征国王的金色冠冕，大步朝亨利·都铎走去，跪在他面前的泥地上，将英格兰的王冠献上。

亨利·都铎余惊未消，身体仍有些摇晃，他用染血的手接过王冠，戴在自己的头上。

“上帝保佑国王!”斯坦利向着他的士兵们高喊，他们以逸待劳，毫发无伤，其中几个更放声大笑：他们的剑上尚未染血，就取得了如此关键的胜利。他是第一个对戴上王冠的亨利·都铎说这话的英格兰人，而他会确保国王将此铭记于心。在冲锋时一马当先的托马斯·斯坦利大人跳下他喘着粗气的坐骑，他的军队在最后一刻，在真真正正的最后一刻扭转了战局。他对自己的继子笑着说：“我说过我会来的。”

“你们会得到封赏。”亨利说道。他的脸色灰白，脸上挂着冰冷的汗水和不知道什么人的鲜血。他双眼模糊地注视着他们剥去理查德国王华丽的战甲，甚至是他的亚麻衣物，最后把他赤裸的尸体丢在他瘸腿的战马背上，那匹马低垂着头，仿佛感到羞耻。“你们在今天为我而战，将会得到丰厚的赏赐。”

我在礼拜堂跪地祈祷的时候，他们为我带来了这个消息。我听到敲门的声音，听到石阶上的脚步声，但没有转头。只是睁开眼睛，目光注视着十字架上的受难基督，生怕自己将会听到令人痛苦的事实。“有什么消息?”我问。

基督低头望着我；我抬头回望他。“给我好消息吧。”我的话既像是对上帝说的，又像是对我身后的女伴说的。

“您的儿子打赢了一场伟大的战斗，”我的女伴声音颤抖，“他现在是英格兰的国王了，整个战场都在为他欢呼。”

我的呼吸急促起来。“那篡位者理查德呢？”

“死了。”

我直视着上帝的双眼，几乎想对他眨眼示意。“感谢上帝。”我的口气仿佛在对同谋者说话似的。他已经履行了他该做的事。现在轮到我了。我站起身，她递给我一封信，用纸条写下的信，是加斯帕寄来的。

我们的孩子赢得了自己的王位；我们可以回到自己的祖国了。我们会立刻赶往你那里。

我又读了一遍。我忽然觉得自己的心愿已经达成，从今天开始，一切都会改变。一切都将在我的掌控之下。

“我们必须为我的儿子准备房间；他说他会立刻回来看我。”我冷静地说。

那名女伴涨红了脸。她还以为我们会挽起彼此的手臂，跳起胜利的舞蹈。“您赢了！”她大声说。她以为我会和她一起喜极而泣。

“我只是得到了应得的东西，”我说，“我已经实现了我的宿命。这是上帝的意愿。”

“这是您的家族辉煌的一天！”

“这都是我们应得的。”

她草草地行了个屈膝礼。“是的，女士。”

“要说，是的，殿下，”我纠正她道，“从现在起，你要叫我‘我的女士，国王的母亲’，你向我屈膝的幅度要像对王后那样。这是我的宿命：将我的儿子送上英格兰的王位，那些嘲笑过我的预见、质疑我的天命的人都要称我为‘我的女士，国王的母亲’，我的签名也将是玛格丽特王太后：玛格丽特·R。”

·全书完·

作者手记

这是一本在写作过程中带给我许多乐趣的书，讲述的是一个在俗世大获全胜，同时又努力事奉上帝的女人。她作为女权历史学家口中的“博学之人”，是少数几个为学习知识的权利而努力争取的女人；对于都铎的史学家来说，她是创建了家族的“女家长”；在不那么恭敬的传记作家笔下，她又是来自地狱的“老婊子”。为读者塑造这样一个从孩提时就笃信上帝安排的命运，而在成年后敢于为儿子夺取英格兰王位的女人，对我来说很有挑战，也充满乐趣。小说中有些内容是真实的历史，有些是推测，还有些纯属虚构。尤其是我们并不知道是谁杀死了伦敦塔中的王子们，甚至不知道他们是否真的死在了伦敦塔中。显然，对王位拥有合法继承权的那些人——理查德三世、白金汉公爵、玛格丽特·博福特和她的儿子——从他们的死亡中获利最大。

我非常感激那些研究了玛格丽特·博福特的生平，以及她所处时代的历史学家们，特别是为她撰写传记的琳达·西蒙，以及迈克尔·K.琼斯和马尔科姆·G.安德伍德，他们的传记作品正是我这本小说的出发点。我对认真阅读我的手稿的迈克尔·琼斯致以由衷的感谢。

更多的研究资料和笔记存放在我的个人网站PhilippaGregory.com上，读者们也许会有兴趣参与那里的线上讨论。

参考书目

Baldwin, David. Elizabeth Woodville: Mother of the Princes in the Tower. Stroud, Gloucestershire: Sutton Publishing, 2002.

———. The Lost Prince: The Survival of Richard of York. Stroud, Gloucestershire: Sutton Publishing, 2007.

Bramley, Peter. The Wars of the Roses: A Field Guide and Companion. Stroud, Gloucestershire: The History Press, 2007.

Castor, Helen. Blood & Roses: The Paston Family in the Fifteenth Century. London: Faber & Faber, 2004.

Cheetham, Anthony. The Life and Times of Richard Ⅲ. London: Weidenfeld & Nicolson, 1972.

Chrimes, S. B. Henry Ⅶ. London: Eyre Methuen, 1972.

———. Lancastrians, Yorkists, and Henry Ⅶ. London: Macmillan, 1964.

Cooper, Charles Henry. Memoir of Margaret: Countess of Richmond and Derby. Cambridge University Press, 1874.

Crosland, Margaret. The Mysterious Mistress: The Life and Legend of Jane Shore. Stroud, Gloucestershire: Sutton Publishing, 2006.

Fields, Bertram. Royal Blood: Richard Ⅲ and the Mystery of the Princes. New york: Regan Books, 1998.

Gardner, James. "Did Henry Ⅶ Murder the Princes?" English Historical Review Ⅵ (1891): 444-64.

Goodman, Anthony. The Wars of the Roses: Military Activity and English

Society, 1452–97. London: Routledge & Kegan Paul, 1981.

———. The Wars of the Roses: The Soldiers' Experience. London: Tempus, 2006.

Hammond, P. W., and Anne F. Sutton. Richard Ⅲ: The Road to Bosworth Field. London: Constable, 1985.

Harvey, Nancy Lenz. Elizabeth of York, Tudor Queen. London: Arthur Baker, 1973.

Hicks, Michael. Anne Neville: Queen to Richard Ⅲ. London: Tempus, 2007.

———. The Prince in the Tower: The Short Life & Mysterious Disappearance of Edward V. London: Tempus, 2007.

———. Richard Ⅲ. London: Tempus, 2003.

Hughes, Jonathan. Arthurian Myths and Alchemy: The Kingship of Edward Ⅳ. Stroud, Gloucestershire: Sutton Publishing, 2002.

Jones, Michael K., and Malcolm G. Underwood. The King's Mother: Lady Margaret Beaufort, Countess of Richmond and Derby. Cambridge University Press, 1992.

Kendall, Paul Murray. Richard the Third. New York: W. W. Norton, 1975.

MacGibbon, David. Elizabeth Woodville (1437–1492): Her Life and Times. London: Arthur Baker, 1938.

Mancinus, Dominicus. The Usurpation of Richard the Third: Dominicus Mancinus ad Angelum Catonem de occupatione Regni Anglie per Ricardum Tercium Libellus, translated and with an introduction by C.A.J. Armstrong. Oxford: Clarendon Press, 1969.

Markham, Clements, R. “Richard Ⅲ: A Doubtful Verdict Reviewed,” English Historical Review Ⅵ (1891): 250-83.

Neillands, Robin. The Wars of the Roses. London: Cassell, 1992.

Plowden, Alison. The House of Tudor. London: Weidenfeld & Nicolson, 1976.

Pollard, A. J. Richard Ⅲ and the Princes in the Tower. Stroud, Gloucestershire: Sutton Publishing, 2002.

Prestwich, Michael. Plantagenet England, 1225 - 1360. Oxford: Clarendon Press, 2005.

Read, Conyers. The Tudors: Personalities and Practical Politics in Sixteenth Century England. Oxford University Press, 1936.

Ross, Charles. Edward Ⅳ. London: Eyre Methuen, 1974.

———. Richard Ⅲ. London: Eyre Methuen, 1981.

Royle, Trevor. The Road to Bosworth Field: A New History of the Wars of the Roses. London: Little Brown, 2009.

Seward, Desmond. The Hundred Years War: The English in France, 1337-1453. London: Constable, 1978.

———. Richard Ⅲ, England’s Black Legend. London: Country Life Books, 1983.

Sharp, Kevin. Selling the Tudor Monarchy: Authority and Image in Sixteenth Century England. New haven, CT: Yale University Press, 2009.

Simon, Linda. Of Virtue Rare: Margaret Beaufort, Matriarch of the House of Tudor. Boston: Houghton Miflin, 1982.

St. Aubyn, Giles. The Year of Three Kings, 1483. London: Collins, 1983.

Vergil, Polydore. Three Books of Polydore Vergil's English History Comprising the Reigns of Henry Ⅵ, Edward Ⅳ, and Richard Ⅲ, edited by Sir Henry Ellis. 1844. Reprint Whiteish, MT: Kessinger Publishing, 1977.

Weir, Alison. Lancaster and York: The Wars of the Roses. London: Jonathan Cape, 1995.

———. The Princes in the Tower. London: Bodley head, 1992.

Williams, Neville. The Life and Times of Henry Ⅶ. London: Weidenfeld & Nicolson, 1973.

Williamson, Audrey. The Mystery of the Princes: An Investigation into a Supposed Murder. Stroud, Gloucestershire: Sutton Publishing, 1978.

Wilson-Smith, Timothy. Joan of Arc: Maid, Myth and History, Stroud, Gloucestershire: Sutton Publishing, 2006.

Wroe, Ann. Perkin: A Story of Deception. London: Jonathan Cape, 2003.

中国经济体制改革年鉴(1991)
顾问名单

总顾问：薄一波

顾　问：李铁映　张劲夫　薛暮桥
陈锦华　安志文　马　洪
贺光辉　刘鸿儒　洪　虎
张彦宁　刘国光　周太和
童大林　廖季立　陶鲁笳

中国经济体制改革年鉴（1991

编委会名单